btb

Es sind Liebesgeschichten, die hier erzählt werden, es sind aber auch Geschichten über die Liebe zu den Dingen, die uns täglich umgeben. Und es sind wahre und erfundene Erinnerungen, an den Snowboard-Unterricht mit Phil Collins in den Salzburger Bergen, an einen Hausbesuch von Britney Spears, an die erste Reise nach London auf den Spuren von Jimi Hendrix. Und immer wieder geht es hier auch um die Literatur, die Kunst und das Internet. Maler tauchen auf, Schriftstellerinnen, Gedichte, Fernsehsendungen, YouTube-Tutorials und fünf tragisch ineinander verknotete Eichhörnchen aus Wisconsin.
Teresa Präauers brillant geschriebene Geschichten entwerfen ein Panorama der Gegenwart – bunt schillernd, scharf konturiert und auf famose Weise ein kaleidoskopisches Ganzes ergebend. Wohin auch immer sie ihren Blick wendet, entstehen Bilder, die so überraschend wie einleuchtend sind, so witzig wie tiefgründig

Teresa Präauer, geboren 1979, lebt als Autorin und bildende Künstlerin in Wien. Ihr Debütroman *Für den Herrscher aus Übersee* wurde mit dem aspekte-Literaturpreis ausgezeichnet, ihr Roman *Johnny und Jean* für den Preis der Leipziger Buchmesse nominiert. Für *Kochen im falschen Jahrhundert* gewann sie den Bremer Literaturpreis, stand auf der Longlist des Deutschen Buchpreises und auf der Shortlist des Österreichischen Buchpreises.
Teresa Präauer schreibt regelmäßig für Zeitungen und Magazine über Kunst, Literatur, Mode und Pop.

Teresa Präauer

Das Glück ist eine Bohne

und andere Geschichten

btb

MIX
Papier | Fördert gute Waldnutzung
FSC® C014496

Penguin Random House Verlagsgruppe FSC® N001967

1. Auflage
Genehmigte Taschenbuchausgabe September 2025 btb Verlag
in der Penguin Random House Verlagsgruppe GmbH,
Neumarkter Straße 28, 81673 München

produktsicherheit@penguinrandomhouse.de
(Vorstehende Angaben sind zugleich
Pflichtinformationen nach GPSR.)

Covergestaltung: www.sempersmile.de
nach einem Entwurf von Wolfgang Gosch mit Teresa Präauer
und unter Verwendung von Bildmaterial von Martin Stöbich
Druck und Einband: GGP Media GmbH, Pößneck
MA · Herstellung: BB
Printed in Germany
ISBN 978-3-442-77352-7

www.btb-verlag.de
www.facebook.com/penguinbuecher

Der Lauf der Dinge

Der Lauf der Dinge im Leben zweier Menschen ist doch, verdammt nochmal, immer der gleiche: Sie treffen aufeinander, es kommt zur chemischen Reaktion, unmittelbar, und etwas dreht sich, etwas bewegt sich, etwas explodiert. Und wozu das Ganze? Ja, wozu das Ganze. Am Ende übrig bleiben Rauch und Nebel, als wäre eben der Teufel durchs Szenenbild spaziert, und wenn dann die Schwarzblende einsetzt, ist das beinah eine Erlösung. Die meisten Filme enden mit einer Schwarzblende, und das bedeutet schlicht, dass das letzte Bild mit einem harten Schnitt abtritt und mit dem darauffolgenden schwarzen Bild schon der Nachspann einsetzt. Es kann auch ein weicher Übergang sein, bei dem das Schlussbild erst allmählich abgeblendet wird und das Schwarz nur langsam in den Vordergrund tritt, doch auch dieser weiche Schnitt ist eine sogenannte Schwarzblende und bedeutet damit das Ende. Rauch, Nebel, Schwarz und Ende: Das klingt so pessimistisch wie der Satz, den man so oft zu hören bekommt: »Ihre Beziehung war von Anfang an zum Scheitern verurteilt.« Eine Phrase, so oft und oft wiederholt, bis endlich, endlich ihre Richtigkeit unter Beweis gestellt sein wird: Ihre Beziehung war von Anfang an zum Scheitern verurteilt. Dabei werden so viele Fragen nicht gestellt: Wo genau ist der Anfang eigentlich gewesen? Wer urteilt und verurteilt? Und was ist Scheitern?

Scheitern im Sinne von Fischli/Weiss bedeutet den Fortlauf der Dinge, das Weiterdrehen, Weiterbewegen, Explodieren. Geht ein Ding zu Bruch, setzt es erst dadurch das nächste in Gang. Das Scheitern, das Von-Anfang-an-zum-Scheitern-Verurteilte, sagt Petra, die erste Hauptfigur in dieser Geschichte, ist bei Fischli/Weiss paradoxerweise das Erfolgreiche, das den Stillstand nicht dulden will. Bei Fischli/Weiss, sagt Petra, heißt scheitern also gewinnen.

Ah, sagt David, unsere zweite Hauptfigur. Und mehr sagt er nicht, denn er denkt jetzt über die erfolgreichen Menschen aus dem Fernsehen nach, die stets beteuern, wie wichtig das Scheitern sei für den Erfolg. Und dann denkt David daran, dass dort im Fernsehen niemals ein sogenannter obdachloser Alkoholiker sitzt, um von der Wichtigkeit des Scheiterns für sein Leben zu berichten. Und dieser Gedanke löst, wie der vorangegangene, einen weiteren Gedanken in Davids Kopf aus, der zur Frage führt, ob das Bild des gescheiterten Menschen schlechthin denn unbedingt immer der obdachlose Alkoholiker sein müsse. Es ist eine selbstkritische Frage, die durch Davids Kopf segelt, fliegt, eine Gedankenkette auslöst, ein Strohfeuer entfacht: Wie denn überhaupt von einem gescheiterten Leben gesprochen werden könne, wo es seinen Anfang genommen hat und wie es enden wird. Es gurgelt in Davids Kopf, es blubbert und zischt: Ob es bis zum letzten Ende denn ein sogenanntes gescheitertes Leben sein würde und ob man so urteilen dürfe. Ob es nicht ungerecht sei in Anbetracht des Wertes eines jeden Menschen und ob er, David, nicht, wenn er von einem Scheitern hier auf Erden sprechen wollen würde, statt von obdachlosen Alkoholikern doch vielmehr von Mördern, Tyrannen und sogenannten menschenverachtenden Diktatoren sprechen müsse. Und weil das *The Way Things go* eine Bar in Deutschland ist, würde David gleich mit dem menschenverachtendsten Diktator beginnen, der ihm einfällt, wieder einmal einfällt, würde er, ja, würde er mit Petra, die nahe am Tresen vom The Way Things go steht, jetzt derart grundlegend über das Scheitern sprechen wollen. Oder, denkt David, wäre ein solches Gespräch an der Bar vom The Way Things go ein pseudo-radikales, ein pseudo-philosophisches, ein pseudomenschheitsgeschichtliches? Unpassend für einen Anfang?

Können wir uns die Anfänge denn aussuchen? David hat Petra im The Way Things go kennengelernt, da hat er noch gar nicht an den menschenverachtenden Diktator gedacht, da wollte er sich bloß einen Drink an der Bar bestellen. Was heißt: einen Drink? Endlich einmal im The Way Things go, da muss David doch etwas Außergewöhnliches trinken! Und David hat, obwohl er lieber Bier getrunken hätte, einen *Shooter* bestellt, einen sogenannten *Fireball*. Er hat die Cocktailkarte beim Buchstaben F geöffnet gehabt und, diesmal ohne nachzudenken, auf den Fireball gezeigt. Immerhin ist Wodka drin, hat sich David gedacht, und ein Shooter macht einen nicht gleich zum obdachlosen Alkoholiker.

Der Barkeeper hat es sich nicht nehmen lassen, David die Zusammensetzung des Fireballs zu erläutern, laut *Handlexikon der Getränke*, dritte Auflage 1996, besteht der nämlich aus einem Viertelteil Wodka, einem Viertelteil Grenadine-Sirup und zwei Viertelteilen Zimtlikör, und die richtige Zubereitung geht folgendermaßen, nämlich werden die Zutaten im Shaker kurz gemixt, dann in das Shot-Glas geseiht, damit das eine explosive Mischung ergebe. Shot heißt Schuss, sagt der Barkeeper und lacht blöd, da steht Petra schon dicht hinter David, von der dieser wiederum noch nicht wissen konnte, dass sie Petra heißt. Und Petra hat sich angestellt mit dem Ziel, den Barkeeper nach dem *Handlexikon der Getränke*, dritte Auflage 1996, zu fragen.

David hat den fertig gemixten Shooter vom Barkeeper im Shot-Glas entgegengenommen, hat sich umgedreht, Petra ist weiter vor an den Tresen gegangen, David wollte noch einmal zurück, um die Serviette und das Glas mit den Nüsschen mit an seinen Stehtisch zu nehmen, in diesem Moment hat Petra sich wieder vom Tresen weg und ein wenig in Richtung Tanzfläche gedreht, um David Platz zu machen für seine Hand, die dann schon das Glas mit dem Fireball und das andere mit den Nüsschen gehalten hat, und da sind sie dann natürlich sowas von zusammengestoßen, nicht mit den Köpfen, Gott sei Dank, aber doch so unglücklich, dass der Fireball aus dem Shot-Glas auf Petras T-Shirt gelandet ist, sämtlich. Es sind nur 3 cl, aber 3 cl

Grenadine-Sirup machen sich auf einem weißen T-Shirt doch sehr bemerkbar. Petra hat kurz gekreischt, der Barkeeper hat besorgt zu den beiden geguckt und dann den Kopf geschüttelt, und vielleicht hat er da gedacht: Das ist von Anfang an zum Scheitern verurteilt. Oder er hat gedacht: Das wird noch was mit den beiden, aber der obdachlose Alkoholiker mit seinem Fireball hat es leider sowas von blöd angestellt.

Barkeeper sehen natürlich sehr viel, wenn der Tag lang, die Nacht dunkel und die Bar, wenn auch diskret, beleuchtet ist, und sie können sich ihren analytischen Reim auf das chemische Aufeinandertreffen zweier Menschen machen, aber alles sehen sie freilich auch nicht. Denn sie sind nicht zum Schauen im The Way Things go, sondern zum Arbeiten. Sollte es jemals nichts zu arbeiten geben, gibt es aber viel zu schauen, denn eigentlich passiert in so einer Bar immer etwas. Sie ist wie ein kleiner Brandherd, wie ein Schmelztiegel, wie ein Kessel über dem Feuer. Und gibt es einmal sehr viel zu schauen, dann liegt es an den Barkeepern, ihren Gästen vor dem Nachhausewanken noch Aspirin und Kondome zu verkaufen. Wegen des sogenannten Zusatzverdienstes. Und wegen der sogenannten Kettenreaktion: Kater, Alkoholvergiftung, Geschlechtskrankheit, Schwangerschaft et cetera. Et cetera? Welche Gefahr droht denn noch nach einem Abend im The Way Things go, außer Kater, Alkoholvergiftung, Geschlechtskrankheit, Schwangerschaft? Irgendein Scheitern droht immer, sagt der Barkeeper, und er sagt es radikal, philosophisch, menschheitsgeschichtlich.

Aber so weit sind wir nicht bei David und Petra. Noch sind wir an jenem Punkt, an dem David Petra den Fireball aufs weiße T-Shirt geschüttet, der Barkeeper den Kopf geschüttelt, David den Tag über noch nicht an den menschenverachtenden Diktator gedacht hat, Petra kurz aufgeschrien hat und David ihr entsetzt aufs beschmutzte T-Shirt starrt. Mehr als »Oh mein Gott« bringt David jetzt nicht zwischen den Lippen hervor, und denkt dann sofort daran, dass man erst »Oh mein Gott« sagt, seit es in den amerikanischen Serien, die deutsch synchronisiert werden, so häufig vorkommt. Im Deutschen, denkt David, hat man vielleicht »mein Gott« gesagt oder »meine Güte«, aber nie in dieser Abfolge von drei Wörtern Oh-mein-Gott, aber jetzt fasst er sich wieder und sagt: Entschuldige, oh mein Gott. Die rote Grenadine ist eine große Katastrophe für Petras zuvor noch weißes T-Shirt, aber bloß eine halb so große Katastrophe für Petra selbst, denn, denkt sie jetzt, David, von dem sie ja noch gar nicht wissen kann, dass er David heißt, sieht doch ganz gut aus, und er hat sich soeben für sein Missgeschick entschuldigt, und schuld sind sie ja beide, Gott am allerwenigsten. Also sagt Petra: Gott kann diesmal nichts dafür. Und David denkt, dass diese Frau ganz gut aussieht, auch mit dem roten Fleck auf dem weißen T-Shirt, und dass Gott vielleicht doch etwas dafür kann, denn er hat ihn jetzt in ein Gespräch mit Petra verwickelt, deren Namen er noch nicht weiß, und deshalb sagt er jetzt: Es tut mir so leid. Ich bin David.

Petra lacht und sagt: Ich bin Petra, und hättest du deinen Saft nicht auf mein T-Shirt geleert, könntest du das jetzt auch auf meinem T-Shirt lesen. Und David sieht genauer hin und sieht, dass unter der roten Grenadine rot der Name Petra geschrieben steht. Und dann guckt er schnell wieder in Petras Augen. Der Barkeeper, der die ganze Zeit zugesehen hat, grinst und füllt zwei neue Fireballs in zwei frische Gläser und stellt sie vor David und Petra auf den Tresen. Prost, ihr zwei!

Schöner Name, sagt David jetzt, obwohl er den Namen nicht schön findet, sondern Petras Augen. Petras Augen lachen, und sie sagt: Schönes T-Shirt!, und David sagt noch einmal Oh mein Gott, weil er denkt, Petra sagt »schönes T-Shirt« im Sinne von »schöne Bescherung«, aber er nimmt sich trotzdem vor, ab jetzt nicht mehr »Oh mein Gott« zu sagen.

Gott hat die Dinge nur angeordnet und aufgebaut, sagt Petra jetzt, für das Umfallen, Anschütten, Explodieren danach kann er nichts. David fragt sich jetzt, ob er es bei Petra mit einer sogenannten strenggläubigen Christin zu tun habe, aber dann sieht er, dass sie weiterhin lacht, während sie über den Lauf der Dinge spricht. Und David hat auch nichts gegen strenggläubige Christinnen, nur würde es schwierig werden, wie man so sagt, bis zur Ehe abzuwarten. Hier macht David in seinen Gedanken einen harten Schnitt, ja, was ist da in seinem Kopf ins Rollen und Drehen geraten?

David hat sich verliebt. David hat sich verliebt, das sieht der Barkeeper, das sieht die Kellnerin, das kann sogar der DJ von seinem DJ-Pult aus sehen, und der legt jetzt eine Nummer auf: *My heart is on Fire*. Alle sehen es, sogar der Stehtisch sieht es!, aber David und Petra sehen es noch nicht. Sie sprechen miteinander und trinken ihren Fireball, und David gibt noch einen zweiten aus als Entschuldigung für seine Unachtsamkeit. Prost, Petra, sagt David. Und Petra sagt: Prost, David. Und dann sagt sie noch einmal: Schönes T-Shirt, und deutet auf Davids T-Shirt. Sind kleine Fische drauf, sagt David und lacht darüber, dass er etwas so Offensichtliches sagt, etwas so Redundantes, etwas so Uninformatives, aber er will jetzt auch nichts Christliches zum Thema Fische sagen. Fischli, sagt Petra, denn sie ist Schweizerin, und David lacht wieder und sagt: Ach, die Schweizer mit ihrem Dialekt! Petra sagt dann, das sei nicht Dialekt, das sei Schweizer Hochsprache, und David denkt sich, er will jetzt als Deutscher nicht an den menschenverachtenden Diktator denken, und sagt deshalb jetzt einmal nichts. Er sieht Petra einfach an und bemerkt nun doch, dass es in ihm brodelt, brennt und lodert, aber im guten Sinne, im erfolgversprechenden Sinne. Und trotzdem sagt er: Wie kann ich ausgehtechnisch nur so scheitern und einer Frau den Fireball aufs T-Shirt kippen? Das ist umständlich formuliert, aber es bringt Petra zum Lachen, nämlich erfolgversprechend zum Lachen.

Und dann sagt Petra ironisch: Schicksal. Und dann, unironisch, fragt sie, ob David das Duo Fischli/Weiss kennt, die beiden Künstler, die diesen Film gemacht haben. David guckt wissend, aber er ist unwissend. Das kann sogar der Barkeeper sehen, während er mit seinem dicken Pinsel Asche aus den Bechern bürstet in einen schwarzen Müllsack hinein. Ein Stummel glost noch, und der Barkeeper tritt gegen den Müllsack, bis das kleine Glutnest erlischt. Dann redet Petra über Fischli/Weiss, verkleidet als Pandabär und Ratte, dann über ihre Wurstarbeiten aus den achtziger Jahren und dann über den Stein auf einem anderen Stein als eine der letzten gemeinsamen Arbeiten der beiden. *Findet mich das Glück?*, sagt sie dann. Aber David kennt auch diese Arbeit von Fischli/Weiss nicht, deshalb hört er es als Frage, an ihn gerichtet: Findet mich das Glück? Und deshalb sagt er, ohne nachzudenken, zu Petra: Ich glaube, es findet dich. Und dann lacht Petra, und jetzt spürt auch sie, wie der Fireball durch ihre Gedanken rollt und wie er über das Blut direkt ins Herz gekullert und gekugelt ist und dort eine Reaktion nach der anderen auslöst. Wie der Feuerball aus dem Film von Fischli/Weiss, der, wie ein brennender Komet um eine Stange rotierend, zu Boden fliegt, etwa in der Mitte des Films, während die Kamera ruhig abwartet, aber auch rechtzeitig bei jedem neuen Spektakel zur Stelle ist. Beinah eine riesige, ungeschnittene Plansequenz, denkt Petra und sieht in Davids leuchtende Augen. Und dann erzählt sie David, wie der Lauf der Dinge vollzogen wird, wie am Anfang ein schwarzer Müllsack sich dreht und auf einen Reifen fällt, wie eine Leiter eine Bahn hinabwandert, wie ein Säckchen sich eine Eisenstange hinunterdreht, wie eine Flasche rollt, wie sich Schaum bewegt, wie schwarze Flüssigkeit rinnt, wie es dampft, wie brennende Kerzen Schaum in Brand setzen, der wiederum eine Zündschnur entflammt, wie eine Blase wie aus Kaugummi oder ein Kondom sich füllt, wie ein Sessel steht, nur auf zwei Beinen, und kippt, wie langsam, langwierig, eine Schüssel mit Wasser gefüllt wird, wie ein Teppich sich ausrollt, wie ein Plastikbecher, gefüllt mit Lehm oder Ähnlichem, eine schiefe Platte in vielen Bögen hinunterrollt, wie Asche aus einem Eimer geschleudert wird, wie ein Luftballon platzt und so ein Kartonring zu Boden fällt, wie ein Rollwägelchen mit Kerze oben dran ein zweites Rollwägelchen mit Feuerwerksantrieb in Gang setzt, wie Geräusche zu hören sind, als wäre es Silvester, wie die Dinge puffen, ploppen, spritzen, knallen.

Während Petra das alles erzählt, sieht David auf ihre Lippen, auf ihre Hände und auf den roten Fleck auf ihrem T-Shirt. Er bestellt noch zwei Fireballs und sagt manchmal aha und soso, und es interessiert ihn wirklich, obwohl nacherzählte Filme so langweilig sind, an Langeweile nur zu übertreffen von nacherzählten Kunstfilmen, aber bei Petra, da klingt alles anders, da klingen die Worte, als wäre es Silvester, wie ein Puffen, ein Ploppen, ein Spritzen und ein Knallen. Und er denkt jetzt, dass die beiden Künstler ihre Freude daran gehabt hätten, Petra zuzuhören und seine, Davids, schmutzigen Gedanken dabei zu lesen. Würden sich humorlose Künstler denn je als Pandabär und Ratte verkleidet und Wurstskulpturen fotografiert haben? Nein, denkt David. Und unabsichtlich ruft er es auch laut aus: Nein! – Wie, nein?, fragt Petra. Ach, sagt David, ich wollte bloß nicht, dass du aufhörst, mir den Lauf der Dinge zu schildern.

Und Petra fährt fort: Wie ein Fass rollt, wie eine Flasche umkippt, wie Eisbrocken am Boden liegen, wie eine Zeitung brennt, wie sich alles vorwärts bewegt, aber auch wieder zurück, beispielsweise eine Wippe mit einer Kerze vorn dran, damit sie sich nach oben bewegt, um eine neuerliche Zündschnur zu zünden, wie Leitern nicht nur stehen und gehen, sondern auch fallen, wie die Gegenstände also auch entgegen ihrer Zuschreibung oder ihrem Zweck gebraucht werden, Funkenflug!, wie etwas wie Benzin sich entzündet, so viele Explosionsorte! Wie etwas geschleudert wird, ein kleines Schiffchen ausschickt, wie ein Rad, das Funken sprüht und durch einen Reifen fährt eine Metallbahn entlang, dann in einem Kübel brennend untergeht. Und all das Klirren, Zischen, Brauen, Gurgeln, Knistern, Gießen, Plätschern! David denkt jetzt, während Petra spricht, eindeutig und unverblümt daran, dass er beim Barkeeper Aspirin und Kondome kaufen möchte. Wie Erde brennt wie drei Mini-Vulkane, wie all die sinnlosen Apparaturen und Mechaniken so etwas wie eine absurde Stadt aus der Zeit der Industrialisierung erschaffen, wo alles werkt und rattert und brennt, eben nicht digital, sondern mechanisch, und wie das auch mit dieser Zeit zu tun haben könnte, in der der *Lauf der Dinge* gedreht worden ist, einer Zeit vor dem Internet in allen Haushalten. Wie dann ein Schuhpaar wie von zwei Patschfüßen vorwärts getrieben wird und seinen Weg findet, wie nicht eine Hand die andere wäscht, sondern ein Reifen den anderen wässert und ihn so ins Rollen bringt, wie auf engem Raum alles aufgebaut worden ist, wie gefährlich das auch ist! Wie ein Fahrzeug mit Messern vorn dran als ein Panzerchen gegen das nächste Ding fährt, wie man an all die Gefahren der Kindheit denkt beim Zusehen: die ewigen Warnungen vor dem Ausschütten von Flüssigkeiten aus Trinkbechern, aus Blumenvasen, aus Tintenfässern, an Messer, Gabel, Schere, Licht, an den Krieg im Kinderzimmer. Und wie ein Teekessel wie eine Waffe sich mit Messer gegen einen Ballon richtet, wie Schaum losgetreten wird wie eine Schneelawine, wie alles vermeintlich Stabile einbricht, all diese zielgerichteten Aktionen des Scheiterns und Vorwärtskommens, wie dann aber auch wieder um den heißen Brei herumgeschlichen wird, bis etwas zuschlägt, weiterrollt, sich entzündet. Wie eine Schaufel fällt, Wasser ausgeschüttet wird, ein Luftballon Luft verliert, jämmerlich, wie ein klebriges Röllchen klebrig nach unten rollt, wie die Kamerabewegungen das einzige Indiz auf menschliche Anwesenheit innerhalb dieses Filmes sind, wie ein Luftballon mit Flüssigkeit gefüllt wird und zu Boden platscht wie ein dicker Wal, wie eine Dose rutscht und fällt und Wasser verliert, wie all der Müll präzise aufgebaut ist in monatelanger Vorbereitung, wie etwas zurückrollt, um ein Gewicht zu verlagern und ein Brett vorn anzuheben, wie am Ende Dampf ist, dann eine Schwarzblende, und im Nachspann nur noch die Geräusche zu hören sind, als

Hinweis darauf: Es geht weiter, ohne dass wir zusehen können. Du kennst den Film sehr genau, sagt David. Ja, sagt Petra.

Und das ist der Moment, in dem David daran denkt, dass er jetzt sehr lange zugehört hat und deshalb, als Konsequenz daraus, Kettenreaktion, Petra küssen darf. Und Petra denkt das auch. Und sie küssen sich, und der Barkeeper freut sich, denn auch er hat ein Herz, und der DJ, Kettenreaktion, spielt jetzt *Ring of Fire*. Das ist zwar kein Schmusesong, aber das stört jetzt niemanden, denn Davids Kopf brennt lichterloh, sein Herz und seine Hände. Und bei Petra ist es ebenso, und sie wüsste auch nicht, was es jetzt noch zu reden gäbe. Und dann fragt David: Findet dich das Glück?, und Petra sagt, sie glaubt schon. Und dann küssen sie einander wieder, bis David sagt, er habe sein Scheitern, das Ausschütten des Fireballs auf Petras T-Shirt, zu einem Glücken, das Küssen von Petras grenadineroten Lippen, gemacht. Und dann erzählt Petra die Sache mit dem Scheitern, das bei Fischli/Weiss ein Gelingen ist, und dass Glück und Gelingen etymologisch vielleicht verwandt sind. Oh mein Gott, sagt David beglückt, und hier macht der Text einen Loop, und wir kommen an die Stelle, wo David beschlossen hat, jetzt nicht an den menschenverachtenden Diktator zu denken, jetzt, um Gottes willen, bloß nicht an den menschenverachtenden Diktator denken, aber sag einmal einem Deutschen namens David, er soll nicht an den menschenverachtenden Diktator denken. Schon ist es passiert.

Und das ist immer ein trauriger Moment in einer Reihe von vielen Momenten. Der traurigste für die Menschheit, aber auch ein trauriger, so egoistisch, persönlich und kleinlich darf David jetzt sein, für einen einzelnen Mann in einer Bar, der gerade eine Frau im Arm hält, die gerade daran denkt, dass beim Barkeeper hinterher noch Kondome gekauft werden müssen. Es ist der Moment, wo der Lauf der Dinge plötzlich stoppt. Wo die Ketten der Gespräche, Drinks und Gedanken dann eines nicht als Reaktion zur Folge haben: die sogenannte Erektion. Ja, das ist die schmutzige, traurige, kleinliche Pointe im Aufeinandertreffen zweier verliebter Menschen in einer Bar namens The Way Things go. Es ist der Moment, in dem David aufhört, Petra zu küssen. Er nimmt seine Hände von ihrem Hintern und holt eine Zigarettenschachtel aus seiner Jacke, die er über dem Hemd mit den vielen kleinen Fischli trägt. David raucht und versucht, seine akute Traurigkeit und seine augenblicklich einsetzende Unfähigkeit zur Aktion zu überspielen. Sogar der Barkeeper bemerkt jetzt diesen Moment des Stillstands, in welchem sich bloß noch der Rauch aus Davids Zigarette gegen die Decke schiebt. Ein stilles Kräuseln und Drehen von grauen Rauchschwaden.

Der Barkeeper gibt noch eine Runde Nüsschen aus. Was ist los?, fragt Petra jetzt. David ist froh, dass sie fragt, aber er will jetzt nichts sagen über den möglichen Kausalzusammenhang zwischen seinem Gedanken an den menschenverachtenden Diktator und einer Kusspause im The Way Things go. Nein, David soll jetzt nichts sagen. Auch der Barkeeper findet, dass es jetzt an der Zeit ist, einmal nichts zu sagen. Den Lauf der Dinge einmal aufzuhalten.

Es ist lange still zwischen den beiden. Dann trinken sie noch einen Fireball, rauchen noch ein, zwei Zigaretten, der DJ spielt Hintergrundmusik. Dann fasst sich David ein Herz und sagt: Oh mein Gott, obwohl er nicht an Gott glaubt, aber seltsamer- oder komischerweise ist das in diesem Moment doch das Vernünftigste, was ihm einfällt. Und Petra lacht und gibt David einen kleinen Kuss auf die Wange. Glaubst du an Gott?, fragt sie dann. Nee, bloß nicht!, ruft David, und beide lachen wieder. Nur in schwierigen Momenten, sagt David dann. Kann ich verstehen, sagt Petra.

Findet mich das Glück, sagt David dann. Ja?, fragt Petra. Findet mich das Glück, das ist so eine Frage, die erinnert mich an die Fragen bei Hiob. Ach so?, sagt Petra, und diesmal ist sie es, die wissend guckt, aber unwissend ist. David kramt sein Handy aus der Jackentasche. Warte, ich lese sie dir vor. Okay, sagt Petra.

Sei ganz Ohr!, sagt David verschmitzt. Bin ich, sagt Petra und drückt sich ein bisschen fester an ihn. Also, sagt David, etwas peinlich berührt, aber doch betrunken genug, um aus der Bibel vorzulesen, die Fragen bei Hiob, *Hiob 38*, also, hör zu: »Wer ist des Regens Vater? Wer hat die Tropfen des Taues gezeugt? Aus wes Leib ist das Eis gegangen, und wer hat den Reif unter dem Himmel gezeugt, dass das Wasser verborgen wird wie unter Steinen und die Tiefe oben gefriert?« Petra hört zu und umarmt David. »Kannst du die Bande der sieben Sterne zusammenbinden oder das Band des Orion auflösen? Kannst du den Morgenstern hervorbringen zu seiner Zeit oder den Bären am Himmel samt seinen Jungen heraufführen? Weißt du des Himmels Ordnungen, oder bestimmst du seine Herrschaft über die Erde? Kannst du deine Stimme zu der Wolke erheben, dass dich die Menge des Wassers bedecke? Kannst du die Blitze auslassen, dass sie hinfahren und sprechen zu dir: Hier sind wir? Wer gibt die Weisheit in das Verborgene? Wer gibt verständige Gedanken? Wer ist so weise, der die Wolken zählen könnte? Wer kann die Wasserschläuche am Himmel ausschütten, wenn der Staub begossen wird, dass er zuhauf läuft und die Schollen aneinanderkleben?«

Petra umarmt David weiter und sagt nichts. Schöne Fragen, nicht?!, sagt David nach einer Pause. Und gleichzeitig sind das Fragen, die das Ende der Welt einläuten. Mit den sieben Sternen in seiner Hand. Es ist das Prinzip der Frage, dass sie eine Antwort fordert. Das sind die Kettenreaktionen, die die Sprache auslöst. Der Lauf der Wörter.

Ja, sagt Petra. Schon komisch und schön, wen man so im The Way Things go kennenlernen kann. Fast ein Wunder, ein rauchendes, stampfendes, rollendes, tobendes, stolperndes, krachendes, brennendes, rinnendes, fließendes, laufendes, plumpsendes Wunder. Kann ja fast nicht sein, dass zwei Menschen so aufeinandertreffen! Die einander zwischen Tresen und Tanzfläche so viel zu sagen haben über Gott und die Welt und dabei noch so gern Fireball trinken und Nüsschen essen! Reaktion um Reaktion, sagt der Barkeeper, der auch ein Alchemist ist. Aber gerade der arbeitsamste unter den Barkeepern möchte auch einmal nach Hause gehen, um in seinem Handlexikon weiterzuschmökern. Und so wischt er demonstrativ über die Tischplatte, räumt die Nüsschen in den Schrank und guckt fragend in die beiden halbleeren Shot-Gläser. Aber Petra und David wissen: Das ist keine Frage, die eine Antwort haben will, sondern eine, die eine Reaktion auslösen soll, nämlich jene, dass die beiden letzten Gäste des Abends nun das The Way Things go verlassen mögen.

Da war auch keine Zeit mehr für den Aspirin- oder Kondomkauf. David und Petra sind müde, aber dennoch davon überzeugt, dass die Dinge ihren Lauf nehmen werden und dass das Glück sie gefunden hat. Aber laufen die Dinge? Oder stolpern sie? Läuft eins ins andere, unausweichlich?

Taxi?, fragt Petra, draußen vor dem The Way Things go. Es ist schon fast wieder hell, und die Vögel zwitschern bereits. Soll Petra, weil es so ausnehmend schön gewesen ist mit David und ihr T-Shirt auch längst wieder trocken ist und der Fleck sich auch später noch auswaschen lassen wird und es auch sinnvoller wäre, ein T-Shirt mit dem roten Schriftzug Petra und einem roten Fleck darüber bald auszuziehen: Soll sie also aus all diesen Gründen mit David im selben Taxi nach Hause fahren und zu Ende führen, was der Barkeeper als erster von ihnen vorausgesehen und angedacht hat? Und würde es nicht bei diesem einen Mal bleiben, und würden sie danach einander wiedersehen, öfter, mehr noch, für eine lange Zeit in ihrem Leben, vielleicht bis ans Ende ihrer Tage?

Petra lacht jetzt über sich selbst bei diesem Gedanken. Und da halten plötzlich, ohne sie gerufen zu haben, gleichzeitig zwei Taxis vor dem The Way Things go, und David sieht Petra an und Petra David, und nun sind sie zu entscheidungsschwach, zu betrunken, zu schüchtern vielleicht doch, um beide ins selbe Taxi zu steigen, also steigt David in seins und Petra in ihres. Vorher waren es noch zwei Taxis ohne Fahrgast, jetzt ist das eine seines und das andere ihres, und die Taxifahrer gucken fragend auf den Rücksitz, und Petra nennt ihrem Taxifahrer ihre Adresse, und David nennt seinem Taxifahrer seine, und gleich geht es los in den neuen Morgen.

Aber einmal noch springt David aus dem Auto, springt tatsächlich wie ein Gummiball, schreit, trommelt an die Fensterscheibe, Petras Taxifahrer bleibt genervt stehen, und Petra kurbelt die Fensterscheibe nach unten, und David ruft: Ist das jetzt ein Korb? Und Petra ruft: Nein, das ist ein Ball, fang ihn auf! Und David: Morgen, im Museum? Und Petra: Ja, gut! Und David wieder: Am frühen Abend, bevor es zusperrt? Und Petra wieder: Ja, 18 Uhr, morgen, also heute, 18 Uhr, 6 Uhr abends! Und David ruft: Ja, ja, ja, ich werde dort sein, bei den Videos!, und Petra ruft: Ja, ja, ja, ich auch! Und dann setzen sich die beiden Autos in Bewegung, und beide rollen durch die Nacht, sicher, ohne Hindernisse, ohne Aufprall, ohne Unfall, ohne Explosion, und die Dinge, sie werden, nach ein bisschen Schlaf, Zähneputzen und Kaffee, ihren Lauf nehmen.

Die Jahreszeit der T-Shirts

Der Sommer ist die Jahreszeit der T-Shirts. Ihre Muster, Farben und Sprüche lassen sich nicht mehr unter der Jacke oder dem Pullover verbergen, und ein Spaziergang durch die Einkaufsstraßen der Stadt entwickelt sich, Passant um Passant, zu einem Fortsetzungsroman für jene, die nicht anders können, als alles zu lesen, was in leuchtenden Buchstaben fröhlich auf Textil prangt. Die Feststellung »Bier formte diesen schönen Körper« ist dabei noch gar nicht das Ende der Geschichte.

Im Schaufenster eines beliebten Bekleidungsgeschäfts habe ich im Vorbeigehen ein T-Shirt gesehen mit folgender Aufschrift: »Rude girls go backstage.« Freche Mädchen kommen demnach hinter die Bühne, in die Künstlergarderobe, in den Proberaum. Der Spruch ist eine verkürzte und abgewandelte Version von »Good girls go to Heaven, bad girls go everywhere« – die schlimmen Kinder kommen, anders als es ihnen früher einmal angedroht worden ist, eben nicht mehr in die Hölle. Gute Mädchen kommen in den Himmel, böse überallhin: Belege für diesen Satz als Zitat innerhalb der Popkultur lassen sich etwa seit Anfang des zwanzigsten Jahrhunderts finden, mitunter wird er der Hollywood-Schauspielerin Mae West als Urheberin zugeschrieben. Wenn wir nun das Quantum Selbstironie abziehen möchten, das die potenzielle Trägerin eines solchen T-Shirts durchaus aufbringen darf, bleibt der nackte Kern der Aussage übrig: Wilde Mädchen stehen nicht auf der Bühne, nein, sie verziehen sich angeblich brav hinter die Kulissen. Um dort eigentlich was zu tun? Das Catering zu testen? Den Tourbus zu reinigen? Ausgiebig *MeToo*-Debatten zu führen?

Und welche T-Shirt-Sprüche hat die Textilindustrie für die wilden Buben ausgewählt? Ein schneller Blick auf die einschlägigen Verkaufsplattformen im Internet fördert zahllose Möglichkeiten zutage: Für junge Männer gibt es da einmal T-Shirts mit der lakonischen Aufschrift »Bad Boy«. Wohin sie gehen, wird seltener genannt. Man möchte vermuten, dass sie sogleich und ohne Hindernis *on stage* gehen, es gibt aber auch die touristischere Variante: »Good boys go to heaven, bad boys go to Bangkok.« Eine andere Spielart lautet: »We ride together, we die together. Bad boys for life.« Sie fahren miteinander, sie sterben gemeinsam. Wohin der Weg sie führt, darüber wird nichts gesagt. Böse Buben, ein Leben lang. Ein anderes T-Shirt weist seinen Träger als denjenigen aus, vor dem die Mütter ihre Töchter immer schon gewarnt haben: »I'm the guy y'r mom warned you about!« Eine Warnung, die man vielleicht ernst nehmen sollte, jedenfalls, was Fragen des Modegeschmacks und des Humors anbelangt. *Boys don't cry* wiederum hießen ein Album und ein Song der Pop-Band The Cure Anfang der achtziger Jahre, der Spruch wurde gern auf T-Shirts gedruckt. Es lassen sich aber auch softere Formen der Selbstbeschreibung finden: »Well, a boy's best friend is his mother.« Wem selbst die Muttersöhnchen zu aufdringlich sind, der wählt die intellektuelle Variante, vielleicht unisex zu tragen: »Boys in books are just better.« Die Jungs aus den Büchern sind einfach besser.

Woher kommt eigentlich dieses Bedürfnis, mit einem T-Shirt-Spruch derart Selbstauskunft zu geben, frage ich mich. Und was sagt sein Inhalt, massenhaft angeboten und erworben, denn über den Zustand unserer Gesellschaft, über das Verhältnis der Geschlechter, die Zuweisung von Himmel, Hölle und Bangkok aus?

»Sorry about Betsy DeVos«, »America needs lesbian farmers«, »Just another slut on birth control«. Betsy DeVos war ab dem Jahr 2017 in der Regierung von Donald Trump Bildungsministerin der Vereinigten Staaten, und eines ihrer proklamierten Ziele war es, die Förderung staatlicher Schulen abzuschaffen. Dass Amerika mehr lesbische Landwirtinnen bräuchte, ist als Replik auf eine abwertende Aussage durch den konservativen Radiomoderator Rush Limbaugh zu lesen. Und eine *slut*, die sich für *birth control* einsetzt: *is definitely reclaiming a four-letter-word*. Wer sich für Geburtenkontrolle einsetzt und dafür als Nutte beschimpft wird, trägt die Beschimpfung als T-Shirt-Spruch zur Schau – zur Beschämung des konservativen Gegners. Ich befinde mich im T-Shirt-Laden Raygun im East Village von Des Moines, dem hippen, gentrifizierten Viertel der Hauptstadt des Bundesstaates Iowa. Die T-Shirts mit aufgedruckten Sprüchen in allen Farben, die zeitnah auf die politischen Ereignisse in Amerika reagieren, sind ein Produkt des Mittleren Westens, das humorvoll den Patriotismus der Rednecks mit den Slogans der linken Protestkultur mixt. »Make America great again« ist als Parole auch hier ein Verkaufsschlager, allerdings illustriert mit den Porträts von Michelle und Barack Obama. »Yes, we can« hieß bekanntlich dessen Wahlspruch im Präsidentschaftswahlkampf 2008, und rückblickend liest sich dies wie der hoffnungsfrohe Beginn eines Halbsatzes, der nun, mit enttäuschendem Ausgang, weitergesprochen werden muss: »Yes, we can … make America great again.« Um sich ein vollständiges Bild von Amerika zu machen, ist es wohl nötig, den gesamten Satz zu lesen.

Ich frage mich, was hat sich verändert, seit ich im Jahr 2015 das letzte Mal hier gewesen bin? Es ist dieselbe Landschaft mit ihren grünen Hügeln und den gelben Maisfeldern, die Grant Wood in den 1920er und 1930er Jahren so naiv-sachlich und prägnant gemalt hat. Im Des Moines Art Center, einem großartigen dreiteiligen Museumsbau, von den Architekten Eliel Saarinen, I. M. Pei und Richard Meier zwischen den 1940er und 1980er Jahren gebaut und erweitert, hängt noch, wie beim letzten Besuch, Grant Woods Ölgemälde *The Birthplace of Herbert Hoover*. Es zeigt ein Grundstück, auf dessen Rasen zwischen Haus und Hecke ein schlankes Männlein steht, das mit der rechten Hand auf seinen Besitz zu deuten scheint. Seht, das gehört mir. Vielleicht ist es Herbert Hoover selbst, der bis eben noch angeblich unbeliebteste Präsident der amerikanischen Geschichte, der hier steht, nun deutet und einen Schatten wirft.

Noch immer fahren über solchen Rasen die gelb-grün-lackierten Mähfahrzeuge von John Deere, der hier ein Monopol zu haben scheint auf alles, was Lärm macht. Der Autor und Reiseschriftsteller Bill Bryson, selbst in Des Moines geboren, schrieb Ende der 1980er Jahre darüber so liebevoll-spöttelnd in *The Lost Continent*, auf Deutsch *Straßen der Erinnerung*. Und immer noch kutschieren die schwarz gewandeten Amish mit ihren Pferdewagen auf der rechten Spur der Landstraße zu ihren Feldern, während nebenan der Monsanto-Konzern sein gentechnisch verändertes Saatgut produziert.

Studentin Sheila hat mich zu einem kurzen Roadtrip nach Kalona eingeladen, wir sitzen hoch auf dem dunkelroten Pickup mit *four wheel drive*, den hier fast alle fahren, meist eben in den Farben Rot, Schwarz oder Silbergrau, und biegen bei zwei Hinweisschildern ab, wovon das eine etwas über unsere Sünden sagt, die uns im Himmel vergeben oder für die wir zur Rechenschaft gezogen werden, und das andere verspricht auf Erden: *Fresh eggs, $ 1,25*. Wir steigen aus, klopfen an die Tür eines der typischen weißgetünchten, holzverkleideten Farmhäuser, und eine ältere Bäuerin in blasslilafarben-mennonitischer Kleidung samt Häubchen über dem grauen Haar öffnet uns. Wir kaufen je zwölf Eier, zählen umständlich die Pennys und Quarters zusammen, und Sheila nutzt die vorsätzlich verstreichenden Minuten, um zu erzählen, dass ihre Reisebegleiterin aus Österreich sei. Keine Reaktion in den Augen unseres Gegenübers. *She speaks German*, versucht es Sheila weiter. *Ah, German!*, plötzlich lächelt die Bäuerin und sagt einen Satz, der hier, zwischen Himmel und Eierkartons stehend, beinah mystisch klingt: *So you must have come a long, long way.* Die Mennoniten in Kalona sprechen in der Familie Deutsch miteinander, und wir schaffen es noch, ihr ein paar Sätze zu entlocken, die in meinen diesbezüglich unerfahrenen Ohren schwäbisch klingen. Plautdietsch wäre die korrekte Bezeichnung, lese ich später. Ihre Vorfahren kämen aus der Schweiz, sagt die Frau, und ihr Beispielsatz lautet in etwa: Buben und Mädchen, draußen im Garten ist es *chilly*. Ich sage darauf etwas in meinem Deutsch, doch sie versteht mich leider nicht.

Was hat sich in eurem täglichen Leben, im Alltag, verändert, seit der neue Präsident im Amt ist?, frage ich in Iowa und Chicago immer wieder die Leute, denen ich begegne. Es war doch angeblich immer schon so, die Farmer auf dem Land, die republikanisch wählten, die College-Studenten in der Stadt, die demokratisch wählten? Die progressiveren Städte an der Ost- und der Westküste, das konservativere Landesinnere? Ist das Land denn wirklich gespalten zwischen den politischen Lagern? Und was beschreiben die Statistiken über das Wahlverhalten der verschiedenen Bevölkerungsgruppen? Wie antworten die Menschen, wenn man individuell nachfragt?

Betsy, die Verkäuferin im Western-Boots-Laden in Grinnell, wählte Hillary Clinton, der Partner eines Kollegen vom Grinnell College of Liberal Arts, an dem ich unterrichte, wiederum Trump. Vor mir auf dem Interstate Highway fährt ein dunkelblauer Ford mit dem alten Aufkleber »Bernie 2016«, direkt daneben prangt ein christliches Fischsymbol, in der Parkgarage in Des Moines parkt ein beigefarbener Mercedes mit »Gun owners for Trump« und »Hillary for prison 2016«. Ist es wirklich immer rechts versus links? Oder sind die Bruchlinien woanders zu suchen? Dort, wo vormals der Konsens vorhanden schien, die demokratischen Rituale nicht grundsätzlich infrage zu stellen? Was passiert, wenn einer, der macht, spricht und entscheidet, sich nicht mehr an die gewohnten Formen des Umgangs hält?

»Love Trumps Hate« ist einer der beliebtesten T-Shirt-Sprüche seit der Wahl zum 45. Präsidenten der Vereinigten Staaten von Amerika. Liebe Trumps Hass! Oder: Liebe übertrumpft Hass. Oder: Liebe, Trumpf, Hass: ein Satz wie ein Blatt Spielkarten. Welche Farbe ziehen wir aus dem Stapel?

Es ist einfach auch die Atmosphäre, die vorherrscht, sagt meine amerikanische Freundin Kathleen. Samt der immer gleichen Antwort auf die Frage, wie es einem gehe: den Umständen entsprechend. Wie war das, frage ich sie, als sie beim »Women's March« war in D. C., am ersten Tag nach der Amtseinführung des Präsidenten? Was sagt sie zum *Op-Ed*, dem Gastkommentar eines Journalisten der New York Times nach dem Marsch, der die pinkfarbenen Mützen und Häubchen der Teilnehmerinnen, die *Pussyhats*, als niedlich und demokultur-nostalgisch belächelt? Zu den anderen Stimmen, die dem Marsch einen Mangel an Intersektionalität vorwarfen? Es war definitiv gut, dort zu sein, sagt Kathleen. Es war einfach nötig, nach der Wahl dieses starke Zeichen zu setzen. Es war eine halbe Million Menschen in Washington, siebenhunderttausend waren es in Los Angeles. Die Straßen waren voll, die Bed-and-Breakfast-Zimmer ausgebucht, in der Metro gab es diese ermutigenden Durchsagen eines Mitarbeiters: Ey, Ladys, am Tag zuvor sind definitiv nicht so viele Menschen zur Angelobung gekommen, *that's fake news, Ladies*, ich weiß es, ich war gestern auch schon da. Kathleen zeigt mir auf ihrem Smartphone Fotos von einem Polizisten mit Pussyhat, von einer Organisatorin mit Kopftuch, die gerade das

Mikrofon in Händen hält, von einem jungen Mann mit dem Transparent: »I'm too clumsy to be around fragile masculinity.« Zu übersetzen ist dieser Spruch in etwa mit: Ich bin zu tollpatschig für die Macho-Auswüchse einer ach-so-erschütterbaren Männlichkeit, ich habe keine Nerven für die übertriebene Zurschaustellung von Männlichkeit. Die meisten der Sprecherinnen und auftretenden Künstlerinnen, die Kathleen gesehen hat, seien schwarz gewesen, die Bürgerrechtlerin Angela Davis sprach, die ganze Veranstaltung habe sich angefühlt wie der Anfang von etwas noch Größerem. Kathleen hat ein T-Shirt davon: »Women's March 2017« steht darauf geschrieben, dazu Datum und Ort.

Bei Walmart, dem 24-Hours-Superstore für Kinderspielzeug, Schusswaffen und Vitamintabletten, sieht die Welt der bunten Sprüche ein wenig anders aus. Neben Muttertagskarten, die in kleinen Gedichten der Frau im Hause noch immer (»I can't believe I still have to protest this fucking shit!«, hieß es auf den Schildern und Transparenten der älteren Frauen: Ich kann nicht glauben, dass ich noch immer gegen denselben alten Scheiß protestieren muss!) die Rolle der herzensguten Arbeitsbiene zuweisen, finden sich T-Shirts in den Größen Small bis XXXL mit Sprüchen wie: »I'm not rude, I'm honest«, »I don't use machines because I am one«, »I'm surrounded by idiots«, »My shirt is brighter than your future«, »Because America«. Die Selbstvergewisserung tönt trotzig: Ich bin nicht unhöflich, ich bin nur ehrlich. Ich benutze keine Maschinen, ich bin selbst eine. Ich bin umgeben von Idioten. Mein T-Shirt leuchtet heller als deine Zukunft. Weil es Amerika ist. Zur Auswahl gibt es außerdem noch heulende Wölfe vor amerikanischer Flagge, die Minions und die Simpsons, es gibt tanzende Würstchen mit Gesichtern darauf, und es gibt alle möglichen Katzen, die durch den Weltraum fliegen, nachdem sie vermutlich LSD zu sich genommen haben.

Die Welt als T-Shirt, denke ich mit einem Buchtitel von Beat Wyss aus den späten 1990er Jahren. Amerika lässt sich auch anhand seiner Slogans auf T-Shirts und Werbetafeln lesen, anhand seiner Aufkleber und Klosprüche, anhand der gebastelten Pappkartontafeln und Transparente, die jetzt zahlreich in den Gängen der Colleges, vor Wohnungstüren und in Stiegenhäusern zwischengeparkt werden, bis sie wieder, bald, hervorgeholt werden und zum Einsatz kommen. Noch ein paar Sätze, die ich im Vorbeigehen aufgesammelt habe: »Black lives matter«, schwarze Leben zählen, bereits im Jahr 2017, im Vorgarten eines Häuschens in Madison, Wisconsin. »I stand with my muslim neighbor«, ich halte zu meinem muslimischen Nachbarn, im Buchladen Prairie Lights in Iowa City auf einem hellblauen T-Shirt. Und soeben in Chicago, von einem Obdachlosen, der um Geld bittet, auf Pappkarton gekrakelt der Wunsch, Amerika nicht »great«, sondern wieder nett zu machen: »Make America nice again.« Weiter daneben steht ein überdimensionaler betonierter Blumentopf, auf dessen Vorsprung die Menschen sitzen – es ist ein schwüler Tag im Mai – und Eis essen. Auch der Blumentopf hält ein Schild für uns bereit: »Please do not sit on Planters«, setzt euch doch bitte nicht auf den Übertopf.

Du hast starke Nägel, sagt die ältere Dame zu mir, die mir die künstlich verlängerten Gel-Nägel, bemalt mit Acryllack und beklebt mit Glitzersteinen, nun abschleift, bis die blassen Originale aus Horn endlich wieder zum Vorschein kommen. Sie spricht dabei ein Englisch, das nach einer Mischung aus *Midwestern American* und Vietnamesisch klingt, und in dieser bunten Sprache fragt sie mich auch, wo ich mir meine Nägel denn hätte machen lassen. Ich möchte Leipzig, Hauptbahnhof, antworten, aber ich sage: *Europe*. Es riecht ziemlich toxisch hier bei Fashion Nails in der West Street, Ecke 6th Avenue.

Die beiden vietnamesischen Kosmetikerinnen und ihr junger Kollege bei Fashion Nails in Grinnell, einer kleinen Campusstadt im Bundesstaat Iowa, wo ich mich für ein knappes Semester im Frühjahr 2017 aufhalte, sitzen in ihrem winzigen Nagelstudio, und sie husten vor sich hin. Später werde ich deshalb noch sagen: *You should turn on some air circulation. It's not because of me, you are the ones who work here every day*. Gibt es denn niemanden, der sich um die Luftzufuhr kümmert?

Zwei bis vier Kundinnen werden hier jeweils gleichzeitig bearbeitet: Alte Schellack-Nägel werden abgeschliffen, neue Nagel-Extensions angeklebt und mit Airbrush-Pistolen farbig besprüht. Diesmal sollen es bei meiner Sitznachbarin offenbar weiße Nagelspitzen in Dreiecksform werden, eine dritte Kundin will ihre Nägel pink, so wie immer, heißt es. *I sometimes think of leaving my comfort zone, but then again*: Es bleibt bei Pink, kein Verlassen der sogenannten Komfortzone. Man hört ihnen zu, man hält einander an den Händen. Ich tauche meine Fingerspitzen in zwei Schüsselchen, gefüllt mit Aceton, und schrecke, da es brennt auf der Haut, kurz zurück. Werden mir hier meine Finger abfallen? Meine zehn ach-so-weißen, ach-so-zarten, ach-so-privilegierten Schreibfinger? Bin ich Julia Roberts als Erin Brockovich und muss die Welt retten? Soll ich es noch einmal sagen: Ladys, ihr erstickt hier noch in diesem Dunst aus Aceton, Lack, Alkohol, Schleifstaub und Nagelbett?

Ich habe mir ein einziges Mal in meinem Leben meine Nägel verlängern und sie dann mit UV-Gel aufbauen und neonorange streichen lassen, darüber wurde teilweise goldener Flitter gestreut. Den Mittelfinger schwarz lackiert – statt »Fuck you!« zu lettern –, wurde darauf mit Acrylfarbe und einem feinen Pinselchen eine Blüte gemalt, am Ende wurde just ins Blüteninnere noch ein Glitzersteinchen geklebt. Die schrillsten Nägel wollte ich, die sie zu bieten hatten am Leipziger Hauptbahnhof, wo man sich für die gesamte Prozedur eine Stunde Zeit nehmen und in etwa fünfzig Euro berappen musste. Nagelpflegerin Rubi, damals vor vier Wochen, kam ursprünglich auch aus Vietnam, war aber in Tschechien aufgewachsen. Wenn ich noch fünf Mal zu ihr ins Nagelstudio L.A. Nails kommen würde, bekäme ich beim sechsten Mal fünf Euro Rabatt. Das stand so auf der pinkfarbenen Visitenkarte, die sie mir mitgegeben hatte, obwohl ich ihr gesagt hatte, dass ich vorhätte, diese Erfahrung nur einmal im Leben zu machen. Rubi hat das nicht glauben können. Und erst einmal angekommen in Amerika, hat mir Brenda aus dem Office of International Student Affairs gleich ein zweifelhaftes Kompliment gemacht: *I love your nail polish!* Da ist es natürlich längst zu spät gewesen, ein Gespräch über Ironie zu führen.

Rubis pinkfarbene Karte steckt noch in meiner Geldbörse, in der sich nun Euros mit Dollars mischen, und die hellblaue Karte von Fashion Nails aus Grinnell, IA 50112, ist hinzugekommen. Ich lege sie in der Bibliothek auf den beigefarben beschichteten Schreibtisch und vergleiche ihre Gestaltung: Auf beiden Kärtchen abgebildet, und das vereint jetzt die Kontinente, ist eine Hand, man reicht einander die Hände zwischen dem Leipziger

Hauptbahnhof und der West Street in Grinnell, gleich gegenüber von Subway und dem Supermarkt McNally's. Und auch hier eine weiße, zarte, privilegierte Hand mit gepflegten *French Nails*, und auch dort: pinkfarbene Blüten, die von jener schönen Hand gehalten werden.

Die Burling Library in Grinnell bietet zur weiterführenden Lektüre beispielsweise folgende Studie: *The Managed Hand. Race, Gender, and the Body in Beauty Service Work* von Miliann Kang aus dem Jahr 2010. Sie berichtet darüber, wie intime Tätigkeiten des privaten Raumes immer mehr zu öffentlichen Dienstleistungen werden und wie gerade die Arbeit im Beauty- und Pflegebereich vielfach weibliche Arbeit ist, die allerdings den Migrantinnen aus bestimmten Herkunftsländern – in den US-amerikanischen Nagelstudios sind es die Vietnamesinnen und Koreanerinnen – auch ermöglicht, innerhalb eines sehr engen Segments ihr eigenes Business zu führen.

Das Abschleifen der vier Wochen alten und herausgewachsenen deutsch-vietnamesischen Handarbeit kostet nun fünfzehn Dollar in Grinnell, die bar zu zahlen sind. Rubi aus Leipzig hat mir damals übrigens mit ihrem kleinen summenden Schleifgerät das Nagelbett an einer Stelle blutig gerissen. Sie hat sich daraufhin bei der dünnhäutigen Kundin mehr Mühe gegeben. *You feel light again?*, fragt mich die amerikanische Vietnamesin noch beim Hinausgehen mit Blick auf meine farblosen abgeschliffenen Fingernägel. Ich weiß nicht, sage ich und stapfe hinaus in einen kalten Frühlingstag Ende April.

Iowa City ist eine Kleinstadt in der Größe von Wels in Oberösterreich, in der viele Schriftstellerinnen und Schriftsteller arbeiten und leben und wohin andere eingeladen werden, auch ein paar Monate zu verbringen. Gleichzeitig angekommen waren mit mir Kollegen aus Malaysia, Macau, Hongkong, Indien, Pakistan, Usbekistan, Singapur, der Mongolei, Schweden, Mexiko, Brasilien, Finnland, Nigeria, Burma, Israel, Taiwan, Südkorea, Neuseeland, Kanada und so weiter. Manche Länder musste ich erst einmal googeln, um sie genau lokalisieren zu können. Rund um Iowa City sind Maisfelder und nichts als Maisfelder.

Zwischen Maisfeldern saß ich und dachte über das Theater nach. Ich glaube, am liebsten war ich im Theater, wenn es mich ästhetisch an meine Grenzen gebracht hat. Wenn mich etwas genervt hat sogar oder es mich gelangweilt hat. Oder so richtig abgewatscht. Oder sehr zum Lachen gebracht. Wahrscheinlich weil die Dinge, die ich nicht verstehe, mir meine Grenzen zeigen. Eher aus Neugier oder Lust springe ich manchmal darüber, über diese Grenzen. Manchmal aber auch nicht.

Mit Lesungen ist man, wenn man sich dazu entschlossen hat, viel unterwegs. Aber so viele Leute aus so unterschiedlichen Ländern in einer kleinen Stadt? Ich weiß nicht, wie man als Schriftstellerin, wie meine Kollegin Homeira, in Afghanistan lebt. Ich werde sie fragen. Im unteren Stock wohnt Antonio aus Brasilien, der seine Literatur als Zombie-Western beschreibt. Anas aus Togo, Westafrika, hasst die Aircondition, wie ich. So könnte ich die Namen weiter aufzählen. Die meisten trinken gern Whisky, Raed aus Saudi-Arabien freilich nicht, und Kirill aus Russland überraschenderweise auch nicht. *No alc, never*, sagt er.

Spielt sich unser menschliches Leben zwischen den Gegensätzen ab? Langeweile und Gefahr, Lust und Tod? Rundherum Maisfelder? Ich glaube jedenfalls, dass das Theater die Dinge der Welt im Kleinen, auf der Bühne, verhandelt und erprobt. Dabei manchmal über unsere vermeintlich gesicherten Grenzen springt. Mit schönen Grüßen nach Europa.

Lange hat sich das Gespräch darüber nicht ergeben wollen, wie Kollegin Homeira als Schriftstellerin in Afghanistan lebt und arbeitet. Nun sind wir gemeinsam von Seattle nach Cedar Rapids im Bundesstaat Iowa geflogen, Umstieg in Denver, und zufällig sind unsere Sitzplätze nebeneinander gelegen. Am Flughafen Denver gibt es übrigens einen Raum, der als *Tornado Shelter* bezeichnet wird, ein Schutzraum vor dem Sturm. Was Homeira nun erzählt hat, werde ich hier nicht aufschreiben. Ich will nur sagen, dass ich sie bewundere: Eine junge Frau, deren Leben aufgrund ihres Schreibens und öffentlichen Sprechens bedroht ist.

An einem anderen Tag habe ich mit meinem Kollegen Nael aus Ägypten Kaffee getrunken. Wir suchten beide verzweifelt nach starkem Kaffee in Amerika. Ihn hat der Arabische Frühling im Jahr 2011 nachgerade aufgeweckt, mit leuchtenden Augen erzählt er von dieser Zeit in den Straßen Kairos. Wie wichtig die Blogs und die sozialen Netzwerke gewesen seien. Endlich alles schreiben, was man nie schreiben durfte. Ein Schreiben, das politisch ist, ist für ihn immer auch ein Schreiben, das seinen Humor nicht verliert: *Because it doesn't care about its future or its career, it just cares about speaking to people in order to change their lives*. Weil es sich nicht kümmere um seine Zukunft oder seine Karriere, es wolle einfach zu den Leuten sprechen, um ihr Leben zu verändern. Aufgeweckt starken Kaffee trinken mit Nael kann dementsprechend lustig sein. Wenn Schreiben und Sprechen bedroht sind und das Recht darauf immer wieder erkämpft werden muss, dann bedeutet das gleichermaßen, dass die Macht des Wortes gefürchtet wird. Was hieße das für die sogenannten freieren Gesellschaften? Dass die, die der Sprache mächtig sind, sich um Differenzierung im Ausdruck bemühen. Sehr selten ergibt das ein Bild von der Welt, wo Gut und Böse, Reich und Arm, Aufgeklärt und Rückständig einfach zu trennen sind. Sprache, Literatur, Theater als *Tornado Shelter*? Das wäre kein Ort von ultimativer Sicherheit, aber es wäre ein Raum, wo es sich denken lässt. *Immer noch Sturm* heißt das bei Peter Handke.

Im Laufe der Monate in Iowa City habe ich nun die Entdeckung gemacht, dass der österreichische Humor sich hervorragend verträgt ausgerechnet mit dem Humorverständnis in Singapur. Mit Yu-Mei, die ich in Iowa kennengelernt habe und hoffentlich einmal in Singapur wiedersehen werde, habe ich viel zu lachen gehabt. Und manchmal, auch wenn ich in meinen Aussagen etwas direkter war, als es die asiatische Diskretion erlaubt, hat Yu-Mei unser gemeinsames Lachen quittiert mit einem: *Oh, Austrian humor!*

Bei einem Vortrag über Literatur in Singapur hat Yu-Mei einen Satz des ehemaligen Premierministers Lee Kuan Yew zitiert, den er 1968 an die Studentenschaft der National University of Singapore gerichtet hat: »Poetry is a luxury we cannot afford.« Die Dichtung sei demnach ein Luxus, den man sich nicht leisten wolle. Yu-Mei sagt, dieser Satz, der in dem reichen Insel- und Stadtstaat richtig berühmt geworden sei, bekomme in seiner Absurdität selbst beinah etwas Poetisches. Und da wir uns bilateral schnell einig geworden sind, dass eine Politik, die sich die Zukunft ohne Literatur, Theater und Kunst imaginiert, recht erbärmlich aussieht, haben wir darüber kein Wort mehr verloren und uns stattdessen auf den Weg gemacht, der Zukunft selbst einen Besuch abzustatten.

In Riverside/Iowa gibt es den sogenannten Future Birthplace of Captain James T. Kirk. Der zukünftige Geburtsort des Helden aus *Star Trek* versteckt sich hinter einem winzigen Friseursalon und besteht lediglich aus einem Stein mit einer Inschrift, das zukünftige Geburtsdatum ist mit 22. März 2228 angegeben. Ein schrulliges Museum befindet sich nebenan, wo die Besucher aufgefordert werden, ihren Herkunftsort mit einer Stecknadel auf einer Weltkarte zu markieren. Yu-Mei war dort die erste Besucherin aus Singapur: Die Zukunft gehört der Poesie und Captain Kirk!

Was mir in Amerika, neben der Sprache, am meisten gefehlt hat? Das Schwarzbrot, tatsächlich. Und wie ich es auch hätte beschreiben wollen, Worte haben nicht erfasst, was es für die Zunge und den Gaumen heißt, nach längerer Zeit endlich wieder eine säuerliche, dunkle, feste Scheibe *dark bread with European butter* zu schmecken. Während ich nun, *back home*, Kaffee trinke und Schwarzbrot kaue, tippe ich in mein Smartphone die Messages in alle Welt: Wie sieht dein Wohnzimmer in Qatif aus? Was, Yu-Mei, du hast gleich zwei Katzen in deinem Apartment in Singapur? Jeden Tag scheint die Sonne in Brasilien. Jeden Tag?! In Helsinki ist es nur eine Stunde später …

Kollege Nael aus Ägypten hat mir ein Lied der drusischen Sängerin Asmahan geschickt. Sie singt auf Arabisch über die rauschenden Nächte in Wien, ohne übrigens selbst je in Wien gewesen zu sein. Asmahan, geboren in Syrien, zeitweise ausgewandert nach Ägypten, war so etwas wie die arabische Femme fatale der vierziger Jahre des zwanzigsten Jahrhunderts. Welch bewegtes Leben, welch früher Tod.

Wenn mir jemand aus Kairo ein Lied über Wien schickt, muss ich freilich mit einem deutschsprachigen Lied über Kairo antworten. Und da hab ich auf Anhieb nur Udo Jürgens gefunden: *Kairo bei Nacht*. Es war lustig, den Songtext rasch ins Englische zu übersetzen, um dann mit jemandem aus Ägypten über diesen schmalen Grat nachzudenken zwischen Bewunderung, Aneignung und Missverstehen von fremder Kultur, über diesen Kitsch, und gleichzeitig über die Schönheit dieses Schlagers. Kairo bei Nacht! Für Nael, der nachts durch Kairo wandert und nun Udo Jürgens übers Smartphone im Ohr hat, bekommt diese

Musik in diesen bewegten, traurigen, aufregenden, gefährlichen, dennoch nicht hoffnungslosen Zeiten wieder Bedeutung. Und ich höre Asmahan und Fairuz.

Es gibt vielleicht keine Übersetzung dafür, wie Schwarzbrot schmeckt mit Butter. Und doch bemühen wir uns um Worte. Denn die Münder, sie sind auch zum Sprechen da.

Silvester im Jahr 2015. Das Minutenzählen und Hinwarten bis Mitternacht erschien mir in diesem Jahr noch absurder, nachdem ich Yu-Mei in Singapur bereits sieben Stunden vorher via Messenger-Dienst alles Gute zum neuen Jahr wünschen musste. Und Kollege Antonio aus Brasilien erst drei Stunden nach 0:00 MEZ die Korken knallen ließ.

Es gibt eine Website, auf der man Städte vergleichen kann bezüglich ihres Grades an Lebensqualität, Einkommen, Kriminalität und so weiter. Wir haben uns den Spaß gemacht, São Paulo mit Helsinki, Singapur und Wien zu vergleichen. Die Kriminalitätsrate in São Paulo wird hier mit einem Index von 75,90 als »sehr hoch« beziffert, die in Wien mit 28,04 als »niedrig«. Die Lebenshaltungskosten in Helsinki sind um 20% und in Singapur um beinah 30% höher als in Wien.

In Saudi-Arabien feiert man kein Silvester, es sei aber höflicher Brauch, diejenigen, die es feiern, zu beglückwünschen. Heute, am 2. Januar 2016, sind laut Medienberichten siebenundvierzig Menschen ebendort durch staatlich legitimierte Exekution getötet worden. Ich bemerke, mein Kollege aus Saudi-Arabien hat sein Profilbild im beliebten sozialen Netzwerk schwarz gefärbt. Und dann fällt mir ein, dass er einmal zu mir gesagt hat: Die Freiheit, die ihr habt, von der träumen wir. Ich habe versucht, diesen Satz so zu hören, als wäre der Begriff neu für mich und unverbraucht: Freiheit.

Einmal, das Thema war ein anderes, aber es hatte auch mit persönlicher Freiheit zu tun, saßen wir in einer größeren Gruppe von Leuten zusammen bei The Mill und aßen Burger, als jemand von Raed wissen wollte, wie sich in Saudi-Arabien Frauen und

Männer kennenlernten. Einfach ist das nicht, aber es gebe Mittel und Wege. Wir beneideten Raed nicht. Dann fragte er ganz offen und gar nicht verdruckst, wer von uns masturbieren würde. Niemand wollte ihm darauf nun vor allen eine Antwort geben. Raed hat darüber gelacht, dass wir plötzlich alle so schweigsam wurden und in der Wortwahl undeutlich.

So scheint manches ungenau, wenn man die Minuten zählt bis zu einer sehr relativen Uhrzeit 0:00. São Paulo feiert drei Stunden später, Kolumnen erscheinen einen Monat später, Bücher werden vielleicht Jahre später daraus. Und die Freiheit, die wir haben, wird, sobald sie bedroht scheint, jetzt mit Worten wie »Krieg« verteidigt. Ich denke darüber nach, was die Sätze und Wörter genau bedeuten. Es ist exakt 18:27 Uhr MEZ, und das Jahr hat gerade erst begonnen.

Was wir sehen, blickt uns an heißt ein Aufsatz des Philosophen und Kunsthistorikers Georges Didi-Huberman. Und so ist es auch mit dem Hintern von Kim Kardashian. Wir wollen uns seiner Omnipräsenz entziehen, aber »ewig grinst« er weiter aus den Magazinen, wie es Adorno, schon in den vierziger Jahren, so angriffslustig-kulturkritisch für die Gesichter der »Covergirls« formuliert hat.

Ein vieldiskutiertes Bild des französischen Fotografen Jean-Paul Goude von Kim Kardashians Hintern ist im amerikanischen Paper Magazine zu finden, und von dort aus hat es sich über die sozialen Netzwerke millionenfach digital verbreitet. Es hängt auch die ganze Kim Kardashian an diesem Körperteil mit dran, aber es ist doch ihr Hinterteil, das zum Objekt des medialen Diskurses hochgestylt worden ist. Nicht erst Kardashian, auch Jennifer Lopez protzt damit, in jüngerer Popgegenwart Miley Cyrus, Nicki Minaj und die ganze fröhliche Tanzgruppe, die sich nun zum *Twerking* zusammengefunden hat. Das Twerking ist dabei nicht ganz neu, seine Bewegungen finden sich in Tänzen vom Senegal über Kenia bis Südafrika und sind ab den neunziger Jahren als Teil der afrikanischen Diaspora schließlich in die amerikanischen Hip-Hop-Videos gewandert. Dem Publikum wird der Rücken zugewandt und vornübergebeugt der Booty geshaket.

Auch das *Mooning* ist dabei nicht neu, nämlich die Hose hinunterzuziehen und der Öffentlichkeit den nackten Hintern zu präsentieren. Als kleines Emoji-Zeichen gibt es das auch für die mobile Kommunikation, aber auch beim Renaissance-Maler Hieronymus Bosch findet sich eine Unzahl ausgestellter Hintern: vielgestaltig, einfallsreich und lustig, der alte wie der neue Gebrauch.

Das New Yorker Metropolitan Museum twitterte unmittelbar als Reaktion auf Kim Kardashian das Foto einer etwa sechstausend Jahre alten kleinen Marmorstatue aus der museumseigenen Sammlung: *Steatopygous female figure*. Die Steatopygie, der »Fettsteiß«, trägt als medizinisch-anatomische Beschreibung von sogenannten »Hottentottinnen und Buschweibern« ihre aus der Kolonialzeit stammende rassistisch-sexistische Begriffsgeschichte mit sich. Die Zeichnungen und Karikaturen, die die Südafrikanerin Sarah Baartman zeigen, die Anfang des neunzehnten Jahrhunderts in London und Paris unter dem Namen »Hottentot Venus« vorgeführt worden ist, sprechen formal eine ähnliche Bildsprache wie Kim Kardashians aktuelles Coverfoto.

Eine vergleichbare Körperhaltung, seitlich posierend, den Hintern hochgereckt, den Rücken zum Hohlkreuz geformt, findet man auch in den Aufnahmen der Tänzerin Josephine Baker aus den zwanziger und dreißiger Jahren, die als »Schwarze Venus« im Bananenröckchen die als exotisch und wild geltenden Attitüden und Tanzbewegungen in ihren Revuen bewusst eingesetzt hat.

In Kim Kardashians Nachstellung dieser Bildvorlagen mischen sich so zahlreiche Elemente und Codes. Auch an den Look und die Mimik der amerikanischen Pin-ups der fünfziger Jahre erinnert das. Die schwarzen Handschuhe, die Hochsteckfrisur und der Perlenschmuck gehören wiederum zu einer Bildikone des darauffolgenden Jahrzehnts: Audrey Hepburn als New Yorker Bohème-Girl in *Breakfast at Tiffany's*.

Das hautenge, gelackt-glänzende, überlange Kleid ist dabei eines, das der Zeichentrickfigur Jessica Rabbit zur Ehre gereichte. »Ich bin nicht schlecht – ich bin nur so gezeichnet«, soll die einmal gesagt haben. Ich bin nicht schlecht, ich bin nur so gephotoshopt, könnte Kim Kardashian ergänzen, nämlich gestreckt, gepolstert und gebogen. Ein Körper, glatt-glänzend von Babyöl, die Taille verkleinert, Busen und Hintern aufgepumpt. In Kim Kardashians Händen die überschäumende Flasche Champagner, deren Inhalt in einer Art von Triumphbogen über Kims Kopf hinweg ins Glas spritzt, das sie auf ihrem Hintern balanciert.

Eine Form der Bildbearbeitung gibt es allerdings, seit es Bilder gibt, und in ihr gelten andere biologisch-physikalische Gesetzmäßigkeiten als im physischen Alltag. Der Fotograf Jean-Paul Goude arbeitet mit der Technik der Bildmontage seit den sechziger Jahren, und er hat Bilder von Frauen schon auseinandergeschnitten und zusammengebastelt, als es Photoshop noch nicht gegeben hat.

Die aktuell kursierenden Bilder des weiblichen Gesäßes könnten ihre Präsenz mehreren sehr diversen Einflüssen zu verdanken haben: Dem Bilderverbot des amerikanischen Puritanismus, der den Hintern, im Vergleich zu den primären Geschlechtsmerkmalen, weniger rigoros der Zensur unterwirft; einer bestimmten pornografischen Ästhetik der grotesken Überbetonung; der Kultur des Bodybuildings und der Elemente des Tanzes, wie dem oben beschriebenen Twerking; dem Einfluss von kulturellen Codes von Hispanics und Afro-Americans innerhalb der amerikanischen Popkultur, die als Pose im Mainstream zitiert und übernommen werden.

Im Jahr 1976, als Jean-Paul Goude beim Magazin Esquire als Art Director arbeitete und mit Grace Jones liiert war, schoss er auch ein Foto einer unbekannten Dame namens Carolina Beaumont. Sie posiert seitlich hin zur Kamera, der Champagner in ihren Händen sprudelt, das Glas, das sie auf ihrem Hintern trägt, wird davon gefüllt. Dasselbe Bild wie im Jahr 2014 mit Kim Kardashian, nur war Beaumont damals splitterfasernackt. Grace Jones' zur Popikone gewordenes Albumcover zu *Island Life* aus dem Jahr 1985, auch das ein Bild aus den Händen Jean-Paul Goudes, zeigt sie als Figurine aus Ebenholz. In einer anatomisch unmöglichen Pose, die jedoch die Illusion von Machbarkeit durch Akrobatik, Aerobic und Extrem-Yoga suggeriert. Eine vergleichbare Inszenierung desselben Fotografen findet sich bei Naomi Campbell mit Marc Jacobs für Harper's Bazaar im Jahr 2007.

Es gibt eine Ästhetik der körperlichen Exaltiertheit, die Jean-Paul Goude über die Jahrzehnte seiner Karriere immer wieder als Pose hervorholt und zitiert. Er bastelt an der Imagination der Femme sauvage, kontrastiert von ihrem Eingesperrtsein im Käfig oder von den Zurichtungen durch Kleidung und Make-up. Die konstruktivistisch-geometrisierten Körper in Oskar Schlemmers Bauhaus-Ballett der zwanziger Jahre werden hier ebenso verarbeitet wie die zerschnittenen, neu verklebten Körper der Dada-Collagen aus etwa derselben Zeit.

In den Achtzigern, als Images – wie die von Jean-Paul Goude geschaffenen – die Popwelt prägten und sich die Hochglanzmagazine auf dem Höhepunkt ihrer Auflagenstärke befanden, lässt sich immer wieder ein Bezug auf die Bildwelt der technikbegeisterten zwanziger Jahre feststellen, als Hommage, dabei ironisch, spielerisch und materialistisch. Dass sich der Fotograf nun wieder auf seine frühen Arbeiten bezieht, auf dieses Zitat des Zitats, ist wohl eher, statt spielerisch zu sein, einer Nostalgie geschuldet. Der Sehnsucht nach einer Zeit, als Print noch unbestritten das Medium von grafischer Erneuerung und seiner Vervielfältigung war.

So beginnt der Traum von der Südsee, vom exotischen Leben, wo Affen in den Palmen hocken, die Jäckchen und Hüte tragen wie flinke Hotelpagen, und die Palmen, von denen aus sie die Gäste beobachten, sind voll von reifen Bananen, und die Blätter der Palmen, die sind aus grünem Satin. Auf dem Boden, im Sand, da liegen die Frauen, sie haben ein Bein angewinkelt und die Arme hinter dem Kopf verschränkt, sie tragen goldene Röcke wie aus Tüll und bauchfreie Blusen mit Rüschenärmeln und je ein großes gelbes Tuch im Haar, das sie vorne geknotet haben nach der Art des brasilianischen Baiana-Kostüms. Da liegen sie zwischen den Palmen, ungezählt, vielleicht drei, vier Dutzend, und die erste wird gleichsam wach und springt auf, als ein Kreischen zu hören ist wie von Möwen oder von anderen Affen oder wie von einem quietschenden, knarzenden Musikinstrument. Und diese eine, die aufgesprungen ist, die läuft auch nach vorn, läuft durchs Meer, durch eine Art Zufluss vielleicht, der so wenig tief ist, dass sie davon nicht nass wird, auf eine vorgelagerte Insel zu, gleich folgen ihr die anderen, sie bewegen sich mit steifen Gliedmaßen und angespannten Muskeln. Sie bewegen sich, wie man sich nur in der Mitte des zwanzigsten Jahrhunderts bewegt hat, geometrisch-turnerisch und mit durchgestreckten Knien, wie man es im deutschsprachigen Raum vielleicht von den so bieder-lebensfrohen Kessler-Zwillingen einmal kannte.

Diese eine, die vorgelaufen ist, sie winkt, sie winkt wie Land-in-Sicht, nein, wie Schiff-ahoi, sie winkt in die Ferne, wo sie uns erspäht hat, sie winkt mit einem Armrudern in der Luft, das die Gespanntheit ihres ganzen Körpers wellenartig erfasst. Schon haben die anderen sie erreicht, sie tragen dieselben Kleider allesamt, sie sind eine Armee aus Frauen in bauschigen, dabei zu kurzen Kleidern, ein Wort wie »zurz« möchte man schreiben statt zu kurz, so knapp sind sie und so wenig Zeit bleibt, um die Dinge zu beschreiben, denn es geht schon weiter, mit seitwärts rudernden Armen laufen sie, läuft die goldglänzende Frauenarmee auf langen Beinen, Beine bis in den Himmel, Beine bis zu den grünen Satintüchern der Palmblätter hinauf jedenfalls. Und nun, zuerst ungeordnet, formiert sich diese Armee, es bilden sich Reihen oder Schlangen, parallel positioniert bilden sie gleich ein Spalier, jemand wird hier freudig erwartet und bald in Empfang genommen. Die Frauen neigen sich nun gemeinsam nach rechts, sie lugen nach vorne, sie wollen was sehen. Sie winken rechts, als wären ihre Hände selbst wieder Satintücher, die einfach bloß im Wind schaukeln, und sie winkeln die linke Hand ab und stützen sich so in der Taille ab. Wir hören Musik, Musical-Melodien, von einem Orchester gespielt. Hier Frauen aufgereiht, hier Palmen aufgereiht, nicht erst dort, sondern nahtlos übergehend hier von Frau zu Baum.

Oh, etwas kommt auf uns zu, ein Wagen, ein Fuhrwerk, zwei Rinder sind vorgespannt, eine Erscheinung, ein ästhetisches Spektakel, flankiert von Männern in hellen Pluderhosen und mit gelben Piratentüchern auf dem Kopf kommt da eine Frau gefahren, sie sitzt auf einem Berg von Bananen, dem Bananenberg, und sie trägt das schönste aller Kostüme, nämlich einen schwarzen langen Rock, eine schwarze Bluse über dem Bauch geknotet, rote Früchte um den Hals gedreht als Kette und dazu einen Hut aus Bananen, aus dem auch die roten Früchte selbst wiederum zu wachsen scheinen, mehr darauf pfropfen als hängen jedenfalls.

Mit einem breiten Lachen fährt sie näher auf ihrem Bananenbergthron, erste Hula-Gesten führen uns von den Kostümen Südamerikas wieder in die Karibik oder dorthin, wo alles wächst, was, das suggerieren die Bilder, anders ist, bunter, seltsamer, schöner, fremder. In ein erfundenes Land, irgendwo im vermeintlich heiter-sorglosen Süden. Es sind die vierziger

Jahre in Technicolor, und es ist Carmen Miranda, die gleich zu singen beginnt, und sie trägt ihren berühmten, famosen, unverwechselbaren Tutti-Frutti-Hut auf dem Kopf: »I wonder why does ev'rybody look at me / And then begin to talk about a Christmas tree?«, wer sie ansehe, spreche gleich von Christbäumen, wundert sie sich.

Carmen Miranda, 1909 in Portugal geboren, aufgewachsen in Brasilien und dort in den Dreißigern zur Karneval-Sängerin avanciert, startete ihre Broadway-Karriere 1939 und gab in den Vierzigern in zahlreichen Hollywoodproduktionen singend, tanzend und feixend die exotisch überhöhte Nebenrolle, die in ihren Kleidern, mit ihren Armreifen, Frisuren, Hüten, mit ihren rot geschminkten Lippen und ihren rollenden Augen den etablierten Stars, jene blonder, braver, amerikanischer, den Rang ablief. Auf dem Videoportal Youtube findet man sie heute wieder im Internet, nachdem ihre Filmkarriere Ende der vierziger Jahre zu Ende ging und Carmen Miranda Mitte der fünfziger Jahre verstarb. In den kurzen Filmausschnitten singt sie dort wieder mit Tutti-Frutti-Hut, ebendort zu finden ist *Beneath the Tutti Frutti Hat*, eine BBC-Dokumentation über ihr Leben. Der Song zum Hut stammt aus dem Musicalfilm *The Gang's All Here* von 1943, die grotesk-komische Choreografie besorgte Busby Berkeley, Frauen und Bananen fest im Griff, also Formationen bildend und verändernd. Im Kreis hocken sie einmal, die Tänzerinnen, und halten die Bananen Carmen Miranda unter die Nase, die mit zwei Schlägeln darauf zu spielen beginnt wie auf einer Marimba. Später kommen Riesenbananen zum Einsatz, sie werden, stets in Formation, in die Höhe gehalten, abgesenkt, alle synchron, aufgestellt zu einem neuen Spalier. Oh und wieder oh, nun sehen wir die Szenerie von oben, Frauen liegen in Sternformation auf dem blauen Boden, Bananen kommen geflogen, nein, herbeigetragen, sie senken sich kreisförmig nieder auf die sternförmig liegenden Frauen, wo hat man sowas je geseh'n. Öffnen, schließen, öffnen, schließen, von oben ergeben

Frauen und Bananen ein sich ständig veränderndes Mandala. Chöre singen hell ah-ah. Miranda sitzt nun wieder auf ihrem Bananenberg und bewegt nur ihre Lippen und Augen, und ihre Hände tanzen, ihre Finger imitieren ein kleines Bananenballett.

Die Frauen haben am Schluss des Liedes ihre Schuldigkeit getan, sie laufen zurück auf ihre Satinblattpalmeninsel, auf der sie sich wieder schlafen legen. So ist es in der südamerikanischen Hollywood-Südsee aus Plastik und Papier, und so wird es immer sein, wenn wir Carmen Miranda tanzen sehen.

Es gibt im Internet ein kleines Filmchen, das geistert dort schon länger durch die Foren. Ich habe es immer wieder einmal gesehen. Manchmal denke ich daran und muss es mir dann vorstellen, höre die Musik dazu schon im Kopf. Muss die Maschine gar nicht einschalten, die doch ohnehin immer im Stand-by-Modus ist, selten offline. Ich habe mich verliebt. In diese Musik und in dieses kleine Filmchen, und vielleicht kann ich im Schreiben ergründen, woran das denn liegen mag.

Zum Liegen und Sich-Verlieben sei an dieser Stelle ein kleiner Exkurs erlaubt, aber ich stehle mich keineswegs davon: In der Heldenerzählung *Erec* Hartmanns von Aue heißt es einmal, als Erec verliebt mit seiner Angetrauten Enite allzu lange beisammenlag und die Ritterspflicht, Staats- und Kriegsführung darob vernachlässigte: Er habe sich »verlegen«. Eine Verlegenheit, und ich habe den Lexer vor mir liegen, das *Mittelhochdeutsche Taschenwörterbuch* aus Studientagen, wäre demnach eine »schimpfliche Untätigkeit«. Ich muss gar nicht weiterblättern, schon auf derselben Doppelseite stoße ich auf das Verlieben, das ein »Verbleiben« und »Verharren« sei, auch ein »Einverleiben«.

Bei *Erec* heißt es: »Êrec wente sînen lîp / grôzes gemaches durch sîn wîp. die minnete er sô sêre / daz er aller êre / durch si einen verphlac, unz daz er sich sô gar verlac / daz niemen dehein ahte / ûf in gehaben mahte.« Man muss nicht viel wissen, um das zu verstehen, denn manches lehren uns Umsicht und Erfahrung. Das Zirkumflex über den Vokalen ist hier ein Dehnungs- oder Längenzeichen, man rechnet die Lautverschiebung hinzu und denkt sich manch harten, stimmlosen Konsonanten als weichen, stimmhaft geschriebenen (dennoch hier hart als Fortis gesprochen, da auslautend), und macht so aus »lîp« nicht die Lippe, sondern den Leib (und das Leben). Ich schreibe das hier nieder, um sie mir wieder ins Gedächtnis zu rufen, die stillen Tage in Salzburg (und nicht in Clichy, wie es bei Henry Miller im Titel heißt), als wir in unseren Betten lagen und mittelhochdeutsche Versepen lasen: Erec gewöhnte seinen Leib sehr an Gemächlichkeit durch seine Frau. Die liebte er so sehr, dass er sich ihretwegen nicht mehr um seine Ehre kümmerte, bis er sich so völlig verlag, dass keiner mehr Achtung vor ihm haben mochte.

Gegen die Verlegenheit hat schon manchmal das Tanzen geholfen. In diesem kleinen Filmchen, in das ich mich so verliebt habe, tanzen die Paare. Sie tanzen in einem neuen Mash-up, einem Zusammenschnitt von alten Filmszenen, die, so erfahre ich nun, da ich die User-Kommentare, die unterhalb des Videos angebracht sind, lese, aus einem halbstündigen Film aus dem Jahr 1956 stammen: aus *Dance americana*, einer Art Geschichte amerikanischen Lebens, amerikanischer Kultur und Wirtschaft im Lichte der Tänze und Tanzveranstaltungen der letzten beiden Jahrhunderte. Ein rares Fundstück aus dem Archiv der U.S. Information Agency, dem ehemaligen Informationsdienst der Vereinigten Staaten für Öffentlichkeitsarbeit, nicht zu verwechseln freilich mit der CIA, dem Auslandsgeheimdienst.

Jun Miyake, der japanische Komponist, hat diese Musik geschrieben für Pina Bausch. Wim Wenders verwendete das Stück mit dem Titel *Lilies of the Valley* auch in einer zentralen Sequenz seines *Pina*-Films aus dem Jahr 2011, die ebenso auf dem Videoportal Youtube unter dem Namen des Musikstücks gefunden werden kann. Ein zartes, doch giftiges Maiglöckchen hat Pina Bausch uns mit ihrer Choreografie hier hinterlassen, und es mag wohl blasphemisch anmuten, sich nicht auf ihre Bilder zu berufen, sondern stattdessen den Videozusammenschnitt aus *Dance americana* dazu zu streamen. Wer dieser Cutter und Composer des *Found Footage*, dieser wiederentdeckten Archivaufnahmen, von denen ich hier spreche, ist, lässt sich nicht mehr herausfinden, aber es lässt sich sagen, dass es jemand gewesen sein muss, der Taktgefühl hat, der die Musik hört und die Bilder sieht. Jemand, der ein melancholisches Stück Musik kühn kombiniert mit einem allzu fröhlich hopsenden Tanzen, jemand, der vielleicht etwas von der Liebe versteht und ihren bittersüßen Geschmack kennt.

Pina Bausch, um doch noch einmal auf sie zurückzukommen, war in ihrer Bildsprache selbst schon eine Meisterin des Schneidens und Überblendens, der Kombination von hohem Pathos mit kleiner Geste und umgekehrt. Jun Miyake nun fügt in seiner Musik einfache Tonfolgen seriell aneinander, sie klingen wie ein Fragen und Antworten, unterlegt von der Nostalgie des Bossa Nova und der Chansonmelodien der Nouvelle Vague. »There is something disturbing in this song«, schreibt User tomek860827 in den Kommentaren auf Youtube dazu, etwas ist verstörend an diesem Song, und JustDance Pinky 33 schreibt, ganz vanitastrunken: »Most of these people have died …« Ja, die meisten Leute aus diesen Aufnahmen sind bereits gestorben. Stephen Jules Rubin meint, »whatever this is it's dope«, was immer es ist, es ist jedenfalls geil, und Naed Malario: »This music … it's like you're at a party, but something terrible is coming … you cannot fully enjoy the moment, because you feel inside you a breath of despair …« Diese Musik. Es ist, als wäre man auf einer Party, aber etwas Schreckliches käme auf einen zu. Man kann den Moment nicht ganz genießen, weil man innerlich einen Hauch von Verzweiflung spürt. – Ja, die User, sie sprechen ein großes Wort gelassen aus.

Getanzt wird nun dazu im Zusammenschnitt der schwarzweißen Bilder, vermutlich aus den frühen fünfziger Jahren, die Frauen tanzen vor, die Männer tanzen nach. Es ist ein Sich-Einüben im selben Takt, das hier exerziert zu werden scheint, wir machen vor, ihr macht es nach. Ein Springen und Sich-Drehen, ein Räder- und Purzelbäume-Schlagen, ein Hände-Ausschütteln, ein Tanzen wie die Pinguine, lächerlich und schön. Fred

Astaire tanzt dann dazwischen einmal Charleston, das sind wohl noch ältere Bilder – wenn ich mich nicht täusche, so lang lebe ich ja auch noch nicht. Am Ende des Filmchens liegt ein Cowboy tot in der Prärie des Filmstudios und wird von einer Frau in Weiß in ausladender Stummfilmgeste betrauert.

Übrigens war ein weißes Kostüm im Schwarz-Weiß-Film oft nicht weiß, sondern gelb, habe ich einmal erzählt bekommen. Ist nichts, wie es scheint, oder ist alles nicht so einfach, nie so einfach, wie wir es uns manchmal wünschen? Ein Weiß ist ein Gelb, eine Geste ist eingelernt und dann doch echt, ein Zitat ist nicht ironisch, sondern nostalgisch – und dann wieder ganz ernst und authentisch und neu? Es ist wohl die Liebe, tausendfach erprobt und doch so ungelenk, dass sie euch den Kopf verdreht und euch verrückt macht und tanzen.

Wenn es Glitzer schneit, stehen die Schauspielerinnen und Schauspieler im Theater auf der Bühne wie Goldmarie und Pechmarie. Die winzigen, reflektierenden Partikel aus Plastik sind beharrlich aus der Trickkiste der kleinen Kindergeburtstage und der großen Tanz-Revuen geflattert, hinüber ins zeitgenössische Theater. Und wo Holzbretter ja die Welt bedeuten, könnte der feinkörnige Glitzer vielleicht so etwas wie die funkelnde Version von dem Staub sein, der wir angeblich sind und zu dem wir zurückkehren?

Nicht direkt zu Feinstaub, sondern etwas größer im Durchmesser, wird Glitzerfolie oder -papier zu Pailletten und Konfetti gestanzt. Denke ich an die vielen Frau Holles auf deutschsprachigen Bühnen, fällt mir gleich René Pollesch ein. Bei dem sogar, in seinem Stück *Kill your Darlings! Streets of Berladelphia* aus dem Jahr 2012, das Bühnenbild stammte damals, wie fast immer, von Bert Neumann, das Brecht'sche *Fatzer*-Fragment wörtlich zum Glitzer-Fragment geworden ist.

Noch größer, noch grüner flitterte es in Dimiter Gotscheffs Inszenierung im Jahr 2011 – für die Bühne verantwortlich zeichnete Katrin Brack – von Peter Handkes *Immer noch Sturm*. Hier beinah kein Glitzern, mehr eine Bild- oder Blickstörung, gleichmäßig rieselnd. Oder schneiend wie das Bild vom Fernseher, wenn kein Programm läuft.

Wo sich etwas bewegt, da kann unser Auge nicht anders als hinsehen. Wann habe ich, im Publikum sitzend, zum ersten Mal Glitzerflocken im Theater gezählt? Und wie lang wird ihr Flug anhalten und ihre Mode dauern? Glitzer gibt es als Material angeblich schon seit prähistorischen Zeiten, gerieben aus Mineralien, in Ägypten dann aus den Panzern von Käfern, wie herrlich!, später aus Glas, ab den dreißiger Jahren, zuerst in Amerika, aus Plastik.

Seit ich ins Theater gehe, habe ich den Einsatz von Glitzer vermutlich ausschließlich ironisierend wahrgenommen, eben gegen die Szene gesetzt. Pathetisch, aber nie affirmativ wie in den Momenten des Feierns und der Freude – wie bei den bunten Papierschnipseln im Fasching oder dem gestreuten Reis auf Hochzeiten oder den bunten Farbpigmenten der Inder, die sich auch die Techno-Kids, nein, alle hier, über ihre Köpfe leeren, sondern fast immer kontrastierend gepaart mit Melancholie, manchmal Stille. Das Rieseln von Glitzer eher wie das einer Sanduhr.

Ich erinnere mich an den Fasching als Kind. Der Glitzer hat sich hinterher kaum abwaschen lassen. Irgendwo ist immer ein Körnchen kleben geblieben oder wieder aufgetaucht, nach Tagen noch!

Dem Glitzer haftet die Erinnerung an ein bereits zu Ende gegangenes Fest an. Er ist, vielleicht von Anfang an schon, ein Rückstand: das schillernde, aber viel zu kleine Überbleibsel eines Tages. Leichtgewichtig und klebrig.

Ach ja, neben Glam- und Glitter-Rock hat es, Ende der 1960er, auch Joni Mitchell gegeben. Sie hat, angeblich auf den schlechten Rat ihres Managers hin, Woodstock nur vor dem Fernseher sitzend verbracht und dabei wehmütig folgende Zeilen gedichtet: »We are stardust, we are golden / and we've got to get ourselves / back to the garden.« Wir sind Sternenstaub, wir sind golden, und wir müssen uns selbst zurück in den Garten bringen, ins Paradies. Von Glitzer und Sternenstaub spricht hier die, die nicht dabei gewesen ist. Die britische Band Matthews Southern Comfort hat mit diesem Song den noch viel größeren Erfolg gehabt, und das betörende Singen der Pedal-Steel-Gitarre bleibt einem im Ohr auf alle Ewigkeit.

Der fallende Glitzer erzählt von der Sehnsucht nach dem Fest, dessen Teil man nicht ist, so wie der Sternenstaub bloß die Erinnerung ist an den Stern. Vielleicht hat der Glitzer im Theater daher etwas Trauriges. Und Schönes. Während es heute da draußen schneit.

Jimi

Im Februar des Jahres 1996 feierte ich meinen siebzehnten Geburtstag, und als Geschenk bekam ich einen Gutschein für eine Reise mit meinem Vater nach London. Zu Ostern desselben Jahres traten wir die Reise an, einer der ersten Flüge meines Lebens lag bald hinter mir. In London wohnten wir bei einem alten Ehepaar in einem Häuschen mit geblümten Laura-Ashley-Vorhängen, zum Frühstück gab's Ei mit Speck, Cerealien mit Zimt und Zucker und jede Menge Schokoriegel, und bevor wir uns täglich auf den Weg machten, sagten wir freundlich »hello and goodbye«. Es war herrlich. Mit dem Doppeldecker fuhren wir vom Vitra Design Museum zum Royal College of Art und von der Tate Britain zum Camden Market, wo wir ein rotes Samtkleid für mich kauften und ein schwarzes *oversized* Shirt, auf das in weißer Farbe der Kopf von Jimi Hendrix und der Schriftzug *Are You Experienced* gedruckt waren.

Ich vergötterte Jimi Hendrix, wie er *All Along The Watchtower* interpretierte und wie neckisch er *Foxy Lady* sang, wie er sich bewegte, seine Fender Stratocaster spielte und sie zertrümmerte. Ich liebte seinen Look, die Schlaghosen aus Samt, die Rüschenblusen, die Hüte, den Federschmuck, und auf die Frage *Are You Experienced*, bist du erfahren, konnte ich mit jeder Menge Lebenserfahrung antworten, schließlich war ich schon siebzehn Jahre alt. Mein Problem war bloß, im falschen Jahrzehnt erfahren zu sein. Abseits des urbanen Lebens, auch medial abgeschirmt von den Entwicklungen der zeitgenössischen Popkultur, wuchs ich auf mit den Platten und Musikkassetten meiner Eltern, ich protestierte, allein und viel zu spät, gegen den

Vietnamkrieg und bedauerte mit Joni Mitchell, in Woodstock nicht dabei gewesen zu sein.

Das Jimi-Hendrix-T-Shirt war eine Art von tröstender Kompensation für alles, was ich hatte entbehren müssen. Ich trug dazu Jeans, bemalt mit einem Auge, einer Träne und, spiralförmig das Hosenbein hinunterlaufend, zwei Zeilen von Jimi, die er angeblich unmittelbar vor seinem Tod geschrieben hat: »The story of life is quicker than the wink of an eye. The story of love is hello and goodbye until we meet again.« Die Geschichte des Lebens ist kürzer als ein Augenblick. Die Geschichte der Liebe ist Hallo und Auf Wiedersehen, bis wir einander wiedertreffen. Der achselzuckende Defätismus hat mir damals gut gefallen. Das lag daran, dass ich noch nicht wusste, wie kurz so ein Augenblick ist, auch wenn man versucht, zwischen den Wimpern heimlich hindurchzublinzeln.

Dem Papier hat meine erste Liebe gegolten, und sie wird meine letzte sein. Paper »... was my first love, and it will be my last«. Also habe ich mir aus dem ephemeren, vergänglichen Material des Papiers einen Beruf fürs Leben gebaut – denn das Schreiben und das Zeichnen, beides findet, auch heute noch, auf dem Papier statt: Die Bücher in meinen Regalen sind auf Papier gedruckt, Plakate, die an der Wand hängen, daneben Bilder, Zeichnungen, Postkarten, die Einladungen und Tickets, die sich auf Tischen und Sesseln stapeln, die Rechnungen und Quittungen, die auf dem Boden liegen, um irgendwann einmal, unwillig, in eine Schachtel aus Karton einsortiert zu werden. Und so ist unser digitales Zeitalter wohl eines, in dem wir mehr Papier herstellen und verbrauchen als jemals zuvor in der statistisch auswertbaren Geschichte der Menschheit.

Dem Papier hat meine erste Liebe gegolten. Ich erinnere mich an den Moment, als mein erster Freund, vielleicht sind wir gerade sechzehn Jahre alt gewesen, etwas rasch ausgepackt und das Geschenkpapier sogleich zusammengeknüllt und weggeworfen hat. Dabei wäre das Eigentliche doch im Papier geschrieben gestanden!

Würde ich mich je neu verlieben, dann aber in einen Buchdrucker und in einen Schriftsetzer, in einen Prägemeister und in einen Oberstanzer, in einen Verleimer und in einen Marmorierer, in einen Origamisten und in einen Reklamemarkenrückseiten-Abschlecker. Wir würden von »Munken« schwärmen und einander Wörter wie »chamoisfarben« zuflüstern. Wir würden über schwere, gestrichene Blätter mit wenig Körnung munkeln, wir würden über voluminierte, weiche Bögen mit viel

Struktur tuscheln. All die Wörter, die ich gelernt habe: Vorsatz! Prägedruck! Kunstbillet! Netzkappenkarte! Mit Atlasseide! Mit Perlmutt! Hebelkarte! Blumenoblate! Brokatpapier! Immer würden wir mit unseren Fingern, wie über die Haut des anderen, über Papier gleiten. Und würde er mir Valentinsgrüße schicken: »Glück, Amor, Treue, handkoloriert« stünde dort geschrieben.

Und die Liebe zu Papier wird meine letzte sein. Ich kenne eine Zeichnerin, die alte Karteikarten für ihre neuen Zeichnungen recycelt, aus Trotz, aus Nostalgie, aus Faszination am Material. Ja, ich glaube, es gibt kaum bildende Künstlerinnen und Künstler, die nicht einen starken emotionalen Bezug, nennen wir es Liebe, zum Medium Papier haben, und daher auch kaum welche, die am Papiermüll, der auf der Straße liegt, so einfach vorbeigehen. An Orangenpapier zum Beispiel: diesem halbdurchscheinenden Seidenpapier, königsblau bedruckt, blutrot, dreckig-golden. Mit den altmodisch gewordenen Logos von Firmen aus Übersee, kolonialistischem Kitsch. Ich falte das Papier auf und streiche es glatt, lege es dann zwischen die Seiten eines Buches.

Es gibt auch diese Kinder, später werden daraus Sammler, Connaisseure, Liebhaber, die wissen, dass das Süßeste an den Bonbons manchmal eben ihre Verpackung ist. Die glänzende Alufolie des Eiskonfekts, gelb, blau, grün oder magentafarben, mit Sammelbildern darauf. Das weiße, an den Rändern in Fransen geschnittene Seidenpapier der Weihnachtsnaschereien am Christbaum. Die Schokoladenverpackung aus Karton, mit Bildern bedruckt, die sich bewegen, wenn man die Schokolade aus der Verpackung schiebt. Immer hat es etwas an Papier gegeben, das nicht weggeworfen werden durfte, da doch noch eine Collage daraus gefertigt werden konnte. Eine alte Schuhschachtel mit Geschenkpapier neu überzogen. Ein Briefkuvert aus Zeitungspapier gefaltet, ein anderes mit bunten Abbildungen aus Magazinen verziert. Ach, ihr ephemeren Jugendlieben!

Dem Papier hat meine erste Liebe gegolten, denn meine Mutter hat mir Zellulose in den Babybrei gerührt. Mein Vater ist

Musterzeichner im Lehrberuf gewesen, Tapeten und Vorhangstoffe hat er als Jugendlicher entworfen, und um ein Ornament nicht zu einem »Verbrechen« zu machen, wie es in einem Vortrag von Adolf Loos aus dem Jahr 1908 heißt, hat er eben auch mathematisch-geometrisch denken müssen: Wie und wo überlappen sich zwei Schablonen, um etwas Drittes zu erzeugen? Später hat mein Vater Industrial Design studiert, in Linz und in London. Als Freiberufler in den 1980er Jahren hat er dann unter anderem die Geschäftspapiere von Firmen gestaltet. Diese Gebrauchspapiere habe ich mir als Kind unter den Nagel gerissen, um darauf unter Zuhilfenahme seiner elektrischen Schreibmaschine seriös-phantastische Briefe an eine Freundin zu verfassen – deren leichtgläubige Eltern den Inhalt eines dieser Briefe tatsächlich ernst genommen haben und daraufhin recht aufgebracht in der Bank nachgefragt haben, wie denn ihre Tochter einen Kredit zurückzahlen solle. Tausendschillingblau, haben die Bankbeamten darauf antworten wollen, blutrot, dreckig-golden.

Und noch eine Erinnerung an Gebrauchspapier und den bei dessen Herstellung entstehenden Abfall, der eben nicht gebraucht wird: Wir hatten immer einen endlosen Stapel an Notizkärtchen daheim, und noch immer, im verlassenen Zimmer meines Vaters, finde ich Stöße davon. Heute fällt mir auf, dass es sich dabei um die Überbleibsel von ausgestanzten Adressfeldern von Briefkuverts handelt, den Stanzabfall. Ist das nicht eigentlich poetisch: All unsere Notizen auf dem Abfall ausgestanzter Adressfelder? Mein Vater muss sie einmal nach der Erledigung eines Auftrags von der Druckerei mit nach Hause genommen haben. *Les Petits Papiers* hat Serge Gainsbourg einmal die kleinen Papiere in einem Chanson besungen, denn auch er hat etwas über die Liebe zu sagen gewusst, lassen Sie es gleiten, Hochglanzpapier, die Gefühle, Klebstreifen: »Laissez glisser, Papier glacé / Les sentiments, Papier collant.«

Und ja, aus dem Stanzabfall vom Lochen von Endlospapier werden ja auch manche Konfetti fürs Feiern von Fasching und

Festen produziert. Aus dem alten Müll, scheint es, basteln wir uns den neuen Festtagsschmuck. Die Geburt der Kunst aus der Tragödie des Bastelns, kalauere ich laut vor mich hin. Weil ich wirklich denke, dass sich so der Weg bei vielen Kindern darstellt, die als Erwachsene zu Künstlern werden, zu Liebhabern, zu Materialfetischisten. Dass sie sich die Welt neu zusammenbauen aus dem, was andere nicht mehr benutzen. Dass man diese Erfahrung überhaupt je gemacht hat, und später wieder und wieder: dass man Dinge eben zerschneiden kann und mit Schere, Papier und Klebstoff neu zusammensetzen. Das nämlich ist sie, die umstürzlerische Kraft, die dem Basteln innewohnt. »Schere, Stein, Papier«, so spielen wir.

Und schneiden Figuren aus dem Papier, Kleider, Hüte, zweidimensionale Ankleidepuppen. Die besten Kleider trug bei uns nicht der Kaiser, sondern: Prinz und Prinzessin. Und meine jüngere Schwester, noch ungelenk den Stift in der linken und die Schere in der rechten Hand, tat es mir nach: entstellter Prinz, verschnittene Prinzessin. »Verhoadagelt« heißt das treffende Dialektwort aus Kindheitstagen, wie verdreht, verhöhnt, verunstaltet. Und wie schön und lustig und liebevoll sind diese Figuren jetzt in meiner Erinnerung. »Messer, Gabel, Schere, Licht«, so spielen wir und spielen mit der Gefahr. Irgendjemand in der Nachbarschaft hat eine Zackenschere besessen, einen großen Schatz. Irgendjemand ein Falzbein, irgendjemand einen Brieföffner.

Die kleinen Schätze haben wir uns aus Papier selbst gebaut: Zündholzschachteln, die beim Aufziehen etwas Gefaltetes ausspucken, Eselsohren, die beim Auffalten die »Neugierdsnase« beschimpfen, Daumenkinos, die die Finger wund machen. Papier kann zart sein, ja, aber es kann auch so scharf schneiden, dass man davon manch blutroten Schnitt zugefügt bekommt. Es ist biegsam, ja, aber durch Falten wird es belastbar und stabil gemacht. Was mich an Papier, Pappe und Karton also auch fasziniert, ist die Wandelbarkeit des Materials.

So wie die Gebrauchsgrafik selbst, die sich in den vielen, vielen Mappen der Sammlung des Museums für angewandte Kunst in Wien finden lässt, dem Wandel von Modegeschmack und Technik unterliegt. Wir sehen die zahllosen Grußkarten und Etiketten, bedruckt mittels Metalllettern und Klischees im Hochdruckverfahren, wir sehen die händisch mittels Stempel bedruckten Buntpapiere des späten achtzehnten Jahrhunderts, die Biedermeier-Visitenkarten, zum Glänzen gebracht durch eine Schicht Leim oder Gelatine, den Offsetdruck der Plakate und Reiseprospekte des zwanzigsten Jahrhunderts bis hin zum gegenwärtig praktizierten Digitaldruck, geschnitten mit Lasercut, hochglänzend durch Lack und Zellophanierung.

Dem Papier hat unsere erste Liebe gegolten, und sie wird unsere letzte sein. Immer werden wir mit unseren Fingern, so wie über die matte Haut des Geliebten, über glänzendes Papier gleiten. Die Kalligrafin Nagiko aus Peter Greenaways *Bettlektüre* möge uns Pate stehen. Wir Kinder, die wir in unseren Alben Pickerl, Aufkleber, Sticker gesammelt haben, quietschbunt, glitzernd, beflockt, die wir Einträge in Poesiealben und Stammbücher geschrieben haben. Wir Kinder, die wir unsere Zeichnungen gefaltet haben, damit das nächste Kind einen Rumpf an einen verdeckten Kopf zeichnen kann, wieder gefaltet, weitergereicht, sodass das dritte Kind Beine und Schuhe an einen versteckten Rumpf zeichnen kann. Und wie wir dann, nach dem dritten oder vierten Kind, die gesamte Zeichnung aufgefaltet haben: Welch Mensch-Tier-Mischwesen haben wir da auf dem Blatt Papier vorgefunden! Wir Kinder, denen die Mutter Zellulose in den Brei gerührt hat und der Vater Muster auf die Tapeten gezeichnet hat. Wir Liebhaber, wir »Ephemeristen«.

Der Sammelwert, im Vergleich zu Möbeln und Immobilien: nicht allzu hoch. Jedoch einfacher zu erwerben und leichter aufzubewahren. Und wie sind sie eigentlich erhalten geblieben, diese filigranen Eintagsfliegen aus Papier, die Eintrittskarten, die Postkarten, Exlibris, Andachtsbilder? Nämlich über die Jahrhunderte, über die Umzüge, die Wasserschäden, die Brände und Kriege hinweg? Die Lesezeichen, die Spielkarten, die Kalender, die Briefe? Die Entwürfe der Schülerinnen und Schüler der Kunstgewerbeschule, die Musterproben von Dagobert Peche, Koloman Moser, Josef Hoffmann, Hilda Jesser, Vally Wieselthier, die Kunstbillets von Johann Joseph Endletzberger, die Plakate von Julius Klinger, Joseph Binder und Ernst Ludwig Franke, die Marmorpapiere aus der Sammlung Clerget, dies und das und außerdem zwischen alledem die Zeitschriften-Annonce für »Lutschi Husten-Pastillen«. All dies hat jemand gesammelt und aufbewahrt, und das ist das eigentliche Wunder: die ewige Liebe zum Vergänglichen.

Auf einem Flohmarkt habe ich einmal eine Schachtel des Parfumherstellers Guerlain gefunden und gekauft. Diese Schachtel ist aus Karton und überzogen mit dunkelbraunem Papier, dessen zartes Muster eine Holzmaserung imitiert. In hellem Beige sind darauf bukolische Jagdszenen dargestellt: sieben Herren, die fischen, Vögel füttern, locken und fangen, dazu ein Schaf, eine Schlange und ein gesattelter Gaul. Dazwischen Bäume und gebundene Ähren. Im Inneren enthielt die Schachtel ursprünglich ein Flakon von »L'Heure Bleue« oder »Mitsouko« oder einem anderen Duft, den Guerlain etwa Anfang bis Mitte des zwanzigsten Jahrhunderts in dieser Verpackung verkauft hat.

Ich öffnete die Schachtel und fand darin, statt eines Flakons, einen Schatz von über sechzig sogenannten Andachtsbildchen, gesammelt ab den zwanziger Jahren bis in die achtziger, viele davon bereits vergilbt, voll von Flecken und Gebrauchsspuren. Allesamt sind sie Erinnerungen an Wallfahrten, an Priesterweihen, an Ordensgelübde, Volksmission und Glaubenserneuerung. An den Empfang der Sakramente, an Festtage und heilige Messen. Manche sind einfarbig bedruckt auf dünnem, weichem Papier, manche auf festem Papier, gestaltet in herrlich kitschigen Farbtönen, produziert im Chromolithografie-Verfahren, mit vergoldetem Rahmen oder welligem Büttenrand. Manche sind fast so klein wie Briefmarken, manche so groß, dass sie noch gut in die Hand passen, in eine Hemdtasche, in ein Gebetsbuch. Manche einseitig bedruckt, manche beidseitig und in der Mitte gefaltet.

Solche Andachtsbildchen wurden ab dem späten Mittelalter hergestellt und verkauft, anfangs als Holzdruck, dann als

Kupferstich, später noch versehen mit Fotografien, manchmal aufwändig geschmückt mit Spitze und Papierschnitt. Sie waren Einnahmequellen für Klöster, Mediziner und Quacksalber, sie waren und sind Bilder des Gedenkens und der Andacht, Zeugnis christlicher Volksfrömmigkeit. Ein wenig wie Ikonenbildchen, ein wenig wie Hostien, wenn sie – auch das kam vor – als sogenannte Schluckbildchen angeboten wurden. Versehen mit einem Spruch und mit einer Heiligendarstellung, umrankt von Mustern, Rauten, Strahlen, wurden diese Schluckbildchen in Wasser aufgelöst, in die Nahrung eingerührt und einem kranken Menschen zur Mahlzeit verabreicht. Das Bild samt Versprechen auf Heilung wurde, rituell – und im physischen Sinne –, sich einverleibt. Es sind Bilder der Zuversicht, aber auch des Leidens, des Ertragens von Kummer und Schmerz, des Bittens um Verzeihung. Buße, Gebete und Vorsätze. Bilder von Erinnerung und zugleich Hoffnung auf ein anderes Leben. Keine Angst, sagen sie, habt Zuversicht, Rettung naht. Seid aber auch ermahnt, ein Leben in Glauben und Demut zu führen.

Manche dieser Andachtsbildchen aus der Sammlung in der Guerlain-Schachtel sind in doppelter und dreifacher Ausführung vorhanden, manche sind je unterschiedliche Beispiele einer Serie. Zu finden sind zwei Belege über die Bezahlung einer heiligen Messe in Mariazell im Juli 1980 oder eine Einladung zur Osterbeichte 1949. Andenken an Wallfahrten, die man den Daheimgebliebenen mitbringen konnte: »In Maria Zell hab ich an Dich gedacht und Dir dies Andenken mitgebracht.« Edelweiß, Kornblumen, Ringelblumen, Heideröschen auf goldenem Hintergrund. Dreihundert Tage Ablass werden versprochen auf einem weiteren Bildchen, auf der Rückseite finden sich fünf Regeln: »Christ, nimm dir vor: 1. Kein Tag ohne Gebet. 2. Kein Sonn- und Feiertag ohne hl. Messe. Wie dein Sonntag, so dein Sterbetag. 3. Kein Jahr ohne öftere hl. Kommunion. 4. Sei barmherzig, so wirst du Barmherzigkeit erlangen. 5. Verehre Maria, die Mutter unseres Erlösers – deine Mutter!« Manche Bilder haben etwas von Valentinskärtchen samt touristischer Werbung. Andere zeigen farbenfrohe Gemälde, barocke Holzschnitzerei, manche sind düster und grauenhaft, manche ganz licht und naiv.

Anlässlich der Osterbeichte 1938 wird aus dem Johannesevangelium zitiert: »Vater, wenn es möglich ist, so gehe dieser Kelch an mir vorüber …« Später kommen zu den Heiligenbildern auch die Erinnerungen an »unseren unvergesslichen Gatten und Vater, welcher am 27. Juni 1944 im Osten den Tod fand«. Auf der Vorderseite: *Ecce homo*, siehe, der Mensch: Christus mit der Dornenkrone, unschuldig vor der Kreuzigung. Bei der Osterkommunion 1955 werden die Gläubigen angehalten, »… nach Empfang des Sakramentes nicht sofort die Kirche zu verlassen oder sich zu unterhalten noch die Blicke herumschweifen zu lassen …« Gesagt und geschrieben wird dies und vieles andere ausgewiesenermaßen »mit kirchlicher Druckerlaubnis«. Gezeigt werden die Gläubigen beim Gottesdienst, die Heiligen Drei Könige bei der Anbetung des Jesuskindes, Jesus, der auf sein Herz deutet, Engel, die ihn umschwärmen, und sehr oft: die Jungfrau Maria, Madonna, Muttergottes.

Eines der Andachtsbildchen scheint jüngeren Datums zu sein, darauf zu sehen sind zwei Kinder, die von einem langhaarigen Engel begleitet werden, der einem esoterischen Fantasy-Roman entsprungen sein könnte. »Liebe Mutter Gottes«, steht darunter geschrieben, »jetzt ist es Mai. Da kommen wir Kinder mit Blumen herbei«. Mehr ist es nicht, keine Forderung, keine Mahnung, kein Gebet. Viele dieser Andachtsbildchen aus der Guerlain-Schachtel weisen Risse auf, Eselsohren, Löcher. Sie riechen nach nichts, weder nach Parfum noch nach Zigarettenrauch noch nach Moder. Ihre Herkunft und ihr Besitzer sind ungeklärt, die Wallfahrtsorte und genannten Kirchen befinden sich in Oberösterreich, der Steiermark und im Burgenland. Nur selten hat jemand etwas darauf notiert. »Zum Andenken von Anni« steht irgendwo einmal in krakeliger Handschrift mit Bleistift geschrieben.

Ein Umzug innerhalb der Stadt steht an, und ich sitze zwischen Kisten, die bereits gefüllt sind, und solchen, die es noch zu füllen gilt. Die größte Mühe macht mir dabei gerade das, was den meisten Menschen wohl wenig Kopfzerbrechen bereitet: die Zettel und Skizzen, alle Papierln, auch die zerknüllten. Es ist ein Kampf, den es stetig zu führen gilt. Gegen Blätter, Post-its, herausgerissene Zeitungsartikel, Visitenkarten, Druckerpapier, Rechnungsbelege &c., auch wenn die Stapel in meinem Arbeitszimmer noch nicht die berühmten Mayröcker'schen Ausmaße annehmen. Fotos zeigen die Dichterin in meterhohen Papierlandschaften, innerhalb derer sie sich ihren Weg bahnen muss zum einzig freien Platz in der Wohnung, an dem noch ihre Schreibmaschine steht.

Am schlimmsten geht es mir mit den Notizen. Sie sehen wertlos aus, aber es könnte sich ja eine Idee darin versteckt haben, ein wertvoller Gedanke, ein Hinweis auf mindestens Großartiges. Ich muss alle einzeln auffalten, entziffern und sortieren, und ich muss mich entscheiden, ob etwas aufbewahrt werden soll, und in welcher Schachtel, oder weggeworfen, und in welchen Mülleimer.

Bei größeren Dingen wie Möbeln ist es paradoxerweise einfacher. Was nicht mehr benötigt wird, wird über Anzeigen im Internet verkauft. Jedes Mal kommt dann ein anderer Mensch mit Werkzeugkoffer in der Hand und montiert in wenigen Minuten beispielsweise eine Küchenanrichte ab, transportiert sie mit dem Lift ins Erdgeschoß und mit dem Taxi in einen anderen Bezirk. Junge Studentenpärchen holen sich Regale und Kommoden ab, ein älterer Herr die unbespannten Keilrahmen.

Er malt neuerdings hobbymäßig, sagt er und zeigt mir sein künstlerisches Vorbild auf dem Handy: Dass es ausgerechnet der Kunstfälscher Beltracchi sein muss!

Schwierig ist es auch mit den alten Mitschriften aus dem Studium und mit losen Blättern, auf denen Buchtipps notiert sind oder die Titel von Musikstücken. Außerdem die Kopien von Aufsätzen, die man vielleicht noch einmal lesen möchte, aber nie mehr lesen wird. Wenn man derart mit den Dingen umgeht – sorgsam, nostalgisch, mit diesem kleinen Horror ausgestattet vor dem allzu raschen Produktkreislauf der sogenannten Wegwerfgesellschaft –, ist es eine ziemliche Aufgabe, die Dinge wieder loszuwerden, die einem nicht mehr nützlich sind und damit den Raum besetzen, in dem man sich doch bewegen will.

Ich habe beschlossen, für diesen Text über die Anhäufung der Dinge hier aus meinen alten Notizen eine Seite festzuhalten. Sie beschäftigt sich mit dem Satzzeichen Et, mit dieser Schleife, die einer endlosen Acht ähnelt: dem »&«. Das lateinische Und, das *Et*, ist darin noch wiederzuerkennen, wenn man es ein wenig dreht und die Buchstaben wieder auseinanderfitzelt. Benutzt, steht da, wurde es hauptsächlich im Geschäftsleben, beispielsweise in Firmennamen. Später haben es die amerikanischen Beat-Poeten aufgegriffen, die ihre Gedichte bereits auf der Schreibmaschine geschrieben haben. Und auch in die europäische Avantgarde ist es wieder gewandert, und von da zu Friederike Mayröcker, in deren Texten sich stapelweise Et finden lassen, wenn sie sie nicht vorher aussortiert hat.

Den Zettel mit den Notizen zum Satzzeichen Et habe ich nun aber weggeworfen, er möge als Erinnerung in diesem Text hier fortbestehen. Wenn nicht ewig, so zumindest für einen Tag.

Wer sich mit Texten ins Bett legt, wacht mit Buchstaben auf, heißt es. Einen Sack voll Buchstaben hat man zu hüten, einen ganzen Buchstabenzirkus zu bändigen und zu dirigieren! Ich habe mich in die Lehre begeben und bin, obwohl doch vom Himmel gefallen, noch keine Meisterin geworden.

Aber ich habe, da ich Texte schreibe, auch Buchstaben aus Bleilettern gesetzt, mit der Pinzette Haarstriche dazwischengefügt, Punkte und Kommata gesucht, den Satzspiegel abgebunden und vorher seitenverkehrt gedacht, fast jedes Mal korrekt. Und ich habe es auf einmal, plötzlich, gesehen, wo der Buchstabe »g« einer Schriftart rund war und geschwungen oder wo das »O« einer anderen so viel Fleisch gehabt hat. Oder auf der Straße, plötzlich, wo Schriften verzerrt oder nicht proportional gesetzt worden sind, ich habe Serifen gesehen, diese feinen Linien an den Enden der Buchstaben, und sehr viel *Comic Sans*, diese Kindergeburtstagsschrift, und ich habe, überall in den Einkaufsstraßen Europas, auf einmal an den deutschen Grafikdesigner Otl Aicher denken müssen, weil alles, was als fortschrittlich gelten will, in seiner Schriftart *Rotis* gesetzt ist, und ich habe, endlich, das *Linotype*-Poster im Studio meines Vaters verstehen können als Schriftensammlung für den Produktdesigner.

Ich habe mich, ab nun aber wirklich, gewunden beim Anblick der Titelgestaltungen aktueller literarischer Neuerscheinungen, ich habe gekämpft, gelacht und gestritten, ich habe die Nase gerümpft und laut ausgerufen: Nicht so viele Schriftarten, nicht so viele Schriftgrößen! Und dann habe ich Klaus Detjens Gestaltung von Mallarmés Gedichtpartitur *Würfelwurf* gesehen und habe mich sofort verliebt ins flatterhafte Seitenlayout, es geht also doch, habe ich gedacht, der Buchstabenzirkus bleibt ungebändigt, alles hüpft und springt.

Und dann habe ich Jan Tschichold gelesen, *Erfreuliche Drucksachen durch gute Typografie*, und bin wieder ganz streng geworden, zu Recht, habe ich gerufen, erstmal das Handwerk!, und dann habe ich mich beim Schweizer Typografen Jost Hochuli eingeschlichen und habe gesehen, wie er die Bücher umdreht und anfasst und durchblättert, wie er sammelt und gestaltet. Und wie er wach ist und jung, Jahrgang 1933, einer der jüngsten Männer, die mir je begegnet sind, das kann nur an der steten Ausübung der Dompteurkunst liegen, an dieser Arbeit mit den Flöhen, die man Buchstaben nennt. Und die Buchstaben, das Schreiben und die Schrift, haben mich gelehrt, neu über einzelne Wörter nachzudenken, über Bindestriche und Doppelpunkte, ganze Texte, und ich habe mich ins Bett gelegt mit Hunden, mich an sie gedrückt und habe so herrlich geträumt.

Im September 2019 hat Wolfgang Fischer, genannt Beltracchi, seine Arbeiten in Wien im Kunstforum an der Freyung gezeigt. Der sogenannte Meisterfälscher hat, die Geschichte ist bekannt, jahre- oder jahrzehntelang im Verborgenen und mit betrügerischer Absicht Bilder von berühmten Künstlern angefertigt, die diese »womöglich gemalt haben könnten«: Er hat sich dabei aus Stil, Technik und Bildmotiv zum Beispiel einen unentdeckten Heinrich Campendonk oder Max Ernst zusammengebaut, also expressionistisch gemalt und mit deren Namen unterschrieben. Und wenn man Beltracchi zuhört und zusieht, wie er gemeinsam mit seiner Komplizin, seiner Frau Helene, die Bilder dieser Maler analysiert, wie er Altes zitiert und eine neue Komposition sich erdenkt, dann kann man sich schon vorstellen, wie viel Spaß es auch gemacht haben muss, den Kunstmarkt, die zahlreichen privaten Sammler und öffentlichen Museen zum Narren zu halten.

Nachdem Beltracchi seine Gefängnisstrafe abgesessen hatte, tingelte er durch mehrere Talkshows und bekam auch noch eine eigene Sendereihe im Schweizer Fernsehen, in der er prominente Gäste im Stil bekannter Künstler malte. Nun schlummerte aber auch in Beltracchi offenbar eine künstlerische Sehnsucht, nämlich die, nicht allein für seine handwerklichen Fähigkeiten und seine hohe Kunst der Täuschung geschmäht und bewundert zu werden, sondern gleichermaßen als eigenständiger Künstler erkannt und wertgeschätzt zu werden. Und so kam es, dass seine neuesten Meisterwerke im Rahmen der sogenannten externen Projekte im Kunstforum gezeigt wurden, und zwar unter dem feierlichen Ausstellungstitel *Kairos. Der richtige Moment*. Zu sehen waren Gemälde, vermittels derer, laut Ankündigungstext, nicht weniger als »2.000 Jahre europäischer Kunstgeschichte erlebbar werden«. Beltracchi malte zu diesem Zwecke wieder Bilder, die, so viel Selbstbewusstsein lässt aufhorchen, »eine Lücke schließen« im Werk der großen Meister. Zudem bietet *Kairos* eine Exhibition-App, Augmented Reality und interaktive Spiele. Initiiert und gefördert wird die Ausstellung von einem Münchner Management, das im Firmennamen auch das Wort *Solutions* führt. Wenn es um den richtigen Moment geht auf dem Kunstmarkt zwischen Hamburg, Wien und Venedig, sind Lösungen also gefragt.

Eine dieser Solutions ist es auch, Zitat, »weltweit renommierte« Kunsthistoriker einzuladen, um eine kunsttheoretische Einordnung der Arbeit des Meisters vorzunehmen und sie in ihrer weltweiten Bedeutung zu bestätigen. Das ist ein nicht uninteressanter Vorgang, den zu beobachten und zu beschreiben bloß deutlich macht, wie die Hierarchien von Geld, Macht, öffentlicher Aufmerksamkeit und Kunst beschaffen sind und wer sich als Redenschreiber und Dienstleister innerhalb dieses Systems für wirklich gar nichts zu schade ist. Das alles ist, neben einem weiteren Imageschaden für die Vertrauenswürdigkeit der Bewertungskriterien von künstlerischer Qualität, natürlich auch höchst amüsant, so wie die Person Beltracchi und seine »neuen Gemälde in der Handschrift großer Meister« höchst amüsant sind. Denn, bei aller Technikbeherrschung, fehlt hier etwas und bleibt auf ewig fehlend: das Gespür, der Geschmack, die Originalität, das Intellektuelle oder das Feinstoffliche, und vielleicht formuliert das einmal jemand im richtigen Moment, bevor die Möglichkeit dazu wieder ungenutzt verstreicht. Das wäre dann eine Form von Kairos.

Mein Blick fällt auf eine kleine weiße Kartonschachtel, in deren Deckel ein Satz gestanzt ist: »This is a mirror, you are a sentence full of holes.« Das ist ein Spiegel, steht da geschrieben, du bist ein Satz voller Löcher. Der Satz selbst macht Löcher in den Karton, am größten sind sie, wo der Buchstabe »O« vorkommt. Wenn jemand, der zu Besuch kommt, diesen Satz, »oh!«, in meinem Regal stehen sieht, beginnt er zu lachen. Denn das ergibt ein schönes Spiegelbild: wenn man sich selbst sieht, als Satz voll von Löchern. Das kleine Objekt ist ein Kunstwerk von Luis Camnitzer, einem Künstler, der sich in seinem Werk, durch die Jahrzehnte hindurch, immer wieder mit Schrift beschäftigt. Wenn man die Schachtel, eine Arbeit für seine Ausstellung in Zürich aus dem Jahr 2010, öffnet, befinden sich darin Karteikarten, auf denen wiederum Fragen gestellt werden. Nach den Sternen, nach dem Sehen, nach der Zeit.

Nachdem mir jemand eine Frage gestellt hat, eine andere, nämlich die nach der »Schönheit der Schönheit«, ergibt mein Versuch einer Antwort jetzt Sätze voll von Löchern. Jedes »O« stanzt ein weiteres Loch in meine Gedanken – aber vielleicht sind es ja Wurmlöcher, die so entstehen. Und durch diese kann ein Wurm kriechen, ein Bücherwurm vielleicht. Der Bücherwurm kennt ein paar der Sätze der Welt auswendig, die von Schönheit sprechen. »Denn das Schöne ist nichts als des Schrecklichen Anfang, den wir noch grade ertragen, und wir bewundern es so, weil es gelassen verschmäht, uns zu zerstören« lautet einer der berühmtesten. Dieser Satz vom Dichter Rainer Maria Rilke hat für mich in seiner scheinbaren Paradoxie die Anziehungskraft nicht verloren. Er ist, ein lustiger Zufall, der erste Satz gewesen, den ich als Schülerin am Computer eines Freundes in Photoshop gesetzt habe: in Frakturschrift, weil mir die am kühnsten erschienen war. Daneben habe ich eine Vektorgrafik gesetzt, irgendein blödes, buntes Gesicht. Ich habe mir nach der Lektüre dieses Satzes die Schönheit immer als Fläche vorgestellt, wie ich mir nämlich ziemlich vieles, was als abstrakt gilt, gegenständlich vorstelle. Die Schönheit ist eine sich ausbreitende Fläche, die sich so weit vor- und hinauswagt, bis sie an die Grenzen ihrer selbst gelangt. An diesen Grenzen kratzt und reißt und scharrt sie hinüber ins Hässliche. So stelle ich mir das vor. Demgemäß wäre die Schönheit ein Wagnis. Ja, vielleicht ist sie umso schöner, je mehr sie sich vorwagt und am Hässlichen nagt.

Zu Beginn des Studiums in der Malereiklasse habe ich mich gefragt, wieso mein Studienkollege Christoph, der von uns allen doch am besten hat zeichnen können, seine Bilder so verkritzelt und zerkratzt. Es waren Buntstiftarbeiten in allen Farben, sehr viel Rot, Schwarz, Gelb, Dunkelviolett, Dunkelblau. Voll von Strichen wie von Beinen von Hunderten von Weberknechten. Hässliche Spinnen: die Gesichter der Menschen, die er gezeichnet hat. Als ich seine Bilder zum ersten Mal gesehen habe, habe ich mich tatsächlich gefragt, wieso er so gegen sein Talent anarbeitet. Erst nachdem ich sehr viele Bilder gesehen habe, Bilder von Christoph und Bilder von allen anderen auf dieser Welt, hat sich mir die Schönheit seiner Bilder gezeigt. Nicht infolge einer Überredung dazu, nein – ich habe ihre Schönheit sehen können, und was ich gesehen habe, habe ich nicht mehr vergessen können. Die Schönheit der Schönheit sehen können: So viele »Ö«, so viele Löcher im Satz!

»Schön ist, Mutter Natur, deiner Erfindung Pracht / Auf die Fluren verstreut, schöner ein froh Gesicht, / Das den großen Gedanken / Deiner Schöpfung noch einmal denkt« lautet ein weiterer dieser Welt-Sätze. Das frohe Gesicht, das der Dichter Klopstock da besingt, ist eines, das der Natur gleichsam als Spiegel vors prächtige Antlitz gehalten wird. Als würde da jemand in den See – hier ist es der Zürichsee – blicken, und es fänden sich die Reflexionen der Wasseroberfläche wieder in seinem Gesicht. Einen Gedanken noch einmal denkend. Als wäre Sich-Spiegeln ein Noch-einmal-Denken: Reflexion.

»Beauty«, sagt dann David Hume, der Philosoph, »is no quality in things themselves: It exists merely in the mind which contemplates them …« Schönheit sei demnach keine Eigenschaft, die den Dingen selbst innewohne, es gebe sie lediglich im Geist, der über sie nachdenke. Da ist es: das Lichtflackern der gebrochenen Wasseroberfläche des Zürichsees! Sich spiegelnd im Gesicht meiner Freundin Margaux zum Beispiel, während sie auf den Holzplanken der Badi Utoquai sitzt und die bloßen Füße baumeln lässt. Und ich neben ihr, ein blödes, buntes Gesicht aufgesetzt. Starren wir Löcher in die frühsommerliche Luft? Und springen danach ins Wasser und berühren mit unseren Fingerspitzen den Grund des Sees? – Es ist ein Augenblick, der schon wieder vergangen ist. Bis wir uns wiedersehen.

»Werd ich zum Augenblicke sagen: / Verweile doch! Du bist so schön!«, sagt Faust in meinen Ohren in Goethes Worten, und so habe ich einen weiteren der berühmten Welt-Sätze aus meiner auswendig gesungenen Gedankenmelodie geholt. Nachdem aus diesen bekannten Sätzen etwas Inwendiges geworden ist. Ein paar Mal gehört und gelesen, rhythmisieren sie die neuen Sätze. Das Schöne der Sprache steckt doch auch hier, wo in den neuen Sätzen der Literatur ein alter Refrain mitklingt. Auch das ist ihre mephistophelische Kraft, die dem Augenblick vielleicht die Weile schenkt – gefährlich und verführerisch fortfahrend: »Dann magst du mich in Fesseln schlagen, / Dann will ich gern zugrunde gehn!« – »Ich will zugrunde gehn./ Zugrund – das heißt zum Meer …«, schreibt Ingeborg Bachmann in ihrem Gedicht *Böhmen liegt am Meer*. Und vielleicht könnte dieses Meer für diesmal auch der Zürichsee sein; und wir berührten mit den Fingerspitzen seinen Grund. Wo in die Fläche der Landschaft ein Loch geschlagen ist und sich das Wasser sammelt, dort kann ich hineinspringen, die Luft anhalten und ihr auf den Grund gehen.

Vielleicht ist die Schönheit löchrig vom vielen »Oh, oh, oh!«. Übersät von winzigen Kratern. Womöglich hat sie ein Gesicht wie der Schmusesänger Seal, dem der *Lupus erythematodes* Furchen in die Wangen gerissen hat? Die Schönheit ist nicht zu ertragen, wenn ich sie nicht gebrochen sehe, als Hässlichkeit, die wir bloß noch nicht als schön zu erkennen gelernt haben. So oft lassen sich in der bildenden Kunst diese Maskierungen finden: ein frohes Gesicht, das halb verdeckt wird von der schrecklichen Maske eines Ungeheuers. In der Maske des Hässlichen zeigt sich das Schöne, lichtempfindlich. So oft in der Literatur, im Märchen, gibt es diese unglücklich verbandelten Geschwisterpaare: eins schön, eins hässlich. Zwei und zwei und zwei. Sie können nicht ohne einander. Vielleicht geht es bei all diesen Geschichten von *Die Schöne und das Biest* um dieses kratzende, reißende, scharrende Wagnis des »Und«, das die beiden, auf Gedeih und Verderb, aneinanderbindet.

Luis Camnitzer übrigens stopft die Löcher in seinem Gesicht mit winzigen Tieren, die auf seinen Wangen und auf seiner Stirn grasen wie in einer Landschaft. Auf seiner Nase steht ein Schaf. Dahinter ein Baum, weiter oben ein Haus. *Landscape as an Attitude* heißt diese Fotografie aus dem Jahr 1979, Landschaft als Haltung gewissermaßen. Schönheit: auf die Fluren verstreut.

Ein Gesicht ist eine Landschaft, eine Wange ist ein Feld

Ich will beginnen mit einer nicht allzu lange zurückliegenden Erinnerung an einen Spaziergang durch die Perchtoldsdorfer Heide am südlichen Rand von Wien. Man erreicht sie über die Endhaltestelle Rodaun mit der Straßenbahnlinie 60. Das ist ein heiteres Detail, dass eine Straßenbahnlinie endet, wo eine Steppe beginnt. Vorbei an wenigen letzten Häusern bahnt man sich seinen Weg danach zu Fuß in Richtung der mit Gras bewachsenen Hügel, die ich, selbst in den steilen Alpen aufgewachsen, nur als diskrete Ausbuchtungen inmitten einer flachen Steppe wahrnehmen kann. Trotzdem sind diese Hügel hoch genug, um von ihnen aus auf Wien blicken zu können. Oft lassen die Leute dort unten ihre Drachen steigen, das sieht dann aus der Ferne aus wie auf einem Brueghel-Gemälde.

Ich bin eine andere, scheint mir, wenn ich da stehe und auf die Stadt hinunterschaue, so wie ich eine andere bin, wenn ich, vielleicht gar nicht gläubig, im Herzen der Wiener Innenstadt den Stephansdom betrete, eine kleine Runde drehe im Innenraum, manchmal auch eine heidnische Kerze anzünde, um danach wieder hinauszutreten auf den Platz, wo sich die Touristen tummeln und die vielen Konzertkartenverkäufer im Mozartkostüm. Mit einem sprach ich manchmal ein wenig, er war frech und gewitzt und kam aus Rumänien. Gab sich als Italiener aus, vielleicht die erfolgversprechendere Strategie. Ans Ein- und Austreten, daran denke ich, wenn ich an Räume denke und daran, wer ich bin inmitten eines geschlossenen oder offenen Platzes. Ich denke auch an das Dunkel im Innenraum der Kirche, schon wieder eine Kirche, während des Begräbnisses meines Vaters. Als uns dann, beim Hinausgehen, das grelle, weiße Licht der Welt draußen so entgegenblitzte, dass es mich hart blendete und seltsam rasch erlöste von der Qual der vergangenen Monate, in denen er krank gewesen ist und alles sich nur noch im Zimmer abgespielt hat und er nur selten noch den Weg ins Freie gesucht, versucht hat, den Schal um den Hals und die Mütze über das klein gewordene Haupt gezogen. »Aufgefahren gen Himmel«, sagen manche. Ich sehe fragend hinauf. Als Jugendliche war ich berauscht vom Sternenhimmel, wie er sich dort im Gebirge zeigt. Ich kam heim vom nächtlichen Ausgehen und war, beim Anblick der Sterne, ziemlich *starstruck*, wie getroffen von einem Stern.

Die Perchtoldsdorfer Heide ist eine Steppe in den Farben einer Steppe. So, wie man sich das vorstellt. Fahlgrün, blassgelb, asch- und steingrau, dazwischen die Disteln. Ich erinnere mich daran, wie ich als Jugendliche in einem Forstgebiet gearbeitet habe in den Alpen. Wir waren als kleines Grüppchen von Gymnasiasten einem Vorarbeiter namens Rupert unterstellt, der uns darin anleitete, die kleinen Bäumchen des Waldes, Tannen und Fichten, von Unkraut und hohem Gras zu befreien, ihre Wipfelchen mit Ziegenwolle zu umwickeln gegen den Wildverbiss und Zaunpflöcke in den Boden zu schlagen. Wenn wir nicht arbeiten wollten, versteckten Vroni und ich uns unter den großen Blättern der Pestwurz. Wenn es heiß war im August, konnte man diese pflücken und sie als Hut tragen. Die Landschaft pflücken und sie an unsere Ohren hängen wie Beeren oder Steinobst an langen Stängeln, das Gras flechten und es so um unsere schmalen Fesseln knoten, die Blätter als Kleider tragen, aus den Steinen ein Haus bauen, in das man hineinkriechen kann, wenn man sich zusammenrollt. Das sind frühe Eindrücke von feierlichem Ausprobieren, ja, ich bekam eine Ahnung von Autarkie, ich erinnere mich sehr genau daran. Es gibt einen Fotoband von Hans Silvester, der trägt den Titel *Kleider der Natur*. Darin zu sehen sind Bilder von geschminkten Menschen in Blätterkleidern und mit Blumenhüten, höchst kunstvoll und gleichermaßen kühn, fast radikal. Erde im Gesicht und Äste im Haar. Hinaus in die Landschaft, dort stehen Dinge, ich fasse sie an, lebe so und überlebe damit. Oder ist es umgekehrt, sind es die Dinge, die mich anfassen?

Ein befreundeter Fotograf, Anton Kiefer, ein schweigsamer Mann, der mit seiner Kamera meistens zu Fuß unterwegs ist oder mit der Bahn, der die Flüsse abwandert in seiner Gegend daheim oder bis nach Rumänien fährt, hat mir einmal ein Konvolut seiner Fotos ausgehändigt. Darauf zu sehen sind Hütten aus Laub und Ästen, aus Schwemmmaterial und Steinen, befestigt mit Draht oder umwickelt von Plastik und Klebebändern, je nachdem. Es sind dies die Orte von Jugendlichen und Kindern, die sich etwas bauen an den Ufern der Flüsse, da wie dort. Im Lauf des Jahres und mit dem Wechsel der Witterung verfallen die Unterschlupfe zunehmend und werden von der Natur wieder zurückerobert. Anton Kiefer sucht diese Plätze immer wieder auf und hält sie, im Verfall, fotografisch fest.

Wenn ich an Landschaft denke, denk ich vielleicht dennoch weniger an Räumlichkeit und Dreidimensionalität. Immer interessiert mich: Wie ist die Textur ihrer Oberfläche. Wie ist das fahlgelbe, türkisgrünblasse drahtige Gras auf den Hügeln der Perchtoldsdorfer Heide, wie legt es sich über die flachen Hügel. Wenn ich an Landschaft denke, denke ich an die zweidimensionale Schraffur einer Wiese in dem berühmten Gemälde des amerikanischen Malers Andrew Wyeth: *Christina's World*. Es zeigt eine dunkelhaarige schlanke Frau in einem hellrosa Kleid, die, mehr liegend als sitzend, eine steppenartige Wiese hochkriecht. Die Protagonistin des Bildes ist aber ebenso, wenn nicht zum größeren Teil, diese Wiese selbst, die sich bis zum oberen Rand des Bildes zieht, vielleicht ein Sechstel bloß noch freilassend für den graublauen Himmel. Am Horizont stehen ein Farmhaus mit kleineren Nebengebäuden und, mit etwas Abstand dazu, eine Scheune. Die Wiese liegt so im Rechteck des Bildes, dass die Häuser im oberen Sechstel sie aufzuspannen und zu halten scheinen, beinah wie zwei grobe dunkelgraue Wäscheklammern. Ins drahtige Gras der Wiese hat Christina ihre Finger gekrallt, und ihr schwarzes Haar weht ein wenig im Wind. Rau wirkt das Gras auch, weil es mit Eitempera gemalt ist, die nach dem Trocknen immer etwas Kreidig-Mattes, beinah Stumpfes erhält.

Ende der vierziger Jahre hat Andrew Wyeth dieses Bild gemalt. Ein zweites Bild, das man danebenstellen könnte, ist siebzig Jahre früher entstanden. Es ist eine Radierung und Aquatinta des deutschen Künstlers Max Klinger mit dem Titel *Frühlingsanfang*. Auch hier eine Frau im unteren Bereich des Bildes liegend im schwarzen stacheligen Gras, über ihr erstreckt sich ein Birkenhain, der gut zwei Drittel der Fläche einnimmt. Kein Vorwärtsrobben einer Kranken in dieser Wiese, sondern ein Schlafen und bald frühlingshaftes Erwachen wird hier dargestellt. So wie Christina, obwohl sie sich farblich vom Umraum absetzt, sich mit ihren Fingern und ihrem Haar doch in die Schraffur des Grases einwebt, so liegt auch die schlafende Dame bei Max Klinger in ihrem Hemdblusenkleid in der Wiese: auf derselben Bildebene, auf der auch die Birken stehen, weiß, vordergründig, von schwarzem Strich umrandet. Das Kleid der Frau, die Rinde der Bäume: als wären sie aus demselben Holz geschnitzt.

Als ich einmal traurig war und verzweifelt, da dachte ich mir, gewissermaßen eine *Ultima Ratio*, von der Erde fallen kann man nicht, immerhin. Man muss nicht täglich die Kraft dafür aufbringen, sich am Gras festzuhalten, während die Erde durch das Weltall rollt, immerhin das nicht. Nur einmal hab ich mich derart festhalten müssen, das war, als der Vorarbeiter Rupert uns einen Steilhang hinunterrutschen ließ. Der war kaum bewachsen, das Gestein splitterte ab und zerbröselte, nur da und dort war eine einzelne Silberdistel zu sehen und zu greifen, an deren stacheligen Blättern wir uns festhalten konnten, bis auch sie abfielen und mit uns hinunterrutschten, frei von Gefahr, da uns das Gras und Moos des Bachbettes unten weich empfing.

Manchmal waren wir mit unseren Eltern in den Bergen wandern. Mein Vater war frustriert, dass wir uns die Namen der Berggipfel nicht und nicht merken konnten. Die Berge hatten keine Gesichter, die meisten blieben mir, mit wenigen bildsprachlichen Ausnahmen, fremd und namenlos bis heute, ohne dass das daran liegen würde, dass ich keinen Orientierungssinn oder kein räumliches Vorstellungsvermögen besäße. In fremden Städten finde ich mich rasch zurecht, aber der Raum: Er interessiert mich bloß als Gerüst, das den Stoff trägt, aus dem die Geschichten gemacht sind. Es sind Geschichten von einer Zweidimensionalität, die sich auf Papier übertragen und wiedergeben lässt. Literarischen Figuren will ich weniger gern ins erdichtete Fleisch greifen, als viel lieber ihre papierene Silhouette mit meinem Finger nachzeichnen. Landschaft kann da selbst zu Text werden. In meinem ersten Roman zeigt die Liebe zweier Menschen sich als Abdruck einer Spur, die sich durchs Gras gezogen hat. Ein Tollen und Balgen, das sich ins Gras der Wiese einschreibt und am Ende der Affäre, von oben gesehen, einen Schriftzug ergibt: »SOS« wird da buchstabiert, zu lesen, wenn man nicht allzu nah dran ist, sondern die Sache aus der Distanz betrachten kann. Landschaft wird vom *Locus amoenus*, von der Bettstatt, zum sprechenden Verräter, der Spuren aufzuweisen hat. Wo wir gehen, hinterlassen wir Spuren, aber die Natur hinterlässt auch auf uns ihre Spuren oder an uns. Wir kratzen uns an ihren dornigen Büschen und stacheligen Disteln, Flechten und Harz bleiben kleben an unseren Jacken, etwas bleibt hängen, zerzaust uns das Haar, Bröckchen, Dreck, Kondome, Knoten, Knospen.

Meine Mutter sagte früher, da ich stets nur Gesichter, Figuren und Tiere zeichnete, zu mir: Zeichne doch einmal Landschaften! Ich habe mich darüber geärgert, als würde nicht ausreichen, was ich mache. Darüber dachte ich nach, als ich mit dem Buntstift gelb und orange und türkisfarben die Wange einer Dame schraffierte, die bald aussah wie überwuchert von grellbuntem Fell oder verwachsen von Gras und Wiese. *Mama, ein Gesicht ist eine Landschaft, eine Wange ist ein Feld* nannte ich dieses Bild danach und war noch immer voll Trotz. Wie das Kind, das sich auf die Höhe eines Hügels begibt, um sich dann durchs Gras hinunterrollen zu lassen. Schnell genug, um nicht eingeholt zu werden, unten angekommen belohnt von Schwindel und Übelkeit. In der Wiese liegt es nun, und über ihm wachsen die Birken in die Landschaft.

Die Landschaft als Wort zieht die »-schaft« mit sich, ein Suffix, das im Deutschen hauptsächlich in Kombination mit Personen vorkommt. Die Verbindung mit einem Nomen, das, wie im Fall des Landes, keine Person bezeichnet, ist äußerst selten. Die Anhängerschaft, die Zuhörerschaft, die Leserschaft: Beinah kommt es mir so vor, als wüchsen die einzelnen Gesichter hier zu einem Massiv zusammen, einem Bergmassiv, einer Steilwand mit Silberdisteln. So wie umgekehrt die Landschaft durch ihre »Schaftigkeit« etwas an undifferenzierbaren Gesichtern eingeschrieben bekommt. Als wären Figur und Hintergrund verwoben. Als fassten wir die Landschaft an und die Landschaft fasste zurück.

Manchmal denke ich an die Lektüre des *Schimmelreiters* von Theodor Storm, seinen Ritt durch Nebel und Sumpf, die Schilderung des Aberglaubens: Wenn ein neuer Deich gebaut werde, der uns vor der nächsten Sturmflut schützen solle, dann müsse dort etwas »Lebiges« eingemauert werden, lebendig begraben. So denke ich mir das Wort Landschaft, etwas Lebiges steckt darin, und ein paar Disteln.

Wir waren zu viert, als wir Kinder waren. Wir und die zwei Nachbarskinder. Wir waren Mädchen, die sich Bubennamen gaben, oder Buben, die sich Mädchennamen gaben, so genau weiß ich das nicht mehr, es spielt auch keine Rolle. Unsere Anführerin nannte sich nach der Bandenführerin in einem Jugendbuch. Damit war sie die Anführerin. Für uns blieben die restlichen Namen. Ich war in der Rangfolge die Nummer zwei. Gigi schrie schnell und laut dazwischen, damit war Gigi die Nummer drei. Das vierte Kind war zu langsam, es war und blieb das vierte.

Alles war streng organisiert. Das vierte Kind musste den Teebeutel rauchen, den wir zu einer Zigarette gedreht hatten. Das vierte Kind war das tapferste, und es musste sich danach übergeben. Das vierte Kind hatte schwarzen Tee geraucht und danach gekotzt. Wir haben gelacht und trotzdem Angst bekommen.

Die Anführerin schenkte mir Aufmerksamkeit, ich war ihr Vize. Ich tat einiges, um ihr zu gefallen. Ich wollte in der Gunst der Anführerin steigen. Wir kletterten auf das Dach eines Heustadls oder einer Holzhütte im Garten und sprangen hinunter. Es war eine Mutprobe. Alle vier Kinder überlebten diese Mutprobe. Sie schweißte uns als Bande zusammen. Damit waren wir stark gegen die andere Bande, die uns das Vorrecht auf die Herrschaft über die Straße streitig machte.

Die Straße war unsere. Wir liefen von einem Gehsteigrand zum anderen, um die Autos zu vertreiben. Wir zeichneten unser Territorium mit Kreide auf den Straßenboden, von einem Gehsteigrand zum anderen. Alle mussten mitmachen. Wer nicht mitmachte, wurde ausgeschlossen. Das dritte Kind lief nach Hause. Das dritte Kind war ein Schwächling, der unserer Bande schadete.

Am nächsten Tag war das dritte Kind wieder aufgenommen. Es wollte, dass wir ihm Rastazöpfe flochten. Wir flochten einen Tag lang, Gigi hatte feines, rutschiges, fliegendes Haar. Am nächsten Tag hatte Gigi sich die Rastazöpfe wieder aufgeflochten. Ein verlorener Tag. Das dritte Kind war launisch, das wussten wir jetzt. Die Anführerin hielt uns davon ab, das dritte Kind für seine Launen zu bestrafen.

Wir sammelten liegengelassene Telefonwertkarten aus Plastik. Sie waren unsere Rechner. Wir hielten den Mitgliedern der anderen Bande die Telefonwertkarten unter die Nasen und riefen: Das sind unsere Rechner, sie speichern wertvolle Codes! Dann hielten wir die Telefonwertkarten in die Luft und tippten daran herum. Die Mitglieder der anderen Bande erstarrten vor Ehrfurcht. Sie berieten sich über das weitere Vorgehen.

Die Anführerin war guter Dinge. Sie lud mich in den Garten ihrer Großeltern, wo ein Wohnwagen abgestellt war. Wir gingen hinein und sperrten von innen zu. Es war nun dunkel, und wir legten uns ins Bett. Ich war ein Junge, jetzt erinnere ich mich wieder. Ich war ein Junge und begehrte die Anführerin, denn sie segnete mich mit ihrer Gunst. Ich war ihr Vize, das adelte mich. Die Anführerin steckte ihre Hand in meine Unterhose.

Es war Winter geworden. Die Nachbarskinder waren nicht mit uns. Wir waren zu zweit und schlugen auf dem Asphalt eine Flasche zu Scherben. Wir formten Schneebälle und steckten die Scherben hinein. Die mit Scherben bestückten Schneebälle warfen wir den Hügel hinunter auf den Nachbarsjungen. Er war ein Bub mit roten Haaren, sehr weißer Haut und Sommersprossen. Er war dümmer als wir, daran erinnere ich mich.

Einmal wollte ein fünftes Kind Mitglied unserer Viererbande sein. Es bestand die Aufnahmeprüfung nicht. Es hieß Ivi, daran erinnere ich mich auch. Es war kleiner und dicker als wir. Es hatte keine Chance bei uns, auch nicht als Nummer fünf. Es gibt keine Nummer fünf in einer Viererbande.

Wir bastelten uns Ausweise. Unsere Bande hatte nun einen Namen. Die Rangordnung schrieben wir direkt unter den Tarnnamen und das Passfoto. Ich blieb die Nummer zwei. Ich sagte: Das ist die Nummer eins hinter der Anführerin. Die Anführerin lächelte mir zu, als die anderen beiden Kinder unsere Ausweise falteten. Die Telefonwertkarte mit Rechenfunktion und Code legten sie zwischen die Seiten des Ausweispapiers. Der Ausweis wurde in eine durchsichtige Hülle gesteckt und in der Brusttasche verwahrt.

Man musste sich ausweisen. Die Anführerin überprüfte unsere Papiere. Gigi stritt mit der Anführerin, und ich stritt mit dem vierten Kind. Wir gingen auseinander für die nächsten Jahre, die doch nur Tage waren. Tage später haben wir uns versöhnt und uns mit dem Messer in die Haut geschnitten. Ich wünschte mir, dass die Anführerin ihre Wunde auf meine presste. Meine Wünsche gingen alle in Erfüllung. Alle meine Wünsche gingen in Erfüllung. Ich passte mich an und in meine Rolle ein. Ich war die Nummer zwei in der Rangfolge, und ich trat nach unten hin. Das stärkte die Anführerin. Ihr Platz wurde ihr niemals streitig gemacht.

Es war Sommer geworden. Wir liefen zum Fluss und ließen uns treiben. Das Wasser war so kalt, dass ich heute keine Worte mehr dafür habe. Das Wasser war wie ein Schock auf unserer Haut und wie ein Blitz, der durch unsere Köpfe fuhr, das Wasser war wie Donner in unseren Ohren, das Wasser war ein Weltuntergang, ein rauschender. Wir schrien wie am Spieß, so kalt war es.

Es gab ein Stück Holz, das ich aus dem Fluss gefischt hatte. Es war nicht viel größer als meine Hand, und ich steckte es in meine Hosentasche, bevor wir heimliefen. Dort legte ich es unter mein Kopfkissen und umfasste es vor dem Einschlafen. Es war abgeschliffen vom reißenden Wasser des Flusses. Ich dachte an die Anführerin und schlief damit ein.

Wir gingen zu zweit los, diesmal war ich mit Gigi verabredet. Wir kauften uns Soft-Eis im Gasthaus und schlenderten damit die Hauptstraße entlang. Wir kickten ein paar Steinchen zur Seite. Wir sprachen über die Anführerin. An Putsch war nicht zu denken. Nicht heute. Wir klingelten an Hauseingängen und liefen weiter. Wir erschnorrten uns ein paar Münzen von Passanten und riefen im Gasthof von vorhin an. Dort reservierten wir mit ernster Stimme Tische für eine ganze Hochzeitsgesellschaft. Dann gingen wir zum Konsum und bestellten Wurstsemmeln an der Theke. Die Wurstsemmeln aßen wir, ohne zu bezahlen, im Konsum und verließen das Geschäft dann wieder. Dieser Sommer dauerte ewig. Dieser Sommer dauerte bis zum Weltuntergang.

Am Fluss hatten wir uns ein Haus gebaut. Es bestand aus vier Stecken als Begrenzung und einem Leintuch als Dach. Wir hatten größere Steine zum Sitzen und kleinere Steine als Abendmahl. Das Abendmahl warfen wir in den Fluss und versuchten, es so flach zu werfen, dass es an der Wasseroberfläche wieder aufspringen würde, ein oder zwei oder drei Mal.

Unsere Haut war vom Leben am Fluss dunkel geworden und unsere Haare beinah weiß. Wir hatten aufgeschlagene Knie und verbrannte Lippen. Die Passfotos in unseren Ausweisen sahen uns nicht mehr ähnlich. Ich hatte ein Schimpfwort gelernt und wollte eine neue Mutprobe bestehen. Ich rief das Schimpfwort einem Erwachsenen nach, um zu sehen, ob es Wirkung zeigte. Der Erwachsene lief mir schreiend nach. Mein Herz klopfte vor Aufregung und Glück. Ich musste der Anführerin davon erzählen.

Die Anführerin hatte ein fremdes Kind dabei. Mit dem fremden Kind tuschelte sie und lachte. Ich kann ihre Gedanken lesen und weiß, sie lacht über mich. Ich wusste es auch damals. Sie lachte und wollte nichts von unserer Bande wissen. Sie war ein Jahr älter geworden und kannte mich an jenem Tag nicht. Ich ging nach Hause und heulte. Ich ging nach Hause und schnitt unsere gemeinsame Wunde aus meinem Arm. Dann zog ich das Schwemmholz unter meinem Kopfpolster hervor, lief hinaus und warf es in den Fluss zurück.

Einmal hielt ich meine Hand an die Wasseroberfläche, um einer Biene das Leben zu retten. Sie stach mich sofort. Ich wollte weinen, aber man weint nicht wegen eines Bienenstichs. Das vierte Kind pflückte Beeren und füllte die zerdrückten, in seiner Hand warm gewordenen roten und schwarzen Kügelchen in einen Plastikbecher, den es mir dann gab. Ich aß die Beeren und wurde davon gesund. Wir füllten Steine und buntes Treibgut in unsere Hosentaschen und gingen damit heim.

Ein Kind namens Flo rief mir etwas nach, kam dann angelaufen und leerte mir eine Flasche eisigen Wassers über den Schädel. Ein einziges Mal in meinem Leben rastete ich aus. Ich erinnere mich sehr gut daran. Ich packte Flo, ohne nachzudenken, am Kragen und drehte den Stoff seines Pullovers so in meiner Faust, dass er nicht mehr auskam. Ich schlug mit aller Kraft seinen Kopf gegen ein Metall, das uns entgegenwuchs. Flo war ruhig geworden und blutete am Hinterkopf.

Flo und ich hatten uns ineinander verliebt. Die Anführerin war dagegen. Die Anführerin verlor kein gutes Wort über Flo. Flo war eine Zecke in den Augen der Anführerin. Sie spuckte seinen Namen in die trocken gewordene Erde. Ich lief den ganzen Sommer lang, der ewig dauerte, mit Flo am Flussufer entlang. Wir hatten uns dort ein Haus aus Blättern und Lehm gebaut, kein Kinderhaus aus Leintuch und Stecken. Wir aßen richtige Sachen vom Konsum, nicht bloß Beeren und Steine. Flo legte sich zu mir und zitierte Catull. Wir rauchten Zigaretten.

»Ich hasse und ich liebe«, hatte Catull geschrieben. »Warum ich das tue, fragst du vielleicht. Ich weiß es nicht, aber ich fühle, dass es geschieht, und ich leide.« Es war wieder Winter geworden und danach wieder Sommer. Flo war jetzt bei der Anführerin. Er war die Nummer zwei, und ich war raus. Flo war mit der Anführerin im Wohnwagen im Garten ihrer Großeltern. Das war der Weltuntergang. Ich fühlte, dass es geschah. Wir sprachen später nie darüber. Sommer und Winter wechselten einander ab.

Im übernächsten Sommer sah ich am Hügel im Gras die Scherben vom vorletzten Winter liegen. Der weißhäutige, rothaarige Bub war älter geworden. Ich ging zur Straße hinunter und wollte sehen, was aus unserem Territorium geworden war. Die Markierungen auf dem Boden waren fort, aber im Garten der Großeltern der Anführerin stand der Wohnwagen noch an derselben Stelle. Ich lief weiter zum Fluss, um Gigi und das vierte Kind zu suchen. Dort ließen sie sich vom Wasser mitreißen, und als sie mich kommen sahen, winkten sie mir zu. Die Anführerin war auch dabei. Ich zog mein T-Shirt und meine Hose aus und lief zu ihnen.

Fünf Mädchen

Ich wäre gerne eine Gruppe von fünf Mädchen. Fünf sind nämlich stärker, wenn ich sie mir als Einsatztruppe denke. Wogegen? Gegen die Straße, gegen die Burschen, gegen die Eltern und Lehrer. Wogegen man halt ist im Alter von zwölf, dreizehn, vierzehn Jahren. Ich wäre eine Gruppe von fünf Mädchen gegen die Straße, jetzt, heute. Nicht so wie damals, als ich exakt ein Mädchen gewesen und allein herumgestreunt bin. Heute sollen es fünf zeitgenössische Mädchen sein, fünf Schlawiner, sagt man dazu: Schlawinerinnen? Sind sie Wienerinnen? Jedenfalls Großstadtmädchen. Ich sehe sie täglich, wenn ich im Bus sitze und es bereits Mittag geworden ist. Gleich wird es anstrengend, denke ich dann. Aber jetzt, heute, versetze ich mich hinein in diese Mittagspausenmädchengruppe. Denn die bin nun ich, eine Gruppe von fünf Mädchen: Fatima, Lara, Joy, Savannah und Marie.

Eine Marie kann ich gut darstellen. Nicht weil ich aus diesem oder jenem Viertel käme, sondern einfach weil die Marie auch bei mir im Pass steht, obwohl ich sie seit Jahrzehnten keines Blickes würdige. Soll sie hier einmal zu ihrem Recht kommen. Die Marie ist die dickste von allen fünfen, und sie ist schon recht pubertär. Die schmale Fatima hat vier Brüder, die sind natürlich unsere Feinde Nummer eins. Die Gruppe, die ich bin, will bei nächster Gelegenheit diese Brüder ordentlich verkloppen. Ich sage: Wir. Wir wer'n euch verdreschen, Burschen. Die Jungs sind kleiner, und es ist eigentlich unfair, sie zu schlagen, aber das ist uns egal. Is' uns egal!, schreie ich mit der Stimme von Lara und stelle mich croft-mäßig den kleinen Jungs in den Weg. Joy, unser Blondchen mit Zahnspange, spuckt ihnen vor die Füße und lacht dabei gar nicht nett. Savannah, mit den Unterarmen voll Klebetattoos, steht breitbeinig daneben. Marie drückt sich gegen den größten der kleinen Brüder und sagt: Handy her! Nein, fiept der größte der kleinen Brüder tapfer. Handy her, wiederholt Marie und rülpst dabei in des größten der kleinen Brüder rechtes Ohr. Die vier kleinen Brüder von Fatima beratschlagen sich. Der größte der kleinen Brüder zwingt den kleinsten der kleinen Brüder, sein Handy rauszurücken. Der kleinste der kleinen Brüder hat keine Wahl: Das *Cosmos Galaxy Spirituality* fällt in unsere Hände. Hahaha, lacht Joy.

Wir laufen damit hinunter, auf den Siebenbrunnenplatz zum Beispiel. Falls es Wien ist, ist es der Siebenbrunnenplatz, ganz klar. Unsere Schuhsohlen blinken in der frühen Dämmerung, sie haben integrierte LED-Lichter, weiß, rot und blau. Lichtalarm, wenn wir kommen! Wir setzen uns ins Eiscafé und wischen die Bilder durch: Der kleinste der kleinen Brüder hat sich selbst fotografiert. Hahaha, lachen wir zu fünft. Joy fordert jetzt ein Bussi vom Chef vom Eiscafé. Als sie es bekommt, macht Savannah ein Foto davon. Savannah will als nächstes das Handy dem Chef vom Eiscafé verkaufen. Der sagt, er wolle es nicht, wir sollten es dem Bruder von Fatima zurückgeben. Wir erpressen ihn hart, und er muss uns fünf Mal Schlumpf-Eis ausgeben, damit wir es dem Bruder von Fatima zurückgeben und das Bussi-Foto nicht seiner Freundin zeigen, Ehrenwort.

Wir laufen die Straße hinauf Richtung Matzleinsdorfer Platz. Den dürfen wir nicht überqueren, weil dort die Bezirksgrenze ist. Im zehnten Bezirk regieren schon die Mädchen vom Reumannplatz.

Den Mädchen vom Reumannplatz wollen wir heute das Cosmos Galaxy Spirituality teuer verkaufen. Wer von uns fünf, entgegen den Drohungen und Warnungen, die Bezirksgrenze überschreiten muss, bestimmen wir durch Schreien: Dafür hab ich Zigaretten gekauft! Das war das Geld von meiner Mutter! Lara hat's geklaut! Savannah wird am Ende dazu bestimmt, loszufahren mit dem Bus 49A. Wir haben Forderungen: Wir wollen fünf Mal Pommes vom Mäcki, fünfzig Mal Glitzersteine für die Fingernägel, fünf Kondome zum Befüllen mit Wasser. Es sind nur zwei Stationen, aber im Bus kommt Savannah sicher über den Matzleinsdorfer Platz. Sie verkneift sich das Weinen und steigt in den Bus. »Written Script – my life« steht auf ihrem T-Shirt geschrieben. Mein Leben: ein Drehbuch. Savannah krallt sich an ihrer roten Clutch mit pinkem Plüschbommel fest. Ihre Sohlen blinken. Wir laufen zu viert hinterher, bis sie fast den Matzleinsdorfer Platz erreicht hat. Jetzt ist sie gleich im zehnten, sagen wir. Aus ein paar Metern Entfernung sehen wir, wie Savannah von einem Fahrscheinkontrolleur aus dem Bus geworfen wird. Sie läuft johlend zu uns zurück. Der Kosmos gehört noch immer uns, die Galaxien, der ganze Glitzi-Spirit.

Die sechsjährige MaKenzie sitzt frisiert und im Glitzerkleid auf ihrem Bett, quält ihre Katze und leert sich die dritte Portion Brausepulver aus einem rot-weiß-gestreiften *pixy stick* in den Mund. Je nachdem, wie ihre Laune später ist, sagt ihre ambitionierte Mutter Juana, wird sie die *beauty routine* auf der Bühne gut performen oder eben vermasseln.

MaKenzie, Eden, Brenna, Kylee, Taralyn, Honey Boo Boo: das sind die Namen der kleinen amerikanischen Mädchen, deren Kindheit darin besteht, sich auf *beauty pageants*, Schönheitswettbewerbe, aufwändig vorzubereiten und daran teilzunehmen. Gefilmt wiederum fürs Reality-TV, genauer gesagt für die Serie *Toddlers & Tiaras*. MaKenzie ist *trending on twitter*, das heißt, unter den vielen Mädchen, die bereits im Säuglingsalter mit den Wettbewerben beginnen, ist sie eine, die zum Star geworden ist. »Why can't I just be myself?« ist denn auch einer von MaKenzies Sätzen, die im Internet als Clip wie eine Art Meme kursieren. Wieso kann ich nicht ich selbst sein? Gesagt als Vierjährige, heute nachzusehen in einer Zusammenstellung ihrer *best one liners* auf Youtube, einer Art Aphorismensammlung der kindlichen Schönheitskönigin.

Die Kamera verfolgt mit, wie die Mädchen sich vorbereiten auf den Tag des Wettbewerbs. Man sieht ihre Familien, ihre Katzen, ihre Häuser, die pink eingerichteten Kinderzimmer, den Schrank mit den Krönchen. Es ist immer dasselbe: Pro Sendung werden drei Mädchen vorgestellt. Sie werden daheim interviewt, die Mutter kommt zu Wort, selten der Vater. Dann geht es hinaus zum Shoppen von Kleidern und Schuhen im Wert von mehreren tausend Dollars, zum Proben der Routine mit einer Trainerin oder einer Drag Queen, die selber einmal irgendetwas gewonnen hat in Missouri oder Delaware. Dann zum Friseur und zum *spray tan*, wo Körper und Gesicht der Mädchen mit Airbrushpistole bronzefarben eingesprüht werden. Aufkleben der Wimpern, Haare färben, später die *dental flippers* über die Zähne und Zahnlücken ziehen: eine weiß blinkende, perfekt geordnete Zahnreihe. Dazwischen viel Gekreische, Energydrinks, Zucker und Bonbons.

Die *beauty routine* auf der Bühne ist ein immer gleicher Ablauf des Auftritts des jeweiligen Mädchens: Ankündigung, Applaus, Musik wird eingespielt, das Mädchen zeigt eine Schrittfolge, posiert, lässt sich von allen Seiten begutachten. Sitzen Kleid und Frisur, zeigt sie Personality, ein schönes Gesicht? Immer das Gleiche: Das Mädchen legt seine flachen Hände seitlich an die Wangen und hält den Kopf schief. Dann den ausgestreckten Zeigefinger an den Mund, ein Küsschen wird daraufgesetzt und mit dem Finger zurück ins Publikum geworfen. So oft eingeübt und doch so ungelenk manchmal, verschoben, eine Geste ohne Inhalt vielleicht.

Im Publikum sitzen Mütter, Großmütter, ein paar Väter. Die meisten sind überdimensioniert, nicht nur im Vergleich mit ihrem kleinen *Mini-Me*, und sie arbeiten oft hart, um sich die teuren Kleider für ihre Kinder zu leisten und sie in riesigen Autos von Wettbewerb zu Wettbewerb zu chauffieren. Unten stehend tanzen sie vor und mit, was ihre Töchter oben auf der Bühne tanzen sollen: Kyleeeee!

Meistens gibt es danach eine Pause, in der die Mädchen weinen, weil sie etwas falsch gemacht haben oder weil das Make-up in den Augen brennt, weil sie müde sind, über- oder unterzuckert, weil etwas gerissen ist oder abgebrochen, weil ein anderes Mädchen schöner ist oder eine Übung bunter als die eigene. Mutter, Visagistin, Trainerin kümmern sich darum: Du warst großartig, ganz, ganz großartig, Eden.

Dann beginnt der nächste Durchgang, meistens ist dieser themenspezifisch: *Lollipops and Gumdrops* oder *Winter Beauties* oder

A Glitzy Life of Me oder *Around the World*. All diese Wörter! Neues Kostüm, neue Routine. Schieb deinen Wagen vor dir her wie eine Obdachlose in New York, hat beispielsweise Trainer Uncle DJ der kleinen Hailey geraten, und sie hat es wirklich so gemacht, wie sie es daheim im Garten geübt haben: nämlich einen mit Candys gefüllten Einkaufswagen über die Bühne geschoben wie ein kleines schwarzes Mädchen, das einen Mann spielt, der eine Diva spielt im Paillettenfummel, die eine Obdachlose in New York nachstellt oder sich vorstellt, ohne allerdings je obdachlos in New York gewesen zu sein.

Und dann das bittere oder süße Ende. Alle Mädchen müssen auf die Bühne, es werden Prinzessinnen- und Königinnentitel vergeben, einzelne müssen warten, sie haben sich für einen höheren Rang qualifiziert: »She pulled for a higher title.« Die Prinzessinnen und Königinnen weinen enttäuscht, alle wollen *Ultimate Grand Supreme* werden und das rosarote Plastikspielzeughaus gewinnen und die größte Plastikkrone, so hoch, dass sie bis zur Schulter der Mutter hinaufreicht.

Dann ein Foto zur Erinnerung. Das Plastikkind mit falschen Zähnen, gespraytem Teint und rosa Lippen wirft sich in Pose, den Kopf schiefgelegt, ein Lächeln. Danach sehr viel *Blur*, sehr viel Weichzeichner mit Photoshop, Kontraste erhöhen, Farben hinaufschrauben, Glanzeffekt auf Augen und Zähne setzen. Alles läuft immer exakt genauso ab, Folge für Folge, Staffel für Staffel.

Toddlers & Tiaras ist eine der brutalsten, kitschigsten und hemmungslos konsumgeilsten Fernsehproduktionen, die mir bekannt sind. In seiner Grenzwertigkeit interessiert es mich, es widert mich an oder es fasziniert mich als Teil dieser Bilderwelt, in der wir uns bewegen können. *Toddlers & Tiaras* ist da irgendwo am äußersten Rand angesiedelt, sehr an der Grenze, knapp vorm Kippen ... Oder sehr mittendrin? Sehr Donald Trump in der Inszenierung, in der Farbigkeit, diese ganze Ästhetik von Körper und Frisur?! Wenn man die Zustimmung der Wählerschaft als

Kriterium wertet: Ja, hier ist sie, die Mitte, wie wunderbar, *gorgeous, awesome!*

In den Jahren 2008 bis 2013 lief *Toddlers & Tiaras* auf dem amerikanischen Fernsehsender TLC als Reality-Format, übersetzbar, um der Alliteration treu zu bleiben, in etwa als »Kleinkinder und Krönchen«. Produziert wurde die Serie, die über sechs Staffeln lief und weiterhin auf Youtube zu sehen ist, von der Produktionsfirma Authentic Entertainment, mittlerweile ein Teil von Endemol, dem angeblich zweitgrößten Fernsehproduzenten der Welt, bekannt und groß geworden durch authentische Unterhaltung wie *Big Brother*, das seit dem Jahr 2000 im deutschsprachigen Raum aufgezeichnet und ausgestrahlt wird.

Anderer Sender, andere Sendung: Die ist so *fake*, sagen die Teilnehmerinnen bei *Germany's Next Topmodel* über ihre Konkurrentinnen, *so fake*. Du bist doch nur ein Protagonist, lautete einer der heftigeren Vorwürfe innerhalb des Dschungelcamps. »Fake sein«, künstlich, gefälscht, erlogen, in einem Format, das den Mitwirkenden doch Authentizität in die Realitätsfiktion hineinscriptet. Der Authentizitätsbegriff hat seit Jahren Konjunktur in Politik und Medien.

Wenn wir an dieser Stelle nun von Erfahrung und Erlebnis sprechen wollen im Vergleich zu Fake und Fiktion, dann scheint es abseits dieser süß-verklebten, nachträglich mittels Bildbearbeitungsprogramm gereinigten und aufgemotzten Images wenig anderen Zugang zu geben zu Kindheit und dem eigenen Kind-gewesen-Sein als den ge*blur*ten. »Blur«, das ist aber das, was der Mädchen-Fotograf David Hamilton früher schon, noch analog, als Softporno-Effekt mit Fett auf seine Kameralinse geschmiert hat.

An anderer Stelle gibt es zu lesen: *Ein Kind* von Thomas Bernhard, *Kindergeschichte* von Peter Handke, *Das große Heft* von Ágota Kristóf, *Jakob schläft* von Klaus Merz, *Wir Tiere* von Justin Torres und so weiter.

Jetzt ist der Dreikönigstag in diesem Jahr auch schon wieder »Schnee von gestern«, geschmolzen zu einer dreckigen Pfütze und damit vergangen. Und so geht es mit der Erinnerung selbst, dass sie nämlich voll ist von gestrigem Schnee, durch den man einmal gestapft ist, den Saum des Umhangs so in die eine Hand gekrallt, dass er nicht nass werden möge, und in der anderen Hand einen Stecken samt Stern tragend oder eine kleine versperrbare Kassa, deren Inhalt beim Gang durch den Schnee laut scheppert oder leise raschelt.

Wir waren Sternsinger als Kinder, und ich denke daran wie an ein tagelang andauerndes Fest, ein Fest der Freiheit und der Gaudi mit anderen Kindern, ein Fest des Sich-Verkleidens und des Unterwegsseins. Schon in welcher Gruppe man sich im neuen Jahr zusammenfinden würde, war aufregend: Drei Könige, die meistens Königinnen waren, ein Sternträger und je eine Aufsichtsperson, die, wenn man Glück hatte, die kleine Truppe bloß begleitete, ohne sich unnötig einzumischen ins Geschehen, vielleicht manchmal mitlachte oder sich konsultieren ließ, wenn es um die großen Fragen des Lebens ging, die die Kinder, wenn der Tag lang wird, mit sich tragen neben Kassa und Stern.

In jedem dritten Haushalt haben wir Kekse oder Wurstbrote serviert bekommen, Orangen- oder Apfelsaft, auch unsere kleine Handkassa »für die Kinder aus Papua-Neuguinea« war bald prall gefüllt. Und gleichermaßen hatten wir so manche Enttäuschung zu verkraften gehabt: Türen, die nicht geöffnet oder uns vor der Nase zugeschlagen worden sind. Obwohl wir die Sache mit dem Sternsingen immer sehr ernst genommen haben, ja mit heiligem Ernst uns Jahr für Jahr an die Unternehmung gemacht haben, erfasste uns im Verlauf der Stunden und Tage zunehmend ein schalkhafter Übermut.

Es gibt ein Foto aus dieser Zeit, wir Könige darauf in vollem Gewande, rote und gelbe Turbane, darüber goldene Papierkronen, rote Kleider, bunt-gescheckte Umhänge. Wir sehen so breit aus wie hoch, weil wir darunter gegen die Kälte noch unsere geplusterten Schianzüge tragen. Man sollte seine Sätze und Lieder ja mit gebotener Würde vorbringen, und das war bald schon der erste Anlass, sich das Lachen kaum mehr verkneifen zu können. Zudem gesellten sich Hindernisse und Missgeschicke, sei es, dass bei unserem Gesang vom »Es ziehen aus weiter Fe-her-neee« der Hund des Hauses mitheulte oder dass einem König sein Spruch nicht mehr einfiel und alle anderen, in die Stille hinein, losprusteten.

Am lustigsten war es, wenn man nicht in den Siedlungen im Ort unten singen musste, sondern zu den Bauern auf den Berg fahren konnte. Der Tag, an dem das Foto der lachenden Könige im Schnee entstanden ist, hat schon herrlich begonnen mit der Fahrt in einem Lastenaufzug, mit dem sonst nur Nahrung und Werkzeug auf den Bergbauernhof transportiert wurden. Oben angekommen wurden wir nicht so rasch wieder fortgeschickt, sondern bekamen eine deftige Jause – und am Ende jeder ein Stamperl Schnaps. Es war mein erster Schnaps und sicher für viele Jahre danach auch der letzte. Wahre Lachkaskaden hat er hervorgerufen bei uns Königen, und fast wären wir in den Schnee gepurzelt und den Hang hinuntergerollt mitsamt unseren Kronen auf dem Kopf. Im Schnee der Erinnerung landet man halt weich.

Ich sehe mir in alten Rezeptbüchern gerne die Fotos an. Angetan haben es mir der Käse-Igel und die Partyhäppchen, die Russischen Eier, die gefalteten Servietten, die kunstvoll geschnitzten Radieschen mit krauser Petersilie, der Toast Hawaii und die Pfirsichbowle mit Zucker und Rum. Die erwachsenen Menschen auf diesen Bildern sehen erwachsener aus, als wir es jemals sein werden, und ihr Partyspaß wirkt so melancholisch – wohl dem heutigen Blick geschuldet auf das, was aus der Mode gekommen ist.

In zeitgenössischen Speisekarten gibt es dabei noch jede Menge an Tristesse zu entdecken, manchmal auch unfreiwillig komisch. Diese Abbildungen stillen die Lust, etwas zu bestellen, sofort. In einer Gelateria im zwanzigsten Wiener Gemeindebezirk, wo man jetzt im Herbst noch gut draußen in der Sonne sitzen kann, um einen Kaffee zu trinken, gibt es einen Schneemann, den man dort zu jeder Jahreszeit bestellen und verzehren kann. Der Schneemann ist nur so groß wie zwei Eiskugeln, man könnte ihn als Ganzes in eine Eistüte stecken und im Gehen schlecken. Serviert wird er aber, so sieht man es in der Speisekarte der Gelateria, auf einem Teller, sitzend in einem Kringel aus Schlagobers, Sprühsahne aus der Dose, bestreut mit buntem Zuckerstreusel. Als Hütchen trägt er eine flache kreisrunde Eiswaffel, in seiner nicht vorhandenen Hand hält er einen rot-silber-glänzend verpackten Lollipop.

In die zwei Eiskugeln aus weißem Zitroneneis, die auf dem Foto des Schneemanns schon ein wenig geschmolzen sind und ihre Kugelform so beinah schon verloren haben, sind bunte Smarties gesteckt, Schokolinsen mit bunter Zuckerglasur. Die blauen Smarties sind als die Augen des Schneemanns eindeutig zu erkennen. Aber spätestens jetzt verlangt uns der Pâtissier ein erhöhtes Abstraktionsvermögen ab: In der Mitte der zwei blauen steckt eine braun glasierte Smarties-Schokolinse, direkt darunter eine rote, gefolgt von einer violetten und einer grünen ganz unten. Sind das nun Nase und Mund? Und darunter zwei Knöpfe? Und wieso sitzt dieser Schneemann in einem schlickrigen Schneefeld aus Schlagobers, das selbst wieder bunt bestreut ist? Welch ein Bild von Winter repräsentiert diese kleine Skulptur aus Zitroneneis, Schlagobers und Dekoration für vier Euro und zwanzig Cent eigentlich?

Wenn man ihn ansieht, den Schneemann, dann glotzt er traurig zurück, gleichermaßen auffordernd, ja, vorwurfsvoll, als solle man ihn retten vorm Zerfließen. Wollen wir nun wirklich nichts beschönigen, dann darf an dieser Stelle nicht unerwähnt bleiben, dass der Schneemann eher aussieht wie Schneematsch nach drei Tagen Tauwetter auf aperem Grund. Dass er aus unattraktiven Ingredienzen besteht und seine banale Rezeptur keinesfalls zur Nachahmung auffordert. Dass er zudem von unbegabten Händen geformt wurde, ohne Liebe, ohne Sinn, ohne Übung und Verstand, und dass diese Hände es aufgeben sollten, sich fürderhin im Bereich Speiseeis ihre Meriten verdienen zu wollen. Dieser Schneemann aus Zitroneneis ist wirklich der hässlichste Schneemann aus Zitroneneis, den ein menschlich' Auge je erblickt. Niemals wird ihn ein Gast der Gelateria bestellen, niemals wird ihn jemand, der ihn aus Versehen doch geordert hat, verzehren wollen. Eins aber kann er: Sein erbarmungswürdiger Anblick bricht uns einfach das Herz.

Wir sind Kinder gewesen, und langsam werden wir alt. Langsam zuerst, später ganz rasch. Die Jahre, die späteren, sind uns zerronnen zwischen den Fingern. Und wer sind wir jetzt? Alte Kinder, altgewordene Kinder. Noch immer kleinwüchsig und kindlich, nein, kindisch. Kindisch sind unsere Scherze. Kindisch und daneben. Eure Scherze sind daneben, sagen die anderen, die ihr Leben meistern. Wir aber, wir alten Kinder, haben die Jahre, die späteren, übersehen, während wir im Sand Burgen gebaut haben. Riesig sind sie uns erschienen, winzig klein sind sie jetzt: im Vergleich zu den Häusern derer, die Häuser gebaut haben aus Ziegel und Stein.

Als Meute von Kleinwüchsigen haben wir zueinandergefunden. Und wie immer hat sich eins gleich als Anführer aufspielen wollen, das haben wir sofort im Keim erstickt. Ohne Luft ist es dagelegen, halb erstickt, und hat seine Anführerschaft aufgegeben. Wir haben es noch ein gutes Stück mitgeschleppt, jeder hat es einmal geschultert, später hat es sich erholt und eingeordnet. Ja, wir wollten, dass es sich einordnet. Wenn wir auch sonst gegen die Ordnung gewesen sind.

Es ist Nacht gewesen, damals, als die Kinder heimlich die Häuser aus Ziegel und Stein verlassen haben. Das ist auch bei den alten Kindern nicht anders gewesen. Es gibt Kindertraditionen, alteingesessene Kindertraditionen, weitergegeben von Mund zu Mund. Mit einem Lutscher oder einem Lollipop. Du steckst ihn in den Mund, spuckst ein paar Mal darauf, dann streckst du das bunte Ding dem nächsten Kind entgegen. Es stehen Botschaften darauf, in Rot und Weiß, meist gestreift. Sie sehen harmlos aus, wie Süßigkeiten, aber doch enthalten sie die Kinderbotschaft von Generationen.

Wir sind aus den Häusern geschlichen, ein jedes hat seinen Ranzen geschnürt, ja, wir haben so gesprochen: Der Ranzen, der Lollipop, die Gummischnur, der Knopf. Das ist, was uns wichtig gewesen ist, auch noch als sehr alt gewordenen Kindern. Wir haben sogar Computer dabeigehabt und Headphones und Navigationsgeräte, die uns den Weg angezeigt haben. Manchmal haben wir diese Geräte benutzt, aber meistens sind wir ohne sie ausgekommen. Das war, weil wir ziellos, also »frei« gewesen sind. Nicht unseres Kindseins wegen. Das ist immer die größte Irrmeinung von allen gewesen: dass wir frei wären unseres Kindseins wegen. Aber wir waren frei, weil wir uns freigespielt hatten, im Gehen, im Unterwegssein. Weil wir eine Melodie gesummt haben, die nur wir gehört haben. Sie hat unseren Weg begleitet. Das klingt nur für denjenigen mystisch oder traumtänzerisch, der nicht weiß, was es heißt, ein wanderndes altes Kind zu sein. Untröstlich sollt ihr sein, die ihr nicht wisst, was die Wörter bedeuten und die Lollipops. Die ihr nur Farbe seht und Kringel. Ja, es gibt sie, die schönen Farben und die Kringel, aber sie zu schmecken und diese Melodie zu hören: Das ist etwas anderes.

Denn sie werden Kinder heißen. Nicht Kitschkinder, nicht Mystiker, nicht Traumtänzer. Denn wer sich noch einmal hinsetzt und noch einmal neu hört, wer noch einmal in seinem Leben es ein einziges Mal wagt, neu zu hören, der wird selig sein und mit uns ziehen. »Selig« heißt hier bloß: beglückt, für einen Moment. Weil es das Glück vielleicht nicht geben kann: Es kann nur fliegen. Fürs Fliegen werdet ihr eure Arme nicht ausbreiten, weil ihr schon zu müde gewesen sein werdet. Und vielleicht sind auch wir zu müde, aber wir versuchen es noch. Immerhin, wir versuchen es noch. Vielleicht sind wir betrunken, nein, trunken vor Glück, das verfliegt – aber wir werden den Flugwind nutzen. Und wir werden wissen, wann es Zeit ist, eine Pause einzulegen. Am Fluss werden wir »sitzen und weinen«. – Nein, kein Weinen mehr, das Weinen ist uns beim Altwerden vergangen.

»Bleibt bei uns, für einen Tag«, heißt es in etwa im Sermon über Weisheit und Unschuld, *Wisdom and Innocence*, des englischen Dichters und Theologen John Henry Newman, »bis die Schatten lang werden, und der Abend kommt, wenn die Welt dann ruhig wird«. – Nein, sucht uns nicht auf, lasst uns in Ruhe, stört unseren Weg nicht, wir sind schon zu alt für euch. Erzählt eure Geschichten woanders. Wie man so sagt: Steckt eure Geschichten in einen Rucksack und stellt ihn vor die Tür oder hinter einen Baum oder vergrabt ihn im Garten. In mir, vor mir, hinter mir. In mir, unter mir und über mir. Zu meiner Rechten und zu meiner Linken: ist keiner, der mich stört und mich vom Weg abbringt. Ich trage meinen Rucksack, und darin sind meine Wörter. Und meine Töne in meinem Mund.

Ich gehe in einer Schar von altgewordenen Kindern. Und eins spielt vorn die Flöte, und weil das immer so ist, haben sich die Ratten zu uns verirrt und ziehen mit uns aus der Stadt. Gebt uns die Ruhe für unser Lied, lasst uns ziehen! Drei Hirtenkinder sind mit uns gekommen. Sie kennen sich mit den Schafen aus und mit Computern, so ist das mit den Kindern.

Wir wollen nicht klagend sein und ungerecht, lasst uns nur ziehen. Wir sind zu vierzigst oder zu sechzigst, wir werden mehr. In jeder Stadt, durch die wir wandern und singen. Und mitten in der Nacht sind unsere Töne so hoch, dass ihr uns nicht hören könnt. Nur die Kinder können uns hören, die jungen und die altgewordenen, die Ratten. Und manchmal ein lästiger Hund, den wir sogleich verprügeln, damit er nicht die Ruhe stört für unser Singen.

Eins hat einmal angefangen, ein zweites findet sich leicht, ein drittes sogleich, bald waren wir vier, schon sind wir fünf. Dann auch bald sechs, macht weiter sieben, acht ist gemacht, neun darf sich freu'n, zehn kommt im Geh'n. So sind wir zu einer Schar geworden. Unsere kleinen Burgen haben wir vor unserer Abreise noch niedergetrampelt, wir haben nichts hinterlassen wollen. Wir haben einfach losziehen und uns an nichts mehr klammern wollen. Denn vor uns ist die Zukunft gelegen. Wir haben so lange Angst vor dem Aufbruch gehabt, aber dann haben wir uns selbst und einander gegenseitig überrumpelt, und die Melodien der Lieder haben uns dabei geholfen.

Natürlich ist manchmal eins gestolpert und manchmal eins zurückgeblieben. Wie auch nicht? Aber in Summe sind wir weitergezogen. Und die Ratten ja mit uns, wo wären sie sonst? Seht euch um: Sitzt eine Ratte bei euch in euren Häusern am Frühstückstisch und frisst euren letzten Käse weg? Sie sind alle mit uns gezogen. Hässlich haben wir ausgesehen, weil altgewordene Kinder hässlich sind. Aber diese Hässlichkeit hat uns umso mehr beglückt und umso freier gemacht. Jeden Bach, in dem wir uns gespiegelt haben, haben wir angelacht. So wenig hat es uns dann ausgemacht, wer wir sind mit unseren faltigen Kindergesichtern, all unseren Gebrechen, den Runzeln, den Falten, den buckligen Rücken, den viereckigen Augen. Und gleichzeitig haben wir noch so viel davon gehabt, was das Kindsein ausmacht, große Köpfe, weiche Haut, Speckrollen an den Armen und Beinen. Und wir sind getapst, wie nur Kinder tapsen, aber wir haben gleichzeitig so viel gewusst von der Welt wie nur sehr, sehr alte Menschen. Auf unserem Weg haben wir die Häuser, in denen die anderen ihr Leben meistern, hinter uns gelassen. Immer kleiner sind sie geworden, zu winzigen Burgen aus Sand, und die Erinnerung daran ist uns zerronnen zwischen den Fingern.

Nur eines ist fest in unseren Köpfen geblieben und klar aus unseren Mündern gekommen: die Melodien unserer Wanderung. Langsam zuerst, später ganz rasch. Die meiste Zeit sind wir gelaufen beim Gehen, gesprungen, und haben getanzt. Und noch einmal hat eins ganz vorn sein wollen, schneller als die anderen, das haben wir bald aus den Augen verloren. Ich will mein Ziel loswerden, hat es gerufen, meinen Ruf verlieren! Ich will Lieder singen. Und trage meinen Rucksack, worin meine Wörter sind. Und meine Töne in meinem Mund.

Sie waren ein früher Beitrag zur Autonomie des Kindes: die Rollschuhe, die man von einem Nachbarskind geschenkt bekommen hatte, nachdem sie diesem zu klein geworden waren. Aus blauem Leder waren sie, mit roten und gelben Streifenapplikationen an den Seiten, vier kleine Gummiräder unten angeschraubt an jedem Schuh – und so schlüpfte das Kind, am Boden sitzend, hinein, zog an den Schnürsenkeln und band die ersten Schleifen seines Lebens, noch bevor es die ersten Runden drehte.

Das Schleifenbinden hat es von der Großmutter gelernt, die das Kind und seinen gleichaltrigen Cousin zu diesem Zweck auf die Bettbank in der Küche gesetzt hatte, jedem einen riesigen schweren Schuh des Großvaters in die Hände gedrückt und auf die Uhr geschaut. Wer wird's denn eher gelernt haben? Zweimal noch den Vorgang demonstriert, eine Schlaufe zwischen den Daumen und den Zeigefinger der linken Hand, das zweite Band mit der rechten um die erste Schlaufe geschlagen, eine zweite Schlaufe unter diesem Band durchgezogen, schließlich festgezurrt. (Es gibt Fertigkeiten, von denen man irgendwann im Laufe des Lebens vergessen haben wird, dass man sie einmal nicht beherrschte.) Das Kind aber machte sein eigenes Ding, statt einer drehte es von Anfang an gleich zwei Schlaufen und verknotete diese beiden zu einer Schleife oder Masche – es war einer der ersten Tricks, die es erfunden und angewandt hatte, um seinem gleichaltrigen Cousin, dem mit den roten Haaren, der hellen Haut und den Sommersprossen, voraus zu sein.

Wir möchten heiraten!, riefen sie den Großeltern zu, und wiesen sie an, die Verkleidungskiste aus dem Dachboden zu holen. Darin befand sich das schöne Gewand für die anstehende Zeremonie. Ihr könnt nicht heiraten, sagte der Großvater. Wieso nicht?, fragten sie. Weil ihr Cousin und Cousine seid, sagte der Großvater und brachte ihnen dennoch die Kiste mit den Pelzen darin, mit den Seidenquasten, den Satinbändern, den Handschuhen und den Federhüten.

Das Kind, das an jenem Nachmittag mit den Großeltern und dem rothaarigen Cousin zufällig ich gewesen bin, wählte ein rotes Mäntelchen für den Festakt, dazu einen weißen Hut mit rosafarbener Schleife. Und in Vorbereitung war es mir auch gelungen, meine Mutter zu überreden, mir Stoppellocken einzudrehen über Nacht. Stoppellocken für den Tag! Die Mutter wusch mir den Kopf, föhnte meine Haare, bis sie handtuchtrocken waren, und begann, einzelne Haarsträhnen um leere Klopapierrollen zu drehen, um sie jeweils mit einer Klammer oder Nadel festzustecken. Die feine Art! Das Kind fühlte sich, wie jedes Kind in dieser Situation, bedeutsam, als seine Mutter sich an seinem Haar zu schaffen machte. Sie legte ein Handtuch um den Kopf des Kindes, der nun von Klopapierrollenlocken ganz umwickelt war, und band einen in lange Streifen gerissenen Gefrierbeutel so darüber, dass das Handtuch beim Schlafen über Nacht halten und die Locken darunter sich festigen mögen. Das Kind sah sich vor dem Zubettgehen im Spiegel an und befand seine Ausstattung für würdevoll. Schade, dass der rothaarige Cousin den Handtuchhelm nicht da schon hat sehen können, er wäre beeindruckt gewesen, und seine hellen Wangen hätten sich um die Sommersprossen herum dunkelrot gefärbt.

Was da entstanden war zwischen dem Kind und seinem gleichaltrigen Cousin, nannte der Großvater, in Verkennung der Tatsachen, Verwandtschaft. Dabei war es viel mehr, bloß der Großvater erinnerte sich nicht mehr daran, wie es gewesen war, Kind zu sein. Die beiden waren mittlerweile mobil geworden, und die erste Ausfahrt lag vor ihnen. Ihr seid ja schon mobil, hatte die Mutter gesagt, und mit diesem Satz auch alles, was

Rollen besaß in diesem Haushalt, vor die Tür gestellt. Der Morgen würde leuchten in den Farben von hellem Gelb, zartem Grün und lichtem Blau, dachte das Kind vor dem Einschlafen, es waren die Modefarben des Aufbruchs und der Selbstständigkeit. Es gab das Paar Rollschuhe aus blauem Leder, es gab einen Leiterwagen aus Holz mit einem dicken, grob gewebten Kissen darin, und es gab einen römischen Streitwagen aus Kunststoff, gelb und rot angemalt in den Modefarben des Jahrzehnts.

Als das Kind aufwachte und sich fertig machte, wurden seine Locken mit Haarspray fixiert. Alles würde halten, für mindestens einen Tag. Der Cousin bekam den römischen Streitwagen zugeteilt, man konnte darin stehend, mit einem Bein antauchend, den Hang hinunterrollen. Das Kind hatte die Rollschuhe angezogen und stolz allein die Schnürsenkel gebunden, es winkte dem Cousin zu und raste den Weg zur Garage hinunter, wo sie den Treffpunkt vereinbart hatten. Dort stand der Cousin im Festtagsgewand, fertig für den Ausflug. Los!, rief der Cousin und brachte seinen Wagen mutig in Bewegung. Das Kind hielt sich fest an den Hosentaschen des Cousins und wurde so mitgezogen. Jetzt umgekehrt!, rief der Cousin. (So soll die Liebe sein, dachte das Kind, als die beiden dann, nachdem sie eine Strecke zurückgelegt hatten, den Streitwagen und die Rollschuhe tauschten.)

Nun flogen die Bänder, die sich die beiden um den Hals gebunden hatten und um die Waden. Ihre braunen Strümpfe warfen Falten. Das Kind und sein rothaariger Cousin hielten sich an den Händen. Die Sommersprossen flogen fröhlich von den Wangen des Cousins und blieben friedlich liegen hinten im Kies. Du bist schnell, Kussöh!, rief das Kind und warf Kusshände in die Luft. Die Großmutter winkte vom Hang oben, und sie tat weiter nichts dafür und nichts dagegen. Die Kinder rasten wie der Wind. Wie der Wind rasen wir!, riefen sie. Die Krempen ihrer breiten Hüte flatterten. Die schwarzen Lackschuhe bekamen abgewetzte Stellen, stumpfe Schleifspuren, zu denen die Kinder »Motzn« sagten, denn sie kannten schon die Wörter für Beschädigungen und Verluste, aber diese Wörter waren noch nicht zahlreich.

So, im Fahren begriffen, durchmaßen sie den Raum, sie rollerten vom Supermarkt zu den Bahnschranken, von der Kirche bis zur Schule, vom oberen Ende der Straße bis zum unteren, wo ein Gatter den Weg absperrte, der dann durch die Wiesen weiterführte bis hinunter zum Fluss. Dort unten am Fluss, dort heiraten wir, sagte der Cousin. Dort heiraten wir, sagte ich, und parkte den römischen Streitwagen am Gatter. Der Cousin zog die Rollschuhe aus und fragte mich, ob ich ihm nachher beim Schleifenbinden helfen würde. Klar, sagte ich, mit der vagen Zuversicht im Gepäck, dass er es später einmal selbst lernen würde.

Die Welt ist voll von Wundern. Du stehst auf in der Früh, und schon ist das Wunder geschehen, dass du wieder hier bist, wo es doch irgendein Gott ist, der extra jedes Mal daran denken muss, dich wieder aufzuwecken. Und der dabei doch an so viele denken muss. – Ich wäre für einen solchen Weckdienst ungeeignet, denn ich gehe gern spät ins Bett. Nachts bin ich frei, niemand kann mich stören. Ich höre stundenlang Radio, ich tue dies und das, ich schreibe und zeichne. Ich wurstle vor mich hin, und nur eine Sehnenscheidenentzündung am Handgelenk, die Krankheit und gleichermaßen Auszeichnung der Zeichner und der Schriftsteller, geböte mir Einhalt. Ich liebe das Zeichnen. Die Zeichnung, und wie lange es sie als Technik schon gibt, ist das eigentliche Wunder, um das wir uns hier nun versammelt haben.

Die Zeichnung ist zum Beispiel ein Bub, ein Junge mit pomadig glänzendem Haar, dessen Ansatz spitz in die Stirn gezogen ist, wie es sich gehört für Monster und Micky-Mäuse. Die Zeichnung ist ein weißes, beinah herzförmiges Gesicht inmitten von schwarzer Nacht. Die Zeichnung ist ein junges Lebewesen, das uns hält. Das seine breiten Handflächen an unseren Körper drückt. Es gibt eine in Schabkarton gekratzte Zeichnung von Line Hoven, die zeigt Eddie, den Jungen aus der US-amerikanischen Fernsehserie *The Munsters* aus den sechziger Jahren. Eddie sitzt wie ein braves Schulkind auf seinem Platz und hält eine Puppe in der Hand, nur hat Eddie eben Vampirzähne und spitze Ohren, und die Puppe ist ein alter Werwolf und heißt Woof-Woof. Es sieht ein bisschen so aus, als würde der kleine Eddie seinen Großvater als Puppe in Händen halten. Und vielleicht ist es wie bei Oscar Wildes *Das Bildnis des Dorian Gray*: Während wir den jungen Eddie ansehen und bewundern und bestaunen, wie Line ihn gezeichnet hat, werden wir älter und älter. Die Zeichnung aber, sie bleibt für immer jung.

Während wir uns kaum aufrecht halten, ist es die Zeichnung, die uns stützt. Und die Zeichnung selbst wird gestützt von einem Kragen, der baumwollgestärkt den Kopf des Kindes trägt, das uns umfängt. Während unsereins alt geworden ist. Dunkel gekraustes Haar überwuchert unseren Kopf. Unsere Lider sind schwer unter den buschigen Augenbrauen, welche hoch an unsere Stirn wachsen. Faltig ist unsere Haut, leer unser Blick. Oder leer die Haut und faltig der Blick? Den Mund haben wir aufgerissen, Unterkiefer nach unten geklappt, die untere Zahnreihe so freigelegt. Zu groß ist unser Blazer, zu schmächtig sind wir: Unsere affenartigen Finger finden kaum aus den Ärmeln heraus. Schon kippen wir vornüber. Aber noch werden wir gehalten von der Zeichnung. Denn die Zeichnung ist ein Wunder und für immer jung.

Meine Hamburger Freundin Line Hoven ist eine großartige Künstlerin. Sie ist die schöne Schwester, die sich Robert Crumb immer gewünscht hat, weil ihre Bilder eben auch, wie die des amerikanischen Comiczeichners, fast ausschließlich in Schwarz-Weiß gehalten sind, voll von Anspielungen und Witz. Insofern sind sie verschwistert, dabei aber feiner gearbeitet, statischer und weniger zotig oder schlüpfrig, obwohl sich das auch bei ihr mit zunehmendem Alter noch ändern wird.

Der Schriftsteller Oscar Wilde war auch mit einem Zeichner befreundet, mit dem jungen Aubrey Beardsley, auch er ein Meister des Schwarz-Weiß. Seine Bilder zeugen von einer großen Lust am Ornamentalen, am Frivolen, und obwohl sie mehr als hundertzwanzig Jahre alt sind, wirken sie so zeitgenössisch. Sie passen gut zum Revival des Art déco und zum neuesten Aufguss der Hippie- und Hipster-Ästhetik. Diese feinen Zeichnungen könnten genauso gut aktuelle digitale Vektorgrafiken sein, am Laptop erstellt und als Print-Sujet geeignet für T-Shirts und Tapeten.

Im Alter von fast vierzig Jahren ist Oscar Wilde ja bekanntermaßen zu zwei Jahren Haft verurteilt worden wegen Unzucht. Nur wenige Jahre später ist er, fast noch jung, in seinem Pariser Exil gestorben. »This wallpaper and I are fighting a duel to the death. Either it goes or I do« soll er am Ende in etwa gesagt haben: Ich kämpfe mit dieser Tapete einen Kampf bis ans Ende. Entweder sie muss gehen oder ich. Ein letzter Satz, den jedenfalls die Zeichnerinnen und Zeichner, den Blick stets gerichtet auf die Gestaltung ihrer Umgebung – oft beglückt von Schönheit, meist gequält von Hässlichkeit –, nur allzu gut verstehen können.

Auf dem Sofa sitzen Ken und Nick und sehen in die Ferne. Ein Notizbuch liegt auf Nicks Schoß, aufgeklappt steht es da wie ein kleines Zelt in der Farbe von hellem Graugrün, mit dem Buchrücken nach oben, sodass Ken nicht lesen kann, was Nick hineingeschrieben hat. Ken und Nick lassen die Schultern hängen, machen den Rücken rund und schieben das Gesäß nach vorne bis an die Sofakante. Es ist die Pose der Jugend, die sie einnehmen, der Körper biegsam, der Blick leer, die Miene erstarrt, also cool. Der Rücken, das Gesäß: als ergäben Ken und Nick zusammen einen Singular, zwei zu einem verwachsen, da sie doch gleich dasitzen, also hängen, also abhängen. Ein Paar, das in den Texten der Literatur so häufig vorkommt, Mädchen, Brüder, Königskinder, denn in der genauen Betrachtung von Ähnlichkeit, von Freundschaft, wird wieder, bei nächster Überlegung, die Ungleichheit erst deutlich. Irgendwo schleicht sich langsam Konkurrenz ein in eine solche Zweisamkeit, die doch auf Geschwisterlichkeit basierte und auf Zwillingshaftigkeit. Ein Herz und eine Seele waren sie bis eben noch gewesen.

Ken und Nick auf dem Sofa sind es jetzt, ein Herz und eine Seele, mit unterschiedlicher Haarfarbe und ähnlich rotem Mund. Ken hat schwarzgelocktes Haar, Nick glatteres, orangefarben leuchtend. Nick trägt einen dunkelgrünen Pullover, dazu ein schwarzes Etwas, das eine Hose ist. Ken trägt ein kornblumenblaues T-Shirt, unter dem es weiß durchschimmert, dazu eine graue Hose. Seinen Kopf hat er auf ein rot-weiß gepunktetes Kissen mit blau eingefasster Naht gelegt. Seine schwarzen Locken werden dort, wo sein Kopf aufliegt, plattgedrückt. Kens Kopf fällt nach hinten, wohingegen Nicks Kopf kerzengerade zwischen den Schultern steht. Feine Unterschiede, sofern man genauer hinsieht. Ken und Nick üben den Blick der Jugend. Er ist in die Ferne gerichtet, hinaus in die Welt, die Zukunft ist offen, doch sogleich prallt er ab an der Wand ihres Jugendzimmers oder am blinkenden Monitor, der vor ihnen steht.

Drei Variationen kennt der Blick der Jugend: Die erste, die Lider auf Halbmast, ist der Schlafzimmerblick, der sich hingibt einer großen Fadesse und Traurigkeit. Die Traurigkeit begrüßt sich selbst, sagt Bonjour, und trägt zumindest noch Hoffnung in sich statt nur noch Bitterkeit. Abgelöst wird jener Blick von Variation zwei, vom Schließen der Augen als Folge unendlicher Müdigkeit, die sich vor allem tagsüber breitmacht. Es ist, bei geschlossenen Lidern, ein Blick nach innen, der sich dem schier endlos ziehenden Warten und Abwarten, dem Zählen der Tage widmet: Wann, endlich, frei? Ab dem ersten Tag dieser sogenannten Freiheit kann der junge Mensch, der sie so ersehnt und kaum erwarten konnte, mit dieser Freiheit nichts anfangen, in Großbuchstaben: NICHTS. Die Freiheit hält, statt weniger, noch mehr Aufgaben und Verpflichtungen bereit, Formulare müssen ausgefüllt werden, und der junge Mensch entzieht sich dieser Überforderung durch trotzige Nichterfüllung. Er hat auf die Fragen, die in Formularen gestellt werden, keine Antwort. Er besitzt keinen Lebenslauf. Was er zu können glaubte, zählt nicht mehr. Worin er gut war, das können jetzt viele. Er konnte zum Beispiel zeichnen, richtig gut zeichnen, und musste dann erfahren, dass Kunst nicht von Können kommt. Der junge Mensch fällt in ein Loch. Wie naiv war er doch! Er pflegt seine Verweigerungshaltung, bis dieses Loch, in dem sich Papiere, Briefe, Zettel, Rechnungen, Mahnungen, E-Mails und To-do-Listen stapeln, über seinem Kopf zusammenbricht. Der junge Mensch hat das Wort dafür aufgeschnappt: *Quarterlife-Crisis*. Er diskutiert darüber mit Freunden, sehnt sich nach Fremdwörtern und Gespräch. Ist dieses Leben denn hart? Sind die Vorstellungen, die man sich darüber gemacht hat, naiv gewesen und überschießend? Ist einem nicht alles in den Schoß gefallen, eigentlich? Und hat man, dann wieder, sich zu früh beschieden? Der junge Mensch erlebt Enttäuschungen und erleidet Beinbrüche und Sehnenrisse. Er weint und weiß, da er kein Kind mehr ist, dass Weinen nicht hilft. Sein Herz wird in Anspruch genommen. Es klopft in hoher Frequenz. Eine große Gleichgültigkeit wird abgelöst nur von Verachtung oder Hingabe. Die dritte Variation des jugendlichen Blicks weitet die Augen, sperrt und reißt sie auf. Die Streichhölzer, die bis eben noch die müden Lider gehalten haben, springen fort. Zack! Der junge Mensch ist begeisterungsfähig, und er ist begeistert, manchmal zu rasch, manchmal zu höflich. Ihm können Unterschriften abgeluchst werden. Er arbeitet eine To-do-Liste ab, auf der ganz oben das Überleben respektive die Weltberühmtheit steht. Würde der junge Mensch neben vernichtendem Selbstzweifel nicht auch unangemessene Größe und Genialität für sich beanspruchen, er wagte es nicht, je ein Wort zu sagen, je einen Satz zu schreiben, je einen Strich zu zeichnen im Angesicht der Welt.

Über sein Idol sagte jemand, diese große Weltkarriere, bis Jimi Hendrix schließlich an seinem eigenen Erbrochenen starb, habe ja nur wenige Jahre gedauert. Beim Hören dieses Satzes sah der junge Mensch die Größe der Welt auf die Kürze eines Lebens treffen, und es war ihm, als wäre die Welt ein schlagender Erdball, der auf einen jungen Kopf knallt. Der junge Mensch will einfach nur allein sein und benötigt doch einen zweiten, der sein Spiegel ist, ein Gegenüber, eine Doppelung. Wenn schon keine Gruppe, wenn schon nicht Teil einer Jugendbewegung sein, wenn schon das Wichtigste immer versäumt, dann zumindest zu zwei'n. Ken und Nick sitzen auf dem Sofa. Das Sofa ist sandgelb gemustert und orangefarben abgesteppt. Ken und Nick lassen ihre elastischen jungen Körper in die matschige Weiche des Sofas sinken. Wären die Ärmel ihrer Oberbekleidung nicht zu kurz, sie könnten sie über die Finger ziehen, um darin die Hände zu verstecken. Was gibt es auch zu tun? Gruppen und

Cliquen lehnen Ken und Nick ab, sie wollen nicht Teil der Masse sein. Nicht Teil der Masse sein, sagen sie, diesen Satz, hervorgekramt aus dem zwanzigsten Jahrhundert und doch wieder neu für die beiden. Denn den beiden ist alles neu, was sie noch nicht kannten. Wie sollte es auch anders sein, wie sollten sie Bescheid wissen, abgeklärt sein, den Worten misstrauen, wo sie die Worte doch erst gelernt hatten und froh waren über ihre Benutzung. Ken sieht Nick nicht an, aber er sagt zu ihm: »Dich nicht näher denken / und dich nicht weiter denken / dich denken wo du bist / weil du dort wirklich bist.« Nick sieht Ken nicht an, aber ihre Blicke treffen sich hinter dem Monitor, sicherlich hinter der Hauswand, draußen auf der Gasse haben sie eine klare Verabredung, und er antwortet: »Dich nicht älter denken / und dich nicht jünger denken / nicht größer nicht kleiner / nicht hitziger und nicht kälter.« Mehr sagen sie nicht, denn die dritte Strophe wäre, wie bei Gedichten so oft die letzten Zeilen, irgendwie peinlich und unpassend für den Sofa-Moment. Dieses Gedicht und andere, ebenso eingängige über die Liebe, die Frösche, die Steine und die Welt trugen sie doch einmal als Edding-Schriftzug auf ihren Jeans, als Zierschrift auf dem Umschlag von Collegeblöcken, schrieben sie als Notiz den Brieffreunden nach Böhmen oder Übersee. Die Gedichte eines Dichters, den die Jungen lesen, damals, heute.

Auch Nick hat sie, als sie ihm deutlich waren und nah, in sein graugrünes Notizbuch übertragen und las sie nun, mit erstem Befremden, wieder. Die Stilprinzipien sind Kontrast und Wiederholung, eine einfache Sprache in klaren Begriffen, Wortspiel, Kalauer, Sentenz. Das Internet ist voll davon, gekürzt auf Aphorismenlänge oder Spruchbandbreite, hinterlegt mit Fotos und bunten Farben, eine Glockenblume, ein Sonnenuntergang, zwei Hände, die einander halten. Kitschig, peinlich bis an die Schmerzgrenze: die Gedichte von Erich Fried. Doch was ist es, was daran nun peinlich wäre? Und versteckt sich hinter der Zuschreibung oder Verunglimpfung als Peinlichkeit nicht der

Teenager selbst, der, unter den abcheckenden Blicken der Gruppe, sich definiert durch Benennung von Zugehörigkeit und Ablehnung? Die Leidenschaft von gestern ist ihm die Verachtung von heute. Und was wäre hingegen Erwachsensein oder Älterwerden: der Verlust einer Lesart mit unmittelbarem Zugang bei gleichzeitigem Gewinn an Erfahrung?

Gar nicht so einfach, die Unmittelbarkeit nicht gegen die Analyse auszuspielen. Gar nicht so einfach, Verlust und Gewinn abzuwägen, auf ein Leben gesehen. Einfacher wäre es, sein jüngeres Ich zu verachten, um darauf gönnerhaft Milde walten zu lassen. Es wäre so abendfüllend wie die koketten Lesungen aus alten Tagebüchern, die manchmal an Poetry-Slam-Abenden unternommen werden. Gescrollt und weitergeklickt, hängen geblieben. Seltsam, es entstehen kurze Momente von Berührung selbst beim Durchforsten der digitalen Blumenwiesen. Jemand hat diese Texte zusammengetragen und gestaltet. Ein Mensch, im Herzen jung, der etwas ernst meint. Aus der Wiederholung, aus dem Kitsch, aus dem Meme: blitzt etwas heraus, das aus der starren Pose des illustrierten und geposteten Gedichts, diesem Posing mittels Gedichten, wieder einzelne Gesten macht. In seiner Kürze, Klarheit, Offensichtlichkeit, in diesem Mangel an Möglichkeit zur weiterführenden Interpretation – denn es ist tatsächlich, was es ist – wirkt es unmittelbar, rückt einem nah, zumindest für den Moment, bei gleichzeitig anhaltender Unversöhnlichkeit gegen das, was man den Texten später, im Rückblick, als fehlende literarische Qualität unterstellt. Wo doch etwas kurz schmerzte und zog, authentisch oder wahrhaftig wurde, unschuldig schien. Und doch so gestrickt, abgekartet, dass die Texte eingängig bleiben, teilbar, karikierbar. Die Peinlichkeit der Jugendlektüren und Jugendlieben kommt einem als schnelle Schlagzeile in den Sinn. Hingegen ist es gar nicht so einfach, sich nicht älter zu denken und sich nicht jünger zu denken, nicht größer, nicht kleiner, nicht hitziger und nicht kälter. Gar nicht so einfach, das eigene Alter einzuschätzen. Gar nicht so einfach, das Abgeklärte nicht gegen das Naive auszuspielen, das Authentische nicht gegen das Künstliche.

Ken und Nick jedoch verharren unentschieden im Für und Wider, sie werden nicht altern und sie werden nicht krank werden und niemals sterben. Ihnen wird keine Poetologie abverlangt. Ken und Nick wurden gemalt für eine kleine Ewigkeit, und die Malerin des Bildes von *Ken and Nick* heißt Elizabeth Peyton. Den Höhepunkt ihres Erfolges hatte sie mit ihren farbenprächtigen, romantisch-poppigen Ölbildern in den späten neunziger Jahren und darüber hinaus. Elizabeth Peyton malte die Jugend, die sich auf Sofas fläzt, in Betten schläft, an Tresen sich Zigaretten anzündet. Die meisten ihrer Modelle tragen die Frisuren der Brit-Popper dieser Jahre. Die Jugend in den Bildern von Elizabeth Peyton liegt und sitzt herum und hat dennoch den Zug zum Erfolg. Sind sie nicht bereits Popstars, werden sie bald noch entdeckt. Sind sie nicht David Bowie, Jarvis Cocker, Prince William, Sofia Coppola oder Kurt Cobain, so sehen sie zumindest aus wie sie. Bloß Angela Merkel, jüngst erst für die Vogue gemalt, sieht nicht aus wie sie selbst, sondern wie ein klein-ewiges Peyton-Bild: jung, die Haut pastellfarben, die Augen mit Blickvariation drei, nämlich euphorisch, träumend, verführerisch, glänzend, als läge die Zukunft vor ihr. Dabei aber skizzenhafter, blasser, offener als die früheren Peyton-Bilder, die durchgemalt waren, geschlossen, ausgestaltet. Diese wächserne Haut von damals, der immerzu kirschrote Mund, die gefirnissten, leuchtenden Farben. Elizabeth Peyton, die Malerin der lungernd posierenden Jugend, hat in ihrer Motivwahl selbst etwas Lächerliches und Peinliches. Diese Abziehbilder von Rockstars, die gestrickte Wiedererkennbarkeit ihres Stils und ihrer gefälligen fotografischen Vorlagen. Ein einziges Gepose. Gleichermaßen aber haben ihre Bilder etwas Anziehendes, tragen eine melancholische Schönheit in sich eingeschlossen, strotzen vor herrlichen Farben. Gekonnte Buntstiftzeichnungen mischen sich zwischen die kleinen Ölgemälde, schwarze

Tuschemalereien, auch sprödere Pinselstriche sind darunter. Beim Betrachten ihrer Bilder vermag man das: sich nicht näher denken und sich nicht weiter denken, sich denken, wo man ist, weil man dort wirklich ist?

Ken und Nick sitzen auf dem Sofa, Ken hat einen leichten Bartschatten auf seiner Oberlippe und eine kleine Furche am Kinn. Das Licht fällt auf seine rechte Wange, wohingegen Nick von links angeleuchtet wird und die rechte Seite im Schatten liegt. Woher kommt dieses diffuse, falsche Licht? Sitzen Ken und Nick überhaupt im selben Raum auf demselben Sofa? Der junge Mensch kauft sich Sofas auf dem Flohmarkt, es sind die Sofas seiner Eltern, als sie jung waren. Der junge Mensch bezieht Wohnungen und wird aus Wohnungen geworfen, selten ist es seine Schuld. An den meisten Möbeln, die in seinem Zimmer stehen, ist er nicht schuld. Er schickt Bewerbungen los, zu viele, und probiert Berufe aus, in denen er Reife beweisen oder vortäuschen muss. Noch immer hat er keinen Lebenslauf. Der junge Mensch hat die Hoffnung, als Künstler leben zu können. Was er spricht, ist falsch und ist es nicht. Die Texte, die er liest, sind seine Gegenwart, nicht die Flucht vor ihr. Sie sind ihm Teil der Welt, und er möchte es glauben oder er redet es sich ein, sich nicht fügen zu müssen. Dennoch kleidet er sich wie alle anderen. Ken trägt ein blaues T-Shirt, Nick einen dunkelgrünen Pullover. Sie schweigen. Nichts ist so alt wie die Jugendsprache von gestern aus den Mündern der Erwachsenen von heute.

Peytons Bilder wollen die reale Begegnung von Malerin und Modell gar nicht erst behaupten. Kunst oder Leben!, dieser überfallsartige Ausruf, der keine Entscheidungsfrage ist, verhallt ohne Wirkung. Das Original ist nicht originell, die Kopie ist keine Fälschung. Ihre Vorlagen sind von vornherein entpersönlicht oder so allgemein-persönlich, dass sie konsumierbar sind. In den Bildern der Popstars erkennt die Jugend sich selbst, die Posen, die die *Street Photography* ihr gestohlen hat. Die gestohlenen Posen trotzt die Jugend nun, in einem weiteren Schritt von Übernahme und Aneignung, der Vorlage wieder ab und übt sie ein auf den Straßen draußen, an Mauern gelehnt, später an Tresen rauchend, auf Sofas sitzend, bald liegend. Das Malen entreißt die Vorlagen dem simplen Vorgang von *copy and paste*, vor allem dort, wo die Vorlage weniger erkennbar ist und sich eine neue Schicht über sie gelegt hat. Und doch thematisieren diese Gemälde Peytons auch gerade das: ihre Eingemeindung in den allgemeinen Bilderstrom. Im Versuch der Beschreibung der Posen wechseln einander Begriffe ab von Unsicherheit und Selbstgewissheit, von Anmaßung und Desillusionierung, von Selbstverliebtheit und Scham. In einfarbigen T-Shirts drapieren die Jungen ihre Körper auf andersfarbigen Sofas vor vergilbten Mustertapeten. Ihre Posen stehen, wie die unseren, auf den instabilen Beinen der Authentizität, und beständig reizt ein lästiges Korn das Auge beim professionell gewordenen Blick auf die Bilder, Texte und Haltungen dieser Welt …

Als wir klein waren, besaßen wir zu zweit eine Musikkassette. Weil ich vorher schon da war, gehörte mir die Seite A, meiner Schwester dann die Seite B. Die Musikkassette hieß *Italien Superhits*. Es sind, erfahre ich jetzt, die Hits vom Festival in Sanremo des Jahres 1984. Italien, wenn ich mich recht erinnere, auf Deutsch geschrieben, Superhits auf Englisch, Italienisch war daran dann: *Per una bambola* von Patty Pravo, *Serenata* und *Un'estate con te* von Toto Cutugno, *Cara* von Christian, *Un amore grande* von Pupo, *Ci sara* von Al Bano & Romina Power, *Regalami un sorriso* von Drupi, *Terra promessa* von Eros Ramazotti und so weiter. »Una terra promessa, un mondo diverso, dove crescere i nostri pensieri«, singt Eros, damals noch so verdammt jung von einer anderen Welt träumend, in der unsere Gedanken wachsen könnten. *Voulez-vous danser* von Ricchi e Poveri ist dann auf Französisch, und unsere Reise, die Autofahrt im Audi 100 mit Wohnwagen hintendran, hatte ihr Ziel in Jugoslawien, Jugoslawien vor dem Krieg. Ich kann diese Lieder noch immer in einem pseudomäßigen Kinderitalienisch mitsingen, denn unsere Mutter hatte uns doch immerhin beigebracht, beim Zwischenstopp im Gasthaus nach *stuzzicadenti*, nach Zahnstochern, zu fragen.

Noch immer, wenn ich diese Lieder irgendwo zufällig wieder höre, erfasst mich die Schönheit und die Melancholie der vielen Sommer am Mittelmeer. Ich denke an die heiße, staubtrockene Erde, an den Geruch der Zedern, das salzige Meerwasser. An den Geschmack von Melonen, Weißbrot und Pager Käse, an die meterlangen Brüste einer Frau auf dem FKK-Campingplatz, an meine ausgedehnten Einkaufsfahrten mit Rollschuhen. An die Stacheln des Seeigels in meinen Fußsohlen und an die schwarze

Zugsalbe, die man daraufstreichen musste. An das um drei Jahre ältere Mädchen, das uns mit einem Bravo-Heft über die Liebe aufklärte, und an die Hängematte, in der mein Vater mit Strohhut lag und ein Buch las, bis wir ihm den Platz streitig machten. Ich muss hier nicht von heiler Welt sprechen, es gab sie jeweils für die Zeit des Sommers, eine Kindheit lang, während vieler Autofahrten mit dieser Musik.

Weil wir Tschernobyl, den Kalten Krieg, die atomare Bedrohung und die Hänseleien des Volksschulkollegen von damals vergessen haben, sehnen wir uns nach dieser Zeit zurück. Deshalb, und wegen Fendrichs *Strada del sole*, sangen Wanda 2014 von der »Cousine in Bologna«. Neuerdings fachsimpelt sogar DJ Ötzi, dem keine Erinnerung heilig ist und Ironie stets ein Fremdwort bleibt, von dieser *Amore* genannten Liebe. *Orrore mio*, stimme ich mit ein, *Gran orrore mio*, mein großer Horror.

Wir saßen im heißen Audi 100 auf der Rückbank, sangen mit, mussten aufs Klo, wollten etwas zu trinken, waren lästig, zählten die Autokennzeichen, winkten den Vorbeifahrenden, stritten uns um ein Micky-Maus-Heft und fragten jede halbe Stunde: Wann sind wir endlich da? Unsere Eltern drehten die Köpfe zu uns und sagten, bald, bald sind wir da: »In una terra promessa, un mondo diverso, dove crescere i nostri pensieri.« Im gelobten Land, in einer anderen Welt, wo unsere Gedanken wachsen können.

Gibraltar: Das liegt dort, wo das Mittelmeer mit dem Atlantik verbunden ist und wo sich Europa und Afrika geografisch am nächsten sind. Die Iberische Halbinsel streckt ihre kleine Zunge in den Süden hinunter, berührt aber den nordafrikanischen Hafen Ceuta nicht. Während Gibraltar nicht von Spanien, sondern vom United Kingdom regiert wird und auch nach dem angekündigten Brexit ein Teil Europas bleibt, gilt die Stadt Ceuta als autonome Exklave, die nicht Marokko, sondern Spanien unterstellt ist. So viel vorerst zu Trennung und Zugehörigkeit im geopolitischen Sinne, ohne dabei noch über Abschottungsmaßnahmen gesprochen zu haben, wie einen vierundzwanzig Kilometer langen und sechs Meter hohen Grenzzaun, der Ceuta von Marokko abschirmt. – Nein, Marokko von Ceuta und damit die afrikanische Einwanderung in die Europäische Union. Viel Geschichte steckt in diesem Wort Gibraltar, und sehr viel sogenannte Aktualität.

»Du sagst, du gehst nach Gibraltar«, lautet eine Zeile der Band Bilderbuch in ihrem Song *Gibraltar*, und ja, ich verliere mich in der Landeskunde und bin schon auf dem halben Weg dorthin. Zweieinhalb Minuten dauert das Vorspiel auf den E-Gitarren, ein x-mal wiederholtes Thema aus einer Abfolge von wenigen Tönen, bis der Sänger, Maurice Ernst, überhaupt zu singen anhebt: »Distanz.« Und aus Gibraltar, diesem Ort voll tragischer, wirklich tragischer Bedeutung, wird in der zweiten Strophe einfach »Kanada«. Einfach, weil es sich reimt, austauschbar reimt. Weil sich darauf auch die nächste Songzeile reimen lässt: »Du sagst, du gehst nach Kanada. / Dann ist hier keiner da ...« Um in der dritten Strophe gleich wieder mit »Gibraltar« anzutanzen, gefolgt von einem dreisilbigen »Bla, bla, bla«. So lautet nämlich die Antwort, nachdem der geliebte Mensch sich vertschüsst hat: Geh, wohin auch immer. Erzähl mir doch nichts. »Bla, bla, bla«: Das ist die verbale Geste des Abtuns und Wegscheuchens.

Es gibt von diesem Song *Gibraltar* einen zirka sechsminütigen Mitschnitt eines Konzerts vom Dezember 2015 im Musikclub Docks in Hamburg auf Youtube, gefilmt von einem Besucher, der unter dem Nicknamen Fabjack Nordicjack sein Video ins Internet gestellt hat.

Sehen ist eben auch Zusehen, Sich-Raushalten bei gleichzeitiger Aufmerksamkeit und Anspannung, und was Fabjack Nordicjack uns hier zu sehen gibt, sind zwei junge Männer, die im Gegenlicht des Bühnenscheinwerfers – es ist beinah das Licht der aufgehenden Sonne selbst – auf ihren Gitarren spielen. Rundherum Dunkel. Ein Mann mit blondgefärbten Haaren und einer mit dunklen Zöpfchen. Beide mit leicht gebogenen Nasen im Profil. Beide hübsch, vielleicht nicht zu hübsch. Beide so wahr, wie man es auf einer Bühne sein kann, auf der die Dramaturgie oft genug durchgespielt worden ist, die alten Rituale des Rock'n' Roll samt Schweiß und Nebel. Und trotzdem ist etwas daran wirklich wahr oder berührt beim Zusehen: Es ist die körperliche Annäherung der beiden, gespielt und nicht gespielt gleichermaßen. Beinah berühren sich ihre Wangen, Maurice legt seinen Kopf an den Hals des Gitarristen mit den dunklen Zöpfchen. Er lacht dabei kurz, ein bisschen so, wie er immer lacht: amüsiert über die Situation, frohlockend, arrogant, als habe er sich selbst bei einer Geste ertappt, die Zitat ist und doch auch, aktuell und momentan, Berührung. Wieder tropft eine Schweißperle von seinem Gesicht, oder tropft sie vom Gesicht des Zöpfchenmannes? Es ist nicht mehr zu unterscheiden. Sie haben sich ein Handtuch geteilt und wissen: Wir alle haben dabei zugesehen.

»Das wird mir jetzt auch zu heiß hier, nä?«, hören wir jetzt, bei Minute 1:26 dieses kleinen Videofilmchens, eine Konzertbesucherin blaffen. Sie stört die Aufnahme, aber nicht zu sehr, denn es ist auch ihr nicht zu heiß, es ist auch ihr gerade heiß genug. Die gesamte Bühnenperformanz ist auf dieses Spiel ausgelegt zwischen Nähe und Distanz, es ist eine Koketterie mit homoerotischem Begehren, und es ist ein ganz bewusstes Anteasen des Publikums – sich über sogenannte Geschlechterrollen hinwegsetzend, wie das der Pop schon immer getan hat. Und trotzdem enthält diese Szene auch etwas Intimes, das nur zwischen den beiden stattzufinden scheint, einen zärtlichen Moment von Freundschaft, *Mio, mein Mio*. Und es gibt auch das Ungelenke, Schüchterne darin, das sich nämlich ein Klopfen auf die nackte Brust, das Hemd bis zur Mitte aufgeknöpft, vorher so lässig ausgemalt hat – aber noch wirkt es peinlich, weil es noch nicht ganz gelungen ist.

All das gefällt mir sehr gut. Es gefällt mir auch deswegen, weil es eben in keinem Moment eindeutig ist. Es ist und ist nicht ironisch, es ist und ist nicht bedeutsam, es sind und sind nicht die Achtziger, es ist und ist nicht neu. Man hält die Spannung. Ich finde, diese Band macht unglaublich gute Musik, die ihre Mittel kennt und verwendet und ausstellt. Glattgeschliffen und dabei mit feiner Klinge, sensibel. Schalkhaft und schlau, manchmal oberschlau oder gar-zu-beredt, und all das gefällt mir sehr und ist mir, zumindest als Zuhörerin und Zuseherin, nah, ja, »rasend nah«, und all das vermittelt sich auch über den matt schimmernden Bildschirm meines Laptops.

Erst etwa ab Minute 2:16 entlädt sich die musikalische Spannung des Vorspiels, die beiden, Maurice und der Zöpfchenmann, er heißt übrigens Michael Krammer, springen auseinander, das blaue Licht weicht einem orange-gelb-gefärbten, auch der gute Fabjack Nordicjack lässt jetzt ab von seinem Zoom und erweitert den filmischen Blick in die Totale der Bühnensituation mit ihren insgesamt vier Protagonisten. Die Konzertbesucherin von Minute 1:26 hält fürderhin still, sie hat sich temperaturtechnisch akklimatisiert, Maurice kann mit dem Gesang beginnen:

»Distanz. / Long Distanz. / Du sagst, du gehst nach Gibraltar. // Distanz. / Du sagst, du gehst nach Kanada, / Dann ist hier keiner da, / Der mit mir tanzt. // Distanz. / Fame, Distance. / Du sagst, du gehst nach Gibraltar, / Blablabla. // Distanz. / Wir waren uns doch so rasend nah. // Du sagst, wir haben Internet. / Ich sage, was ist das – Internet? / Was ist dein Flüstern – ohne seinen Hauch? / Es ist aus, dafür Applaus!« Bis zum »Applaus« ist das der sehr knapp getextete Dialog einer Trennung, nein, es ist ein Monolog, der dem anderen die Worte in den Mund legt, wo auch immer der sich nun bereits befinden möge, Gibraltar, Kanada, nicht mehr da. Schlussmachen in digitalen Zeiten mittels der oft und oft gesagten Beschwörungsformel vom Lass-uns-in-Kontakt-Bleiben: »Du sagst, wir haben Internet.« Die Antwort darauf ist lapidar, wie heiter, wie wahr: »Ich sage, was ist das – Internet?«

Gibraltar, Kanada, austauschbar? Könnte man, indem man über Musik schreibt, auch über Literatur geschrieben haben? Und welch' Ungewissheit würde das beim professionellen Rezipienten auslösen? Denn wie ließen sich folgende Fragen hinreichend klären: Wer geht hier nach Gibraltar/Kanada/Blablabla? Wie alt ist diese Person? Was ist real, was fiktiv, was autobiografisch? Zugegeben, die Angelegenheit ist, bei gleichzeitig repetitiv strukturierter Einfachheit des vorliegenden Textmaterials, komplex. Verknappung, Ellipse, Dada. Dennoch, es ist den Versuch wert, denn was wäre euer Flüstern – ohne seinen Hauch?

Die Datingshow *Kiss Bang Love* zeigt uns Menschen beim Küssen. Die Wissenschaft hat festgestellt, dass Coca-Cola Gift enthält, hieß ein beliebter Spruch beim Kinderspiel Gummitwist. Die Wissenschaft hat außerdem festgestellt, so behauptet es die Fernsehsendung, dass wir durch Küssen, im blinden Vertrauen auf Geschmacks-, Geruchs- und Tastsinn, mehr über unser Gegenüber erfahren, als würden wir uns davor sehen und auch noch ein lästiges Gespräch führen müssen. Ist die Liebe denn, wenn nicht Sünde, eine Sache des Zufalls?, fragen wir uns noch. Die Liebe ist Chemie, antwortet das Fernsehen rasch. Wozu unnötig Worte darüber verlieren.

Kiss Bang Love, das ist in nur drei Worten bereits die ganze Geschichte einer Liebe oder zumindest einer Nacht, und davon können die Verfasser von unnützen Gedichten und Liebesbriefen sich etwas abschauen: Zwölf Männer treffen auf eine Frau, alle haben die Augen verbunden, die Kameras sind auf die beiden gerichtet, sie berühren einander nun an den Händen, sie rücken näher aneinander, sie schürzen die Lippen, legen die Köpfe schief, sie lächeln kurz, sie zögern kaum, sie öffnen die Münder leicht und pressen sie aneinander, sie strecken die Zungen hinaus und in den anderen Mund hinein, in den fremden Mund, sie küssen einander, die Kameras fangen den blinden Augenblick ein. Danach gehen sie auseinander, sehen sich weiterhin nicht, der nächste Kusspartner wartet bereits Backstage, einer tritt ab, einer tritt auf.

Zwölf dieser Küsse werden ausgetauscht, und man sitzt davor, fassungslos eigentlich, und staunt über das Fernsehen. Wie es ohne Scheu sein Ding macht und zeigen will, was nicht zu zeigen ist, nämlich Geschmack, nämlich Geruch, ein Tasten. Wie wenig sich dieses Gruppenküssen eigentlich für die Dramaturgie eignet! Und wie grauenhaft es tatsächlich ist, diesen Menschen der Reihe nach zuzusehen. Unwillkürlich erfasst einen der Fluch des Autobiografischen, und man denkt an den ersten Kusspartner mit vierzehn oder fünfzehn Jahren, und wie er einen im Foyer das Gymnasiums umarmte und liebkoste, den Mund voll mit bröseligen Kelly's Erdnussflips. Es blieb bei *Kiss*, kam nicht zu *Bang* und nie zu *Love*. *To bang*: Gibt es denn brauchbare Wörter für das Liebemachen?

Mir fällt zu *Kiss* noch eine Anekdote aus der Studienzeit ein: Vier junge Frauen, als die Hardrock-Band Kiss verkleidet, auf einem Kärntner Faschingsgschnas im Jahr 1998. Birgit ging als der dämonenhafte Gene Simmons, zungezeigend und mit schwarzen Lippen, ich als Ace Frehley mit weiß geschminktem Gesicht und silbernen Sternen um die Augen. Wieder und wieder mussten wir den Leuten dort erklären, wer wir sind, wer Kiss sind oder waren und dass *I was made for lovin' you*, ich bin gemacht, um dich zu lieben, ihr größter Hit ist. Lei-lei, haben die ahnungslosen Kärntner Jungs bloß gesagt, und bald waren unsere schwarz-weißen Gesichter grauverschmiert.

In *Kiss Bang Love* küsst nun aber Janine den Hannes, sie küsst Marlon, Philip, Peter, Stefan, Chris, Can, Sahand und Helmut, sie küsst Alessandro, Sven und Mariano. Die Kameras sind weiterhin auf sie gerichtet, sie berühren einander an den Händen, tasten nach ihrem Gegenüber, rücken näher aneinander. Sie schürzen die Lippen, sie legen die Köpfe schief und lächeln kaum. Sie zögern kurz, öffnen dann die Münder leicht und pressen sie aneinander, sie strecken die Zungen hinaus und schon in den anderen Mund hinein, in den fremden Mund. Sie küssen einander wieder und wieder. In Runde zwei darf Janine sich entscheiden und fünf Männer auswählen, die sie ein zweites Mal im sogenannten Kissing Room küssen will.

Nachdem die Augenbinde dann gelöst worden ist, macht Mariano, für den Janine sich entschieden hat, einen Rückzieher.

Er hat Janine blind geküsst, aber nun hat er sie gesehen und ein lästiges Gespräch mit ihr führen müssen. Es tut weh allein beim Zusehen. Am Ende aber findet doch jeder eine Liebe oder zwei in dieser Sendung. Man reist dann auf ein sogenanntes romantisches Date nach Frankreich oder nach Südengland oder nach Kärnten. Es kommt zur Entscheidung: Es ist Liebe, aber sie wird in Zukunft nicht an der Chemie gescheitert sein, sondern schlicht an der alten Geografie. Seite, Seite, Mitte, Breite, Seite, Seite, Mitte, raus. Und wieder nichts.

Aber wir! Wir werden die Liebe finden, wo wir Worte verlieren.

Da ist dieser rosafarbene Himmel, der nach oben hin screenblau wird. Dunkel zeichnet sich davor die Silhouette eines sich umarmenden Paares ab, ein Mann und eine Frau. Sie halten einander fest umschlungen. Ihr Kopf liegt auf seiner Schulter. Er hat die Augen geschlossen. Seine Lippen bewegen sich kurz, schon zu einem Satz ansetzend, aber noch wartet er ab, ein paar Takte lang. Der Wind weht aus der Windmaschine. Die Haare der beiden stehen und wehen im Gegenlicht der Sonne. Er öffnet halb die Augen, sieht in die Ferne, beginnt nun zu singen. Wir sehen nur ihren Rücken und seine Hand, die darüberstreicht.

Die Sonne verfinstert sich, als würde der Mondschatten sich, von rechts ins Bild kommend, darüberlegen. Das Paar bleibt eng beisammen, als wären die zwei, der Mann und die Frau, um die Mitte mit Gafferband, wie zum Fixieren von Kabeln, rasch zusammengetapet, und sie beginnen sich langsam in der Umarmung gegen den Uhrzeigersinn zu drehen. Der Rücken das Mannes ist zu sehen, sein schwarzer Mantel, die hellen Arme und Hände der Frau, die darüberstreichen, ihre Ärmel bis knapp über die Ellbogen hochgekrempelt.

Sie drehen sich weiter, das Gesicht der Frau ist dann zu sehen, ihre Augen sind weiterhin geschlossen, sie öffnet ihre Lippen und beginnt zu singen. Seine rechte Hand berührt ihre rechte Schulter und streicht bis fast zu ihrem Hals hinauf, ein fester Griff, sowohl seiner als auch ihrer. Sie trägt einen sandbraunen oder steingrauen Mantel aus Blousonstoff mit dicken Schulterpolstern, es ist der Look einer Agentin mit taftgestärkter Vokuhila-Matte, vorne kurz, hinten lang, und wir sind zurück in den achtziger Jahren, wo der Himmel eben screenblau ist und die

Sonne glühbirnengelb. Das Paar dreht sich, die Sonne verfinstert sich weiter, schon ist sie zur Hälfte dunkel, und hell bleibt sie stehen nur als Sichel, gelb wie der Mond in den Kinofilmen unserer Kindheit.

Er hält sie, sie hält ihn. Keinen Millimeter rücken sie voneinander ab. Es ist die Performanz einer Innigkeit, die sich beim Zusehen beinahe physisch auf uns überträgt, auf diejenigen unter uns, die sich diesem Schauspiel hinzugeben bereit sind. Es ist wie der sprichwörtlich gewordene Tanz auf dem Vulkan, einen schmalen Grat entlang, knapp vor dem Abrutschen in die Lächerlichkeit des Kitsches. Wo es gerade noch gelingt, oben stehenzubleiben und sich zu drehen, die totale Eklipse der Sonne als Bluebox-Hintergrund. Nur ein Halo brennt flammend im Dunkel, während der Mann und die Frau sich aneinanderschmiegen.

»It is so strange the way things turn«, seltsam, wie sich die Dinge drehen und wie sie ausgehen, singt Peter Gabriel, der Mann aus diesem Video von Godley & Creme, und er dreht sich singend im Kreis, im Arm keine Geringere als die Sängerin Kate Bush, die 1986 für Dolly Parton eingesprungen ist, um dieses Duett für sein Album *So* mit einzusingen. Die Lyrics zu diesem Durchhalte-Ständchen mit dem Titel *Don't give up*, Gib nicht auf, schrieb Peter Gabriel angeblich, nachdem er die ikonisch gewordenen Schwarz-Weiß-Fotografien von Dorothea Lange entdeckt hatte. Sie dokumentieren verarmte Landarbeiter im Dust Bowl der dreißiger Jahre, Familien, die auf der Suche nach einer Lebensgrundlage in der Zeit der Great Depression von Oklahoma, dem zentralen Süden der USA, nach Kalifornien auswanderten. Sie zeigen von Arbeit, Armut und Hunger zerfurchte Gesichter, Kinder, die ihre verfilzten Köpfe an die Schulter der Mutter drücken. Verlorene Ernte, staubige Landstraßen, Zeltplanen als Behausung.

Aber wir, wir sehen nur das Video zu diesem Song, und aufs Neue versichert uns Kate Bush, dass wir nicht aufgeben sollen, und Peter Gabriel hält uns dabei im Arm bis zum Schluss, bis wir endlich wieder an die Liebe glauben. Langsam wird es wieder Licht. Sie streicht über seinen Hals und sein Ohr. Die Haare stehen und wehen weiter im Wind. Wenn die Arme kraftlos werden und nach unten abzurutschen drohen, nehmen sie erneut ihren Platz ein, finden wieder nach oben zu den Schultern, zum oberen Rücken hin, wandern hinauf, halten einander aufs Neue fest und wieder fester. Der Mann und die Frau, sie wiegen sich in den Armen des anderen, diese beiden hier, aneinandergetapet, den Staubstürmen trotzend. Seinen Kopf legt er jetzt auf ihre Schulter und fasst ihr ins Haar. Und als dann die glühbirnengelbe Sonne wieder aufgeht, ist es den beiden, in Vertretung von uns, auch gelungen. Vielleicht nicht einen Tag, aber einen ganzen sechsminütigen Take lang.

Das schöne Leben ist ebenso wirklich, wie die Katastrophe eine Wirklichkeit ist, auch wenn sie sich manchmal nicht vor unseren Augen ereignet, weit entfernt scheint. Oder die Gefahr unsichtbar ist und erst langsam an Kontur gewinnt. Wir befinden uns in diesen Tagen und Wochen alle »in Quarantäne«, und davon soll auch hier die Rede sein.

In seinem Text *Über den Begriff der Geschichte* schreibt der Philosoph Walter Benjamin, dass »der Ausnahmezustand, in dem wir leben, die Regel ist«. Benjamin formulierte diese These 1939 in Bezug auf den Faschismus. Nach der Machtergreifung durch die Nationalsozialisten im Jahr 1933 war er gezwungen gewesen, Deutschland zu verlassen. Vom Exil in Paris aus folgte später die Internierung in ein Lager für deutsche Flüchtlinge, im September 1940 gelang ihm die Flucht über die französische Grenze nach Spanien, wo er sich, aus Angst vor einer drohenden Auslieferung an die Nationalsozialisten, das Leben nahm.

Ich lese Walter Benjamin gerne und immer wieder, vor allem seine kurzen Prosatexte. Die Erinnerungen an seine *Berliner Kindheit um neunzehnhundert* beispielsweise ergeben ein zuversichtliches, feines Büchlein. Benjamins Geschichtsbild birgt vielleicht wenig Optimismus, aber es verschließt die Augen nicht vor dem, was er beschreibt als »eine einzige Katastrophe, die unablässig Trümmer auf Trümmer häuft«. Was tun?

Vielleicht kann uns der Filmemacher Alexander Kluge, Jahrgang 1932, weiterhelfen. Er hat, gefragt nach seinem Umgang mit den Einschränkungen und Bedrohungen im Rahmen der aktuellen »Corona-Krise«, einer deutschen Tageszeitung ein Telefoninterview gegeben, in dessen Verlauf er dazu ermuntert, der Gefahr ins Auge zu blicken und sich die »Kenntnis der Notausgänge« anzueignen, auch für zukünftige Ereignisse: »Unser Ohr ist ein Gefahrensignalempfänger, unsere Phantasie ist ein Fluchttier. Das Vorstellungsvermögen ist in unserer Evolution dafür gemacht, sich Gefahren auszumalen. Intelligent wäre es, das zuzulassen. Kenntnis der Notausgänge zum gegenwärtigen Zeitpunkt, das wäre etwas, das wir beherrschen lernen könnten.« Kluge hält ein Plädoyer für das Lesen und Hören von Geschichten, von Dystopien, Tragödien, Apokalypsen und Lamentationes. Auch in scheinbar unbeschwerten Zeiten, wenn man dereinst einander wieder umarmen wird, in den Cafés der Stadt seinen Kaffee trinken, wenn man sich in einem der Läden ein Kleid für den Sommer kaufen und das Tanzbein wieder einmal, irgendwann, schwingen wird.

Ich habe eine Erinnerung aus diesem Jahr – noch nicht lange her, aber wie aus einem anderen Leben: Ich war auf dem Wiener Opernball, das erste Mal in meinem Leben. Mein Begleiter nahm mich an der Hand und zeigte mir – durch einen Bekannten, der in der Staatsoper arbeitete, hatten wir Zugang bekommen – den Boden unter dem Tanzboden. Es war dort unten dunkel und wenig einladend, und über uns hörte man das Stöckeln und Traben der vielen, vielen tanzenden Paare. Dort unten zu stehen und denen zu lauschen, die über uns hinwegfegten: Das war vielleicht eine seltene Möglichkeit, das ganze Bild zu sehen. Den Tanzboden, das Personal unterhalb des Tanzbodens, die Notausgänge. So empfand ich das damals und empfinde es auch heute.

Jedes Jahr, bevor der Life Ball in Wien ausgerichtet wird, kursiert in den Medien das Fotokompendium der sogenannten *Style Bible*: Sie soll »Orientierungshilfe und Inspiration für die Auswahl der Kostüme« sein, wie Ball-Organisator Gery Keszler schreibt, nachzulesen und durchzublättern auf der zum Zwecke der modischen Orientierung angelegten Website.

Die *Style Bible* zelebriert im Jahr 2015 den formalästhetischen Rückgriff auf das Fin de Siècle und das angehende zwanzigste Jahrhundert und bedient sich dazu der Schlagworte vom *Ver sacrum*, dem heiligen Frühling, der titelgebend war für die Zeitschrift der Wiener Secessionisten, und vom *Sacre du Printemps*, dem Frühlingsopfer oder der Weihe des Frühlings aus Igor Strawinskys gleichnamiger Ballettmusik aus dem Jahr 1913. Secession: Eine Gruppe – ab 1897 rund um Gustav Klimt, Koloman Moser, Josef Hoffmann und weitere – stilisiert sich als Abspaltung vom Mainstream des herrschenden Kunstbegriffs. Der heilige Frühling der Antike: Eine Gruppe junger Männer wird ausgestoßen, um einen neuen Stamm zu gründen. Smells like Lebensreform und riecht nach Avantgarde.

Was nun die für die *Style Bible* des Life Balls re-inszenierten und von Inge Prader fotografierten Bilder Klimts anbelangt, kann man sagen: Diese Avantgarde, die mittlerweile mehr als ein Jahrhundert auf dem Buckel hat, ist noch immer inspirierend für die zeitgenössische Modefotografie, und man könnte auch sagen: Erst eine derart patinierte künstlerische Avantgarde wird dem heutigen Mainstream zugemutet, längst einsortiert ins Angebot der Souvenirshops auf der Kärntner Straße in Wien.

Wie gut, dass es auch für ein Kostümfest wie den Life Ball eine Stil-Bibel gibt, einen Dresscode, den einzuhalten es sich empfiehlt. Sofern man sich als Schaulustige alljährlich wieder vor dem Eingang des Burgtheaters gegenüber vom Rathaus positionieren will, lässt sich das herrlich beobachten: Es ist ein ritualisiertes Aus-der-Reihe-Tanzen, das, wie jeder Maskenball, einem doch engen Regelkonzept zu folgen scheint. Der Dresscode gibt vor – die heimischen Nähmaschinen und die Stoffbahnen bei Textil Müller in Kritzendorf, wo die Wiener gerne ihre Meterware kaufen, geben nach. Plus Glitzer, plus Schminke, plus Plateausohle.

Das *Tableau vivant*, das also bereits vor dem großen Ereignis für die Produktion der *Style Bible* vor der Linse der Fotografin aufgestellt worden ist, ist prominent besetzt: Neben Models – endlich wieder Bodypainting! – posieren hier sogenannte Markenbotschafter des Life Balls wie Dagmar Koller, Witwe von Wiens ehemaligem Bürgermeister Helmut Zilk und sympathisch-madamige *Fag Hag*, in der Nachstellung von Klimts *Tod und Leben*. Oder ein ehemaliger Hitradiomoderator und späterer Pressesprecher des österreichischen Bundeskanzlers als Egon Schiele. Und falls dieser engagierte Pressesprecher sich vorher gefragt haben sollte, wer um alles in der Welt denn Schiele war, dann hat man ihm, die zeitgenössische fotografische Nachstellung macht es offensichtlich, gesagt: Das ist doch der, der so herumstand mit verkrampften Fingern.

Neben der Bibel gibt es auch alljährlich das Plakat zum Ball. Es ist darauf keine Frau mit Penis abgebildet wie im letzten Jahr, in Szene gesetzt vom US-amerikanischen Fotografen David LaChapelle. Nein, diesmal sehen wir den österreichischen Popstar Conchita Wurst, dargestellt als Adele Bloch-Bauer, vulgo die *Goldene Adele*, fotografiert von Ellen von Unwerth. Die Dame mit Bart als ein »Gesamtkunstwerk…, wo die Frau sich nahtlos in ihre Umgebung einfügt, ihr Stoffmuster mit der Tapete korrespondiert«, wie es die Modetheoretikerin Barbara Vinken in anderem Zusammenhang beschreibt, nämlich die modischen »Zwänge unemanzipierter Weiblichkeit« betreffend.

Emanzipiert sind wir hier allerdings sehr, so lautet der Header dieser Plakate doch von »Heimat großer Töchtersöhne« – in Anspielung auf die österreichische Bundeshymnentext-Debatte der vergangenen Jahre – über »Akzeptanz ist eine Tochter der Freiheit« bis hin zum etwas seltsam gedichteten Satz »Freiheit wächst, wo Regeln brechen«. Emanzipiert vom Golde sind wir allerdings nicht, denn es gibt exakt dasselbe Sujet, Frau mit Bart im Stil von Klimt, auch als Werbeplakat des Unternehmens Münze Österreich, eines der ehrenwerten Hauptsponsoren des Life Balls, mit dem Slogan: »Jeder Beitrag ist Gold wert!« So austauschbar werden damit die Parolen, so nah ist damit die goldene Münze den Postulaten von Akzeptanz und Freiheit. Das ist nicht unehrenwert, denn es geht doch um Charity, nein: Es ist symbolisch, im Wechselspiel von Bild und Text, bloß ungeschickt. Und so funkelt das Kleid der goldenen Conchita, »in rund 1.250 Arbeitsstunden aufwändig händisch mit 13.000 Swarovski-Kristallen verziert«, wie es im Pressetext heißt.

Was hat es denn eigentlich mit jenem Klimt'schen Originalgemälde der Adele Bloch-Bauer auf sich? Ist es doch, gleichsam als Ikone für die österreichische kulturelle Identität medial reklamiert, im Jahr 2006 für 135 Millionen US-Dollar an den Kosmetikkonzernerben Ronald Lauder verkauft worden und mittlerweile permanent in der Neuen Galerie New York ausgestellt: »Unsere Adele!«

Der Weg dieses Bildes von Österreich nach New York ist gepflastert von Hindernissen und Verzögerungen und damit einer, der für Österreichs Umgang mit der Restitution von enteignetem Besitz bezeichnend ist – bis schließlich zum Beschluss des Bundesgesetzes über die Rückgabe von Kunstgegenständen im Jahr 1998. Bekannt geworden ist der Fall Bloch-Bauer durch die Recherche von Hubertus Czernin, Verleger und Journalist, deren Ergebnisse, aufwändig in wie vielen Arbeitsstunden notiert?, auch in seinen Büchern aus dem Jahr 1999 festgehalten sind. Diese äußerst lesenswerten Dokumentationen zeichnen das Leben der Adele Bloch-Bauer nach, geben einen Überblick über ihr Leben und Wirken im Kontext der Zeit und erläutern schließlich die komplexe Geschichte und Provenienz des Bildes *Adele Bloch-Bauer I*.

Die Goldene Adele als Folie zu legen über das neue Image österreichischer Selbstbeschreibung, nämlich Conchita Wurst, und sie anlassbedingt mit den beiden Großevents Life Ball und, mit Conchita als Bindeglied, Eurovision Songcontest zu verlinken, schreibt die Geschichte dieses Bildes und seiner Verwendung fort. Es fällt auf, dass auf die Anfänge und Zwischenstationen dieser Geschichte in der Berichterstattung rund um die Bilderproduktionsmaschine des Life Balls nicht oder kaum verwiesen wird.

Lebensreform, Wiener Werkstätte, Jahrhundertwende, Kostümball, Sponsoring: Bildsprachlich wird alles auf eine Ebene gebracht, nicht unterschieden zwischen einem Körper, dem Stoffmuster eines Kleides und der Tapete im Hintergrund – und damit wird das politische Anliegen des Life Balls zum Ornament degradiert. Das ist alles nicht neu, das ist bloß: seltsam geschichtsvergessen.

Das Leopold Museum in Wien zeigte von Februar bis September 2018 im obersten Stock die Ausstellung einer privaten Kunstsammlung. Zu sehen waren Arbeiten von Künstlern wie Renoir, Picasso, Chagall, Miró, Schiele, Klimt, Andy Warhol, Damien Hirst und anderen.

Bevor man sich nun den Bildern und Objekten widmete, las man den einleitenden Ausstellungstext. Gepriesen wurde darin die Leistung der Sammeltätigkeit der Kunstkäuferin, die offenbar derart preiswürdig war, dass als Ausstellungstitel bloß der enthusiasmierte Ausruf des Staunens infrage kam, nämlich: *WOW!* Wow in Großbuchstaben. Nun handelte es sich, so viel sei vorausgeschickt, um ein öffentliches Museum, in dem wir standen, und wir, die Bürgerinnen und Bürger, haben es angeblich »einer der beeindruckendsten europäischen Privatsammlungen« zur Verfügung gestellt, nämlich der The Heidi Horten Collection.

Wer teuer einkauft wie *the* Heidi Horten, vom kunsthistorischen Kanon abgesichert und gut beraten, hat es nicht nötig, die Aufwertung der eigenen Sammlung auf dem Kunstmarkt abzuwarten, die die Ausstellung in einem anerkannten Museum nach sich zieht. Es reicht fürs Erste schon, das kulturelle Kapital zu mehren, den eigenen Namen mit dem des Museums zu verknüpfen, die disparaten Werke in den Kontext einer Katalogpublikation zu stellen und darüber hinaus sich als Mäzenin feiern und – der Untertitel macht's – sich nennen zu lassen. Berühmte Kunstwerke als Wertanlage einzukaufen genügt nicht mehr, es muss auch eine sogenannte Sammlerpersönlichkeit behauptet werden, und das erfordert rhetorischen Aufwand. So stellt sich bald der erhoffte Wow-Effekt ein, der hier auf Kosten der Allgemeinheit erzeugt wird. Wo Worte nicht genügen, darf dann ein einzelnes ikonisches Porträtfoto sprechen: Es zeigt die Sammlerin als noch junge Milliardärsgattin auf einer überlebensgroßen Fototapete in Freizeitrevue-Ästhetik, die die gesamte Höhe einer Museumswand füllt.

Wir, das zahlende Publikum, die eigentlichen Gastgeber dieser Schau, entlassen die Worte aber noch nicht aus der Pflicht und finden im Ausstellungstext einen diskreten Hinweis auf die Herkunft des Vermögens der Kunstsammlerin, gleich nach der Erwähnung des Namens ihres ersten Ehemanns: »Leben und Wirken von Helmut Horten wurden von Historikern wissenschaftlich aufgearbeitet ...« Nun fragen wir uns, das nächste Wow auf den Lippen, wieso denn nun hier das Wort »aufgearbeitet« steht. Erst wer zu Hause selbst weiterrecherchiert, kann nachlesen, dass Helmut Horten den Grundstein für den Aufbau seiner Kaufhauskette der sogenannten Arisierungspolitik der Nationalsozialisten zu verdanken hat. Wir überspringen ein paar Ankäufe nach dem Krieg, die Erweiterung der Kaufhauskette, die Heirat mit der jungen Sekretärin Heidi, einige Jahrzehnte deutschen Wirtschaftswunders und Kaufhausbooms und landen bei der Umwandlung der GmbH in eine Aktiengesellschaft und dem Verkauf derselben Anfang der siebziger Jahre: »Den öffentlichen Zorn zog Horten auf sich, weil er den milliardenschweren Verkaufserlös aufgrund einer Gesetzeslücke an den Steuerbehörden vorbei in die Schweiz schleuste.«

Hätte die Öffentlichkeit freilich gewusst, welch kunstaffiner Wohltätigkeitsveranstaltung diese Methoden zur Vermögensakkumulation später zugutekommen würden, ihr Zorn wäre selbstverständlich schon damals einem überlebensgroßen Wow gewichen.

Es gibt in diesem vierminütigen Musikvideo nicht weniger als neunundfünfzig Schnitte. Die Figur im Vordergrund bleibt dabei immer dieselbe. Sie tanzt weiter, als würde sie ohne Unterbrechung tanzen, als wäre die Szenerie bloß ein Bluescreen, auf den jede beliebige Umgebung projiziert werden könnte, ohne dass die Veränderung derselben eine wesentliche Veränderung des handelnden Akteurs mit sich brächte. Denn dieser tanzt, und er tanzt wie ein Hampelmann auf Speed, ein hyperaktives Raver-Kid, die Kopfhörer auf den Ohren, mit kräftigem Trotz die Beine in den Asphalt stampfend, ohne dabei je den Rhythmus zu wechseln.

Bemerkenswerte Konsequenzen hat das keine, kaum einer dreht sich um, kaum einer schaut, keiner tanzt mit, keiner regt sich auf, es ist ja Berlin. Und könnte auch jede andere Stadt sein, wo die Gestaltung urbaner Räume nach dem Funktionsprinzip vom Quadratmeter als Nutzfläche betrieben wird. All diese Orte des Verweilens und Passierens sind vor dem Reclaiming durch Straßentanz allerdings nicht gefeit: Unterführungen, Parkplätze, Grünzonen, Parkanlagen, Fahrradabstellplätze, Ein- und Ausgänge, Zufahrten, Stiegen, Straßen, Gehsteige, Brücken, U-Bahn-Stationen, Sport- und Spielplätze, aber auch die Freiflächen rund um Denkmäler, Supermärkte, Imbissbuden und Waschanlagen.

Wer hier so tanzt, nämlich im Video zu *Keine Party* der Tech-Rap-Gruppe Deichkind, ist der Schauspieler Lars Eidinger, der es zuwege bringt, der Betrachterin mit seiner Omnipräsenz im Kultur- und Popkontext dann doch noch nicht auf die Nerven zu gehen. Mittlerweile taucht er auch in fast allen der neueren Musikvideos der Truppe auf wie ein Running Gag, ein Hinweis auf das Spiel mit Zitat und Wiedererkennbarkeit, das Deichkind auf der Ebene der Lyrics schon lange betreibt.

Gegenwartssprech und Internetmemes, Standardfloskeln zwischen Aufregung und Abgeklärtheit aus dem diskursiven Repertoire der Social Media bilden das Material, aus dem heraus sich auf dem neuen Album die große Frage nach dem »Wer sagt denn das?« stellt: »Wer sagt denn, dass / Ich alles, was ich brauch', in meinem Computer krieg'? / Wer sagt denn, dass / Nicht Arbeit, sondern Freizeit unsere Zukunft ist? / Wer sagt denn, dass / Viele Klicks Qualität bedeuten / Und wir mit Optimieren nicht nur unsere Zeit vergeuden? / Wer sagt denn, dass / Dieses Graffiti hier von Banksy ist?« und so weiter.

Andere Textzeilen von Deichkind, wie die Verballhornung »Like mich am Arsch«, sind selber wieder in den allgemeinen Sprachgebrauch geflossen im Modus eines digital performten *Stream of Consciousness*: »Danke für den Kommentar. / Das gefällt mir. / Like mich am Arsch. / Dadadidadada. / Kannst mich gern mal dran liken. / Danke für die Petition. / Ich bin raus hier. / Like mich am Arsch. / Dadadidadada. / Kannst mich gerne begleiten. / Stern-App, Bahn-App, Tier-App, Skype-App, Wein-App, / interessiert mich 'n Scheißdreck.« Zunehmend verschob sich dabei das affirmativ-prollige *Leider geil* und das Checkertum der Sprücheklopfer und Phrasen-Dealer in *Richtig gutes Zeug* zu einer Art von zynisch-angepisster Gesellschaftskritik, die die modischen Stehsätze unserer Zeit, das Herumgemeine und die ganze Selbstdarstellerei wiederholt und ausstellt. Es ist der Kater nach dem Partyspaß, gegen den in *Keine Party* so wütend angetanzt wird.

Nur einmal, ganz am Ende, der Tanzende hat noch immer die Kopfhörer an und springt auf der Straße vorm Steakhouse am Alexanderplatz zwischen den vorbeifahrenden Autos wie ein Gummiball, gibt es einen Moment der Stille, in dem sein Stampfen nur noch wie ein vergebliches, aber unaufhörliches, also unbeirrbares Tapsen von weichen Chucks auf dem harten Asphalt der Straße wahrzunehmen ist.

Ein Mann tanzt. Er tanzt im engen schwarzen T-Shirt, dasselbe in die weite schwarze Bundfaltenhose geschoben, den Gürtel taillenhoch gebunden, schwarzes Schuhwerk an den Füßen, schwarzes Haar auf dem Kopf, bald wird es vielleicht schütterer werden, bald werden seine schwarzen Augenbrauen, unterbrochen von einzelnen weißen Härchen, buschiger wachsen, bald bricht eine neue Jahreszeit an. »Seasons change«, singt er, »seasons change«. Die Jahreszeiten wechseln einander ab, singt er, und ich, ich habe so sehr versucht, dich (dein Herz vielleicht) zu erweichen. Die Zeiten ändern sich, aber ich bin es leid, mich für dich verändern zu wollen. Weil ich auf dich gewartet habe, ich habe auf dich gewartet. Weil ich auf dich gewartet habe. Ich habe auf dich gewartet: So in etwa singt der tanzende Mann im schwarzen T-Shirt, er singt auf Englisch, und wir versuchen, diese seine Sätze zu verstehen.

Wir haben dieses Lied so oft gehört und uns genau diesen Ausschnitt so oft angesehen, jeder in seiner Stadt und in seiner Wohnung, und während die Zeit verging, wechselten die Jahreszeiten einander ab, aus Frühling ist Sommer geworden und aus diesem Sommer ein noch warmer und milder Herbst. »As it breaks, the summer will wake / But the winter will wash what is left of the taste / As it breaks, the summer will warm / But the winter will crave what is gone«, singt der Mann im schwarzen T-Shirt. Wenn es bricht, auseinanderbricht, aufbricht, durchbricht, sich verändert, wird der Sommer erwachen, aber der Winter wird fortwaschen, was vom Geschmack übrigblieb. Der Sommer wird es wärmen, aber der Winter wird sich danach sehnen, was vergangen ist. Währenddessen, denn er wartet noch:

Menschen ändern sich, weißt du, aber manche ändern sich nie. Wenn Menschen sich ändern, gewinnen sie etwas, aber sie verlieren auch ein Stück. Weil ich an dir festgehalten habe, weil ich an dir drangeblieben bin, auf dich gewartet habe.

Der Mann, der so singt, ist Samuel T. Herring von Future Islands. Das vorliegende Video, abzurufen via Youtube, zeigt den Auftritt in der *Late Show* von David Letterman im März 2014, dessen Übertragung der Band eine größere Bekanntheit beschert hat. Und Herr Herring tanzt. In der linken Hand hält er das Mikro, die rechte Hand zählt dabei den Takt ein. Sein Oberkörper ist nach vorne gebeugt, seine Knie leicht abgewinkelt. »Seasons change«, singt er und geht bald tiefer in die Hocke, der Körper von Anfang an unter Anspannung, ein hoher Tonus, wie der eines Athleten, eines drahtigen Ringers vielleicht. Er geht höher und tiefer, steigt bei jedem zweiten Takt seitwärts oder nach vorne, geht wieder höher und wieder tiefer. Sein Gesicht ist ein Flehen, aber kein weinerliches, nein, ein kontrolliertes, und seine Augenbrauen sind zwei strichgerade Linien, die von der Mitte zu den Schläfen hin nach unten laufen. Er singt, er tanzt, er richtet sich wieder ganz auf, wie um Mut zu schöpfen, um seine Aussage zu verdeutlichen: Ich habe auf dich gewartet, ja.

»Seasons change«, wie die Jahreszeiten einander abwechseln, »eine Zeit zum Gebären und eine Zeit zum Sterben, eine Zeit zum Pflanzen und eine Zeit zum Abernten der Pflanzen, eine Zeit zum Töten und eine Zeit zum Heilen, eine Zeit zum Niederreißen und eine Zeit zum Bauen, eine Zeit zum Weinen und eine Zeit zum Lachen, eine Zeit für die Klage und eine Zeit für den Tanz; eine Zeit zum Steinewerfen und eine Zeit zum Steinesammeln, eine Zeit zum Umarmen und eine Zeit, die Umarmung zu lösen, eine Zeit zum Suchen und eine Zeit zum Verlieren, eine Zeit zum Behalten und eine Zeit zum Wegwerfen, eine Zeit zum Zerreißen und eine Zeit zum Zusammennähen, eine Zeit zum Schweigen und eine Zeit zum Reden, eine Zeit zum Lieben und eine Zeit zum Hassen, eine Zeit für den Krieg und eine Zeit für den Frieden«. So, mit gelassenem Blick auf den steten Wechsel von Werden und Vergehen, steht es bei *Prediger 3,2-8* (in der Einheitsübersetzung der Bibel) geschrieben, mit revolutionsfreudigem Imperativ »Turn! Turn! Turn!« haben es in den Sixties The Byrds gesungen.

»Seasons change, / But I've grown tired of trying to change for you«, singt Samuel Herring. Man muss ihn gesehen haben! Dabei lässt sich, was er ausdrückt und zeigt, kaum beschreiben, denn das Spektakel, der Tanz des Körpers des Sängers, findet in den vielen kleinen konzertierten Gesten statt, im Darstellen und Zurückhalten körperlicher Explosionen. Er fasst sich dabei an die Brust (ans Herz vielleicht). Geht sofort darauf wieder tiefer, bricht fast ein, nein, hält sich aufrecht, bleibt im Stehen, Wippen, Tanzen begriffen. Fasst sich wieder an die Brust, deutet dann bei »You-hou-hou« dreimal in den Raum, zu einem Gegenüber hin. Er sieht, verzweifelnd beinah, aber doch offen fragend und klar fokussierend, ins Publikum, ja, von der einen Seite zur anderen hin wandert sein Blick, den Mund halb geöffnet, auch dann noch, wenn sein Gesang Pause macht und nur die Musik spielt. Er deutet, gestikuliert, bricht ab, wiederholt sich, hält die Anspannung aufrecht, bis, nach etwa eineinhalb Minuten, es zu einem ersten, bewusst gesetzten Ausbruch kommt, er mit dem Arm in die Luft schlägt, mit der Hand gegen sein unsichtbares Gegenüber boxt, dabei springt. Und seine Kraft sich entlädt, es ist die Kraft eines Ballwerfers, der sie gezielt einsetzt, im Zaum hält, schießt, und sie nicht etwa verschießt. Gleich darauf richtet er die erhobene Hand gegen das Publikum, streckt und reckt Daumen, Zeige- und Mittelfinger nach oben. Dann öffnet er seine Hand zur Gänze und zeichnet mit ihr etwas nach wie eine Landschaft, einen Horizont, einen Himmel, schließt sie dann wieder zur Faust, ballt sie mit Nachdruck, federt nach, fasst sich dann wieder mit der flachen Hand an die Brust (ans Herz vielleicht). Er krümmt sich nun, schlägt sich gleich in die eigene Magengrube, nein, hämmert gegen die eigene Brust mit Daumen und Zeigefinger, die zusammen eine Spitze formen, singt, fleht, grölt, reißt den Halsausschnitt seines T-Shirts nach unten, als läge darunter eine offene Stelle (eine Herzwunde, klaffend vielleicht) verborgen. Tanzt dann, tief in die Hocke gehend, wippend, lässt den Körper am Kopf baumeln wie eine dieser Wackel- und Drückfiguren, die man als Kind einmal besaß. Deren einzelne Glieder waren an Schnüren aufgefädelt, und durch Eindrücken des Sockels, auf dem diese Figuren, Tiere, strammstanden, eine kleine Giraffe zum Beispiel, ließ man sie mit einem Mal in sich zusammenfallen, niederstürzen. Zu einem Haufen aus Perlen oder Scheibchen aus Holz wurden sie dann. Um sich unmittelbar danach gleich wieder aufzurichten, als wäre nichts vorgefallen. So tanzt er, Samuel Herring, und fällt nicht in sich zusammen, hält die Spannung, wirft sich einmal noch beinah nach hinten, kippt fast, droht rücklings auf den Boden zu rollen, deutet dies an, beherrscht sein Fallen, fängt sich wieder, schlägt sich später mit der flachen Hand wirklich fest – nicht auf oder an, sondern gegen die Brust.

Wir hören diesen Song, diesen großartigen Song, wir sehen Samuel Herring beim Tanzen zu, denn man muss das sehen und wieder sehen. Er hält Gesten für unser Sehnen bereit, während die Zeit vergeht und die Jahreszeiten einander abwechseln, aus dem Herbst ein Winter wird, auf den immer ein Frühling folgt, mein Liebling.

Die Frage, was mich denn empörte, kann ich nur beantworten, indem ich beschreibe, wie ich mich nicht empöre. Und vielleicht lässt sich aus dem Sich-nicht-Empören hernach doch die Empörung filtern? Ich empöre mich nicht, weil ich mir die Empörung als Gegenbild zur Erstarrung denke. Die Empörung ist dann das, was plötzlich eintritt: hochkommt, sich aufbläst – aufgedonnert –, sich entlädt – und dann wieder in die Erstarrung zurückfällt. Vielleicht ist die Empörung etwas Epileptisches: Sie reagiert empfindlich auf das Stroboskop-Licht der grell angeblitzten Ereignisse.

Wenn ich an Erstarrung denke, fällt mir der belgische Musiker Stromae ein. Wie er sich bei irgendeiner Awards-Verleihung in einem winzigen Automobil über den roten Teppich hat fahren lassen, hinten angeschoben von einem Kind im gleichen Outfit. Wie die Wagentür geöffnet wird und er als fast erstarrte Puppe herausgehievt wird, getragen von zwei Securitys, abgestellt vor den Fans, weitergetragen, wieder abgestellt, auf die Bühne getragen und dort, weiter kaum zum Leben erweckt, performt das Kind, verkleidet als Stromae, seinen Song *playback*, tanzend.

Stromae ist ein Meister der Performance. Man muss sich ansehen, wie er tanzt, wenn er tanzt. Einen richtigen Veitstanz führt er auf! Und eine Janusköpfigkeit zeigt sich: Seine linke Gesichtshälfte ist beim Song *Tous les mêmes* geschminkt wie die einer altmodischen Diva, dann dreht er sich abrupt und zeigt seine fast kahlrasierte rechte Schädelhälfte. Wie er seine Rollen sekundenschnell wechselt: Das erhöbe einen gegebenenfalls aus der Erstarrung in den Händen der Security. Nicht der Wechsel, sondern die virtuose, feixende, kokette Wandelbarkeit ist Stromaes Kommentar zu *Tous les mêmes* – ihr seid doch alle dieselben – in den gesellschaftlichen Debatten.

Seine Elastizität zeigt sich auch darin, wie Stromae mit seinen Songtexten verfährt: wie er Wörter verbindet, verbiegt und verballhornt. Wie er erstarrte Phrasen ausstellt und sie durch deren bloße, scheinbar affirmative Wiederholung dem Spott aussetzt. Verballhornung, Wiederholung: Das ist auch eine Art von Empörung, aber eine, die sich nicht als Gestus zeigt, sondern in ihren Gesten.

Alors on danse. Lernen von Stromae: Diese Empörung – also doch! – soll ein Veitstanz sein, immer im Drehen: Hinter meiner, vorder meiner, links, rechts gilt es.

Am Anfang steht das Aufwärmen: Sit-ups, Liegestütz, Dehnungen. Es ist so hart und streng, dass man damit rechnet, hier auf den Überlebenskampf während einer Polar-Expedition vorbereitet zu werden. Wenn man nämlich auf der Erdkugel ganz hinauf in den Norden fährt und hernach dann, auf der Direttissima, wieder ganz hinunter in den Süden: Dann sieht man die Pole. Dass die Pole durch eine Achse direkt verbunden sind, die der Mensch sich denkt, um die Rotation der Erdkugel zu imaginieren, liegt auf der Hand.

Diese Achse ist eine Stange aus Metall, an der man sich festhalten, hinaufklettern und hinunterrutschen kann. Und weil sie die beiden Pole verbindet, nennt man sie: Pole-Stange, übersetzt: Stange-Stange. Insofern, nämlich von Süd bis Nord und wieder retour, ist die Akrobatik auf der Stange etwas Weltbewegendes.

Während man sich hält, mit den Beinen, den Füßen, den Händen, den Achseln, den Kniekehlen und so weiter, dreht man sich mit der Welt mit in einem Wirbeln und Kreisen. Und was zwischen Oben und Unten, zwischen Himmel und Hölle sich finden kann in einem Leben, hält sich daran fest, hängt, stößt sich ab, schlägt an, grätscht, greift um, rutscht ab, klettert wieder hoch.

Es gibt, angefangen bei der Erfordernis des Sich-Aufwärmens, nur ein paar wenige Unterschiede zwischen dem Stapfen durch *Nacht und Eis* und dem Training in einem Studio irgendwo in Europa, Amerika, Australien und wo auch immer dieser Sport mittlerweile praktiziert wird: Man tut es, im Unterschied zum norwegischen Polarforscher Fridtjof Nansen, ganz ohne

Schlittenhund – und beinah ohne Kleidung. Schlichten Gemütern erschließt sich die Notwendigkeit der spärlichen Bekleidung bei Pole Dance, Pole Fitness oder Pole Arts aus der visuellen Erfahrung, die sie sich in Nachtclubs und Striptease-Lokalen angeeignet haben. Tatsächlich ist es so, dass die nackte Haut für die Reibung und den Halt an der Stange verantwortlich ist: um der Erdanziehung ein Schnippchen zu schlagen. Weder helfen dabei High Heels noch Netzstrümpfe noch, zur Abdeckung der Brustwarzen, glitzernde Pasties mit Quasten.

Der Tanz und die Akrobatik an der Stange ziehen die unterschiedlichsten Menschen an: Es sind eben auch Männer, die sich darin üben, es sind dickere – wie die britische Castingshow-Teilnehmerin Emma Haslam – und dünnere Menschen, ältere und jüngere. Es sind Friseure und Computerprogrammiererinnen. Feministinnen, Tussis, Sportlerinnen, Physiotherapeuten. Eine Baumeisterin, ein Model. Wienerinnen aus den Außenbezirken, eine Asiatin, eine Ukrainerin, die kein Deutsch spricht, dabei großartig turnt. Selten findet sich auch eine Stripperin darunter, aber das erfährt man erst im Gespräch, wenn man einmal nach dem Training gemeinsam zur U-Bahn spaziert.

Und Stangen stehen überall in der Welt herum, bekanntermaßen auf den Straßen als Laternenmasten und Verkehrsschilder und auch in der U-Bahn selbst. Während man unterirdisch die Großstadt durchquert, kann man sich auf eine Stange schwingen und sich die Trübsal aus dem Kopf schütteln, wie es die Hip-Hop-Jungs aus New York oder Paris vorzeigen. Weil alles benutzbar ist, weil der Sport der Straße sich den öffentlichen Raum immer wieder erobert. Weil er durch nutzlose Eleganz und lustvollen Einfallsreichtum die vorgegebene Handhabung und Funktion der Gegenstände verulkt.

Es ist faszinierend, wie viel Kraft, Ausdauer und Körperspannung manche dieser turnenden Menschen aufbringen. Die Stange bietet keinerlei hilfreiche Widerhaken, Stufen oder

Haltegriffe: Abstoßung und Anziehung funktionieren über die Hebel des eigenen Körpers. Sehr viel Muskelkraft in den Armen ist vonnöten, aber auch Rücken-, Bauch- und Beinmuskulatur.

Es braucht schon eine doppelte Portion an Kühnheit, um auf eine glatte Stange zu klettern, sich nur mit den Beinen an dieser Stange festzuklammern und sich kopfüber rücklings nach unten fallen zu lassen.

Und dann: Chair, Supergirl Reverse, Gemini, Frog, Frodo, Chinese Flag, Russian Split, Flag Back Roll, Shouldermount, Air Invert, Nose Breaker Drop, Extended Brass Monkey, Scorpio, Jade, Rainbow, Chopsticks, Extended Skater, Duchess, Batman, Bird, Phoenix, Dove, Splash, Dark Pixie Pose, Headstand, Handstand, Ninja, Hero, Bee Knees, Boomerang Hold, Flag, Flying Cupid und wie sie alle heißen, die Figuren des Pole.

Es gibt fixierte Stangen und solche, die sich drehen. Wenn man sich klein zusammenrollt, wird die Drehung schneller, wenn man seine Gliedmaßen von sich streckt, verlangsamt sie sich wieder. Sich drehen, und dabei doch nicht abrutschen: Da darf die Haut nicht eingecremt sein. Öl, Schweiß und Tränen können, wie oft im Leben, zum Absturz führen – dagegen hilft dann *grip wax* für die Hände. Und ja, eine ganze Industrie an Kleidung und Kosmetik entwickelt sich seit etwa fünfzehn Jahren, während die Stangenakrobatik langsam den Mainstream erreicht und gleichzeitig für die Aufnahme als Disziplin bei den Olympischen Spielen lobbyiert.

Die Finnin Oona Kivelä, zweifache Weltmeisterin an der Pole-Stange, ist eine der herausragenden Vertreterinnen dieses Sports, deren Trainingsvideos im Internet die Runde machen. Oona Kivelä kann in der Luft gehen, stehen und fliegen wie eine Zeichentrickfigur. So als gäbe es die Einschränkungen des Körpers und der Erde nicht. Oona ist die stärkste Frau, die wir auf diesem Rummel der außergewöhnlichen Fähigkeiten je gesehen haben. Oona braucht dazu keinen Bart, kein Kostüm, keinen Marktschreier. Sie ist nur konzentriert auf ihre jeweiligen Bewegungsabläufe. Eigentlich bräuchte sie auch kein Publikum – aber wir wollen ja auch etwas davon haben.

Und was haben wir eigentlich davon? Voyeurismus ist nur ein kräftigeres Wort für die Lust am Schauen. Die ganze bildende und darstellende Kunst lebt von dieser Schaulustigkeit im Verhältnis zur Lust am Zeigen und Ausstellen. Am Anfang war vielleicht die Stange in der Mitte eines Zirkuszeltes, die später in die Nachtclubs gewandert ist. Und das Burleske, eine Veräppelung von Posen und Gesten der Verführung, ist dabei eingemeindet worden in das brave, ewig gleiche Ritual des Striptease. Man muss nicht gleich die Küchenpsychologie bemühen, um die Wahl der Stange als Sportgerät zu ergründen. Man findet sie auch bei den Akrobaten des Chinese Pole (und kombiniert mit Elementen des Contemporary Dance, wie es die Kanadier von Les 7 doigts de la main machen) oder beim Klettern, Drehen und Fallen der indischen Meister des Mallakhamb, die dafür einen Mast aus Holz oder ein Seil benutzen.

Man kann sich auch an die Reckstange beim jugendlichen Geräteturnen erinnern, die dann von der Horizontale in die Vertikale gedreht worden ist. – Die Stange ist dabei immer der Gegenstand, der einem entgegensteht und in die Quere kommt: queer, schräg. Während einem beim Drehen schwindlig wird und das Bild, das man sich gemacht hat von der Welt, unscharf wird und verzogen. Und vielleicht kommt man selbst dabei so durcheinander, dass man hinfort oben von unten nicht mehr unterscheiden kann, wie es den kopflosen Figuren in den Bildern des französischen Fotografen Patrice Letarnec geht.

Recht beschaulich geht es hingegen in den Videos der Popmusik zu: Shakira räkelte sich 2011 bei *Rabiosa* an der Stange, Kate Moss 2003 zu *I just don't know what to do with myself* von den White Stripes – und sie weiß, trotz ihres guten Looks, auch bis zum Ende ihrer Performance nicht, was sie da tut. Ersparen wir Kate die Turnstunden, auf dass sie nicht »monatelang ohne Unterbrechung im Kreise rundum getrieben würde«, auf der Stange

»schwirrend, Küsse werfend, in der Taille sich wiegend«, wie es in etwa über die Kunstreiterin bei Kafka heißt, die in seiner Parabel *Auf der Galerie* im Kreis durch die Manege getrieben wird.

Bei monatelangem Training sieht man aber auch Dinge, die man sonst nicht sehen würde: farbenfrohe Ganzkörpertattoos, in die Haut implantierte Strass-Steinchen, wollene Legwarmers, Unterhosen mit der rückwärtigen Aufschrift »Bunga Bunga«. Man riecht ziemlich blumige Deos und lutscht ziemlich viel Traubenzucker. Man bekommt blaue Flecken und spürt das erste Mal in seinem Leben, dass auch der Unterarm krampfen kann. Und man hört ziemlich viele Songs, die man sonst nie hören würde. *Pole* von Karlheinz Stockhausen für zwei Performer mit Kurzwellenempfängern und Klangregelung aus dem Jahr 1970 wird hiermit in die Playlist hineinreklamiert.

Die Pole, Nacht und Schweiß: »Wir brauchen Mut, um die alten Kleider wegzuwerfen, die ihre besten Tage hinter sich haben«, soll Fridtjof Nansen einmal gesagt haben, als er sich in knappen Shorts und mit *grip wax* an den Händen auf die Stange geschwungen hat.

Was hätte man denn anfangen sollen als Jugendliche im Winter in den Salzburger Bergen? Man hat ja Handkes *Wunschloses Unglück* ausgelesen gehabt und ist selbst übrig geblieben voller Wünsche. *Wishlist* hat der Song dazu von Pearl Jam geheißen: »I wish I was an alien at home behind the sun« – man ist ein Alien gewesen, pubertierend, zu Hause, hinter der Sonne. In dieser Zeit, pubertierend, hinter der Sonne, hab ich mir so sehr gewünscht, in der Stadt zu sein: dort, wo es angeblich nur Künstler gibt und Dichterinnen, Kaffeehäuser und Nachtlokale, ein Funkhaus für Radiosendungen. Wo man den ganzen Tag über glücklich ist wie Eddie Vedder von Pearl Jam, wünschend nur: »I wish I was as fortunate, as fortunate as me«.

Ja, als Jugendliche in den Salzburger Bergen hat man doch gar keine andere Wahl gehabt, als in seinem Unglück den Blick nach oben zu richten, das Brett anzuschnallen und unten bei der Talstation dem Liftwart die Wunschliste ins Ohr zu flüstern: Wenn schon nicht in die Stadt, dann wenigstens zehnmal hinauf zur Bergstation! Und oben, da ist sie dann gewesen: die Sonne. Und man selbst war noch immer ein Alien, aber eins mit Slackermütze und weiten Hosen, mit Kapuzenjacke und Raceboard »Oxygen Kr 59«. Und es ist egal gewesen, was die Eltern gesagt haben und welchen Weg man eingeschlagen hat: Man ist am Ende des Nachmittages, Viertel nach vier, immer wieder unten angekommen. Egal, auf welchem Weg.

No Way, haben Pearl Jam gesungen. Beim Großunterberglift zum Beispiel hat es eine unmarkierte Strecke gegeben. *No Way*, aber doch ein Weg. Fahren wir Schleichwegerl!, hat der Aufruf dazu gelautet: Ab durch den Tiefschnee, zwischen den kleinen

Fichten hindurch, über die Mugelpiste mit den vielen kleinen Hügeln, vorbei an der leerstehenden Hütte. Später hinter den zwei Bauernhöfen die verschneite Straße entlang bis zum Loch in der Absperrung, den linken Fuß abschnallen, antauchen, antauchen, wieder zurück zur markierten Piste. Haserlabfahrt?, lautet die nächste Frage. Nein, der Guggi ist schon beim Schlepplift unten!, ist die Antwort. Hast du den Pichler vorher gesehen?, geht es weiter. Ist der jetzt mit der Vreni zusammen? Das kann nicht sein: Geh, niemals!

Das Snowboarden in den neunziger Jahren hat das Leben der Jugendlichen in den Salzburger Bergen verändert: Statt der alten Deutschen sind nun die jungen Dänen gekommen und die Amerikaner. Statt »Schi Heil« hat man »Hang loose« gerufen. Statt ins Tschecherl ist man ins Board-Lovers gegangen und hat dann statt Pfirsichspritzer Tequila getrunken. Das Snowboarden ist ein Glück gewesen. Jede Fahrt den Hang hinunter ein *Versuch über den geglückten Tag*. Wie das Brett beim Carven in die Piste geschnitten hat, dieses Gespür für Schnee, mit der Hand den Surfergruß zeigend: *Hang loose*, immer locker bleiben.

Und am Ende des Winters ist die Vreni eben doch mit dem Pichler zusammengekommen, weil er so gut hat springen können mit dem Freestyle-Board. Und die Salzburger Berge sind plötzlich genau in der Mitte von Dänemark und Amerika gelegen. Wir haben einmal einen Tag schulfrei bekommen für die Teilnahme an den Schülerbundesmeisterschaften. Und ich hab mir in den Winterferien mein Taschengeld als Snowboardlehrerin verdient. Der Andi, der mit meiner Schwester in dieselbe Klasse gegangen ist, fährt seit dieser Zeit in der Snowboard-Nationalmannschaft mit. Bis heute.

Ende der neunziger Jahre sind Pearl Jam dann nicht mehr so richtig cool gewesen. Den Großunterberglift haben sie irgendwann zugesperrt und abgebaut, nachdem der Schnee ausgeblieben war. Und ich bin in die Stadt gezogen, wo es nur Künstler gibt und Dichterinnen, Kaffeehäuser und Nachtlokale.

Ich fahre nicht mehr Snowboard, aber ich spreche noch darüber. Vor ein paar Wochen übrigens habe ich die zu diesem Zeitpunkt frisch gekürte österreichische Snowboard-Weltcupsiegerin im Parallel-Slalom, Sabine Schöffmann, im Fernsehen gesehen, die, zum Geheimnis ihres Sieges befragt, geantwortet hat: »Ich hab versucht, mich so lang wie möglich vom Rennen abzulenken …« Sie hat versucht, sich so lange wie möglich vom Rennen – tatsächlich: abzulenken! Ist das nicht so *hang loose*?!

Über Phil

Phil ist eigentlich die Kurzform von Philip David Charles, und bevor es das Internet gegeben hat, haben das nur wenige Leute gewusst von Phil. Ich weiß es schon seit 1996, als Phil mit mir auf dem Sessellift gesessen ist und sich der Fangriemen seines Snowboards im Liftbügel derart verheddert gehabt hat, dass ich, aus Solidarität und Pflichtbewusstsein auch, genötigt gewesen bin, eine weitere Tal- und Bergfahrt mit Phil einzulegen.

Weil die Berge bei uns in den Alpen sehr hoch sind, kann eine ums Dreifache verlängerte Fahrt schon so lange dauern, dass man von seinem Sitznachbarn ein Geheimnis erfahren kann, wie das von seinen drei Vornamen. Und seine wildesten Träume und Wünsche. Der Wunsch von Phil ist es an jenem Nachmittag in Alpendorf im Pongau – auf dem Weg hinauf zum Gernkogel – gewesen, auf seinem Übungsbrett »Crazy Creek« eine sportliche Figur zu machen. Meine Zielformulierung vor dem Après-Ski in der Buchauhütte hat somit gelautet: Phil das Bogenfahren beizubringen.

Das Gute am Snowboarden ist, dass man es relativ rasch dazu bringt, den Berg sturzfrei hinunterzukommen. Beim Schifahren dauert das viel länger. Es ist trotzdem von Vorteil, wenn man auch fürs Snowboarden schon etwas »Bergerfahrung« mitbringt. Phil hat in diesem Winter des Jahres 1996 auf keinerlei Bergerfahrung zurückgreifen können. Dafür hat er die Alpen umso mehr geliebt. Und mit ihnen den ganzen Schi-Zirkus, wie man das dort wahrscheinlich immer noch nennt. Noch ein Tag im Paradies! *Another Day in Paradise!*

Phil ist jeden Morgen pünktlich gewesen, alle fünf Tage, die sein Anfängerkurs bei mir gedauert hat. Um neun Uhr haben wir uns immer beim Ausstieg der Bergstation getroffen und uns zuerst einmal aufgewärmt. Ich bin als Privatperson keine treue Freundin des Aufwärmens, aber im Job habe ich mich natürlich vorbildlich gezeigt. Phil hat einen riesigen Overall getragen, wie er damals bei Schifahrern noch eine Zeit lang üblich gewesen ist. Und mich haben sie von oben bis unten in Rot-Weiß-Rot gesteckt gehabt. Erstens hat unsere Schischule »Schischule rot-weiss-rot – mit Verleih, Verkauf, Service: Schi-Stadl« geheißen, und der Alois und der Ritschi von der Schischule werden auch geglaubt haben, dass ihnen die Farben gut stehen, schließlich handelt es sich dabei um die Farben der Nationalflagge. Dementsprechend hätte Phil ja im britischen Union Jack über die Piste stolpern müssen. Phil ist aber türkis-gelb-rosa-schillernd gewesen. Wir haben allmorgendlich die Beine gegrätscht und die Arme gekreist, uns gebeugt und gestreckt, wir haben fest eingeatmet und fest ausgeatmet und zum Abschluss dreimal »Schi Heil!« gerufen. Mit den Gedanken an die rot-weiß-rote Vergangenheit hat das »Heil« für mich immer eine unangenehme Doppelbedeutung gehabt, aber Phil hat das Rufen einfach *funny* gefunden. Die beiden Schischulbesitzer auch, und die anderen zweitausend Touristen an diesem Tag auf dem Berg wahrscheinlich auch. Von mir aus sollen sie sich weiterhin Heil wünschen: Segen, Glück und Sturzfreiheit. Aber die Doppelbedeutung bekommt man nicht mehr aus den aufgewärmten Muskeln, auch nicht bei Minusgraden und auf 1700 Höhenmetern.

Ich habe als Schülerin einige Saisonen lang den Winterurlaubern das Snowboarden in den Alpen beigebracht. Und ich habe selbst auch einiges gelernt dabei. Zum Beispiel, dass man, wenn man links abbiegen will, nicht sagt: *Go left!*, sondern: *left-hand side*. Für Politik und Sprache ist auf den Bergen wenig Zeit, da ist es von Vorteil, wenn man die korrekten Begriffe flott parat hat.

Meistens sind es deutsche Touristen gewesen, die ich unterrichtet habe, aber eben manchmal auch Engländer wie Phil. Am ersten Tag kann man den Leuten nur beibringen, wie sie das

Board im Sitzen anschnallen und sich damit aufrichten. Fast jeden Anfänger muss man so immer wieder aufs Neue aus dem Sitzen hochziehen. Dann fällt er sofort vornüber und auf einen drauf, und man liegt mit ihm wieder im Schnee. Es ist hart, den ersten Vormittag gemeinsam durchzustehen. Wenn dem tapferen Sportsfreund die Mütze wieder und wieder ins Gesicht rutscht und ihm schon die Eisklümpchen von den Wimpern hängen. Wenn er knallrot ist und schwitzt. Und sich das Heulen beinah verkniffen hat.

Am ersten Nachmittag dann gibt es aber erste Erfolge: einen halben Bogen vor dem Hinfallen zum Beispiel. Dann noch einen. Am folgenden Tag kommen die Leute immer motiviert auf den Berg – und am dritten Tag sogar voller Übermut. Da fahren sie schon den berühmten Hügel hinunter. Man kann ihnen dann noch das Benutzen des Sessellifts zeigen und auch während dieser Fahrt ein wenig verbales Lokalkolorit einflechten. Zu Phil habe ich gesagt: Dort unten ist die Buachau-Hittn. Phil hat versucht, den österreichischen Dialekt nachzuahmen, »book-how-hittin'«, und wir haben beide sehr lachen müssen. Auch darüber, dass er vermutlich ja ein musikalisches Gehör hat und im Österreichischen dann doch so danebengreift. Ich rechne es Phil trotzdem hoch an, dass er es zumindest versucht hat. Und dass er eben auch über sich selbst hat lachen können.

Bei jener Talfahrt damals im Sessellift, während derer ich Phils Fangriemen wieder vom Bügel heruntergeflochten habe, hat er mir auch verraten, dass er sich den Humor für seinen Job hat schwer erarbeiten müssen. Seit dem Ausstieg von Peter ist Phils Band unvergleichlich erfolgreicher gewesen, aber mancher Fan, und vor allem die Kritik, hat ihr die Abwendung vom Prog-Rock nicht verzeihen können. Phil hatte sich ja vom Drummer zum Leadsänger entwickeln müssen, und das hat die Band erst groß gemacht. Sie haben Welthits geschrieben, und Phil hat später für seine Kompositionen sogar einen Oscar bekommen. Aber manchmal reicht das alles nicht.

Phil hat es all die Tage nicht aufgegeben, sich elegant in die Kurven zu legen, und doch ist er dabei jedes Mal nur im Schnee gelandet. Kann sich jemand daran erinnern, wie er und die zwei anderen aus Phils Band damals auf dem Sender MTV durchs Video gestiegen sind? So mit roboterhaft angewinkelten Armen und steifen Beinen? Ja, genau so ist Phil in seiner Schimontur und den Hardboots den Hang hinaufgeklettert, das Brett in der Hand. Und weil ihn im Schioverall niemand als den berühmten Sänger erkannt hat, hat er auch kaum Freundschaften auf dem Berg knüpfen können.

Im Jahr 1991 hatte er ja *I can't dance* gesungen – und das hat leider auch wirklich gestimmt. Er konnte überhaupt nicht tanzen. Wir sind jeden Abend nach dem Snowboarden in die Buchauhütte eingekehrt und haben bei *Hölle, Hölle* von Wolfgang Petry mitgegrölt und dazu getanzt. »Einer geht noch, einer geht noch leicht«, haben die Leute dazwischen intoniert und Phil dabei mit Jacky-Bull zugeprostet. *Dance into the light* ist ja 1996 gerade in den Hitparaden gewesen, aber wenn es beim Après-Ski gespielt worden ist, ist Phil jedes Mal sofort aufs Klo gerannt oder hat bloß ungerührt den Einheimischen dabei zugesehen, wie sie ins Licht tanzten oder Tequila mit Zimt und Orange aus dem Nabel der Kellnerin schlürften. Trotz des Erfolges von *Dance into the light* hat Phil Presseberichte verkraften müssen, in denen Sätze geschrieben standen wie: »Even Phil Collins must know that we all grew weary of Phil Collins.« Selbst Phil hätte demnach wissen müssen, dass man seiner überdrüssig geworden war. Kein Wunder, dass er sich jeden Abend beim Après-Ski hat volllaufen lassen, bis es wieder hell geworden ist.

Bei unserer dreimal zu langen Liftfahrt hat Phil dann die Melancholie gepackt. Dass er am Vorabend zu viel Jacky-Bull getrunken und daher auch zu wenig Schlaf für einen aktiven Tag auf dem Berg gehabt hat, mag seinen Teil dazu beigetragen haben. Wohl auch die Tatsache, dass seine Ehe mit Jill gerade erst in die Brüche gegangen war. Lily Collins war da erst sieben

Jahre alt, und Phil hat sich gerade wegen seiner Tochter viele Vorwürfe gemacht. Die herrliche Aussicht auf den Sonntagskogel hat da auch nicht mehr geholfen. Ich selbst hab zu dieser Zeit auch noch nicht wissen können, dass er später noch Orianne treffen wird, und noch viel später Dana. Und dass Lily einmal als Schauspielerin erfolgreich sein wird, und als Model und als Kolumnistin. Vielleicht ist es aber auch gut, dass ich ihn damit noch nicht hab trösten können, sonst hätte ich ihm auch das mit seinem bald ertaubenden linken Ohr sagen müssen. Ich hab eher versucht, ihn mit technischen Details abzulenken und ihm zum Beispiel erzählt, dass seine Bindung nicht *regular*, sondern *goofy* ist, weil sein rechter Fuß beim Fahren vorne steht. Oder dass meine Bindung in einem steilen Winkel steht, sodass ich mit meinem asymmetrischen Race-Board »Oxygen Kr 59« carven kann. Phil hat daraufhin gesagt, dass er glaubt, bei Frauen und bei Bindungen mehr der Freestyler zu sein, und dass er einmal ein Board mit Softbindung haben will, mit dem er kleine Tricks und Sprünge wird machen können.

Yeah, hang loose!, habe ich gerufen und von meiner Faust den Daumen und den kleinen Finger weggestreckt, um Phil den Boarder-Gruß beizubringen. Phil hat mir die Hand entgegengehalten und auch *hang loose* gemurmelt, aber unter seinen Fäustlingen hat er die Finger nicht einzeln auseinanderstrecken können, um den Gruß sichtbar zu zeigen. *I missed again*, hat er dann leise gesagt. Ach, Phil, habe ich geantwortet und ihn kameradschaftlich in die Schulter geknufft. Und dann: Bügel hoch! Festhalten, Phil! Die Nose des Snowboards hochhalten, sobald wir bei der Bergstation ankommen! – Jetzt den hinteren Fuß auf das Rutschpad stellen. *Very good, very good!* Und Phils schmale Lippen haben sich zu einem stolzen Lächeln geformt.

Ich muss zugeben, Phil ist, bevor ich ihn kennengelernt habe, für mich unter allen Popmusikern der unsympathischste gewesen. Als wir aber die Tage am Berg verbracht haben, habe ich auch seine verletzliche Seite gesehen. Klar, er hat in seinem Leben viel

Mist produziert, sogar sehr viel Mist, aber ich muss zugeben, *In the Air Tonight* ist eigentlich ganz ordentliches Handwerk. Und bei *Sussudio* zeigt Phil auch seine funkige Seite. *A Groovy Kind of Love* kann man auch gelten lassen. In der Buchauhütte damals am Ende des Abends, in der Engtanzphase, ist das schon okay gewesen.

Ich sehne mich nach Après-Ski

Ich sehne mich nach Après-Ski, ich sehne mich nach der Oberhinterleiten-Alm bei uns in den Bergen, ich sehne mich nach einem rot-weiß-rot-glänzenden Schianzug und schweren Schischuhen. Ich sehne mich nach dem Alois von der Schischule, der uns Schilehrer und Snowboardlehrerinnen am Morgen gleich mit einem beherzten »Schi Heil!« begrüßt. Ich sehne mich nach einem Tagesbeginn mit Morgensport auf 1700 Metern Seehöhe, dort oben bei der Bergstation vom Oberhinterleiten-Lift – also bei der Gondelstation von der Panoramabahn vom Oberhinterleiten-Lift, nicht daneben beim Sessellift, der zwar auch Oberhinterleiten heißt, aber eben Oberhinterleiten-Sessellift. Ich sehne mich nach dem Dehnen meiner Sehnen und dem Strecken meiner Muskeln, man muss aufgewärmt sein für die Arbeit auf dem Berg und stark, um den ganzen Tag über durchzuhalten: um die Anfänger aus dem Schnee hochzuziehen bis mittags, um dann einzukehren in die Oberhinterleiten-Alm, in den Mittagsbereich, wo es Pommes gibt und Schnitzel und Gulasch, aber auch Buchstabensuppe und Germknödel und ein Schiwasser. Um dann nachmittags mit den Gästen schon erste Bogen zu fahren, den Hang hinunter, den Übungshang neben der Bergstation, wo man später dann den Sessellift nehmen wird, um zum Schlepplift zu gelangen. Aber das ist nichts für Anfänger. Und nach 16 Uhr, also 4 p.m. für die Gäste aus dem nichtdeutschsprachigen Ausland, hineinzustolpern in die Oberhinterleiten-Alm zum Après-Ski. Ich sehne mich nach Après-Ski und einem Jacky-Bull, das wir weg-exen, und dann spielt der Roli das *Hölle, Hölle* und wir liegen einander in den Armen beim Après-Ski.

Ich sehne mich nach Après-Ski und dass der Roli mir ins Ohr flüstert, dass er bei *Atemlos* immer an mich denken muss, und dass er gleich kotzen gehen muss, nicht meinetwegen, sondern wegen der Jacky-Bulls und dem Flügerl. Ich umarme den Roli und habe oben meinen Pulli an und unten noch meine Schilehrer-Montur in Rot-Weiß-Rot, und von meinen Schischuhen platscht der graue Schnee jetzt auf den Tanzboden und wird zu einer schwarz-braunen Pfütze, deren Wasser jedes Mal auf unsere Schihosen spritzt, wenn der DJ den Beat verstärkt und wir zu springen beginnen. Da spielen sie plötzlich, nämlich nicht der DJ von der Oberhinterleiten-Alm, der ja der Roli ist, sondern der DJ vom »Scheunenhof vier Sterne Ressort, Ihr Winterparadies«, der für den Roli übernommen hat, *Atemlos*, und der Roli möchte jetzt mit mir »durch die Nacht« engtanzen, statt aufs Klo zu laufen, und wir tanzen eng und der Roli küsst mich leidenschaftlich und schmeckt nach Kelly's-Snips und nach Jacky-Bull und Flügerl. Wir fliegen! Das ist der Geschmack von Après-Ski, und nachher gehen wir noch in den »Scheunenhof vier Sterne Ressort, Ihr Winterparadies«, wo die Kinder vom Hotelbesitzer den Schlüssel zum Schistall unten und zur Sauna haben, wo sie dann einen Saunaaufguss mit Sliwowitz machen wollen. Dem Roli geht es schon viel besser, und er macht ein geniales Wortspiel mit Witz und Sliwowitz, über das wir alle so laut lachen müssen, dass die deutschen Urlaubsgäste echt komisch zu uns herüberschauen. Das gibt es halt wirklich nur beim Après-Ski! Ich sehne mich nach Après-Ski und nach dem nassen Schweiß beim Tanzen in schweren Schischuhen.

Ich sehne mich nach Après-Ski und nach der Deko im »Scheunenhof vier Sterne Ressort, Ihr Winterparadies«. Ich sehne mich nach dieser Hütte, die extra unterirdisch gebaut worden ist, also diese Fassade einer Hütte, dort unten, wenn man vom Schistall Richtung Sauna geht, wo früher die Tiefgarage gewesen ist. Ich sehne mich nach dem lustigen Plastik-Igel im Trachtenjanker, der zum Fenster der Hütte herausschaut und auf dessen T-Shirt unter dem Trachtenjanker geschrieben steht: »Ich trinke, also bin ich«, und der einem so philosophisch zuprostet, wenn man ihm eine Münze vorne in den Latz der Lederhose steckt. »Prost, prost, prost, dass die Gurgel nicht verrost'.« Und da weiter hinten ist auch schon das Schild, auf dem es heißt: »Hier geht's zum Après-Ski«, und Après ist geschrieben wie »Aprés« oder »Apre's«. Es ist unser »Apre's Ski«, und deswegen sehne ich mich danach. Die Hütte mit dem Plastik-Igel in der ehemaligen Tiefgarage vom »Scheunenhof vier Sterne Ressort, Ihr Winterparadies« ist jetzt tief verschneit vom glitzernden Sprühschnee aus der Dose, und wir stapfen glücklich und betrunken Richtung Kellerdisko, vorbei an der Sauna, in die jetzt keiner mehr hineinwill, weil der Sohn vom Hotelier große Töne spuckt und behauptet, er habe vorhin dort »hineingeschifft«. Ich weiß, dass sich der Sohn das niemals trauen würde, weil ihm sonst sein Vater das Taschengeld striche und er seine Motocross Kawasaki KX250 nicht mehr fahren dürfte für mindestens eine Woche. Kommt, wir gehen Après-Ski! – Wo bleibt denn der Roli jetzt wieder?

Ich sehne mich nach Après-Ski, sage ich und torkle zum Eingang der Kellerdisko vom »Scheunenhof vier Sterne Ressort, Ihr Winterparadies«. Lieber Après-Ski als gar kein Sport!, ruft uns gleich der Barkeeper zu, wie jeden Abend, wenn er uns kommen sieht. Und er bildet, wie jeden Abend, auf dem Tresen für uns eine Reihe aus zehn kleinen Shot-Gläsern, in die er jetzt aus einem Meter Höhe mit einer blauen Flüssigkeit hineinzielt. Kamikaze!, schreit der Sohn vom Hotelbesitzer, der nachts angetrunken manchmal noch auf seiner Kawasaki KX250 in den Nachbarort fährt, beschleunigt und beschleunigt, wenn die Bundesstraßen fast leer sind, und dann nimmt jeder von uns einen Kamikaze, und der Barkeeper feuert uns an mit: Ex oder nie mehr Sex! Und wir haben einen Kreis gebildet und rufen alle: Zamm, zamm, zamm!, und strecken unsere Arme in die Mitte und schlagen die Gläser gegeneinander, dass es blau auf unsere Pullis und T-Shirts spritzt, und dann exen wir den Kamikaze, und der Barkeeper klettert auf den Tresen und grölt: Mund auf!, und dann lädt er nochmal mit einer Ladung Wodka nach bei jedem von uns. Danke, Guggi, rufe ich, denn ich habe mich mit Guggi dereinst gutgestellt. Après-Ski hat uns einander nahegebracht. Der Guggi übertreibt es aber jetzt und will seine Zunge in meinen Hals stecken, aber ich sage, ich bin mit dem Roli da, und dann drehe ich mich um und zweimal um die eigene Achse und will schauen, wo der Roli bleibt. Hat Après-Ski uns auseinandergebracht? Der Guggi antwortet: Après-Ski hat uns hart gemacht gegen die Enttäuschungen des Herzens, und dann spielt er nochmal *Atemlos*. Ich sehne mich nach Après-Ski in den Bergen, nach den schwedischen Schilehrern in der Tenne schon nachmittags und nach den britischen Gästen am Morgen danach, denn nach dem Après-Ski ist vor dem Schikurs und vor einem neuen Arbeitstag auf 1700 Metern Seehöhe.

Ich sehne mich nach Après-Ski, ich sehne mich nach dem Blausein vom Kamikaze-Shot, ich sehne mich nach dem Dunst einer Dorfdisko, ich sehne mich nach Bizepsmessen und Trinkspielen, ich sehne mich nach einem Zungenkuss vom Roli, aber der Roli schlürft jetzt Tequila aus dem Bauchnabel der Monika, und der Guggi dreht noch einmal richtig laut auf, weil er als Barkeeper jetzt auch den Dreh-Regler vom CD-Player übernommen hat, er spielt jetzt *Schifoan*, und alle singen mit. Da schaltet der Guggi plötzlich auf stumm und singt dazwischen: Einer geht noch, einer geht noch leicht!, und dann reicht er uns die ganze volle Wodkaflasche über den Tresen, und jeder darf jetzt daraus trinken, so viel er will. Der Sohn vom Hotelbesitzer wirft mit großen Scheinen um sich, er will der Monika einen eingerollten Schein in den Busenschlitz stecken, aber die Monika dreht sich weg und sagt: Fahr ab damit zu deinen Buben im Nachbarort. *Some girls are ladies* läuft dann im CD-Player, und der Sohn will dazu mit mir engtanzen, aber ich will ihn auch nicht, und so setzt er sich in Jetski-Hose und Schischuhen auf den nassen Boden der Kellerdisko und heult Rotz und Wasser, was aber keiner sehen kann, weil es unten so dunkel ist und oben die Diskokugel einen Stroboskopeffekt an die Decke zaubert, wie es nur das Après-Ski kann und der Sternenhimmel in den Alpen, wenn die Luft glasklar ist und eiskalt. Nachdem alle gegangen sind, wird der Sohn noch verdroschen, und später wird keiner wissen, wer es gewesen ist. Der Roli ist auf der Monika eingeschlafen zwischen den Zapfhähnen und den ungewaschenen Gläsern, und der Guggi ist schon zur Talstation von der Panoramabahn von der Oberhinterleiten-Alm gefahren, wo seine Schicht als Pistenraupenfahrer und Liftwart gleich beginnt. Nur der Plastik-Igel im Trachtenjanker prostet in mechanischer Dauerschleife nochmal allen zu, jemand hat ihn mit ein paar Münzen gefüttert. Ich sehe, wie die Sonne aufgeht, und sage: Ich sehne mich nach Après-Ski, so klar wie heut war mir das nie.

Als Britney uns besuchen kam

Es war jenes Weihnachten, an dem plötzlich Britney aufgetaucht ist. Ich war gerade dabei, die Schachtel mit den Kugeln und den Anhängern für den Baum vom Dachboden zu holen, als meine Mutter von unten her rief: Hier kommt jemand, Teresa, hier kommt jemand. Ich reagierte zuerst nicht darauf, bis meine Mutter wieder nach mir rief: Da steht jemand im Garten!

Ich nehme die Kiste mit dem Weihnachtsschmuck und gehe ein Stockwerk tiefer, wo ich meine Mutter am Fenster stehen sehe. Da steht jemand, sagt sie noch einmal, schau doch, mitten im Garten. Ich stelle mich neben sie und schaue aus dem Fenster. Pscht, ruft meine Mutter, jetzt hat sie uns gesehen!

Es ist eine junge Frau, die in unserem Garten steht, tatsächlich, mitten im Schnee. Duck dich!, zischt mir meine Mutter ins Ohr und geht selbst in die Knie. Jetzt sind ihre Augen auf der Höhe des Fenstersimses. Ich ducke mich nicht, sage ich zu meiner Mutter, das hätte ich im Übrigen auch früher schon mal sagen sollen. So rage ich in voller Lebensgröße am Fenster auf und sehe in den Schnee hinaus. Eine junge Frau steht dort und scheint, es ist ja unser Garten, wie verloren. Ein Weihnachtsengel vielleicht?, sage ich zu meiner Mutter. Du machst nicht auf!, ruft meine Mutter. Nein, aber ich gehe jetzt nach unten und frage sie, ob sie sich verlaufen hat. Ich hab jetzt keine Zeit, sagt meine Mutter noch einmal eindringlich. Ich will keine Gäste.

Ich ziehe mir den Mantel an, schlüpfe in die Winterstiefel und trete vors Haus. Die junge Frau sieht mich und stapft mir durch den hohen Schnee entgegen. Sie trägt ein glitzerndes Bühnenkostüm und Pumps, die definitiv nicht für einen Winterspaziergang gemacht sind. Sie muss ein Engel sein, denke ich, sonst würde sie jetzt frieren. Ich steige ihr durch den Schnee entgegen, und sie stapft weiterhin, nein, stöckelt vielmehr und lacht dabei entschuldigend, als wolle sie jetzt schon mit einem Lächeln erklären, was sie hier zu suchen habe. Aber du bist doch ein Engel, denke ich noch einmal, ihr jedes Recht, hier zu sein, zusprechend, und ich sehe jetzt, als sie näher kommt, ihr Gesicht ganz deutlich. Britney?

Ich muss ziemlich laut, das klang wohl mehr schockiert als erfreut, das Wort Britney gerufen haben. Denn nun kommt auch meine Mutter aus der Deckung, hat das Fenster aufgerissen und ruft aus dem ersten Stock: Was ist los? Wer ist sie denn? Ich drehe mich zu ihr um und rufe: Mutter, es ist Britney! Welche Britney?, ruft meine Mutter. Na, Britney. Die Britney! Die Tochter vom Zahnarzt Hofer?, ruft meine Mutter wieder aus dem ersten Stock. Aber nein, Mutter, es ist Britney. Britney, die Sängerin. Während des gesamten Hin und Hers zwischen mir und meiner Mutter steht Britney vor mir und lächelt weiterhin entschuldigend. Britney Kerschbaumer?, höre ich meine Mutter, jetzt leiser, aus dem Fenster gelehnt, fragen.

Britney, sage ich noch einmal und falle Britney um den Hals. Etwas anderes fällt mir in diesem Moment nicht ein. Und während ich mich langsam fasse, frage ich sie endlich: Britney, was machst denn du da? *Surprise!*, ruft Britney und wirft ihre Hände showgirlmäßig in die Luft, und dann fragt sie mich, ob ich mit ihr ein Selfie machen will, nämlich, *to be precise*, ob wir ein Selfie im Haus machen wollen, denn sie wolle sich kurz aufwärmen, bevor sie weiterziehe. Na klar, Britney, sage ich. Die kommt mir nicht ins Haus!, ruft meine Mutter aus dem ersten Stock herunter. Aber Britney kann kein Deutsch und winkt meiner Mutter freundlich zu und ruft: *Merry Christmas!*

Im Hausinneren angekommen, frage ich sie, ob sie auf Tour sei. Und ob sie jetzt bei jedem zu Weihnachten vorbeischaue? Einfach so, als versöhnliche Geste? In etwa, sagt Britney auf Englisch, und ob ich eine Decke hätte. Selbstverständlich, *awfully sorry*, Britney, rufe ich, nun meinerseits mit einem Lächeln. Ich nehme sie an der Hand und geleite sie hinter mir die Stiegen hinauf in den ersten Stock, wo uns schon meine Mutter entgegenstürmt. Wer ist das?, fragt meine Mutter. Hast du die eingeladen? Nein, Mutter, ich kann doch nicht Britney einladen, sage ich. Wie soll denn das gehen? Na ja, sagt meine Mutter, wieso ist sie dann jetzt hier? Na, der Himmel hat sie geschickt, sage ich. Eine andere Erklärung habe ich nicht.

Meine Mutter bleibt im Stiegenhaus stehen, und ich gehe mit Britney ins Wohnzimmer, wo der Tannenbaum schon in seinem Metallständer darauf wartet, geschmückt zu werden. Wie es Tannenbäume so an sich haben, sage ich zu Britney, die aber natürlich nicht weiß, wovon ich jetzt spreche. *Ah, Christmas Tree*, sagt Britney und zeigt auf das Bäumchen. *Yes*, sage ich. Ich hole eine Decke und wickle Britney damit ein, denn Britney ist kein Engel und hat tatsächlich gefroren. Ich sehe es an den kleinen blauen Zehen, die aus ihren Pumps ragen. Bibber, bibber, sage ich zu Britney. Britney guckt mich fragend an. *Shiver*, sage ich. *Yeah, it's damn cold outside*, sagt Britney. Du solltest dich wärmer anziehen, wenn du hier von Haus zu Haus tourst, sage ich und laufe in die Küche, um Tee für Britney zu kochen.

Wer ist die Frau?, flüstert meine Mutter, die mir nachgekommen ist. Das ist Britney, Mutter, diese Teenie-Pop-Ikone aus den frühen Zweitausendern. Also *die* Teenie-Pop-Ikone. Beim Wort »die« sehe ich meiner Mutter streng in die Augen. Ich will, dass sie Britney gut behandelt. Ach, die Teenie- Pop-Ikone, sagt meine Mutter spöttisch, und ich merke, sie hat keine Ahnung, wer hier unterkühlt und zitternd bei uns im Wohnzimmer sitzt und auf eine Tasse Tee wartet. Wie lang bleibt sie?, fragt meine Mutter. Aber das weiß ich doch nicht, rufe ich und gehe zurück ins Wohnzimmer mit einer Tasse Gewürztee und einer Schale Kekse für Britney.

Britney sitzt auf dem braunen Ledersofa und hat nun schon wieder etwas mehr Farbe im Gesicht. Sie nimmt einen Schluck

Tee und sortiert die kreisrunden Kekse aus, um sogleich die sternförmigen in den Mund zu stecken. Ja, das dachte ich mir, dass Britney auch die sternförmigen lieber hat. Meine Mutter kommt jetzt ins Wohnzimmer und setzt sich in den Fauteuil gegenüber von Britney. Ihr Blick fällt auf die Wasserpfütze, die sich unter Britneys Schuhen gebildet hat und die wohl auch das Ledersofa nicht verschonen wird. Aber sie sagt jetzt nichts, vielleicht kommt ihr das Gesicht der jungen Frau mit den blonden Zöpfen und der solariumbraunen Haut nun doch ein wenig bekannt vor. Britney deutet auf das Familienfoto, das an der Wand hängt, und sagt: *Nice family*. Meine Mutter sagt nichts. *Where is Dad?*, fragt Britney jetzt. Meine Mutter antwortet wieder nicht, stattdessen sagt sie zu mir, dass sie trotz Britneys Besuch darauf bestehe, dass ich jetzt den Baum schmücke.

Ich frage Britney, ob sie noch Hunger habe, doch sie verneint mit Hinweis auf die schlanke Linie, die es zu halten gelte. Aber zu Weihnachten!, rufe ich. *Even then*, sagt Britney. Das Showbusiness verzeiht keine Fehler. Hm, sage ich. Dann stehe ich auf und öffne die Kiste mit dem Weihnachtsschmuck. In Luftpolsterfolie ist darin alles seit dem letzten Weihnachten sorgsam verpackt. Ich nehme jedes Ding in die Hand, entferne die Verpackung, lege es vor mir auf den Teppich. Vögel sind da zu sehen, unzählige. Alte und neue aus Glas, silberfarben und bunt bemalt. Außerdem ein kleiner Schneemann aus den fünfziger Jahren, mit blauer Kappe und Pfeife im Mund. Ein bisschen sieht er aus wie angezuckert. Dann noch Strohsterne, kleine rotlackierte Äpfel aus Pappmaché, ein silberner Spitz für den obersten Tannenwipfel als Krönung. Gelbe Kerzen aus Bienenwachs, Kerzenhalter aus Metall in Fischform, außerdem Lametta, das noch von unserer Großmutter übrig geblieben ist. Das nimmst du nicht, das kitschige Lametta, sagt meine Mutter, just in der Sekunde, als Britney von ihrem Platz am Sofa auf- und begeistert Lametta rufend mir entgegenspringt. Und natürlich dem Tannenbaum, der darauf wartet, geschmückt zu werden. Ich sehe meine Mutter fragend an. Meine Güte, von mir aus, sagt meine Mutter missmutig. *So, your Dad?*, fragt Britney noch einmal. Ob sich Britney bei allen ihren Hausbesuchen dem einzelnen Menschen so widmet, frage ich mich. Mein Dad, sage ich, der ist jetzt im ewigen Schnee. Oder wo die singenden Engel wohnen. Oder dort, wo die Zimtsterne für immer leuchten. Hm, sagt Britney. Sie umarmt mich jetzt. Das wirkt unecht, aber es fühlt sich trotzdem okay an. Wollen wir die Vögel auf die Äste setzen?, frage ich sie. *Sure*, sagt Britney und macht sich umstandslos ans Werk. Nicht zu viele, sage ich. Und dann sage ich: Ach, eigentlich egal. Nimm so viele wie möglich, Britney. Und Britney nimmt so viele wie möglich. Das war zu erwarten. Sie wäre nicht die Teenie-Pop-Ikone der frühen zweitausender Jahre, wenn sie nicht auch noch ordentlich Lametta auf das Bäumchen hängen würde. Um Himmels willen!, ruft meine Mutter, als sie das Ergebnis sieht. Das Ergebnis ist jedenfalls ein Tannenbaum, der nicht mehr darauf warten muss, geschmückt zu werden. Meine Mutter schluckt, wirft mir einen bitterbösen Blick zu und setzt sich dann ohne jeden weiteren Kommentar zu uns auf den Teppichboden. Britney, sage ich jetzt. Britney, wieso bist du gekommen? Ach, sagt Britney nach einiger Überlegung, ich wollte ein paar Leuten helfen, ihren Weihnachtsbaum zu schmücken. Ihr Europäer, ihr macht das immer so dezent. Und dann beneidet ihr uns. Wen, euch?, frage ich. Na, uns eben, sagt Britney. Ist dein Besuch ein Werbegag für deine neue Single, Britney?, frage ich sie. Britney sieht mich beleidigt an. *Of course not*, sagt Britney. Hm, sage ich. Euch fehlen die rot-weißen Zuckerstangen, sagt Britney jetzt. Und Rudolph! Und der Mistelzweig fürs Küssen. Und die lustigen Weihnachtspullover! Und die roten Socken über dem Kamin! Wir haben Lebkuchen, mischt sich jetzt wieder meine Mutter ein, die mache ich nach altem Rezept. Mit dunkler Schokolade, Pistazien und Arancini. Selbstgemacht, nicht gekauft, betont meine Mutter noch einmal und läuft, nun ehrgeizig geworden, in die Küche, um Britney ein paar ihrer berühmten Lebkuchen zu servieren. Und Britney weiß, dass sie jetzt nicht an ihre Linie denken, sondern einfach zugreifen muss. Na?, fragt meine Mutter. Britney kaut. Na?!, fragt meine Mutter noch einmal. *Awesome!*, ruft Britney mit vollen Backen. Meine Mutter wirkt zufrieden. Vielleicht das erste Mal seit Tagen. Und du, fragt Britney mich jetzt, was magst du an Weihnachten? Ich mag gar nichts an Weihnachten, sage ich und stecke noch die letzten Kerzen in ihre Halterungen. Du magst gar nichts? An Weihnachten? Ich hasse Weihnachten, sage ich. *Oh Dear*, seufzt Britney. Dann bist du *Grumpy Smurf*. Wer bin ich?, frage ich. *Grumpy Smurf*. Du bist der Hassschlumpf. Ja, sage ich. Ich bin der Hassschlumpf. Oh, Baby, Baby, sagt Britney traurig. Oh, Baby, Baby. Ich hole jetzt das Wachsjesuskind aus der Weihnachtskiste und lege es mit Stroh in eine kleine Krippe. Daneben platziere ich zwei Schafe, die aus Stein gemacht sind. Eines hat zusätzlich geschwungene Hörner aus Metall. Dann stelle ich noch das Glöckchen unter den Baum, mit dem wir immer geläutet haben, wenn das Christkind seinen Dienst getan hatte und die Bescherung beginnen konnte. Worauf warten, wenn doch heute Britney da ist? Ich nehme das Glöckchen in die Hand und bimmle. Meine Mutter reagiert nicht darauf, stattdessen sieht sie Britney an und sagt: Und woher kommen Sie, wenn ich fragen darf? Britney erzählt uns jetzt die Geschichte ihrer Weltkarriere. Von der Entdeckung als Kinderstar über den riesigen Erfolg mit ihrer ersten Platte, als sie gerade einmal neunzehn Jahre alt gewesen ist. Die ist fast gleich alt wie du, sagt meine Mutter dazwischen und sieht mich kritisch an. Als wollte sie sagen: Siehst du, so erfolgreich ist diese Britney. Achtundzwanzig Millionen Mal verkauft, sagt Britney. Siehst du, sagt meine Mutter zu mir: Achtundzwanzig Millionen Mal. Und dann erzählt Britney von ihren Ehemännern, ihren Kindern, ihren Scheidungen, ihren Klinikaufenthalten, ihren Zusammenbrüchen, vom Kuss mit Madonna, von dem Tag, als sie sich eine Glatze rasierte und sich tätowieren ließ. Siehst du, sagt meine Mutter jetzt wieder zu mir, so toll ist das alles auch nicht. Meinst du, diese Britney will noch mit uns in die Kindermette gehen? Frag sie doch selbst, sage ich. Und wieso machen Sie jetzt diese Hausbesuche?, fragt meine Mutter Britney. *Frankly*, sagt Britney. *Frankly*, und jetzt kommt der älteste Witz dieser ganzen Geschichte, ehrlich gestanden hat mich mein Manager Larry nach Australien schicken wollen. Aaah!, rufen meine Mutter und ich beide lachend. Nur weil der Witz alt ist, heißt das nicht, dass sich die Amerikaner mit der Unterscheidung von Austria und Australia nun leichter täten. Eben, sagt Britney und nickt zustimmend. Und so, in Österreich gelandet, ist sie vom Airport Salzburg aus einfach einmal losgefahren, und das Navi hat sie, Zielort Australien, Richtung Süden in unseren Garten geleitet. Das Benzin war schon lange aus, und Larry wegen Weihnachten und Family ohnehin keine große Hilfe. Obwohl er unterm Jahr der Beste ist, aber zu Weihnachten, seufzt Britney. Ja, zu Weihnachten spinnen alle, sage ich, noch halb in meiner Rolle der schlechtgelaunten blauen Comicfigur.

Wollen wir die Kerzen anzünden und etwas singen?, fragt Britney jetzt. Okay, sage ich. Meine Mutter schnellt hoch und summt sich schon ein. Ihre Tendenz geht Richtung Stille-Nacht-heilige-Nacht und Ihr-Kinderlein-kommet. Aber da hat sie nicht mit Britney gerechnet. Britney ist ihrerseits aufgesprungen und stimmt im Brustton der Überzeugung samt Kopfstimme eine Arie von Whitney Houston an. *One Moment in Time*. Als sie fertig ist, sagt meine Mutter, das sei aber nicht sehr weihnachtlich. Um dann anzufügen, Britney habe aber zugegebenermaßen Talent. Mit ein bisschen klassischer Bildung könne aus ihr noch etwas werden. Ihr könnt doch was zusammen machen, sagt meine Mutter dann zu mir und sieht mich aufmunternd an. Hm, sage ich. Und Britney sagt auch: Hm.

Dann packen wir die Geschenke aus. Britney ist es sehr unangenehm, dass sie keine Geschenke dabeihat, also läuft sie noch einmal in den Schnee hinaus und holt aus dem Kofferraum zwei

CDs für uns. *Baby One More Time* und *Oops! ... I Did It Again*. – *You did what again?*, fragt meine Mutter. Ach, egal, sagt Britney. Man tut ja vieles *again*, sagt meine Mutter konziliant. Ja, sagt Britney. Und wieso singen Sie in Ihrem Lied: *Hit me one more time?* Das ist metaphorisch gemeint, antwortet Britney und nimmt sich jetzt eines der kreisrunden Kekse aus der Schale. Wollen Sie noch eine Tasse Tee, bevor wir in die Kindermette gehen?, fragt meine Mutter. *No, thanks. That's so lovely*. Aber sie müsse dann langsam auch los, immerhin habe sie Verpflichtungen in Australien. Ein ganzes Weihnachtskonzert mit Santa und Modenschau mit Engeln in Unterwäsche. Sie werde *My Only Wish (This Year)*, ihren Christmas-Song, performen. Ein Feuerwerk sei auch geplant, Kostümwechsel, Bühnenshow, Backgroundsänger. Viel nackte Haut. Das ist aber nicht sehr weihnachtlich, sagt meine Mutter. Aber interessieren würde sie das schon einmal, so ein großes Konzert in einem Stadion. Wir sollen nächstes Jahr kommen, sagt Britney. Da trete sie mit derselben Show in Vegas auf.

Und dann ist es auch Zeit aufzubrechen. Britney bekommt die Decke mit auf den Weg und eine Thermoskanne mit heißem Tee, außerdem die restlichen kreisrunden Kekse. Die hat sie eh schon alle mit ungewaschenen Händen angetapst, sagt meine Mutter zu mir, während sie das Survival-Paket für Britney packt. Dann steckt sie noch den alten Autoatlas von meinem Vater dazu. Braucht eh kein Mensch mehr, sagt meine Mutter. Danach ziehen auch wir uns warm an, in der Kirche ist es ja immer so kalt, dass man sich fast den Tod holt. Socken, Strumpfhose, Stiefel, Hose, Pullover, Mütze, Schal und Anorak. Hast du alles? Ich hab alles. Gut, dann bringen wir jetzt Britney noch zum Auto. Zu dritt bahnen wir uns den Weg durch den Schnee. Britney stöckelt, wir stiefeln. Es ist kalt, und ich hasse Weihnachten. Wir umarmen Britney und beteuern, dass wir einander im nächsten Jahr wiedersehen werden. Unser aller Atem steigt als gemeinsame Dunstwolke in die eisige Winterluft. In der Kirche sitzen die Leute schon in den Bänken, die sonst unterm Jahr unbenutzt bleiben. Die Kinder sind aufgeregt und lästig. Wir finden keinen Platz und verfolgen den Gottesdienst stehend aus der hintersten Reihe. Nach der Messe stellen wir uns mit allen Kindern vorne beim Altar an, wo ein ganzes Bergpanorama im Miniaturformat aufgebaut ist, darin die Hirten und die Schafe, die Könige und das Paar Josef und Maria. Ein Wachsjesuskind liegt auch hier in der Krippe und hebt die Hand zum Gruß. Oh, Baby, Baby, sage ich und winke ihm zu. Oh, Baby, Baby.

Im Zug

Wer in einem Zug sitzt oder in einem Flugzeug, mag leicht den Eindruck gewinnen, der Verschränkung von Raum und Zeit in besonderer Weise gewahr zu werden. Der heitere Gedanke drängt sich auf, man müsse bloß einsteigen und wäre bereits mit dem Antritt einer Reise umstandslos angelangt am Zielort. Zum einen suggeriert das Einnehmen des Sitzplatzes schon so etwas wie Ankommen, zum andern wird das Vergehen der Zeit und das Bewegen im Raum während der Fahrt manchmal nicht mehr registriert: Oft ist es draußen schon dunkel, oder man hat schlicht vergessen, aus dem Fenster zu sehen. Die Schneelandschaften sind umsonst und für niemanden vorbeigezogen, stattdessen hat man geschlafen, gelesen oder auf den Computermonitor geschaut, arbeitend und Arbeit vortäuschend.

Plötzlich hält der Zug an, plötzlich wird die Landung eingeleitet. Verschlafen, verdutzt und überrascht steigt man aus und befindet sich an einem neuen Ort. Der Weg dorthin, Dauer und Strecke, liegt im Nebel. Der Eindruck entsteht, dass Zeit und Raum in der eigenen Wahrnehmung abhandengekommen sind, dass die Landungen plötzlich sind, dass die Wege überraschend enden, dass ein Ziel erreicht ist, ohne dass man sich darauf hat vorbereiten können – so scheint uns mitunter die Gegenwart. Eben sind wir noch im Großraumabteil eines Zuges gesessen, auf uns zugewiesenen Sitzplätzen, die fest verankert waren in diesem Gegenwartsbauch oder -schlauch. Was draußen vor den Fenstern, während wir rasten, ohne uns zu rühren, vorbeigezogen ist, haben wir nicht gezählt. Die Abfahrt liegt bereits in der Vergangenheit, die Ankunft noch in der Zukunft.

Einmal während einer solchen Fahrt aber besann ich mich des Augenblicks: Ich erwachte aus der Trance des Alltäglichen, in der alle Tage zusammenfallen zu einem, und verortete mich im Hier und Jetzt. Als würde wirklich eine Stecknadel mit kugelrundem, rotem Kopf mit der Spitze voran raketenschnell in ein Koordinatensystem eingeschlagen sein. Unter den leeren Sitzplätzen der Reihe nebenan lag, wenn ich den Kopf auch etwas nach hinten drehte, um ihn sehen zu können, ein Apfel, der niemandem gehörte. Ich schaute hin, und der Zug raste – nun war ich mir dessen bewusst geworden – vorwärts, und seine Richtung war die Zukunft, und der Apfel wippte leicht nach rechts und nach links, und manchmal drehte er sich auch ein bisschen, ohne dass er fortrollen konnte. Der Apfel, das war deutlich zu erkennen, war die vibrierende, leise tanzende Gegenwart.

Plötzlich war es nämlich dieser Apfel, der durch sein Schaukeln auf das Vergehen der Zeit hinwies, auf das Verlassen der Orte, auf das Verlorengehen und auf das Verrotten und Verfaulen. Ich musste mich, als ich ihn da so wippen und schaukeln sah und er niemandem mehr gehörte, unwillkürlich fragen, wo er wohl gepflückt worden war, von wem in eine Tasche gesteckt, wann herausgefallen und so weiter. So frisch und rot war er noch! So frisch und rot war er, dass ich nun auch ans Ankommen dachte, an die Möglichkeiten und die Zwischenstationen. An alles, was sich pflücken ließ. Ich dachte daran, dass der Apfel ein Ball sein könnte, den wir einander zuwürfen, wenn wir nur endlich ausgestiegen wären und die Weite der Landschaft wieder sähen, größer als zwölf mal zwölf mal zwölf Spielfelder. Ich dachte dabei auch an den süßsauren Geschmack von gepresstem Saft.

Noch einmal drehte ich mich um und neigte meinen Kopf zu den Sitzflächen der Sitzplätze und unter diese hinunter, und der Apfel lag da und war wieder nichts als ein kugelrundes, rotes Ding, das mit den Fahrgästen mitreiste, ein blinder Passagier und eigentlich ein Ding ohne Zugehörigkeit oder Bestimmungsort. Dennoch fuhr er so mit uns mit bis an den Endbahnhof des heutigen Tages. Wahrscheinlich fände sich niemand, der ihn aufheben, waschen und doch noch hineinbeißen würde.

Warum?

Wenn meine finnische Freundin sich ein neues Küchengerät anschafft, ist das niemals ein simpler Kauf, sondern es ist immer eine komplexe Unternehmung. Als sie sich einen neuen Kühlschrank gekauft hat, den sie zusammen mit ihrem Freund oder Mann mittels Rollwagen über den Gehsteig heimtransportiert hat, hat sie beispielsweise, daheim angekommen, feststellen müssen, dass er, aus Gründen, die zu erläutern zu langwierig ist für eine so kurze Geschichte, nicht in ihre Küche passt. Ein andermal, nämlich diesmal, war ihre Anschaffung ein Mixer, mit dem man Smoothies zubereiten kann. Mittels eines Schalters lässt sich, indem unterschiedlich viel Luft in den Smoothie gepumpt wird, die Fluffigkeit des Endproduktes variieren. Meine finnische Freundin war gegen den Kauf des Mixers gewesen, ihr Freund oder Mann hatte aber damit gedroht, nie wieder Mixgetränke zuzubereiten, würde sie dem Kauf nicht explizit zustimmen. Als ich daraufhin meine finnische Freundin in ihrer Wiener Wohnung besuchte, bekam ich, bevor wir zum Genuss von Alkohol übergingen, einen Smoothie serviert. Tomate-Sellerie-Kresse-Luft. Meine finnische Freundin sah mich skeptisch und fragend an. Und sie sah mich traurig an, denn sie ist Finnin, und Finnen müssen traurig gucken, wenn sie einen ansehen. Ich fragte aufmunternd, ob sie sich schon angefreundet hätte mit dem Mixer in ihrer Küche. Nein, sagte sie, sie hätten das Gerät soeben das erste Mal in Betrieb genommen. Ich fragte, ob der Mixer schon einen Namen habe. Meine finnische Freundin verneinte und fragte mich, ob ich einen Namen vorschlagen würde. Ich sagte: Mixi. Meine finnische Freundin lachte und sagte, *miksi* heiße auf Finnisch warum. Und *miksi* sei von allen

Fragewörtern das interessanteste, denn jedes andere Fragewort würde die Möglichkeit einer konkreten Antwort beinhalten. Die Frage nach dem Warum könne man aber stets nur interpretatorisch beantworten. Dann sah sie mich traurig und ernst an, und beinahe hätte ich deshalb gedacht, das neue Küchengerät namens Mixi sei eine philosophische Maschine, in die ich die Fragen der Welt und des Lebens werfen könnte, etwas Luft dazu, mixen und shaken, ein lautes Brummen, und die Antworten auf das Warum würden auf Finnisch dann aus der Trichter-Öffnung fließen: *siksi*, darum.

In einer Bibliothek, in der alles vorhanden wäre, so entwirft sie der Schriftsteller Borges als Idee in einem Essay aus dem Jahr 1939, lagerten auch die Bücher, die bereits eine »detaillierte Geschichte der Zukunft« beschrieben, und es wären beispielsweise auch seine, Borges', »Träume und Halbträume im Morgengrauen des 14. August 1934« dort inventarisiert. Es gäbe Aischylos und James Joyce und »das Lied, das die Sirenen sangen«, es gäbe den »vollständigen Katalog der Bibliothek«, aber auch den »Nachweis der Fehlerhaftigkeit des Katalogs«. In dieser alles umfassenden Bibliothek fände sich auch »die genaue Anzahl der Male, da die Wasser des Ganges den Flug eines Falken gespiegelt haben«, notiert, und mit Sicherheit auch, möchte man diese Liste nun selbst weiterdenken und fortsetzen, die Anzahl der Male, die ein Kind, das am Ufer entlangläuft, sich bückt, um eine frische blaue Blume zu pflücken, sich dann wieder aufrichtet und den Blick nach oben lenkt, wo es den Falken sieht und nun selbst seine Arme ausbreitet, um freihändig über Äste und Steine zu balancieren.

Als das Kind klein war, wurde es an einen neuen Ort versetzt und war, obwohl keineswegs unglücklich, nicht fähig, den dort üblichen Dialekt zu sprechen. Dieser Zustand, Fremdheit wäre ein zu großes Wort dafür, sollte sich über die nächsten Jahre nicht ändern. Das Kind sprach, obwohl es noch nicht lesen konnte, eine Art von Hochsprache, die eher in Büchern zu finden war als im alltäglichen Umgang. Als das Kind dann in die Schule kam, wurde ihm gleich eine Position zugewiesen, die es gegen das Gefühl von Zugehörigkeit eintauschen wollte. Einmal in der Woche sortierte es nachmittags in der Schulbibliothek Bücher, noch bevor es flüssig das Alphabet aufsagen konnte, und lernte so das Buchstabieren. Es konnte bald lesen und bekam die Aufgabe derer zugewiesen, die bei Schulfesten zur Begrüßung ein Gedicht aufsagen. In der schuleigenen Bibliothek verschaffte es sich einen Überblick über den Gesamtbestand, Detektivgeschichten, Märchen und Sagen, Bücher über Räuberbanden und das Hexeneinmaleins, daneben Sachbücher zum Thema Umweltschutz, Grzimeks *Tierleben* und das *Guinness-Buch der Rekorde*, und viele Bände mit trotzigen schwedischen Kindern als Hauptfiguren. Meistens waren noch zwei andere Kinder an der Arbeit in der Bibliothek beteiligt, zu dritt ordneten sie die Rückgaben ein, aktualisierten die Karteikarten, räumten die Leseecke auf und schlugen mit dem Handrücken in die Mitte der dort platzierten Kissen, um sie wieder aufzuplustern. Ein Mädchen, das Karin hieß, war Bibliothekarin. Als Lohn bekamen alle drei am Ende der Stunde je ein Karamellbonbon, das die Lehrerin aus ihrer Schublade hervorkramte.

Als das Kind einmal krank gewesen war, bekam es die Neuerwerbungen aus dieser Bibliothek direkt ans Bett geliefert, las spätnachts mit der Taschenlampe schwitzend unter der Bettdecke und schlief zusammen mit Büchern und Comic-Heften, mit Asterix, Micky Maus und Lucky Luke, ein. In einer zweiten Bibliothek, der Gemeindebibliothek, lieh es sich Bücher aus über reisende Familienchöre oder über die Kaiserin Maria Theresia. Auf fremden Toiletten las es Kalendersprüche und Reader's Digest, in einem Schrank auf einem verstaubten Dachboden fand es einen Band mit germanischen Sagen, gedruckt in Frakturschrift, der ihm nach der Hälfte der Lektüre aus Sorge vor dem schlechten Einfluss abgenommen werden sollte.

Überhaupt kam es später zu Einmischungen, die dem Kind das Lesen vermiesen sollten. Die Jugendbücher der Mittelschulzeit verhandelten Themen und regten zu Diskussionen an. Das Kind aber verlor das Interesse und las bald keines dieser Bücher mehr. Heimlich beschaffte es sich Bravo-Hefte, beschäftigte sich mit den Ratschlägen von Doktor Sommer und lernte ein paar neue Wörter dazu, aus denen sich dennoch keine Antworten auf die Fragen des Lebens zimmern ließen. Nur Karl May war kühn genug, vorzupreschen, um die Jahre der kindlichen Verweigerung des Bücherlesens zu unterbrechen. Er konnte beispielsweise detailreich erklären, wie man einem feindlich gesinnten Cowboy den Adamsapfel so in die Kehle drücken konnte, dass dieser verlässlich außer Gefecht gesetzt wäre. Hilfreiches Wissen, auch für später, gesammelt und geordnet in Bibliotheken. Von A bis Z, sortiert nach Themen und Fachgebieten, manches gestapelt auf den Beistellwagen der sogenannten Rücksortierung, manches hervorgeholt und ausgestellt, versehen mit den Schlagworten von Relevanz und Aktualität.

Das Kind wurde älter und begann, sich im Sprechen dem Dialekt seiner Umgebung anzupassen. Es fuhr im Winter die Berge hinunter und machte im Sommer Sprünge ins Freischwimmerbecken des Waldschwimmbads. Es schaute Vorabendserien im Fernsehen und schrieb Tagebuch. Es war beinah kein Kind mehr, es hörte Musik im Radio und von Musikkassetten, es hatte eine politische Meinung und zählte die Atomkraftwerke Europas auf einer Landkarte, die Greenpeace an die Adresse des erwachsen werdenden Kindes, nennen wir es Teenager, geschickt hatte. Und dann kamen die Bücher der Erwachsenen, die Literatur. Der Teenager wusste nicht, wo beginnen, er war planlos, unwissend und vorbehaltlos. Freihändig stand er vor einer Wand aus Buchrücken in der Bibliothek des Gymnasiums und griff wahllos ins Regal. Er begann mit Irmgard Keun, Jura Soyfer und Peter Turrinis *Rozznjogd*. Mit der einen freien Hand nahm er ein Buch nach dem anderen und legte es auf die andere Hand, auf die Hand, die nun, und für die nächsten Jahre, die Traglast übernehmen sollte. Er fand Handke, ohne ihn gesucht zu haben, fremdelte noch mit *Versuch über die Jukebox* und wurde doch bald auf *Wunschloses Unglück* hingewiesen. Fand Bachmann und Celan, ohne sie gesucht zu haben. Fand Céline, fand Oscar Wilde, fand

Alfred Kubin, fand Yukio Mishima, fand den Marquis de Sade. Er fand Ilse Aichingers *Die größere Hoffnung*, nachdem Erich Fried sie nämlich in einem Aufsatz erwähnt hatte. Hatte in seinem Leben das erste Mal einen mehr oder weniger literaturtheoretischen Aufsatz gelesen. Manches waren Empfehlungen, manches entstand freilich erst über das Reden mit Freundinnen und Freunden, über die Hinweise von Eltern und Lehrern. Aber es war, über die Dauer der nächsten Jahre, ein Finden ohne Suchen, ein einhändig-freihändiges Greifen in die Wundertüte der Büchereien. Natürlich lasteten auf der tragenden Hand mitunter auch Enttäuschung, Unverständnis, Ablehnung oder Langeweile beim Lesen mancher Bücher. Vielleicht sucht man das und findet es selten: einen Moment des Verstehens und eine Erfüllung dieses Wunsches, verstanden zu werden. Eine Form der gedanklichen Berührung, die Verständigung in einer gemeinsamen Sprache, die von denjenigen gesprochen wird, die lesen und schreiben. Das alles musste nicht nur zu diesem vielbeschworenen Eintauchen in Texte führen, es nährte auch die Skepsis der Sprache gegenüber, dem Erzählen gegenüber und nötigte den fast schon erwachsenen Menschen, das Augenmerk auch auf Stil und Form zu legen.

Zum Zwecke des Ausleihens besaß dieser Mensch, der nun in die nächstgelegene Stadt gezogen war, um Philologie zu studieren, Ausweise mit amtlichem Lichtbild für die Universitätsbibliothek und für die Stadtbibliothek. Mithilfe dieser Dokumente verschaffte er sich Zutritt zu den Instituts- und Fachbereichsbibliotheken und zur städtischen Mediathek. Später hinzugekommen waren Ausweise für jede Stadt, in der er sich länger als nur für ein paar Tage aufhielt, Ausweise für Goethe-Institute im Ausland, für College- und Community Libraries. Wie Reisepässe waren sie, die ihm Zutritt gewährten zu fremden Orten, an denen man sich jeweils neu zu orientieren hatte. Kleinere Lebenskrisen fanden auch in bibliothekarischen Dramen ihren Niederschlag: verspätete Rückgaben, steigende

Leihgebühren, Mahnschreiben, geleistete Zahlungen, Schuldeingeständnisse und Bitten um Kulanz. Freundliche, belesene und hilfsbereite Bibliotheksangestellte und unfreundliche, unbelesene und unbarmherzige Bibliotheksangestellte säumten den Weg zwischen neonhell beleuchteten Regalreihen hindurch bei schlechter Belüftung. Manches wurde später einfacher, der erwachsene Mensch bemühte sich, die Leihfristen einzuhalten, und konnte bei gelegentlicher Überschreitung die Mahngebühr zahlen, ohne mit der Wimper zu zucken. Die Recherche mittels Karteikarten wich der Suche im digitalen Bibliothekskatalog, online und von zu Hause aus, und der Mensch klopfte nun Namen, Titel, Stichworte, Jahreszahlen, Verlage, Zweigstellenadressen, Fragen nach Öffnungszeiten und Feiertagsschließungen in die Tastatur seines Computers und fand vieles, was er durchaus auch gesucht hatte.

Das Wichtigste aber fand der lesende Mensch, ohne danach gesucht zu haben und ohne bewusst und zielgerichtet gesucht zu haben. Er fand es nur, wenn er stundenlang die dicht nebeneinandergeschlichteten Bücher in einer sogenannten Freihandbibliothek durchforsten konnte. Er wählte die einzelnen Exemplare dann aufgrund ihres Umschlags, ihres Formats, ihres Papiers, ihres überraschenden Titels. Er entdeckte Bücher, die seine Lieblingsbücher werden sollten, darunter zum Beispiel *Jakob schläft* von Klaus Merz, bloß wegen seines schmalen Buchrückens. Er entdeckte *Ein Würfelwurf* von Mallarmé, gesetzt und grafisch neu interpretiert vom Buchgestalter Klaus Detjen. Er fand den Reprint eines alten Spielzeugkatalogs, der später leider ausgesondert wurde, ohne dass er sich den Titel notiert gehabt hätte, nachdem er eine ganze Serie von Zeichnungen nach dessen Vorlage angefertigt hatte. Er fand Filme und CDs, Graphic Novels, diese und jene Essaybücher in der Abteilung für Essaybücher. Manchmal ist Ausleihe schöner als Besitz.

Bevor ich selbst mein erstes Buch über ein paar Vögel und Bruchpiloten schrieb, las ich die seltsame, abseitige, unterhaltsame Autobiografie eines kanadischen Bildhauers, der riesige Skulpturen baut und in seinem Leichtflugzeug mit den Gänsen fliegt. Es war mir nur zufällig in der Ornithologie neben den Büchern über die Bestimmung der Singvögel oder über die *Federn, Spuren und Zeichen der Vögel Europas* in die Hände gefallen. Gäbe es die Freihandbibliothek nicht, gäbe es diese glücklichen Zufälle nicht. Finden, ohne zu suchen, vorbei am Bibliothekar, an der Bibliothekarin und an der ehemaligen Schulkollegin namens Karin, die indes den alleinigen Zugang zur sogenannten Magazinaufstellung haben. Am Ziel vorbei, am angelesenen Wissen und am Vertrauten vorbei. Man sieht etwas, das man nicht gekannt hat, blättert durch, legt es beiseite oder nimmt es mit nach Hause. Man hat freie Hand über den Präsenzbestand. Die Freihandbibliothek gewährleistet das Bestehen einer schnüffelnden Freiheit: zu wählen, zu denken, sich dabei Zeit zu lassen.

Die Freihandbibliotheken, die ihre Ursprünge in England und Amerika haben und seit Anfang des zwanzigsten Jahrhunderts bestehen, benötigen unsere Aufmerksamkeit und unsere Übung, so wie das freihändige Radfahren oder das Freihandzeichnen eben Aufmerksamkeit und Übung benötigen. Dafür darf alles angefasst werden in einer Freihandbibliothek, man nimmt ein Buch aus dem Regal, findet Lesezeichen und Notizen darin, einen klebrigen Fleck, manchmal auch den Namen und das Datum des Endes der Leihfrist eines anderen Lesers, einer anderen Leserin. Es geht dabei nicht um den überschätzten Geruch von Papier im Gegensatz zum Digitalen, es geht um das Abschätzen der Dimensionen, das Überblicken der Möglichkeiten, es geht um den Umfang, um die Farbe und um das Durchblättern. Freihandbibliotheken brauchen den freien Zugang, die Öffentlichkeit und die Universalität. Sie müssen up-to-date sein und gleichermaßen der kulturelle Speicher für das, was aus der Zeit fiele. Das Sammeln und Ordnen von Informationen gewährleisten sie und halten diese für jeden gleichermaßen verfügbar.

Sie pflegen einen hohen Präsenzbestand und bieten ein großes Volumen zur Ausleihe. Sie beinhalten Belletristik, Unterhaltung, Bildung und Forschung. Sie benötigen Platz und sollen weiterhin Orte sein, an denen nicht konsumiert werden muss. Sie sollen vierundzwanzig Stunden geöffnet haben! Sie sind Treffpunkt für unterschiedlichste Menschen und sollen dabei Ruhe und Konzentration ermöglichen. Keine Bibliothek ohne Bücher! Keine schlecht beleuchteten Regale, Keller oder abgelegenen Abteilungen, wo das vermeintlich Orchideenhafte sich versteckt und wohin die Raritäten verbannt worden sind. Keine Unterschätzung der Menschen, dessen, was und wie sie lesen wollen. Keine Bibliothekare in der Technikabteilung, denen man den Namen des Flugpioniers Otto Lilienthal erst vorbuchstabieren muss, sondern Bibliothekare, die lesen, denken, abstürzen und fliegen können. Die Bibliotheken, in denen sie arbeiten und in denen wir Bücher finden, müssen geschützt werden vor Angriff, Zerstörung und Bücherverbrennung, vor ideologischer und politischer Einflussnahme, vor der Verhöhnung des Intellektuellen und vor dem faden Totreden der Kultur des Lesens.

Wir haben übrigens so nebenbei ein Spiel erfunden: Blindes Texte-Raten. Man benötigt dafür eine öffentliche Freihandbibliothek, einen Präsenzbestand, auch eine private Büchersammlung reicht aus. Jeder der mindestens zwei Spieler zieht im Verborgenen einige Bücher aus dem Regal und liest dann eine Seite aus einem der Bücher laut vor, ohne dabei den Umschlag zu zeigen. Das Gegenüber soll Folgendes erraten: Wann wurde das Buch geschrieben? Hat es eine Frau oder ein Mann verfasst? Vielleicht kommt man gleich auf den Namen des Autors oder der Autorin oder kann über die Analyse des Stils etwas über den Text sagen, was zu weiteren Schlüssen verhilft. Wir haben das Texte-Raten über einige Stunden gespielt, abends ein paar Mal, haben dabei viel gelesen, geredet und gelacht. Manchmal lagen wir richtig oder sehr nah an der Antwort, ein andermal waren wir uns so sicher in den Zuschreibungen und irrten uns doch gewaltig. Manchmal hält man das ganz Alte für sehr frisch und umgekehrt. Man findet dabei Bücher, die man noch nicht kannte, Bücher, die man nie gelesen hätte, zu Recht oder zu Unrecht. Und vielleicht findet man in einem der vielen Bücher, zwischen den Seiten, am Ende des Abends sogar eine getrocknete blaue Blume, ohne nach ihr gesucht zu haben.

Würden meine Eltern über meine Herkunft nicht lügen, würden sie wahrheitsgemäß sagen: Wir haben dich in einer Bibliothek gezeugt, und du bist in einer ebensolchen zur Welt gekommen.

Meine Familie und ich, wir sind oft umgezogen. Von A nach Z. Zwar vorerst, zu viert, nur innerhalb Österreichs, aber doch von Linz nach Schörfling am Attersee, von Schörfling nach Puntigam in Graz, von Puntigam nach St. Johann im Pongau. An letztgenannter Station war ich erst fünf Jahre alt und hatte bereits die halbe österreichische Topografie verzeichnet in meinem Melderegister.

Für ein kleines Kind stellen Umzüge innerhalb der Landes- und Sprachgrenzen wohl keine allzu schmerzhaften Entwurzelungen dar. Dennoch hat die erzwungene Mobilität bei mir bewirkt, dass es mir heute unangenehm ist, wenn irgendwo geschrieben steht, woher ich angeblich käme, denn immer weiß ich, dass es eine Lüge ist.

Gezeugt worden bin ich in einer Bibliothek. Mein Vater war Archivar ebendort, er hat in tageslichtfernen Räumen alte Schriften geordnet, sortiert, katalogisiert. Er war spezialisiert auf das »I«. Auf I wie Inkunabeln, sogenannte Wiegendrucke, die Ende des fünfzehnten Jahrhunderts entstanden sind als frühe Zeugnisse des Druckerhandwerks mit beweglichen Lettern, und auf I wie Illuminationen, also Buchmalerei, im Besonderen auf I wie Initialmalerei vor der Erfindung des modernen Buchdrucks mit beweglichen Metalllettern und Druckerpresse ab dem Jahre 1450. Mein Vater sah selbst aus wie Gensfleisch, genannt Gutenberg, und hatte neben der Vorliebe für den Buchstaben I eine noch viel größere für den Buchstaben G.

Meine Mutter hieß Gri, eine Abkürzung von Brigitte oder Margarita oder Griseldis oder Gritt, Details waren in diesem Fall meinem Vater egal, er war einfach bezaubert von ihrem Vornamen, den sie ihm vorbuchstabiert hat, um einen Benutzerausweis anzulegen. Und während er darüber nachgedacht hat, ob ihn das R zwischen G und I stören sollte oder ob es ihn im Gegenteil sogar reizen würde, hat meine Mutter siebzehn kluge Bücher in ihre Tasche gepackt gehabt und keinerlei Leihgebühr dafür berappen müssen, denn mein Vater hat sie, entgegen der Vorschrift der Bibliotheksleitung und noch immer in Gedanken, auf die ersten siebzehn Bücher eingeladen.

Meine Mutter war eine Leseratte und hatte die ersten siebzehn Bücher nach exakt siebzehn Tagen ausgelesen, sie ist also wieder zur Bibliothek gefahren, hat die Bücher zurückgebracht und meinen Vater damit beeindruckt: Mit ihrem Lesetempo, gepaart mit dem Leseverständnis, wie er es mir später erzählt hat. Und so hat mein Vater meine Mutter gefragt, ob sie sich denn auch für die bibliothekarische Archivarbeit interessiere, und meine Mutter hat sofort ja gesagt.

So haben sie beschlossen, gemeinsam in den untersten aller Räume hinabzusteigen, um sich dort bei spärlicher Beleuchtung Karteikästen, Handschriften und Lexika anzusehen. Und als sie zu diesem Zwecke im untersten Stockwerk angekommen waren, im hintersten Gang, bei der letzten Türe zu einem kleinen Zimmer dort, da hat mein Vater, vielleicht zum ersten Mal, darauf geachtet, dass sein Arbeitsraum auch eine Beschriftung hat, nämlich: »R. 1«. Und da hat er gewusst, dass die Verbindung der Buchstaben G und I nur das R sein kann, und so sind sie in den Raum R. 1 eingetreten und haben über ihrer beider Lieblingsbuchstaben philosophiert, und später, als auch der letzte Mitarbeiter und die Bibliotheksleiterin höchstselbst das Gebäude verlassen hatten, haben sie dort lang und breit Liebe gemacht.

Ah, ah, ah! Für meine Mutter, in der Hälfte ihres Lebens, war es der richtige Zeitpunkt, ein Kind zu empfangen. Und sie war froh, dass mein Vater in der Bibliothek weiterhin sehr beschäftigt war. Sie konnte den ganzen Tag dort verbringen und Bücher lesen. Nicht nur solche zur Geburtsvorbereitung und über Kindeserziehung, sondern auch die von Ludwig Wittgenstein und Friedrich Hölderlin. »Mit gelben Birnen hänget / Und voll mit wilden Rosen / Das Land in den See, / Ihr holden Schwäne, / Und trunken von Küssen / Tunkt ihr das Haupt / Ins heilignüchterne Wasser. // Weh mir, wo nehm' ich, wenn / Es Winter ist, die Blumen, und wo / Den Sonnenschein, / Und Schatten der Erde? / Die Mauern stehn / Sprachlos und kalt, im Winde / Klirren die Fahnen.« So steht es bei Hölderlin geschrieben, und meine Mutter hat nachgerechnet, dass es wohl Herbst werden würde und Winter, bis sie ihren Säugling zur Welt brächte. Klirrend kalt würde es draußen geworden sein, aber in der warmen Stube, da wiegte sie ihr Kind im Arme, und es lächelte sie an. »Sind wir voreilig in der Annahme, daß das Lächeln des Säuglings nicht Verstellung ist?« Nein, lieber Ludwig Wittgenstein, das Lächeln des Säuglings ist niemals ein verstelltes. Es ist bloß so, dass ein Säugling die weiße Wand genauso anlächelt wie das Gesicht seiner Mutter.

Und so bin ich im Februar des Jahres 1979 auf die Welt gekommen, habe meine Eltern angelächelt, habe die weiße Wand angelächelt und habe meinen Blick schweifen lassen, bis ich dort, am Ende der Wand, die Regale gesehen habe, in die die Bücher einsortiert gewesen sind. Die Bücher der städtischen Bücherei, in der mein Vater als Archivar gearbeitet und meine Mutter die ersten Jahre meines Lebens lesend verbracht hat.

Ich habe, aufwachsend in einer Bibliothek, erst spät das Laufen gelernt und auch erst spät gelernt, meine Stimme zu erheben. *Silentium!*, hat mein erstes Flüsterwort gelautet, und mein Vater ist zufrieden gewesen damit. Immerhin zweimal der Buchstabe I darin, hat er gesagt.

Als ich größer geworden bin, habe ich viel Zeit ohne meine Mutter in der Bibliothek verbracht. Ich habe Buchstaben gezählt und abgeschrieben, habe sie verglichen und manche mehr zu schätzen gelernt als andere. Die Buchstaben meines Namens sind mir allesamt ans Herz gewachsen, das E und das A allen voran. Ein besonderes Faible habe ich entwickelt für Satzzeichen wie den Doppelpunkt und die Guillemets, für Leerzeichen und Abstände. Für Typografie und Zeichensetzung im Allgemeinen.

Noch bevor ich sprechen konnte, konnte ich lesen. Noch bevor ich lesen konnte, konnte ich einen guten Satzspiegel von einem weniger guten unterscheiden. Ich mochte Papiere, aber nicht den Geruch von Papier. Ich mochte raues Papier lieber als glattes, ich mochte Einbände, ich mochte Vorsatzpapiere, aber ich verurteilte die Menschen, die sich Bücher wie sakrale Gegenstände in ihre Wohnung stellten.

Ich liebte die Bücher der Weltliteratur, die deutschen und die amerikanischen, weniger die lateinamerikanischen, mehr die französischen, selten die italienischen, manchmal die russischen. Ich liebte Abhandlungen und Essays, Bücher über Volkskultur und Warenkunde, Lexika, Bildwörterbücher, Atlanten, geheftete Postkartensammlungen. Ich liebte alle Bilderbücher. Ich liebte Gedichtbände und pornografische Geschichten, und ich liebte Erzählungen über Geschwister und über Mörder. Ich liebte die strengen Sprachkritiker, und ich liebte die rotzigen Popliteraten. Ich unterschied nicht zwischen den Generationen und nicht zwischen den Geschlechtern. Ich las Geschichten über weiße Wände, und in diesen Geschichten ging es immer um eines: um die Sprache selbst.

So bin ich aufgewachsen, in Bibliotheken. Wenn ich in eine Stadt komme, in der ich fremd bin, nach Esslingen, nach Iowa City, nach Meersburg, nach Berlin, nach London, nach Bad Homburg, nach Klagenfurt, nach Stuttgart, nach Innsbruck, nach Hamburg, dann gehe ich dort in die Bibliothek. Ich suche beim Buchstaben R und finde dort, bei R. 1, meine Eltern. Ich suche bei E und bei A, ich finde bei G und I und bei allen anderen. Ich suche bei H und finde Hölderlin, bei W und finde

Wittgenstein. Alte und Junge, Deppen und Meister: Sie alle sitzen dort beisammen und starren vom Regal aus auf weiße Wände und lächeln wie Säuglinge, die sich nicht um ihre Herkunft scheren, aber doch Z wie Zugehörigkeit empfinden.

Über ein Foto von Otto Lilienthal

Am 19. Oktober 1895 schoss Richard Neuhauss, wie schon dreimal zuvor im selben Jahr, mit einer handlichen »Stegemanns Geheimkamera« am Fliegeberg in Berlin-Lichterfelde eines von mehreren Fotos von Otto Lilienthal, während dieser sich im Segel- oder Gleitflug befand. Die Momentaufnahme, die an jenem Herbsttag des ausgehenden neunzehnten Jahrhunderts entstand, hat den tollkühnen Flieger mit einem Sturmwehen in die Gegenwart getragen, und er hängt so, als fotografisches Dokument, vor unseren Augen in seinem großen Doppeldecker, dem Flugapparat oder Typus von Flugapparat, in welchem er ein knappes Jahr später in den Tod stürzen sollte. Über zweitausend Gleitflugversuche hatte Lilienthal da bereits hinter sich, die Kunst des Fliegens dem Vogelflug abgeschaut, die Apparaturen über die Jahre weiterentwickelt und verändert. War immer wieder hochgewandert in voller Montur, immer wieder losgelaufen und hatte angesetzt – »vom Sprung zum Flug«.

Mit seinem jüngeren Bruder flog Lilienthal bereits als Jugendlicher, die selbst gebauten Flügel an die Arme geschnallt; und vielleicht stürzten Gustav und Otto mehr, als dass sie flogen. Als erwachsener Mann ließ er in der Nähe seines Wohnhauses einen fünfzehn Meter hohen Hügel aufschütten, um dort fast täglich das Fliegen zu üben und anschließend über seine Flugversuche Buch zu führen. Vom Derwitz-Apparat im Jahr 1891 über den Südende-Apparat, den Maihöhe-Rhinow-Apparat, den kleinen Schlagflügelapparat, das Modell Stölln, das Sturmflügelmodell, den Normalsegelapparat, den Vorflügelapparat, den kleinen und den großen Doppeldecker bis hin zum großen Schlagflügelapparat und zu dem Gelenkflügelapparat veränderten sich die Bauweise und das Aussehen seiner Gleitflugzeuge. In den Konstruktionszeichnungen sind sie wie kleine technoide Schmetterlinge, Motten, winzige spröde Vögel, zusammengesetzt aus feinen schwarzen Linien.

Die erste Ausgabe seiner Schrift *Der Vogelflug als Grundlage der Fliegekunst* musste Otto Lilienthal selbst finanzieren; daran, dass das Fliegen in einem Apparat, »schwerer als Luft«, einmal durch dynamischen Auftrieb möglich werden könnte, mochte kein Verleger glauben. Diese Publikation ist voller Abbildungen von fliegenden Störchen, Detailzeichnungen von Vogelflügeln, dunklen Silhouetten verschiedener Vögel im Flug, Papierdrachen, Pfeilen, Berechnungen, Diagrammen, den grafischen Darstellungen von Luftströmung und -widerstand. Auch eine Wäscheleine ist zu sehen, die aufgehängten Kleidungsstücke werden vom Wind emporgehoben wie Segeltücher, die flach in der Luft zu liegen kommen. Eine andere Illustration zeigt eine Taube, der Lilienthal versuchsweise die Schwungfedern zusammengebunden hat, um die Grenzen ihrer Flugfähigkeit zu testen. Auch ein Experiment ist abgebildet: Ein Herr hängt da, adrett gekleidet, zwischen Seilen und hölzernen Flügeln über dem Boden, er tritt in die Pedale und kommt nicht vorwärts.

Könnte der Mensch allein durch die Kraft seiner Muskeln sich in die Lüfte erheben! Vier Jahrhunderte vor Lilienthal beobachtete Leonardo da Vinci die Vögel, zeichnete ihre Flügel und konstruierte Flugapparate auf Papier, die er doch niemals bauen sollte. Die erste Ballonfahrt, ein Aufsteigen nach dem Prinzip »leichter als Luft«, fand im Juni 1783 statt: eine Montgolfière ohne Besatzung. Mit Bambus, Schilfrohr, Papier und gewachstem Baumwollstoff bauten die Ingenieure, Abenteurer, Tagträumer, Spinner und Möchtegern-Piloten ihre Flugvorrichtungen. Für die Pioniere in den Vogelkostümen und mit ihren Flügelkonstruktionen war die Idee vom Fliegen eine Idee des Friedens, das »Luftmeer« schien grenzenlos.

Es gibt zahlreiche Fotografien von Otto Lilienthal, die zahlreiche Fotografen geschossen haben – im Otto-Lilienthal-Museum in Anklam sind über 145 unterschiedliche Aufnahmen erhalten, 112 davon zeigen ihn tatsächlich im Flug. Nachdem die Fotografen auf der Wiese standen und Lilienthal in der Luft flog, sind auf diesen Bildern, neben den beeindruckenden Flügeln der Apparatur, nur die Beine, der Rücken, die Unterarme des Fliegers zu sehen, sein gekrümmter Körper. Der Kopf wird dabei fast immer von den Tragflächen verdeckt, von gespannten Stoffbahnen, die wie Flughäute von Fledermäusen aussehen, gehalten von hölzernen Verstrebungen oder Rohren, einem zarten Skelett aus Flügelrippen. Im Flug, so ganz ohne Kopf, sieht es aus, als wäre der Pilot mit dem Apparat verwachsen, als wären die Flügel – mal wie ein großer Schirm, mal wie ein Blatt – wirklich anstelle seines Kopfes dort und als würde er so, kopflos, in der Luft hocken, stehen und gleiten. Auf den Fotos entdeckt man ihn immer wieder derart geteilt, gekürzt, portioniert, die Füße in festen Stiefeln, die Hose oft dreiviertellang, manchmal mit angewinkelten Knien und nach hinten gestreckten Füßen, manchmal in sitzender Position, die Beine vor den Rumpf geschoben. Obwohl er seinen Körper unter Spannung hält, scheint er doch nicht mehr als zu baumeln, seine Haltung wirkt dann ungelenk, kindisch oder tollpatschig. Erst wenn er unten auf dem Boden zu stehen gekommen ist, die Apparatur noch immer umgeschnallt, sieht man auch seinen Kopf, das bärtige Gesicht samt dunklem Mützchen, das die Ohren frei lässt.

Wer unten stand, um einem der tausenden Flugversuche beizuwohnen, hörte angeblich ein Pfeifen, wenn Lilienthal über die Köpfe hinwegflog. Auf manchen dieser Fotos sind auch tatsächlich ein paar Zuschauer zu sehen, ihre Köpfe von hinten, ihre Hüte, Zylinder, Melonen, ein heller Sommerhut mit dunklem Band, ein Schirm, weiße Krägen, schwarze und graue Mäntel oder Jacken, Schulterpartien, die Hände da und dort hinterm Rücken verschränkt. Viele Herren, eine Dame – nur ihre

Gesichter, die zeigen sie uns nicht. Manche halten einen Arm hoch und die Hand in Augenhöhe, sie haben wohl ein Fernrohr mitgebracht, einen Operngucker fürs Spektakel.

Die Fotos, die ersten, die überhaupt gemacht wurden vom Menschenflug, waren es, die Lilienthals Versuche so berühmt gemacht haben. Ein Foto, das ein gewisser Richard Neuhauss geschossen hat, zeigt nur den Apparat samt Menschenkörper und Beinen, rundherum ist nichts als der sehr helle, leicht patinierte Himmel. Freigestellt sieht dieser Flugkörper aus wie in den Himmel erst hineingezeichnet. Als wäre der Himmel auch in Wirklichkeit nichts anderes als ein Blatt Papier, ein Silbergelatineprint aus der Vergangenheit, der trotzig hundertzwanzig Jahre alt geworden ist. Zu poetisch angesichts der Lebensgefahr, in die sich der Fliegende immer wieder begeben hat, zu fragil angesichts eines Weltkriegs, der, kaum zwanzig Jahre später, mit ersten Bombardements aus der Luft geführt wurde.

In der Zeitschrift für Luftschifffahrt schrieb Otto Lilienthal über den großen Doppeldecker, er habe eine Segelfläche von fünfundzwanzig Quadratmetern bei einer Spannweite von sieben Metern, »in stärkerem Wind wiederum schwer zu regieren«. Ebenjener Apparat wurde am 9. August 1896 während Flugübungen am Gollenberg westlich von Berlin von einer »Sonnenbö« rasch hochgehoben und kam in der Luft zum Stillstand. Lilienthal, so schildert es ein Augenzeuge, warf die Beine nach vorn, um wieder an Geschwindigkeit zu gewinnen, worauf der Apparat unmittelbar kippte und senkrecht abstürzte.

Es gibt noch ein letztes Foto vom Absturzapparat, der zur Untersuchung nach Berlin gebracht worden war: Im Innenhof der Lilienthal'schen Dampfkessel- und Maschinenfabrik, wo auch die sogenannten Normalsegelapparate serienmäßig gefertigt wurden, liegt er auf den Boden gebreitet, zwei riesige aufgespannte Flügel, die Schwanzfläche ragt empor wie eine Steuerfeder – bloß der Flieger fehlt, sein Körper, sein Kopf.

Auf die Bild- und Ton-Nachrichten der Erdenbewohner, wie die Pioneer-Plaketten und die Voyager Golden Records, haben die Außerirdischen bis zum gegebenen Zeitpunkt bedauerlicherweise noch nicht geantwortet. Wir haben uns also ins Aufnahmestudio des Österreichischen Rundfunks begeben, um diese Botschaft um wesentliche Details zu ergänzen: An die Mondgesichter, die Milchstraßenbewohner, die Spazierflieger durch Sternenstaub, kurz: liebe Außerirdische! Viele Male haben wir versucht, mit euch Kontakt aufzunehmen. Wir haben gefunkt und geforscht, gelauscht und gerufen. Wir haben unsere Teleskope gen Himmel gerichtet, wir sind mit Raketen zum Mond geflogen. Das war ein beträchtlicher Aufwand, doch einer, den wir mit hingebungsvoller Neugier getätigt haben. Leider habt ihr euch dennoch bis zum heutigen Tage nicht zurückgemeldet. Als Folge dieser bedauerlichen Tatsache sind wir nun vom Österreichischen Rundfunk beauftragt worden, unsere Botschaften ans All um wesentliche Details zu ergänzen. Es wäre sehr nett von euch, und wir würden uns sehr darüber freuen, wenn ihr uns in absehbarer Zeit ein Zeichen geben könnt.

Also, wir dürfen euch, liebe Mondgesichter, beispielsweise daran erinnern, dass wir, die Menschen der Erde, euch vor mehr als vierzig Jahren eine Plakette zugeschickt haben. Habt ihr die erhalten? Sie war aus Aluminium, überzogen mit Gold, und trug eine persönliche Gravur. Eine Plakette, die wir extra für euch an unseren interstellaren Raumsonden 1 und 2 befestigt haben. Mit Bezugnahme auf diese Plakette möchten wir nun, im Jahre 2013, einräumen, dass ebenjene zugegebenermaßen, und das kann passieren, auch ihre gestalterischen Schwächen hat.

Erstens: Der darauf abgebildete Mann winkt blöd, zweitens: die daneben abgebildete Frau hat kein Geschlechtsteil, was, da beide Personen nackt sind, einen unattraktiven Gesamteindruck hinterlassen haben mag. Liebe Marsmenschen, wir dürfen euch hiermit und mit Freuden die erste gute Nachricht diesbezüglich ergänzend übermitteln: Die Frau an und für sich besitzt ein Geschlechtsteil, und es lohnt sich, dafür auf Erden zu sein.

Liebe Außerirdische, liebe Bewohner der Schwarzen Löcher, im Weiteren dürfen wir darauf hinweisen, dass es neben Kreisen, Sternen und Quadraten, wie auf der Plakette dargestellt, selbstverständlich noch viele andere Dinge auf der Welt gibt, die wir damals aus Platzmangel leider nicht abgebildet gehabt haben. Schaut doch mal vorbei!

Ein möglicher Routenvorschlag, den wir an dieser Stelle einbringen dürfen, betrifft jedenfalls euren ersten optionalen UFO-Landeplatz: Steuert zuvorderst das Land »Österreich« an – wir sind zwar gezwungen, das hier zu sagen, weil es der Österreichische Rundfunk ist, der diese Botschaft ins All sendet, aber wir versichern euch: Es ist ganz super hier. Fliegt zum Beispiel Wien an, den fünften Bezirk, dort wohnen wir. Wir können einen Kaffee gleich bei mir trinken oder, wenn es euch lieber ist, ins Café Sette Fontane gehen. Das ist zwar nur im Sommer gut, aber der Cappuccino ist in Ordnung und der Chef sehr nett. Man kann, wenn es warm ist, draußen auf dem Platz sitzen und gut Leute beobachten: Das interessiert euch sicher, nachdem ihr vorher noch nie auf der Erde gewesen seid.

Ach so. Jetzt wissen wir gar nicht, ob ihr mit euren außerirdischen Mägen gleich Kaffee trinken könnt, vielleicht solltet ihr zuerst mit Wasser beginnen. Wasser, liebe Aliens, ist sehr wichtig hier auf der Erde. Ihr benutzt es folgendermaßen: Ihr dreht an einem silbernen Hahn in den Behausungen der Erdenbürger. Dort kommt das Wasser heraus. Stülpt eure tentakelartigen Saug-Rüssel darüber: Schon sind dem Trinkvergnügen keine

Grenzen gesetzt. Steuert jedenfalls Europa an, oder Amerika, da könnt ihr das Wasser gleich aus der Leitung trinken. Anderswo gibt's vielleicht nicht genügend Wasser. Deshalb empfiehlt es sich, eine intergalaktische Reise gut vorauszuplanen.

Nun, damit ihr vorbereitet seid: Wem werdet ihr auf Erden außerdem begegnen? Es leben hier natürlich auch viele Tiere, was ihr unserer Plakette nicht entnehmen habt können. Katzen, Schweine, Hasen, Mäuse, Kühe, Läuse, Hühner, Fliegen, Vögel, Pferde, Giraffen, Affen, Kaninchen – ja, das sollte als erste Einführung ausreichen.

Sehr verehrtes Weltraumvolk, ihr erinnert euch vielleicht auch an unsere Botschaft nach der Pioneer-Plakette, nämlich an die Voyager Golden Records, auf die wir – neben anderem Hörenswerten – Geräusche von Hyänen, Vögeln, Fröschen und Grillen gespeichert haben.

Oder habt ihr den falschen Plattenspieler dafür gehabt? Auch ein paar Bilder sind dabei gewesen. Diesmal haben wir darauf sogar ein paar Geschlechtsteile gezeigt, außerdem Narzissen, Muscheln, Sanddünen. Eine stillende Mutter und eine Waldlichtung mit Pilzen. Wir hoffen, die Fotos haben euch gefallen. Wir möchten nun, stellvertretend für die Menschheit, darauf hinweisen, dass wir die Bilder heutzutage unvergleichlich besser drucken würden. Die Fototechnik hat sich ja komplett verändert in den vergangenen Erdjahrzehnten. Gleichzeitig, das darf der Vollständigkeit halber nicht verschwiegen werden, ist das Fotopapier für den Privatgebrauch qualitativ schlechter geworden. Ich persönlich besitze ja mehr Fotografien aus den Achtzigern als aus den Zweitausendern, aber das kann auch daran liegen, dass ich damals die Fotos noch in ein Album geklebt habe. Aber, was rede ich?! Ihr habt sicher ähnliche Probleme dort im Weltraum: dasselbe in Grün.

Ja, liebe Kometenreiter, liebe Himmelsgeigen, noch etwas, ergänzend zu den Tieren: Was wir jetzt sagen, wird zwar kurz traurig, aber wir wollen in dieser Botschaft, und das ist auch dem Österreichischen Rundfunk ein Anliegen, ehrlich sein: Die Tiere, die essen wir auch ganz gerne. Wir wissen ja nicht, wie ihr euch ernährt. Aber ihr seid hier auf der Erde selbstverständlich auch dazu eingeladen, unsere zahlreichen Pflanzenvariationen zu verkosten. Saisonales Gemüse, exotische Früchte. Ich persönlich esse gern hin und wieder ein knuspriges Tier, aber meine Schwester ist Veganerin. Wenn ihr das bevorzugen solltet, geht sie gerne mit euch in diesem Lokal am Schottenring einen Couscous-Salat essen mit Shiitake-Pilzen. Ich werde euch die Speisekarte übermitteln, sobald ihr euch bei uns gemeldet habt. Meine Schwester muss sich ihre Zeit freilich auch einteilen, also seid so lieb und gebt vielleicht eine Woche vorher Bescheid, wann ihr ankommt. Kein Druck, ihr seid ganz unabhängig: Es wäre einfach schön, wenn sich ein Treffen und ein bisschen Sightseeing einplanen ließen.

So, ihr extraterrestrischen Mikroorganismen, jetzt wollen wir noch unbedingt etwas sagen zu Herrn Jimmy Carter. Wir finden, es war wirklich nett, was er euch übermittelt hat im Erdenjahr 1977, wir zitieren hier nochmal zur Erinnerung: »Dies ist ein Geschenk einer kleinen, weit entfernten Welt, eine Probe unserer Klänge, unserer Wissenschaft, unserer Bilder, unserer Musik, unserer Gedanken und unserer Gefühle. Wir versuchen, unser Zeitalter zu überleben, um so bis in Eure Zeit hinein leben zu dürfen.« – Ja, gut. Wenn man eine derartige Nachricht bekommt, ist man zuerst einmal erschlagen, das verstehen wir. Aber wir versichern euch, die Menschheit hat es damals gut gemeint und wollte einen ersten Gesamteindruck vermitteln. Da greift man schnell nach den Sternen und formuliert ein bisschen gar vollmundig. Und im Kontrast zur Größe der Aussage steht dann die kleine, weit entfernte Welt: Das klingt allzu sehr nach falscher Bescheidenheit.

Und so viel ist klar: Statt der Voyager Golden Records hat damals jeder hier auf Erden lieber die rockigen Riffs von Mick Jagger und Keith Richards gehört, in *Crazy Mama* auf *Black and*

Blue, das ja, so sagte man es damals, als das »schwärzeste« Album der Stones gilt mit seinen Einflüssen von Funk, Blues, Rock, Jazz und Reggae. Aber ihr, und hier, liebe Freunde, müssen wir ein bisschen streng werden, ihr hättet euch, bloß der Höflichkeit halber, einfach kurz bedanken können.

Pfch. Dann haben wir da noch die Nachricht von Kurt Waldheim, damals UN-Generalsekretär. Das ist natürlich unglücklich gelaufen. Dass ausgerechnet die Stimme vom Waldheim durch die Weiten des Universums gondelt mit Grüßen »on behalf of the people of our planet«. Wir müssen an dieser Stelle einräumen, dass die historische Bewertung seiner Person sich noch einmal gewendet hat, nicht zu seinen Gunsten. Jetzt ist der aber mit seiner Grußbotschaft schon Lichtjahre entfernt. Und dann noch in diesem österreichisch interpretierten Nachkriegs-Englisch: Das schmerzt doppelt. Wir haben volles Verständnis, dass es euch danach auch gereicht hat mit den schrulligen Kontaktaufnahmen vonseiten der kleinen, weit entfernten Welt. Auch, als der so gönnerhaft gesagt hat: »We step out of our solar system into the universe seeking only peace and friendship«, also ungefähr: Wir stapfen hinaus aus unserem Sonnensystem, um bloß Frieden und Freundschaft zu suchen. Da sagt man sich als Außerirdischer auch: Kehr mal in deinem eigenen Sonnensystem, Freund Erdenbürger! Und er geht noch weiter: »... to teach if we are called upon, to be taught if we are fortunate.« Ich frage euch: Ist das ein vierhebiger Jambus? To teach if we are called upon, to be taught if we are fortunate? Lehren, sofern wir dazu aufgefordert sind, belehrt werden, sofern wir dazu glücklich auserwählt sind?! Man hätte doch einfach normal mit euch reden können! Wir finden, entweder ihr könnt irgendwie andocken ans Menschliche – oder ihr versteht ohnehin nur Raumstation.

Die Fotos auf den Voyager Golden Records, um darauf zurückzukommen, müssen euch dennoch am meisten verwundert haben. Unser persönliches Highlight ist ja: »Supermarkt, Frau mit Einkaufswagen beißt in Weintrauben«, ein Beitrag, den das National Astronomy and Ionosphere Center für euch aufgenommen hat. Da müsst ihr euch ja vor Lachen die glitschiggrünen Bäuche gehalten haben! Wenn wir uns vorstellen, dass ihr in eurem Leben noch keine Frau gesehen habt, oder nur die geschlechtslose Gravur auf der Pioneer-Plakette! Jetzt steht so ein Exemplar von Frau aber leibhaftig in dieser Institution Supermarkt, von der ihr mit Sicherheit auch noch nie etwas gehört oder gesehen habt, und hat bei sich einen Einkaufswagen: Was müsst ihr euch darunter erst vorgestellt haben?, und sie beißt in, ja, ausgerechnet Weintrauben. Wieso nicht gleich Goji-Beeren?! Und dahinter aufgereiht sieht man noch: abgepackte Würste, Baseball-Bälle und Spielzeug-Autos für Kinder! Wenn man sich nur ein bisschen in euch Außerirdische hineinversetzt: Das muss euch ja traumatisiert haben.

Das National Astronomy and Ionosphere Center hat, milde ausgedrückt, überhaupt einen Sinn für den surrealen Humor gehabt, *back in the 1970s*: Ein Meisterwerk der Inszenierungskunst ist auch das Bild »Demonstration des Leckens von Eis, des Essens und Trinkens«. Es sieht so aus, als hätten sie für die Rolle des Essenden niemand Geringeren als Gert Fröbe engagiert, wahrscheinlich hat er sich dafür empfohlen infolge seiner Mitwirkung bei *Die tollkühnen Männer in ihren fliegenden Kisten*?! Appetitlich sieht das alles nicht aus, auch nicht für Meteoritenbewohner.

Wenn ich persönlich oder irgendjemand anderer hier im Österreichischen Rundfunk, sagen wir, der Tonmann oder so, solch halbpsychopathische Nachrichten bekommt aus einer kleinen, weit entfernten Welt, ehrlich: Ich oder ein anderer, wir würden auch nicht antworten. *Don't feed the troll.*

Aber, wir sagen's euch: Das Leben hier ist eigentlich ganz normal. Sehr okay. Manchmal nervt's. Im November, wenn's nur grau ist und kalt. Wir wissen nicht, wie das bei euch so ist. Wir stellen es uns eher funkelnd vor, glitzernd, glimmend …

Sehr geehrte Außerirdische, liebe Mondgesichter, liebe Gestirnbesteiger, durch Plejadennebel hindurch rufen wir, vorbei an Nachzüglersternen, hindurch durchs Himmelsgewölbe, durch Feuer und Eis, Astronauten, wir grüßen euch, Doppelsterne, intergalaktischer Staub, diffuse Materie, Koronalloch, Sonnensystem, kosmische Strahlung, Kometenwolke, Polarlicht, Planeten, ja, das ganze Geleuchte mit seinen seltsamen Namen, hallo, rufen wir aus dem Funkhaus aus dem Aufnahmestudio, hallo und wieder hallo! Durchs Dunkel des Alls, hin zu den grünen Männchen und Weibchen und Zwittern, hin zu den grünen Kühen und den grünen Kindern auf grünen Marswiesen oder roten Marsböden, hallo und hallo!

Erzählt doch ein bisschen, wie lebt es sich dort? Habt ihr die Enterprise-Crew getroffen? Habt ihr über die Ohren von Mr. Spock gelacht? Habt ihr gleich gesehen, dass Sputnik bloß eine Blechbüchse ist, nicht mehr? Habt ihr euch über die erste Hündin im Weltraum gewundert? Laika? Wisst ihr eigentlich, dass in meiner Kindheit die Frage nach dem Namen der Weltraumhündin die am häufigsten gestellte Quizfrage in *Trivial Pursuit* gewesen ist? Ja, Laika, die, wie ich jetzt erst gelesen habe, gleich beim Start elend verglüht sein muss? Das war sicher skurril, als euch die verglühte Laika interstellar angebellt hat: dort draußen auf der Milchstraße.

Und lacht ihr auch darüber, dass wir euch immer grün zeichnen, mit riesigem Kopf, Insektenaugen und Fühlern? Weil ihr in Wirklichkeit ja gelb seid, mit Eselsohren und Fischmäulern? Weil ihr in Wahrheit ja rot seid, mit Mäusezähnen und mit Botox-Busen? Weil ihr, in Echtzeit, ja schneeweiß seid wie die Eisbären, nur ohne Fell, nur ohne Tatzen, nur ohne Maul? Weil ihr siebzehntausend Augen habt und siebzehntausend mal siebzehntausend kleine Fingerchen mit Krallen dran? Hüpft ihr von Stern zu Stern und singt ein Lied, das keiner je vernahm? Und schaut ihr Satellitenfernsehen an?

Und was, wenn ihr keine Augen habt und keine Ohren, was macht ihr dann mit den Bildern des Ionosphere Centers und der Stimme von Kurt Waldheim? Oder habt ihr einen Weltraumschrotthaufen, auf dem diese und alle anderen Botschaften landen?!

Und, hey, hey, gibt's bei euch Alkohol? Und Zigaretten? Aus Jupitermelonen und Lichtquanten? Und habt ihr's lustig, dort, im Sternbild Chamäleon zum Beispiel? Weil dann kommen wir vielleicht auch vorbei. Kann ja nicht sein, dass es bloß bei einer Handvoll Weltraumtouristen bleibt! Sechzehn Millionen Dollar? Eine Raumfahrt ist mir das Radio-Honorar schon wert. Kommt ja das Sprecher-Honorar auch noch dazu. Dann schauen wir mal vorbei auf ein Glaserl Vollmond-Schnaps! Es sollte überhaupt mehr Austausch geben zwischen euch und uns, ein Himmelskörpergewimmel, ein raketenmäßiges. Das würde euch auch gefallen. Meiner Schwester auch. Gibt viele nette Menschen hier bei uns. Ein paar Nervensägen auch, das ist ja klar, wo nicht.

Ja, was bleibt mir noch zu sagen? Grüße, ja, Grüße von allen, denen wir auf dem Weg zum Funkhaus noch begegnet sind. Wir können jetzt nicht alle aufzählen. Wäre auch ungerecht dem Rest der Menschheit gegenüber. Ihr lernt ja alle bald selber kennen. Würde uns echt freuen.

Gebt euch einen Ruck. Los. Meldet euch. Ein erstes Hallo. Irgendeine Plasma-Schwingung. Oder eine Polarisation mit Supernova. Und Strahlenfeuerwerk. Bitte. Also. Bitte. Bis gleich! Jetzt noch, für euch: Der Song *Intergalactic* von den Beastie Boys.

Wir sitzen auf Möbeln aus Draht in einem mit gelben Markisen abgehängten Terrassenzimmer, mein Mann hat rosarote Blumen mitgebracht, wir warten auf die Gastgeber. Als sie erscheinen, zündet sich der Gastgeber-Mann eine Zigarette an, die Frau fasst sich an die Frisur und entschuldigt sich, dass sie uns haben warten lassen. Mein Mann ist soeben heimgekehrt, fügt sie hinzu. Mein Mann und ich wiederum nicken und betrachten dabei den mausgrauen Sisalboden, der teilweise von feinst geknüpfter Orientware bedeckt ist. Später, auf dem Heimweg, werden wir einander fragen, wovon der Gastgeber-Mann eigentlich heimgekehrt sei. Zum nunmehrigen Zeitpunkt interpretieren wir die scheinbar betretenen Blicke und klammen Gesten der Gastgeber als Aufforderung, höflicherweise nicht weiter nachzufragen. Einen Schuss Milch?, fragt die Gastgeberin uns bei Kaffee und Kuchen, einem sogenannten Rehrücken, und reicht uns ein russischgrünes Keramikkännchen. Beim Wort Schuss ist der Mann der Gastgeberin zusammengezuckt. Er verabschiedet sich umgehend und freundlich. Wir bleiben ohne ihn und sprechen, um über unsere Verlegenheit hinwegzutäuschen, noch lange in die Nacht hinein.

Bei einem weiteren Besuch bei jenem Ehepaar, genauer gesagt bei der Frau und ihrem neuen Ehemann, es ist bereits Jahre später, loben wir unseren Gastgebern gegenüber den Faltenwurf des Stoffes und die kultivierte Farbwahl der Gardinen, wobei diese einen harmonischen Akzent, passend zur Holzverschalung der Hausbar, setzen würden. Auf darin befestigten Glasregalen stehen mehrere Flaschen, deren Inhalt der neue Gastgeber-Mann als scharfe Sachen gegen die Trübsal des Alltags bezeichnet, außerdem verschiedene Arten von Trinkgläsern, ein Aschenbecher in Mexikanisch-Rot, daneben ein Vorrat an Salzcrackern. Wir Damen bekommen süßen Likör auf Eis mit Schirmchen serviert, die Herren genehmigen sich eine Zigarre. Der Sohn der Gastgeberin kommt herein und fasst seiner Mutter an den Oberschenkel. Die Frau weist ihn scharf zurück. Aber er ist doch noch ein Kind!, fassen wir uns ein Herz und beanstanden diese so forsche Reaktion einer doch liebenden Mutter. Diese lacht nun übermäßig laut auf und streicht ihrem Sohn über die Wange. Eine Hausangestellte klopft an die Zimmertür und betritt den Raum, knickst und entschuldigt die unangenehme Störung. Jetzt streckt sie der Dame des Hauses eine Notiz auf Papier entgegen, welche diese liest, worauf sie uns prompt bittet zu gehen.

Diesmal, nur wenige Tage später, rufen wir im Haus der Gastgeberin an. Sie sei verreist, teilt man uns mit. Wir beschließen, nun etwas besorgt, nachdem von einer Reise keine Rede gewesen ist, eigenmächtig zu jenem Haus zu fahren, und tatsächlich wirkt es von außen nun gänzlich unbewohnt. Mein Mann steigt aus dem Auto, geht vor, klingelt, wartet ab und pfeift mir dann, ihm zu folgen. (Wir benutzen hierzu einen Gemeinschaftspfiff aus sieben aufeinanderfolgenden Tönen, der uns in Situationen, in denen wir einander aus den Augen verloren haben, hilft, einander wiederzufinden.) Wir öffnen die unverschlossene Haustür und betreten die Vorhalle, die mit einer englischen Clubgarnitur bestückt ist in funktionsgerecht-modernem Stil ohne Beiwerk. Wir gehen in den nächsten Raum, hinter einem mit buntem Chintz bezogenen Paravent kommt eine Sitzmöbelgruppe aus Kirschbaumholz mit Polsterbezügen in der Manier von Louis XV. zum Vorschein. Die Bücherregale sind teilweise noch vollgeräumt, auch zwei weiße Schwäne aus Porzellan stehen darin, die Schnäbel einander zugewandt. Unwillkürlich setzen wir uns, als plötzlich die Hausangestellte in veränderter Aufmachung ins Zimmer kommt. Guten Abend, grüßt sie süß und drückt uns jeweils eine bis zum Rand gefüllte Sektflöte in die Hand. Daraufhin verschwindet sie, wir prosten einander zu und beschließen, vorerst abzuwarten.

Mehrere Wochen lang leben mein Mann und ich von den Vorräten, die im Keller des Hauses und in der geräumigen Speisekammer gelagert sind. Als diese zur Neige gehen und die ehemalige Gastgeberin noch nicht zurückgekehrt ist, wollen wir das Haus verlassen, werden aber gleichsam daran gehindert, da es an der Tür klingelt und eine vornehm gekleidete Dame die Vorhalle betritt. Herr und Frau …?, spricht sie uns an, noch bevor wir die Umstände unseres Hierseins aufklären und unsere Namen nennen können, und drückt uns ein Buch in die Hand mit Tapetenmustern und Farbtafeln. Sie verwickelt uns derart geschickt in ein Beratungsgespräch, dass sich mein Mann schließlich genötigt sieht, seine Lieblingsfarbe zu nennen, nämlich Aubergine mit grafischen Elementen im Farbton Champagner. Wir geraten darob in Streit, ich hatte für ein klares Bleu votiert, rote Polstersessel, einen offenen Kamin und eine improvisierte Dekoration aus schwarzen Wandmasken, dazu Hängelampen aus Korbgeflecht. Mein Mann zeigt sich daraufhin still und traurig, ich willige schließlich in seinen Vorschlag ein. Zwei Bauarbeiter kommen daraufhin und gestalten das Haus innert einer Woche um. Wir erkennen es nicht wieder.

Wir haben uns ins Schlafzimmer zurückgezogen, hungrig und schwach, vieles bedrückt uns, mein Mann niest häufig infolge einer mich zunehmend in Sorge versetzenden körperlichen Reaktion auf Kissen, Decken und Teppiche. Außerhalb des Schlafzimmers haben sich weitere Mitbewohner eingerichtet. Kinder sind darunter, manche augenscheinlich elternlos, aber auch alte Menschen logieren in den Zimmern des Hauses. Eine gebrechliche Frau flüstert durchs Schlüsselloch, wir öffnen daraufhin die Tür einen Spaltbreit. Sie deutet mit ihrem Gehstock umständlich auf einen jungen Buben, der wohl Geburtstag feiert und uns Orangensaft in Plastikbechern und Knabbergebäck vor die fast wieder geschlossene Tür stellt. Ein Pudel in alter Karakulschur schlüpft jetzt in unser Zimmer, mein Mann muss stärker niesen und bekommt für Sekunden keine Luft, erholt sich aber bald wieder. Ich öffne jetzt unsere tatsächlich allerletzte Dose Proviant, es ist eingelegtes Beef. Ich fasse mit der bloßen Hand hinein, wühle das Fleisch heraus und halte es so dem Pudel entgegen, der alles auffrisst und danach meine Hand ableckt. Ich wische meine Hand angewidert an meinem Hausmantel aus Kunstfaser ab. Mein Mann blättert müde in einer Zeitung, deren Erscheinungsdatum sie als mehrere Jahre alt ausweist, und liest darin eine Meldung. Das war der Tag, an dem wir das erste Mal hierhergekommen sind, sagt er und umarmt mich.

Yvon verließ das Haus ihres Vaters, als er ihr eines Tages eröffnet hatte, seine Stelle als schlecht bezahlter Zirkusdirektor an den Nagel zu hängen und stattdessen in seinen alten Lehrberuf des Bankkaufmannes zurückzukehren. Yvon sah für sich und ihr geschmücktes Pony Red Heat zu diesem Zeitpunkt keine Zukunft mehr im Dienste ihres Vaters und machte sich bei Nacht und Nebel auf in die unbekannte Großstadt.

In der bald überschaubar und ihr vertraut gewordenen Großstadt traf Yvon auf Susanne-Marie am Morgen von Susanne-Maries Geburtstag, dem fünfundzwanzigsten, und ebenjene Susanne-Marie erklärte im fast noch zarten Alter von fünfundzwanzig Jahren Yvon das Leben, vierundzwanzig Stunden lang. Bevor sie einschliefen, beschloss Yvon, ihrer neu gewonnenen Vertrauten das rot-rot-rotscheckige Zirkuspony Red Heat zu vermachen.

Am Tag nach ihrem fünfundzwanzigsten Geburtstage litt, nein, läutete daraufhin Susanne-Marie an Milians Tür und schilderte ihm, nachdem dieser endlich, noch im Pyjama, vor ihr zu stehen kam, mit tränenerstickter Stimme ihre verzwickte Lage als Neo-Besitzerin eines Zirkusponys, für welches sie doch keine Verwendung finde, das abzulehnen sie in der, ja, so sagte sie es, »Morgenröte der aufgehenden Freundschaft« nicht gewagt habe. Ob solcher Wortwahl seiner Exfreundin Susanne-Marie und in Anbetracht der Forschheit ihres vorgebrachten Anliegens und der Tatsache geschuldet, dass Milian, statt sich Beruf und Studium zu widmen, den letzten Tag und die letzte Nacht trinkend in Bars verbracht hatte, fielen ihm zuerst die Augen aus dem Gesicht, hernach das Muster vom Pyjama, und schließlich nickte er bloß und deutete mit einladender Geste Red Heat den Weg in sein Apartment.

Milian, der sich, da »nun auch schon alles egal«, daraufhin weiter dem Schlaf hingegeben hatte, rief, wieder einen Tag später, bei Franziska an, deren blasses Gesicht er verehrte und die zu beeindrucken sich ihm zum gegebenen Zeitpunkt als Herzensangelegenheit darstellte. Franziska ihrerseits sagte sofort und spontan zu, für Red Heat, das kupfrig schimmernde und beinah stets gekämmte Prachtvieh, zu sorgen, und pfiff taglang ein fröhliches Lied, das ihr nicht mehr von den Lippen weichen wollte.

Gegen Abend wurde Franziska einsilbiger, in der Nacht schlichen sich erste Zweifel in ihre Träume, am Morgen erwachte sie schließlich schweißgebadet und machte sich noch vor der ersten Tasse Kaffee auf den Weg zu Patrick, dessen Sorgfalt und Mitgefühl ihm im Freundeskreis und in der Nachbarschaft den Ruf eines Lebensretters/Nothelfers/Seelentrösters eingetragen hatten. Er nahm Franziska in den Arm, kochte Kaffee und später Suppe, verbrachte mit ihr Stunden voller Gespräche und entließ sie erst, nachdem er ihr zugesichert hatte, das Tier mit Namen Red Heat zu hegen und zu pflegen wie sein eigenes.

Dann fuhr Patrick, ganz gegen sein Pflichtbewusstsein, auf Urlaub und hinterließ seinem Mitbewohner Jan in einer unscheinbaren Notiz am Kühlschrank ihrer beider Wohnküche das Zirkuspony und entließ es in eine ungewisse Zukunft in der Obhut des schüchternen Jan, den darob die Sorgen erschlugen, so groß wie dunkle Schneebälle an eisigen Wintertagen.

Höchste Zeit für Friederike, sich in ihr Eskimokostüm zu werfen, das sie beim letzten Eisverkäuferball getragen hatte, und den armen Jan aus seiner Misere rund um Red Heat zu retten.

Höchste Zeit für Isabelle, noch strahlender zu erscheinen, noch mehr sich in Szene zu setzen und sich in Pose zu werfen, noch mehr Farbe, noch mehr Pelz, noch mehr Kräusel, Zacken, Punkte, um Friederike die Show zu stehlen und Red Heat als

Zeichen ihres Triumphes nach Haus zu führen, ins Reich der schnellen Isabellen.

Bis Aurel kam in Teufelsgestalt, mit Eselsohren, Hörnern und rotglasiertem Mund, mit Feuerbällen, züngelnd um sein Antlitz, zack!, dass Red Heat sich duckte und mit den Nüstern schnaubte und ein Wiehern vernehmen ließ, das keinem Fiepen zur Ehre gereicht hätte, und, halb gezogen, halb geflogen, sich in die starken Arme des Aurel warf.

Aus dessen, Aurels, Fängen wir unser kleines Pferdchen wohl nicht mehr hätten holen können, wäre da nicht Julia gewesen, engelsgleich mit Kriegerblick, in ihrer weißen Bluse, die mit sanfter Überredungskunst Red Heat gegen eine Nacht eintauschte, woraufhin wir nun bei einem weiteren »Morgen danach« angekommen wären.

An ebenjenem Morgen spazierte nun Fritz als Aborigine durch den Wüstensand, durch die Mondlandschaft, vorsichtig vorbei an Kojoten, seinen Durst stillend an Kakteenknospen. Inmitten der Ödnis lag da Julia, durchs Weltall geballert und dann gelandet, ausgezehrt und mit einem schlafenden, marsroten Pferd neben sich, genauer gesagt lag ihr Kopf auf dem Bauch des Pferdes, und beide atmeten still.

Und wo das Gras wieder zu wachsen beginnt und die Flüsse fließen und die Tiere weiden, dort hatte Fritz sie hingeführt und gab das Pferd Red Heat in die liebevolle Pflege von Ursula.

Und das Pferd gedieh und wuchs und wurde zu einem schönen Kerl namens Sean, wo man sagt: Schon schön, der Sean. Und so verbrachten sie herrliche Tage im Süden, bis Sean die Sache zu bunt geworden war und er die Flucht ergriff und alsbald seine ihm angeborene Gestalt als Zirkuspony Red Heat wiedererlangte.

Und so kam Red Heat nach einem Tagesritt beim Bären Fabian an, von welchem es in Bärenmanier empfangen wurde, wo man noch bis spät in die Nacht hinein Honig schleckte und sein Fell an den Bäumen rieb.

Bald darauf fand Miriam das wohlgenährte Zirkuspony im Wald auf einer Lichtung grasend inmitten von Schmetterlingen und dunklen kleinen Fliegen. Kühn bestieg sie Red Heat und ritt mit ihm vom Land bis in die Stadt, wo sie es im Garten ihrer Tante an einen Pflock band, damit es nicht davonlaufen würde, ihm Wasser gab, es bürstete und ihm den Filz aus der Mähne schnitt.

Alsbald durch Miriam alarmiert, kam Sarah angelaufen, Pferdeflüsterin und Nymphe, und sie sagte, nun sei alles anders, günstiger für Red Heat, vorteilhafter, voller Möglichkeiten für ein noch gar nicht altes Pferd, und sie werde es mitnehmen und auf dem Wege ihrer Freundin Yvon noch Guten Tag sagen, und Red Heat schrie, wie ein Pferd nur schreien kann, und scharrte mit den Hufen und dachte an Aufbruch und Galopp.

Der Sonntag, an dem Black Beauty ausgebüchst ist

Das war ein Sonntag, an dem mein Pferd ausgebüchst ist: ein schwarzer Rappe, der Black Beauty geheißen hat. Man wird sagen, das sei der Name des Pferdes aus dem Fernsehen, aber mein Pferd hat schon vorher so geheißen, und ich bin es leid, auf das Fernsehen angesprochen zu werden, wenn es um mein Pferd geht. Ich habe mir Black Beauty nicht ausgesucht. Ich habe Pferde nie gemocht, ich bin auch als Kind kein solches gewesen, das Pferde mag. Es hat sich einfach ergeben, dass es bei mir untergekommen ist.

Ich habe es aber, wenn es weiter hinten auf dem Hügel gestanden ist, gern beobachtet: Es ist richtig herumgestanden dort, hat sein Maul ins feuchte Gras gesteckt, und die Sonne ist ganz tief gelegen am Horizont, geradezu herumgelegen ist sie dort, und hat Black Beauty im Gegenlicht noch schwärzer erscheinen lassen, als es in Wirklichkeit gewesen ist. Manchmal hat es an einzelnen Stellen geglänzt, dort, wo sein Fell kurz gewesen ist. Und an anderen Stellen ist es rau gewesen und matt, auch war seine Mähne einmal verfilzt und ein andermal wie gelackt.

Als ich es so in der Ferne hab stehen sehen, habe ich so etwas wie Zugehörigkeit gespürt, ganz vage, vielleicht ist es aber auch Mitleid gewesen oder Wehmut. Ich habe ja nichts gehabt als das Pferd und, ganz ehrlich, nicht vieles hat mir etwas bedeutet, aber ab dem Tag, als es dann da gewesen ist, habe ich mir plötzlich nicht mehr vorstellen können oder wollen, wie es sein würde ohne das Tier. So ist das mit den Pferden, haben die Leute gesagt und gelacht und mir auf die Schulter geklopft. Ich glaube, sie sind froh gewesen, oder schadenfroh, dass auch ich mich nun um etwas hab kümmern müssen oder sorgen.

Wenn die Leute dann bei mir im Zimmer gestanden sind und zum Fenster hinausgesehen haben, haben sie weiter hinten auf dem Hügel Black Beauty grasen sehen. Sie haben oft erst auf den zweiten Blick erkannt, dass es ein wirkliches Pferd gewesen ist. Am Anfang haben sie noch gesagt, es sei ein Scherenschnitt oder ein Lampenschirm oder ein schwarzer Stern oder etwas wie eine mechanische Ballerina, aber doch, »um Himmels willen!«, kein echtes Pferd. Sie haben die Erklärungen richtig an den Haaren herbeigezogen, um es ja kein Pferd sein zu lassen, das da weiter hinten auf dem Hügel grast.

Erst als Black Beauty an einem Sonntag fort war, haben sie's mir geglaubt. Wir sind dann als Gruppe zusammen auf den Hügel spaziert, und dort sind ja, wie zum Beweis, die Pferdeäpfel herumgelegen, so viele, dass es eine ganze Herbsternte ergeben hätte, wenn man Pferdeäpfel denn ernten könnte. Und wo an einzelnen Stellen schon der Schnee gelegen ist, da haben die Leute gesehen, dass schwarzes Pferdehaar sich auf der glitzernden Oberfläche in den Eiskristallen verfangen hat. Es hat ganz zarte Spuren dort hinterlassen, wie gezeichnet von einem sehr, sehr, sehr dünnen Edding-Stift. Wir haben uns gebückt, um die Haare besser sehen zu können, und ein paar der Leute haben gemeint, etwas an den Spuren ablesen zu können: wohin es geritten war und ob wir uns wiedersehen würden oder eben nicht.

Ein Abend im Zeichen des *Gender Bender* und des Spiels mit dem geschlechtlichen und sozialen Rollentausch: Ich reise gedanklich zurück in die Kleinstadt Iowa City, in den Nachtclub Studio 13, wo einmal im Monat die I. C. Kings auftreten. Eine Gruppe von Frauen, die mit aufgeklebten Bärten, zurückgegelten Haaren und übertriebenem Machogehabe den Männern im Club erotisch Konkurrenz machen und gleichzeitig die Statussymbole von Männlichkeit verulken. »Verarschen« wäre an dieser Stelle das falsche Wort, denn dazu ist die Show der Drag Kings eindeutig zu phallisch besetzt. Eine der Damen tritt überhaupt als Riesenpenis verkleidet auf. Während der einzelnen Nummern gilt es, sich als Gast spielerisch im Pimp-Verhalten zu üben und »Lobster Boi« und »The Giant King« einzeln Dollarnoten in den Ausschnitt zu stecken. Lernen konnte man diese Geste eine Woche zuvor schon bei den Drag Queens im selben Club. Eine Bühnenkünstlerin, die übrigens seit mehr als dreißig Jahren »Gender as Performance« behauptet und ausagiert, ist Diane Torr. Im Jahr 2012 erschien über ihren Workshop *Man for a Day* die gleichnamige Dokumentation der deutschen Filmemacherin Katarina Peters.

Was sagt das Mode- und Kostümlexikon zur Hose als Kleidungsstück im Theater? Für die sogenannte Hosenrolle, die männliche Partie, die von einer Frau gespielt wird, lassen sich Belege seit dem siebzehnten Jahrhundert finden. Die Schauspielerin trug dabei eine weite Pluder- oder Trikothose. In der Geschichte von Oper und Operette sind es Männerrollen in der Stimmlage des Mezzosopran oder des Kontra-Alt, die von Frauen gesungen werden. Die Liste der Beispiele geht von

Händel über Mozart bis Strauss und Wagner. Das Auftreten von Männern in Frauenkleidern gibt es hingegen schon bei Shakespeare, und das ist auch der Tatsache geschuldet, dass es Frauen nicht erlaubt war, Theater zu spielen. Wo doch alle Männer und Frauen nur Spieler sind, »all the men and women merely players«, auf der Weltenbühne! Ich kaufe mir eine Hose im Thrift Shop und gehe in Gedanken mit Barbara Vinken essen: Auf dem Tisch vor mir im Café des Buchladens Prairie Lights liegt ihr Buch *Angezogen*, in welchem sie schreibt, dass die knalleng anliegende Hose, nämlich bis über den Schritt hinauf, erst ab der Mitte des zwanzigsten Jahrhunderts von Frauen getragen wurde. Zuvor sind es ausschließlich die Männer gewesen, die in Strümpfen ihre Beinmuskulatur präsentiert haben, mit Fokus aufs Gemächt.

Goodbye for now, ihr Drag Kings aus dem Studio 13, auf Wiedersehen, bis zum nächsten Mal! Zwischen Iowa City und Wien liegen fünfzehn Flugstunden, sieben Stunden Zeitunterschied, der Atlantische Ozean und viele Gespräche: mit dem Schriftsteller aus Saudi-Arabien in seinem weißen Qamis-Kleid, der sich als Feminist bezeichnet und dessen Ehefrau komplett verschleiert ist, mit der Schriftstellerin aus Afghanistan, die sich fürs Foto immer einen Schal schützend übers Haar legt, mit der Studentin aus Syrien, die erzählt, eine sehr kurze Hose habe man in Damaskus nicht tragen dürfen. Mit der schönen indischen Kollegin im farbenfrohen Sari, die sagt, mit euch weißen Frauen im Modekatalog sind wir aufgewachsen. Mit der mexikanischen Dichterin, die mir nachruft, zieh dich doch nicht immer schwarz an! Ich drehe mich um und sage: Schwarz passt einfach besser zu meinem Bart, *chica*.

Der Tod des Modedesigners Karl Lagerfeld ist nicht nur aus Sicht seiner berühmten weißflauschigen Katze Choupette ein Verlust, er gibt nicht nur im Umfeld von Haute Couture und Bekleidungsindustrie Anlass zur Trauer, er ist auch für die Welt der Literatur ein Abgang, der noch zu bedauern sein wird. Zum einen galt Karl Lagerfeld als ein Exemplar jener angeblich im Aussterben begriffenen Spezies, die noch Bücher liest und kauft: Laut eigenen Angaben besteht die Bibliothek, die er nun hinterlässt, aus nicht weniger als dreihunderttausend Titeln. Zum anderen war der Schneidermeister selbst nie um eine schnelle Pointe verlegen, Niederschriften seiner Interviews lesen sich wie eine Aphorismensammlung, immer trocken formuliert und ohne gefühlsduseliges Tamtam. Nicht selten parierte Lagerfeld allzu aufgeregt-alerte Fragen seiner Interviewpartner mit der kühl-abwehrenden Bemerkung, man solle oder müsse es nicht übertreiben. Wo man vielleicht dazu neigen mag, unserer Zeit einen gewissen Hang zum hysterischen Alarmismus zuzuschreiben, hallen die Worte des ansonsten so kapriziösen Modeschöpfers mit gepudertem Zopf nach als der ruhige Klang einer letzten Stimme der Vernunft. Nun ist auch sie, wie man so sagt, für immer verstummt, gäbe es nicht Hoffnung auf eine bereits geregelte Nachfolge.

Die geschäftstüchtige Perserkatze, die unter anderem den Instagram-Account »choupettesdiary« betreibt, soll Lagerfelds Milliarden erben, so spekulieren die schmierigsten unter den Revolverblättern, und wenn nicht Choupette höchstselbst, dann eines der zirka vierjährigen Patenkinder Lagerfelds, denen die kleinen Maßanzüge allesamt so gut stehen. In den sogenannten sozialen Medien und Netzwerken wurde sein Tod betrauert, wie das immer vonstattengeht, wenn der Exitus einer öffentlichen Person publik geworden ist. Ein Foto wird geteilt samt Titelei, meist heißt es dann: R.I.P. – Rest in peace, requiescat in pace. Ruhe in Frieden, plärrt es aus dem Internet, als wäre ausgerechnet diese stinkende Müllhalde der rechte Ort für Grabinschriften und private Traueranzeigen. Als wäre jeder User ein Angehöriger, ein Totengräber, ein schmeichelnder Leichenfledderer, als betriebe jede dusselige Quasselstrippe ihre eigene Tageszeitung, in der alles verlautbart werden muss, denn jeder ist zum Sender geworden, nur die Empfänger bleiben aus, stinken ab, sterben weg. Manchmal wird das alles auch in persönlicher Anrede formuliert, als würde der Verstorbene kurz vor dem nun wirklich definitiven Abgang noch einmal alle Accounts checken: Du warst für mich –, ich erinnere mich an den Tag, an dem du –, du wirst fehlen. Die einen trauern, die anderen trollen, und so fehlen auch die üblichen kritisch-verschnarchten Gegenstimmen niemals, die unter einer solchen Traueranzeige auf Facebook dann pflichtschuldig festhalten, der Verstorbene habe leider nie darauf verzichtet, Pelz für seine Kleiderentwürfe zu verwenden. *De mortuis nihil nisi bene!*, ruft darauf der nächste, nur drückt er sich anders aus. Man möchte ihnen allen ein wärmendes Pudel- oder Katzenfell um die Schultern legen, um den Schmerz ihrer Einsamkeit zu lindern.

Auf Arte, dem französisch-deutschen Fernsehsender, wurde aus diesem Anlass nun die eigenproduzierte fünfteilige Dokureihe *Im Hause Chanel*, im französischen Original *Signé Chanel*, ausgestrahlt, die auch auf Youtube archiviert ist. Der Dokumentarfilmer Loïc Prigent hat im Jahr 2005 mit seiner wendigen (Hand-)Kamera dem Modeschöpfer beim Zeichnen über die Schulter geschaut und den Näherinnen auf die Finger beim Zuschneiden, Abmessen, Glattstreichen, Markieren, Endeln, Fädeln und so weiter. Dreitausend Arbeitsstunden fließen in eines dieser aufwändigen Abendkleider, heißt es dazu, und man kann seine Fertigung von den ersten Entwürfen bis zur pünktlichen Auslieferung nun filmisch mitverfolgen. Lagerfeld zeichnet mit der Hand, er bespricht die Skizzen mit seinem Team, die Näherinnen stehen später beisammen in ihrer Werkstatt und bemühen sich, seine schriftlichen Anmerkungen am Rand zu entziffern. Die Suggestion des Bildausschnitts und der wiedergegebenen Dialoge lautet: Du bist Teil des Prozesses. Die Näherinnen kichern und tratschen, huch, gleich ist der Meister wieder im Haus, und er kennt alle Vornamen und weiß zu jeder etwas zu sagen. Der herzensgute Schuster kommt vorbei, seine Prototypen werden noch einmal modifiziert, der Leisten benötigt einen längeren Spitz am Zeh vorne und der Schuh selbst einen anderen Absatz. Der Schuster läuft hin und her zwischen den Werkstätten von Chanel und seiner Manufaktur.

Lagerfeld ist manchmal stundenlang für seine Mitarbeiterin telefonisch nicht zu erreichen, er reist an und rauscht ab, er ist gegen diese Location und für jenes Venue. Aber wenn er zeichnet, dann zeichnet er. Voll Energie, dann auch wieder voll Wertschätzung für seine Mitarbeiter und Mitarbeiterinnen, dabei stets schnell, klar und auf den Punkt. Seine Ruhe hat er sich jetzt wirklich verdient, und ein bisschen Frieden auch: in einem Himmel aus Süßwasserperlen und Bouretteseidenstoff.

Fisimatenten mit Posamenten

Bei der Lektüre von Thomas Manns Roman *Lotte in Weimar* bin ich auf das schöne Wort »Fisimatenten« gestoßen, das mir, nachdem ich es in meinen Wortschatz aufgenommen habe, im Alltag nun ständig unterkommt. Es ist, durfte ich feststellen, doch ein ganz geläufiges Wort. Von Fisimatenten sprechen wir, solange es Widrigkeiten, Probleme und den ganzen Unsinn gibt auf dieser Welt. Nachdem die Bedeutung hiermit geklärt wäre, muss die Herkunft dieses Begriffs weiterhin unbestimmt bleiben: Am häufigsten findet man den Hinweis auf eine Verballhornung von *visae patentes* im Zusammenspiel mit einem anderen Wort, dem *visament*. Das eine bringt bürokratischen Aufwand mit sich, das andere bedeutet Zierrat. Beides ist mehr lästig als sinnvoll, macht Umstände und Schwierigkeiten, Faxen, Mätzchen, Sperenzchen.

Den Kopf voller Flausen und bedrohter Wörter, spazierte ich leichten Schrittes durch den siebten Wiener Gemeindebezirk und kam bald am nächsten Exemplar vorbei, das mir ins Auge sprang und gleich gefiel: »Posamenten« stand da in großen Lettern auf die Hausfassade geschrieben, gefolgt vom Namen des Firmeninhabers, des sogenannten Posamentierers. Jetzt ging es mir ähnlich wie zuvor beim Dechiffrieren des Thomas Mann'schen Œuvre. Die Bedeutung des Wortes war im Ungefähren klar – und blieb im Exakten doch vage.

Und wie es der Zufall will, haben die Posamenten mit den Fisimatenten nicht nur die äußere Gestalt gemein, insofern sie altmodisch aussehen, umständlich klingen und zusammen einen schönen Zungenbrecher ergeben. Sie sind einander auch inhaltlich ein wenig verwandt. Wo der Zierrat, den die Fisimatenten meinen, ein unnötiges Übel ist, ist er, die Posamenten betreffend, schmückende Notwendigkeit und dient als Sammelbezeichnung für allerhand Flechtwerk, Zierbänder, Kordeln, Spitzen, Quasten, Litzen, Borten, Tressen, Rüschen, Fransen und so weiter. Übernommen wurden die Posamenten, wie viele Begriffe aus der Sprache der Mode, aus dem Französischen. Die *passements* wiederum haben ihren lateinischen Ursprung im Wort *ponere*: etwas wird auf Kleiderstoffe und Textilien »gesetzt«. Sehr viel Etymologie für so ein paar kleine seidene Quasten!

An all diese Erkenntnisse knüpfen und flechten sich weiterführende Überlegungen. Eine Frage drängt sich aber ganz unmittelbar auf: ob denn die Posamenten Fisimatenten machen? Ein Posamentierer könnte dazu sicherlich Auskunft geben, denn wo Fäden sind, entstehen Knoten. Und bis die wieder entwirrt sind, ist auch dieser knappe Text – das Wort stammt übrigens vom lateinischen *texere*, weben, flechten – schon fast an sein Ende gelangt. Wollen wir es mit einem Saum einfassen und hier im letzten Absatz noch auf den Wiener Opernball hinweisen, der in der vergangenen Faschingswoche stattgefunden hat und wie jedes Jahr im Fernsehen übertragen wurde. Was konnte man da an Kleidern sehen, vollbesetzt mit Spitzen, Borten, Rüschen und Bändern, Schnüren und Ösen, Litzen und Spitzen! Und nur ein echtes *Fashion Victim*, das beim Walzertanzen schon einmal über die eigene Schleppe gestolpert ist, weiß wirklich, was es bedeutet, wenn die Posamenten Fisimatenten machen. Alle anderen sind bloß Schreibtischtäter und Hobby-Etymologinnen.

Welch eine Art von Wandteppich ist das, in dessen Ecken oben je ein Uhu sitzt oder eine Eule, die eine fast weiß, mit blauen Krallen und einem kleinen spitzen schwarzen Schnabel, die andere fast schwarz, mit einem hellen Schnabel – und ganz hellen Augen, die aus dem Teppich schauen, nicht aufgeregt, eher unbewegt. Was ist das, wenn die beiden Uhus oder Eulen noch dazu am Ende von zwei Pfaden sitzen, von Wegstrecken, Linien und Fährten, die beide miteinander verbinden, die aber auch in andere Richtungen führen, Irrwege sind, Einbahnstraßen ohne Ziel. Wenn dazwischen auch noch Farbspritzer, Tupfen und Punkte sind wie Blütenstaub oder wie flirrender spätsommerlich-luftiger Dreck, wenn auch Bienen dazwischen fliegen, zwischen den Wegen und die Wege entlang, als würden sie ein Rätsel lösen und als würden die gezeichneten Strecken ihnen den Weg vorgeben. Wenn dazwischen auch kleine schwarze Nadelbäume stehen, nicht sehr viele, wenn auch der eine oder andere Stern dort klebt oder steht am Firmament, wie man das so sagt von Sternen. Wenn auch die Insekten etwas unternehmen, eine Honigwabe transportieren im Flug oder mit einer Wolke aus vielen bunten Punkten kollidieren, die über die helle Weite dieses Teppichs verteilt sind. Und wenn kleine Striche wie im Comic ihre Bewegungen andeuten und festhalten, hinter jeder Bewegung eine Spur von hunderten kleinen Strichen. Und wenn darunter, unter den Vögeln, den Bienen und den Bäumen, der Untergrund wäre, geformt aus runden Steinen, gelb, blau und schwarz, schraffiert mit zarten und dennoch sperrigen oder schroffen Strichen wie Kratzern auf einer harten Oberfläche. Wenn darüber der Himmel liegt, marmoriert und graublauverwaschen, und wenn ein solcher Wandteppich mitsamt dem Himmel drei Meter hoch ist und fast zwei Meter breit, und wenn er einer ist unter einem Dutzend etwa, die in einem Raum hängen, die miteinander korrespondieren und eine Serie bilden, voll von abstrakten Mustern, voll von denselben Motiven, Sternen, Kometen, Strahlen, Knochen, Fossilien, voll von vereinzelten menschlichen Figuren, Wölfen, Kojoten, Adlern, Füchsen, Hasen, Motten, Schmetterlingen, voll von felsigen Inseln, immer wieder dreigeteilt in Himmel, Erde und Unterwelt, immer in diesen Farben: Schwarz, Ziegelrot, Königsblau, Zitronengelb, manches wie verblasst, manches durchzogen von Silberfäden, gewoben in unterschiedlichen Richtungen und fast wie in unterschiedlicher Dichte, und wenn man ganz nah herangeht an dieses gewebte und gewobene Stück Textil, dann brechen die Farben auf und lösen sich auf zu einzelnen Punkten, Nähten, Stichen, und wenn man dann wieder weiter weggeht und Abstand nimmt, dann löst sich auch der Zusammenhalt der Motive auf, einzelne Teile wie die einer Collage werden sichtbar, die als Wandteppich bis eben noch zusammengehalten haben, was aus unterschiedlichen Zeiten kommt, man denkt an mittelalterliche Tapisserien und an Art déco, an die Zeichnungen von John Tenniel in *Alice im Wunderland*, an alte Kupferstiche und Märchenbuch-Illustrationen aus dem neunzehnten Jahrhundert, an nordamerikanische Volkskunst, an die Malerei der Hippies, an die vielen schwarzen T-Shirts mit jaulenden Wölfen vor lilafarbenen Sonnenuntergängen, an Kinderzeichnungen, an Bad Painting, an alle Bilder, die man in seinem Leben gesehen hat, man vergleicht und schaut und staunt und fragt sich, wo die Grenze zum Kitsch ist, man sieht die Gefahr und liebt, was sie wagt – die amerikanische Künstlerin Kiki Smith, diese poetische Zeichnerin, die das Medium Zeichnung weitertreibt, ob auf Metall, in Wachs, aus Glas, mit Silikon, Ketten, Perlen, mit rostigem und rauem Material, auf Stoff, auf Reispapier und was es nicht alles gibt, neben den schönen seltsamen Teppichen aus

Baumwoll-Jacquard, die zuletzt im Unteren Belvedere in Wien zu sehen waren. Und wäre nicht der Herbst die richtige Zeit, um die Kunstwerke, wie dieses mit dem Titel *Parliament*, von den Wänden zu nehmen und sie sich als prachtvolle Decken um die Schultern zu legen? – Aber nein, das darf man nicht.

Das Rijksmuseum in Amsterdam ist ein imposantes Gebäude, in dessen Hallen, Sälen und Gängen man sich leicht verlaufen kann. Die *Nachtwache* von Rembrandt ist dort zu sehen oder Vermeers *Dienstmagd* mit ihrer blauen Schürze und dem braunen Tonkrug, aus dem die Milch unentwegt fließt. Aber auch abseits der berühmten Gemälde gibt es etwas zu entdecken. In einem Saal, der den niederländischen Expeditionen samt den damit einhergehenden territorialen Ansprüchen im siebzehnten Jahrhundert gewidmet ist, befinden sich zahlreich Import- und Exportwaren neben nautischen Messinstrumenten: Porzellan aus China und Zinnkrüge aus Europa neben Seilen, Zirkeln, Münzen und Waffen.

An einer der vielen Wände hängt das Bild einer Walöl-Raffinerie auf Spitzbergen, am Ufer liegt der erschlagene Wal, dessen riesiger Körper in der Mitte durch einen tiefen blassroten Schnitt geteilt wird. Ein Mann steht dort oben wie auf einem Hügel und hat das Messer schon angesetzt für den nächsten Schnitt. Zwei weiße Möwen fliegen über dem schwarzblauen Wasser des Meeres, weiter hinten sind Schiffe zu sehen, ein halbes Dutzend an Segelmasten. An Land raucht der Schlot der Tranöfen, der Walspeck wird zu Öl gekocht, später soll daraus Seife gemacht werden, Lampenöl und Schmiermittel.

In jener Zeit, als die Arbeit auf dieser Walfangstation gemalt worden ist – etwa Mitte des siebzehnten Jahrhunderts –, betrieben hauptsächlich Niederländer und Briten das blutige Geschäft des Walfangs im Nordatlantik. Zwischen den Schiffen der einzelnen Nationen kam es dabei wiederholt zu kriegerischen Konflikten, bis die Häfen der Inselgruppe dann den verschiedenen

Nationen zugeteilt wurden. Smeerenburg hieß der Hafen auf Spitzbergen, den die Niederländer nutzten. In der sogenannten Walfangperiode, einer Zeitspanne von etwa hundert Jahren, fingen und verarbeiteten diese an die sechzigtausend Wale.

Die meisten Walfänger und Arbeiter an den Tranöfen verließen im Winter die Insel. Nachdem es in ihrer Abwesenheit zu Plünderungen gekommen war, überwinterte eine kleine Gruppe als Wachmannschaft, die jedoch den eisigen Winter am Nordpolarmeer teilweise nicht überleben sollte. Vielleicht haben diesen Männern die Mützen gehört, die nun im Rijksmuseum ausgestellt sind, unterhalb des Bildes von der Walfangstation im Hafen Smeerenburg. Sechs Stück in einer Vitrine, gestrickte Mützen mit Löchern und gestopften Löchern, aus grober und aus feinerer Wolle, manche fast verfilzt. Alle aber in unterschiedlichen Farben, ob einfarbig oder mit Ringelmuster, blau, braun, beigefarben, mit kleinen hellen Mustern auf den Streifenbahnen, die sich um die Haube ziehen, keine gleicht der anderen. Gestrickt wurden diese Mützen laut Auskunft des Museums zwischen den Jahren 1650 und 1800, der Urheber, die Urheberin, bleibt anonym. Ihr Erhaltungszustand ist erstaunlich gut, als hätten wir die Mützen noch vor drei Jahren im Winter getragen, hätten sie irgendwann beim Fahren auf der Schipiste verloren und dann im überübernächsten Frühjahr wiedergefunden, nur ein wenig ausgebleicht von der Sonne.

Erhalten haben sich diese Strickmützen in den Gräbern der Arbeiter und Wachmänner aufgrund der konservierenden Bedingungen des Permafrostbodens, jede Mütze gehörte zu einem ihrer Skelette. Es ist schon ein bisschen schaurig, sich diese Kopfbedeckungen im Museum jetzt anzuschauen, auch ein bisschen traurig vielleicht. Weil die Arbeiter sich in ihrer dicken, vor der Kälte schützenden Kleidung kaum voneinander unterschieden, waren es die bunten Strickmützen, an denen man jeden einzelnen erkannte. – Hieß es nicht schon in der Bibel: An ihren Strickmützen sollt ihr sie erkennen?

Wenn man im Kunsthistorischen Museum in Wien die Hauptstiege nimmt und treppauf die erste Gelegenheit nutzt, nach rechts abzubiegen, sieht man gleich am Ende des Ganges eine Vitrine, in der genau zwei Büsten Platz haben. Es sind ein Mann und eine Frau, die dort unter einem Glassturz liegen, an dessen Oberfläche sich der Himmel spiegelt, mit dem Licht, das von draußen durchs Fenster kommt. Die beiden liegen da wie schlafend oder träumend und ganz so, als würden sie zusammengehören.

Dieser Eindruck täuscht. Die Büste der Frau ist etwa ein halbes Jahrhundert vor der des Mannes angefertigt worden, die beiden Dargestellten sind einander auch im Leben wohl nie begegnet. Ausgeführt als Skulpturen aus Kalkstein bildeten sie so etwas wie den schmückenden Aufsatz einer Verschlussplatte eines Grabschachtes, der nicht hinunter in die Erde, sondern horizontal nach hinten führte. Ursprünglich sind sie daher auch gar nicht gelegen, sondern waren aufgerichtet wie Torwächter und konnten dem Betrachter so direkt in die Augen schauen, sofern Figuren aus Stein eben schauen können.

Dem Mann allerdings fehlen die Pupillen, sie finden keine Richtung, die Pupillen der Frau hingegen, oder besser gesagt, die äußeren Ränder ihrer Iris, sind in Form von Kreisen in die Augen eingezeichnet. Während er fast ein wenig zu lächeln scheint, sind ihre Mundwinkel nach unten gezogen. Sie grämt sich wohl darüber, dass ihre Nasenspitze bereits angeschlagen ist und in der Mitte eine unschöne Delle aufweist. Die Gesichter der beiden, und das ist wieder gerecht, sind von Sprüngen durchzogen und verwittert, Flechten haben ihre Spuren hinterlassen. Kein Wunder, sind ihre Köpfe, grob überschlagen, doch an die zweitausend Jahre alt.

Eine Inschrift im Stein weist sie als Kinder ihrer Väter aus, und »Wehe!«, steht da noch geschrieben, eine Erinnerung an die Klage der Hinterbliebenen und vielleicht ein Aufruf an uns, uns der Dauer unseres Lebens nicht allzu gewiss zu sein. Und gleichzeitig halten sie auch die Zeichen des Alltäglichen in ihren Händen, fixieren einen Zipfel ihrer Kleidung zwischen den Fingern, Untergewand, Mantel, Schlaufe, Schleier. Und eine Spindel mitsamt einem Spinnrocken ist hier auch zu finden, sie muss sich einmal gedreht haben, als alles noch lebendig war.

Dieses Paar in der Vitrine bildet ein sehr stilles Kunstwerk. Die meisten Museumsbesucher scheinen daran vorbeizulaufen, hinein in den nächsten Saal. Dabei lohnt es sich, im Gang stehenzubleiben, und den beiden einen Blick zu schenken. Die antike Ausgrabungsstätte der einst florierenden Oasenstadt Palmyra, auch Tadmor genannt, etwa zweihundert Kilometer nordöstlich von Damaskus gelegen, ist in den Jahren 2015 und 2017 von Truppen des IS in großen Teilen gesprengt und geplündert worden. Die Grabbüsten, die im Kunsthistorischen Museum seit etwa hundert Jahren mit dreizehn anderen Reliefs und Fragmenten nun Teil der Antikensammlung sind, wachen in der Ferne, auf verlorenem Posten, trotzig über die Ruhe der Toten.

Der Club der toten Dichter

Im Dunkel leuchtet der Monitor und zeichnet mit einer gestrichelten Linie den Weg von Japan nach Deutschland vor. Wir haben bereits ein Drittel der Strecke hinter uns gebracht, als die Stewardess der Lufthansa meinem Sitznachbarn Baileys auf Eis serviert und der süße Duft einer fast vergangenen Zeit mir in die von der Aircondition trocken gewordenen Nasenschleimhäute fährt. Ich tippe mit der Fingerkuppe auf die Oberfläche des Bildschirms und berühre eine Stadt in Russland. Ein Fenster öffnet sich unmittelbar, sein Name ist: *Movies*.

Ist es schön oder befremdlich, einen Film nach fast dreißig Jahren wiederzusehen? Ist es der falsche Film zur rechten Zeit oder umgekehrt? Es ist beides, nämlich tatsächlich schön und gleichermaßen befremdlich, zum Beispiel, wie jetzt, im Flugzeug sitzend, sich den Film *Dead Poets Society*, auf Deutsch *Der Club der toten Dichter*, anzusehen und sich daran zu erinnern, wie man als vielleicht elfjähriges Kind, oder vielleicht als zwölf- oder dreizehnjähriges, am Ende des Films das elterliche Wohnzimmer wortlos verlassen hat, um sich im Badezimmer einzusperren und jämmerlich zu schluchzen.

Was ist denn nochmal so traurig gewesen an diesem Film? Doch nicht die sanften Augen und das milde Lächeln von Robin Williams. Doch nicht dieser charismatische Pädagoge, den er mimt, der, um seine Unangepasstheit zu demonstrieren, auf den Katheder steigt und Gedichte rezitiert! Doch nicht dieses »O Captain! Mein Captain!«, mit dem die Schüler ihren Lehrer ansprechen, das sein Urheber, der amerikanische Dichter Walt Whitman, vielmehr dem verstorbenen Staatsmann Abraham Lincoln zugedacht hatte. Diese Wörter und Sätze, die sich mittlerweile zu Sprachbausteinen verfestigt haben, die heute eine homogene Twittermauer bauen aus den ewig gleichen Verbalreflexen auf den Auslöser Verlust oder die Aufforderung zur Ehrerbietung: O Captain! Mein Captain! Kann mich das noch rühren?

Man stößt im Verlauf der Handlung auf unterschiedlichste Lektüreerlebnisse, auch eigene, die man damit abgleicht, indem man sie versuchsweise vom Englischen ins Deutsche transponiert. E. E. Cummings' *dive for dreams* ist darunter: »tauche nach träumen / sonst könnte ein schlagwort dich stürzen / (bäume sind ihre wurzeln / und wind ist wind) // traue deinem herzen / wenn die meere feuer fangen / (und lebe von liebe / auch wenn die sterne rückwärts gehen) // ehre die vergangenheit / aber heiße die zukunft willkommen / (und tanze deinen tod / weg auf dieser hochzeit) // mach dir nichts aus der welt / mit ihren bösewichten oder helden / (denn gott liebt mädchen / und morgen und die erde).« Tauche nach Träumen, fliege weiter, ruft Robin Williams – noch einmal ist auch er wieder lebendig – als Lehrer John Keating aus den krachenden Kopfhörern, die die Lufthansa ihren Fluggästen vorübergehend zur Verfügung gestellt hat. Das Gedicht von E. E. Cummings zum Beispiel musste mir beim ersten Sehen des Films als Kind entgehen, jetzt aber höre ich diese Zeilen, schreibe sie nieder, ein Schlagwort könnte mich stürzen.

Die Flugstrecke ist vorgegeben, sie führt bis nach München, wo der Anschlussflug Richtung Wien erwartet wird. Robert Frost wird derweil zu Rate gezogen, wörtlich übersetzt sagt er in etwa: »Zwei Wege verzweigten sich in einem Wald, und ich – / Ich nahm den weniger abgetretenen, / Und das hat all den Unterschied ergeben«, das hat alles verändert, das hat viel bedeutet. Den Schülern, den Mitgliedern dieses Clubs der toten Dichter, bedeuten diese Sätze so etwas wie ein Vademecum, das sie auf ihrem Weg ins Erwachsenwerden begleitet. An einer der Gabelungen entscheidet sich der Schüler Neil Perry für seine Neigung, das Theaterspielen, und gegen die Pflicht, die vom Vater vorgesehene militärische Ausbildung. Das Lesen, das Sprechen, das Schreien von Gedichten, diese Weigerung, sie gemäß dem Lehrbuch zu interpretieren, diese Möglichkeit, die Texte anzuwenden und sie ein andermal auch ins Leere der wolkenlosen Atmosphäre laufen zu lassen ... Denn nicht für die Schule, sondern für das Leben lesen wir, und wir lesen, um zu überleben: den Drill, die Strenge, die Hierarchie, die Stumpfsinnigkeit des Schüleralltags. Die Erinnerung daran wird wach und schmerzt mitunter als Gegenwart.

Jetzt möchte ich auch ein Glas Baileys bestellen. Denn mir fällt doch auf einmal wieder ein, was nun folgt und was so unendlich traurig gewesen ist an diesem Film. Die Schüler, die am Ende auf die Tische steigen, die ihrem Lehrer ein »O Captain! Mein Captain!« nachrufen, die sehnsuchtsvolle Ahnung von einem anderen Leben. Plötzlich gilt alles das wieder, plötzlich versteht man es, zehntausend Meter über dem Boden, auch wenn der Film mittlerweile peinlich geworden ist, oder es schon immer war. Wahr ist er wieder, stimmt auch heute noch, und gleichzeitig duftet etwas zu süß aus der Vergangenheit herüber, das schmeckt wie das alkoholische Getränk, das man als Jugendlicher im Schrank der Eltern gefunden hat. Noch vier Flugstunden sind es bis München, o Captain, und man will vor Ungeduld auf die Tische springen.

Ich war einmal eingeladen zur Teilnahme an der Tagung der ost- und zentralafrikanischen Germanistik in Nairobi in Kenia. Dort sollte ich aus meinen Büchern lesen und einen Workshop für Studierende an der Kenyatta-Universität geben. Die Tagungsgäste setzten sich aus schwarzen Professorinnen und Professoren aus Afrika und aus weißen Lektorinnen aus Deutschland zusammen. Auch ein paar Lektoren waren darunter, aber die meisten waren Frauen, die nach dem Universitätsabschluss in Deutschland, vermittelt durch den deutschen akademischen Austauschdienst, nach Tansania gegangen sind oder nach Ägypten, nach Kenia oder nach Äthiopien.

Die afrikanische Germanistik beschäftigt sich natürlich mit Johann Wolfgang von Goethe. Wahrscheinlich auch mit Friedrich Schiller. Aber auch mit Themen von Postkolonialismus und sogenannter Blackness und der Repräsentation von People of Color in deutschsprachigen literarischen Texten. Und dann ging es noch um ganz pragmatische Fragen zur Didaktik des Sprachenunterrichts oder schlicht um Studierendenzahlen in einem Fach, das vielen nach Beendigung ihres Studiums kaum Anwendbarkeit im Beruf beschert. Englisch ist wichtiger, Französisch ist wichtiger, vielleicht auch Chinesisch, da beispielsweise, in Nairobi im Stadtbild gut sichtbar, die Bürotürme hochgezogen werden von chinesischen Baufirmen.

An der Universität, wo ich den Workshop abgehalten habe, gab es kein fließendes Wasser und kein Internet über WLAN. Es gab nur eine kleine Bibliothek deutschsprachiger Literatur, die in einen kleinen Klassenraum passte, der seine besten Zeiten vielleicht gar nie gehabt hat. An den Wänden hingen Plakate, auf denen Französisch gepriesen wurde als Sprache, die Paris mit Afrika verbindet, Bilder vom Eiffelturm und von der Seine waren zu sehen. Gehe deinen Weg in Deutschland, rief ein anderes Plakat die Studierenden auf. Dazu Bilder von blühenden Landschaften.

Im österreichischen Radio liefen noch die Nachrichten, bevor ich zum Flughafen Schwechat aufgebrochen war, es ging wieder einmal um das sogenannte Schließen der Mittelmeerroute, das Drosseln der irregulären Einwanderung aus Afrika über Libyen nach Europa. Ja, wieso eigentlich nicht wechselseitig?, fragte man sich, wenn man in Nairobi in diesem Klassenzimmer stand. Ein Student meldete sich und wollte wissen, wie es stünde um Pegida-Demonstrationen in den Straßen deutscher Städte. Im Herbst würden die meisten der hier anwesenden jungen Leute für ein Semester in Leipzig oder Dresden studieren, manche auch in Paderborn.

Die Aufgabe für unseren Workshop war, nach den ersten Gesprächen, eine Geschichte zu schreiben. Eine junge Frau, die aus dem Sudan alleine nach Nairobi gekommen war, die einzige in der Gruppe, die ein Kopftuch trug, schrieb die beste Geschichte. Das ist weder eine Idealisierung noch eine Stigmatisierung, es ist einfach ein Zufall, dass sie die beste Schreiberin war. Ihre Geschichte geht mir nicht mehr aus dem Kopf.

Nach dem Kurs bin ich mit ein paar Studentinnen in einem klapprigen Minibus-Taxi durch Nairobi City gefahren. Wir haben bei einem Supermarkt Halt gemacht, denn es gab im obersten Stockwerk eine Art Cafeteria oder Mensa, und ich fragte meine Begleiterinnen, was sie essen wollten. Schwarzwälder Kirschtorte, sagten die Studentinnen und nahmen sich je ein Stück, das in seiner Plastikverpackung so aussah, als hätte die Schwarzwälder Kirschtorte hier völlig ihre Gestalt verloren, dreimal so groß und dreimal so rot und schwarz und weiß war sie.

Untergebracht war ich damals in der Residenz der österreichischen Botschaft, wo einem beim Frühstück die Affen die kleinen Bananen, die es hier überall zu kaufen gibt, vom Teller klauten. Manchmal stahlen sie auch ganze Sandwich-Brote vom Bürotisch, wenn der österreichische Botschafter vergessen hatte, in der Mittagspause, bevor er den Raum verließ, das Fenster zu schließen. Er wirkte, während er das erzählte, so heiter-gelassen. Er hat sich mit den Äffchen arrangiert gehabt.

Während ich diesen Text in den Laptop tippe, bin ich im Zug nach Frankfurt. Hinter mir sitzt ein gepflegtes bürgerliches Ehepaar, das sich gepflegt-bürgerlich über den Brexit streitet. Vor mir schnarcht leise einer, der bis eben noch im Handelsblatt den Aktienkurs studiert hat. Wo bleiben die Äffchen aus Nairobi, wenn man sie braucht? In Frankfurt angekommen, wird man vor den Taschendieben im Bahnhofsviertel gewarnt. Weiter Richtung Frankfurter Innenstadt regiert das riesige blaue Euro-Zeichen den Willy-Brandt-Platz. Es sieht traurig aus und billig, wie die Dollarzeichen in den Augen von Dagobert Duck, wenn ihn die Gier ganz *dizzy* macht. Oder wie die winkende Katze, die in so vielen Schaufenstern steht. Ein japanischer Freund hat einmal gesagt, er schäme sich beim Anblick dieser japanischen Katze in europäischen Läden. Ihr Winken bedeute: Komm herein, ich will dein Geld, ich will dein Geld.

Bevor ich losgefahren bin, habe ich mir heute am Bahnhof Salzburg die Süddeutsche Zeitung gekauft und eine Ausgabe der Zeitschrift Gala. Für die Gala habe ich mich geschämt, daher sind mir beim Versuch, diskret und schnell zu zahlen, alle Münzen aus dem Portemonnaie auf den Boden gerasselt. Euros waren es und Kenia-Schillinge. Und mit ihnen klimpern die Erinnerungen an die jungen Leute aus Nairobi, die jetzt in Deutschland studieren, auf den Asphalt, und ich wünsche ihnen, dass sie ihren Weg gehen.

Auf der Matte mit Mady

Hallo, ihr Lieben. Ich bin Mady, und ich freue mich, dass ihr heute wieder eingeschaltet habt, sagt Mady am Anfang jedes ihrer Videos. Mady Morrison ist dreißig Jahre alt, sie lebt in Berlin und produziert Yoga- und Fitnessvideos, in denen sie Übungen vorzeigt, die man zu Hause auf der Matte vor dem Computer nachmachen kann. Dabei erklärt sie die einzelnen Bewegungsabläufe ruhig und verständlich, benutzt nicht zu viele und nicht zu wenige Worte, und manchmal hat sie nebenbei sogar einen kleinen Witz parat. Nur selten geht es ihr um Erleuchtung. Aber doch darum, dass wir im Turnen unser Blickfeld erweitern bei gleichzeitigem Hineinlauschen in uns selbst.

Dass dabei nichts als ein bloßes Gurgeln zu hören sein könnte, liegt nicht an Mady. Es liegt an mir, an dir, an uns oder an euch. Das Blut rauscht durch unsere Köpfe und spült die Gelassenheit fort. Wir haben so viel an Aggression geparkt in unseren Herzen, in unseren Bäuchen, und wir tragen sie schwer auf unseren Schultern. Das belastet uns und macht uns müde. Im Livestream von Servus TV habe ich neulich eine Reportage gesehen, *Groß im Alltag*, da stattet der sympathische, stets friedlich gestimmte Moderator David Groß der Box-Union Favoriten einen Besuch ab. »BUF« steht auf den T-Shirts der jungen Boxer. BUF, ich will auch endlich boxen, aber ich mache derweil noch Yoga.

Mady bietet auf ihrem Youtube-Kanal um die hundertfünfzig Videos in unterschiedlicher Länge an: fünfzehnminütige Workouts, einstündige Vinyasa-Flows, Atemübungen, Meditation, Muskelaufbau, Krafttraining, Entspannung. Tief einatmen, lange ausatmen, wir fließen!, beschwört uns ihre Stimme aus dem Off. Im Vordergrund ist immer Mady, in cooler Fitnesskleidung, eher lässig, hippiemäßig, aber auch urban, mit Style und Understatement. Manchmal trägt sie coole Zopffrisuren, meistens einen sehr hohen Dutt oder Knoten. Mady selbst ist klein und drahtig, muskulös und unglaublich kraftvoll, fast wie eine Akrobatin. Wenn sie die »Krähe« vormacht, also eine Art von Handstand, bei dem man seine Knie an den Oberarmen oder Ellbogen aufstützt ohne mit den Füßen den Boden zu berühren, zwitschert's einem beim Versuch, die Übung nachzuturnen, vor Anstrengung in den Ohren.

Den Hintergrund für Madys Bewegungsabfolgen auf der Yogamatte bilden diverse Innenräume mit Hang zum Interior. Romantische Fenstersimse, modische Sofagarnituren, ein Bild an der Wand, sehr *sophisticated*, ein schlafender Hund auf einer grauen Wolldecke daneben. Gern ist Mady aber auch auf Reisen, auch das zur Horizonterweiterung, wie sie uns wissen lässt: einmal auf Bali, ein andermal im Joshua Tree National Park in Kalifornien. Manchmal ist sie so glücklich, dass die Pferde mit ihr durchgehen. Sie schwärmt dann vom Leben, sie liebt ihren Freund, sie mag die Natur, sie respektiert das, was uns umgibt. Nach jeder Yoga-Einheit rollt sie sich »genüsslich« ein oder auf, sie »schenkt« uns ein Lächeln, sie setzt Küsschen auf ihre Fingerspitzen und wirft sie der Kamera und uns entgegen, sie winkt und sagt: Bis zum nächsten Mal! Sei aufmerksam mit dir selbst, schenk dir auch selbst ein Lächeln, gönn dir diese tiefe Entspannung, nimm dies und das mit in den Tag. Und sag dir einmal selbst, wie gern du dich hast.

Mady hat sich selbst wahrscheinlich wirklich gern. Sie erlaubt sich vieles, denn eines ihrer Motti lautet, dass man manchmal auch etwas Ungewöhnliches machen kann, abseits vom Schubladendenken. Mady kann auch Crossfit machen, sie könnte auch boxen in der BUF, ohne dabei auf Yoga verzichten zu müssen. Sie ernährt sich ausgewogen und teilt auf ihrem Youtube-Kanal, der etwa achthunderttausend ständige Abonnenten hat und bisher fast zehn Millionen Mal angeklickt wurde, das Rezept für einen Brotaufstrich mit Schokogeschmack, der auf der Basis von Hummus gemacht wird. Vegan, nachhaltig und superlecker, wenn man einmal »gesund naschen« möchte.

Ich ätze. Aber ich mag Mady Morrison auch, schließlich turne ich selbst mit ihr mit und profitiere so von ihrer Webpräsenz. Ich finde auch, dass sie ihren Job richtig gut macht. Und ich erlaube mir die unendliche Freiheit, über die Gläubigkeit, die Merkantilität und die *Cuteness* des Ganzen abzugurgeln. Ich erlaube mir den Widerspruch von befreiendem Ausatmen und beklemmendem Einatmen. Ich. Kann. Einfach. Nicht. Loslassen. Mein Verstand steht mir im Weg wie eine Krähe auf wackligen menschlichen Unterarmen.

Treffen sich der Sohn des griechisch-französischen Filmemachers Costa-Gavras, nämlich Romain Gavras, und die erfolgreiche britisch-sri-lankische Künstlerin und Sängerin Mathangi »Maya« Arulpragasam, genannt M.I.A., um zum zweiten Mal gemeinsam ein Musikvideo zu drehen, haben sie, stellt man staunend und glotzend fest, nichts zu verlieren: »Live fast, die young«, heißt auch hier, nämlich bei den bösen Mädchen, die bekanntlich überall hinkommen, das zählebige Motto. Überallhin meint im Fall von M.I.A.s Video zu ihrem Song *Bad Girls* aus dem Jahr 2012 den Drehort Marokko, genauer gesagt Ouarzazate, das südlich gelegene »Tor zur Wüste«, wo auch die TV-Serie *Game of Thrones* oder, vor über fünfzig Jahren, Klassiker der Filmgeschichte wie der herrliche *Lawrence von Arabien* gedreht worden sind.

Wenn man sich auf die Suche nach der Quelle dieser gern zitierten Handlungsanweisung, lebe schnell, stirb jung, macht, stößt man auf ein Buch des afro-amerikanischen Schriftstellers Willard Motley aus dem Jahre 1947, *Knock on Any Door*, und auf die von dieser Textgrundlage ausgehende, zwei Jahre später entstandene Noir-Verfilmung. Es gibt darin eine Szene, in der John Derek als junger Gangster, aufgewachsen in den Slums, die gutmeinenden Ratschläge eines stotternden Freundes, der ihn vor dem Leben auf der Straße warnt, »the/this street's no good«, in den Wind schlägt mit folgenden Worten: »Live fast, die young, and have a good-looking corpse.« Humphrey Bogart, der ihn als Anwalt Andrew Morton mithilfe milieutheoretischer Erklärungen – die sozialen Verhältnisse haben ihn zu dem gemacht, der er ist – vor Gericht verteidigt, wird letztlich von seinem

Schützling enttäuscht, der am Ende des Films gestehen muss, die ihm vorgeworfene Tat eben doch begangen zu haben. Das Kriminelle habe er einfach im Blut: »So it's in my blood, who cares?«

Blood, blood, blood. Maya Arulpragasam gilt als die einzige im Westen bekannte Künstlerin, die der sri-lankischen Bevölkerungsminderheit der Tamilen angehört. Ihr Vater ist der Begründer einer ehemaligen tamilischen Studentenorganisation, »EROS« lautet deren Akronym, die mitunter auch als militant beschrieben wird. Seit den späten Achtzigern arbeitet er, soweit man es nachlesen kann, als unabhängiger Verhandler zwischen den Fronten des sri-lankischen Bürgerkriegs, den überwiegend hinduistischen Tamilen und den mehrheitlich buddhistischen Singhalesen. Ein jahrzehntelanger blutiger Konflikt, dessen Beginn mit dem Jahr 1983 und dessen Ende mit 2009, nach dem militärischen Sieg der Regierungstruppen, offiziell festgesetzt wird. Maya Arulpragasam selbst hat ihre Kindheit und Jugend, ohne den Vater, weitgehend in Indien und Großbritannien verbracht, hat später am Saint Martins College in London bildende Kunst studiert, und wenn sie sich gegenwärtig zum Konflikt in Sri Lanka äußert, wird ihr medial – es gibt dazu unter anderem einen aufschlussreichen Artikel im britischen Guardian – auch der Vorwurf der »Unterstützung von Terrorismus« gemacht.

Im International Writing Program an der Universität Iowa habe ich einen jungen singhalesischen Autor aus Colombo kennengelernt, der auch an der Law School studierte und sich mit Menschenrechtsfragen beschäftigte. Eine Arbeit, die in Sri Lanka, soweit seine Auskunft, nicht unterstützt wird, im Gegenteil, es gebe kaum Zahlen zur Ermordung und Verschleppung Angehöriger der tamilischen Bevölkerungsminderheit. Mit ihm habe ich öfter über M.I.A. gesprochen, er hat mir auch, sehr differenziert, von den Langzeitfolgen der einstigen Kolonialisierung des Inselstaates und den jüngsten Auswirkungen des Bürgerkriegs berichtet. Zu allgemein bleiben im Vergleich dazu meine Worte, um hier knapp zu skizzieren, woher M.I.A. kommt, zumindest geografisch gesprochen.

Ihr Video zu *Bad Girls* hat mich, als ich es die ersten Male gesehen habe, umgeblasen mit seiner krassen Ästhetik, zusammengepixelt aus diesen vielen widersprüchlichen Codes, die in Summe vielleicht so etwas wie Ethno-Fusion ergeben. In einem Behind-the-Scenes-Video von Noisey, das auf Youtube abgerufen werden kann, erzählen M.I.A. und Romain Gavras auch von den Einflüssen, die die Clips ebenjener Videoplattform auf die Konzeption ihrer gemeinsamen Arbeit gehabt haben. Handy-Videos von saudischen Kids, die mit ihren Autos durch den Verkehr driften und sliden, drehen, rasen, wenden, die *Car Skiing* betreiben, also das Auto seitlich auf nur zwei Reifen steuern, aus dem fahrenden, gekippten Auto klettern, im Fahren die zwei unbenutzten Reifen abmontieren, dort oben auf dem Autodach sitzend Shisha rauchen und sich auch noch in aller Ruhe ein Gläschen Tee genehmigen. *This street's so good!*

M.I.A. hat diese Stunts mit ihren bösen Mädchen nachgetanzt, man kann sich das ja alles selbst ansehen: Wie sie, mit Klunker und Ketten behängt und in Seidenschals und Polyestertücher gehüllt, bedruckt mit Leopardenprint, Punkten und Blumen, in und auf den Autos posieren. Lederhandschuh, verspiegelte Pilotenbrille, brennender Autoreifen oder Dornbusch, staubige Wüstenstraße. Und wie daneben die Männer, mit ihrer Kufiya bedeckt, dem Kopftuch, zusehen, applaudieren, ein Spalier bilden. Ein Look, den man so wohl nirgendwo zu sehen bekommt: Irgendwo zwischen dem protzigen Kitsch von Versace, den Klischeevorstellungen vom Orient und der gewalttätigen Realität im Mittleren Osten. Und doch gibt es da, abseits von modischer Verbrämung, tatsächlich noch ein Bild, das M.I.A. inspiriert hat: das Foto einer Beduinenfrau, die einen Lastwagen fährt, verschleiert und gleichzeitig aufgedonnert, abgedruckt 1987 im Beitrag *Women of Arabia* in der Zeitschrift National Geographic.

So vieldeutig die Bilder in *Bad Girls* sind, so zweideutig ist der Text angelegt, und mit ihm sein eingängiger Rhythmus: schnelle Autos, schnelles Leben, schneller Sex. »Meine Kette schlägt auf meine Brust, wenn ich auf das Armaturenbrett knalle.« Und dann wieder, im trochäischen Zweiheber, der Refrain: »Live fast, die young / Bad girls do it well.« Das ist es also, womit ich mich in langen Abendstunden auch beschäftige, ein wunderschöner, seltsamer, unangenehmer, unterhaltsamer Quatsch. Nachdem M.I.A. selbst schon über vierzig Jahre alt ist, denke ich mir, ein bisschen Zeit hab ich ja selbst auch noch, um schnell zu leben.

Auf großer Fahrt

Mit meiner Schulfreundin Tina habe ich mich einmal auf ganz große Fahrt begeben. Wir hatten am Vorabend unsere Rucksäcke gepackt, stellten unsere schweren Schuhe vor die Wohnungstür, jede für sich, ich in St. Johann im Pongau, Schulfreundin Tina in Großarl. Unsere Herzen klopften, als wir uns, jede für sich, ins Bett schlafen legten und den nichtsahnenden Eltern eine Gute Nacht wünschten. Schulfreundin Tina und ich hatten in der Vorwoche Atlanten gewälzt, die Pausen zwischen den Schulstunden genutzt in der Bibliothek, verschanzt hinter den Prachtbänden von Grzimeks *Tierleben*. Für eine Vorbereitung, die wir »akribische Vorbereitung« genannt hatten in unserem gemeinsamen Reisetagebuch.

»Tag eins« stand da geschrieben, mit Neonmarker hervorgehoben. Tag zwei. Tag drei. An Tag vier hatte ich Schulfreundin Tina darüber aufgeklärt, wie, laut Karl May, ein Indianer einem Cowboy den Adamsapfel in den Hals drücken würde, um seinen Gegner zu bezwingen. Ich sagte ihr, sie müsse es mit aller Muskelkraft und beherzt unternehmen, wenn wir erst einmal im Westen angekommen wären. Schulfreundin Tina sah mich mit ernster Miene an, kaute weiter ihren blauen Kaugummi und nickte. Wir rechneten weder mit Cowboys noch mit Indianern. Und mit deinen Eltern?, fragte Schulfreundin Tina. Ich zuckte mit den Schultern. Karl May hatte keinen Rat parat für zwei Schulfreundinnen, die gar nicht erst zu fragen wagten, ob sie sich denn auf große Fahrt begeben dürften.

Niemals hätten wir unseren Vätern den Adamsapfel in den Hals gedrückt oder unseren Müttern das Nasenbein ins Hirn geschossen. Immerhin verdankten wir ihnen doch unser Leben, sagten Schulfreundin Tina und ich. Tag fünf: Fälschung zweier Unterschriften. Aus familiären Gründen ist es unseren Töchtern bedauerlicherweise nicht möglich, fürderhin am Unterricht teilzunehmen, mit freundlichen Grüßen. Darunter zweimal unleserliches Erwachsenengekrakel als Unterschrift, ein Datum, ein Kuvert. Ein wasserdichtes Alibi, sagte Schulfreundin Tina. »Effektivität bestimmt das Handeln«, sagte ich, und Schulfreundin Tina erkannte den Text sofort und sagte: *Major Tom* von Peter Schilling. Tag sechs verstrich dann ereignislos.

Tag sieben war kein Sonntag, doch wir sahen, dass wir gut vorbereitet waren. Wir verließen die Wohnung, jede für sich, so wie an jedem anderen Wochentag auch. Schulfreundin Tina nahm den Schulbus von Großarl nach St. Johann im Pongau, ich ging lediglich über die Straße zu unserem Nachbarhaus, das schon die Schule war. Von dort aus marschierten wir, unauffällig pfeifend, mit unseren Rucksäcken und in schweren Schuhen vom Obermarkt in den Untermarkt. Am Bahnhof St. Johann im Pongau warteten wir auf den Zug und verglichen den Inhalt unserer Rucksäcke. Schulfreundin Tina hatte mit Schokoriegeln gefüllte Semmeln eingepackt, außerdem Cola und Zigaretten aus der Kellerdisco ihrer Eltern. Ich hatte zwei Regenjacken für uns dabei, Karl May und ein Axe-Sprühdeo. Axeee!, rief Schulfreundin Tina wie in der Werbung. Und wir waren ja auch auf Achse. Ich klatschte in ihre erhobene flache Hand, als der Zug einfuhr. Jetzt aber!

Jetzt aber sofort einsteigen, gleich in der Toilette verschwinden und die Tür hinter uns zusperren. Bis Bischofshofen rauchten wir gemeinsam eine Zigarette und sprühten mit Deo nach. Schulfreundin Tina hob ihre Arme und rief noch einmal: Axeee! Ich sprühte uns beide von oben bis unten ein, zusammen mit dem Zigarettenrauch ergab das den Moschus-Duft von Abenteuer. Bei Bischofshofen sprangen wir aus dem Zug, der Schaffner rief uns noch nach. Wir liefen über die Gleise in Richtung der Bahnhofshalle und lachten.

In der Bahnhofshalle sage ich: Tina, da ist deine Mutter. Tina sagt mit der Stimme eines zahmen kleinen Moschusochsenbabys: Hallo, Mutter. Hallo, Frau Fröschl, sage ich, weit sind wir gekommen. Noch bevor sie eigentlich begonnen hatte, unsere große Fahrt, saßen wir bereits wieder im Zug retour nach St. Johann im Pongau. Ohne Cola und ohne Zigaretten, und ohne Karl May. Der hat sich nämlich nicht aufhalten lassen.

Ich bin mit meiner Freundin Margaux im Lokal Zwiebelfisch in Berlin-Charlottenburg gesessen, und wir haben darüber beraten, ob die Zeit fortschreite: ja oder nein. Vor sechzehn Jahren haben wir uns beim Studieren in Berlin kennengelernt, heute trinken wir zusammen Bier, zwei japanische Asahi und acht kleine Kölsch.

Ein sogenannter Zwiebelfisch ist ein Buchstabe, der sich fälschlicherweise eingeschlichen hat beim Setzen mit Bleilettern: eine falsche Schriftart oder ein falscher Schriftschnitt. Ein fetter Buchstabe, wo kein fetter hingehört, ein kleiner, wo kein kleiner hingehört zum Beispiel.

Margaux behauptet nun im Zwiebelfisch, ich sei zu ihrer Abschiedsparty vom Semester in Berlin damals in einem Tüllrock gekommen. Ha! Den hab ich sogar noch. Riesengroß und rosafarben, ironisch. Nee, den werfe ich jetzt weg. Soll man die alten Kleider aussortieren: ja oder nein?

Vielleicht fahre ich am nächsten Tag nach Friedrichshain, sage ich, wo ich mir in der Jessnerstraße im Jahr 2000 mit zwei Freunden ein Jahr lang eine Wohnung geteilt habe. Wir waren jung und brauchten Geld. Drei unerträgliche Wochen lang habe ich dort im Kiez in einem schrecklichen Café gejobbt, das den Namen eines schrecklichen österreichischen Malers trug. Die lausige Bezahlung betrug damals sechs D-Mark die Stunde. Die Gäste bestellten oft Guacamole und noch öfter »Kiba«, Kirsch-Bananen-Saft. Margaux und ich bekommen jetzt noch ein Kölsch. Mit sechsmal sechs D-Mark bin ich später zum Friseur gegangen und habe mir die Haare abschneiden lassen. Ob das gut ausgesehen hat, fragt Margaux: ja oder nein? Es hat in die Zeit gepasst, antworte ich.

Irgendwo, erzähle ich dann, habe ich im Internet diese Frage gelesen: Wieso haben sie von Mario Götze, dem deutschen Mittelfeldspieler, kein Kinderfoto auf die Schokoladenverpackung gegeben? Alle anderen seiner Kollegen sind mit einem Foto aus ihren Kindertagen vertreten, nur Mario Götze sieht als Kind aus wie jetzt auch als Erwachsener. Schreitet sie nicht fort, die Zeit, nicht für Mario Götze? Wird er sich selbst jemals weniger ähnlich sehen? Passt sein Kindergesicht in ein Erwachsenenleben, fragt uns die Schankkraft hinterm Tresen vom Zwiebelfisch: ja oder nein?

Mir fällt jetzt ein: Als wir klein gewesen sind wie die Kinder auf der Schachtel der Milchschokolade, da haben wir jeden Tag Theater gespielt. Ich habe meinen Cousin geheiratet und über das Land geherrscht. Mein Vater war ein Pferd, ich bin auf seinem Rücken gesessen. Später war ich der Pfarrer, habe meine Schwester beerdigt und Halleluja gesungen. Sie ist aufgesprungen und hat dagegen protestiert. Eine Leiche rührt sich nicht!, habe ich streng gerufen.

Unsere Kindergesichter passen manchmal noch zu uns. Schaut euch die Schokolade an! Bei Innenverteidiger Mats Hummels, man sieht es auf der Schachtel abgebildet, ist die Lippe noch da und das Grinsen. Mehmet Scholl, der ehemalige Bayern-München-Spieler, hat seine Frisur und Brille aus Kindertagen abgelegt. Sehr zu seinen Gunsten, sagen wir. Bei André Schürrle sieht sein Kinderfotogesicht aus wie zusammengepixelt, aber vielleicht ist das auch so mit seinem Erwachsenengesicht. Margaux lacht.

Auf der Website der Schokolade kann man die Kinderfotos den Erwachsenen zuordnen: »Super! Du hast allen Fußball-Stars die richtigen Kinderbilder zugeordnet. Registriere dich und finde jetzt sofort heraus, ob du heute einen dieser Preise gewonnen hast!« – Super! Wir wollen unsere Preise bald abholen kommen: auf Pferden reiten, über Länder herrschen, taglang Halleluja singen. Tüllröcke tragen und lange Haare. Späte Reue und eine Gehaltsnachzahlung vom türkischen Chef des Cafés in Friedrichshain, sage ich. Abends dann ein paar Kölsch gemeinsam im Zwiebelfisch. Das müsste passen, sagt die Schankkraft. Wie der Buchstabe in einen Text, sagt Margaux. Wie der Ball ins Tor, sagt Mehmet Scholl. So darf sie also fortschreiten, die Zeit?!, ruft ein betrunkener fremder Gast. Ja, sage ich, auf jeden Fall.

Im schönen Museum Folkwang in der Stadt Essen habe ich diese kleine Schachtel im Koffer, die *boîte-en-valise*, wiederentdeckt, die ich auch schon Ende Oktober bei Peggy Guggenheim in Venedig gesehen habe, eine andere Ausgabe davon. Sie stammt von Marcel Duchamp und wurde, anfangs noch von ihm selbst zusammengestellt, später in hundertfacher Stückzahl angefertigt für Sammler und Museen.

Das Museum Folkwang zeigte die umfassende Sonderausstellung *Der montierte Mensch* und darin allerlei Roboter und mechanische Figuren, den Menschen als Rad im Getriebe der Masse, schematische Darstellungen von der Idee des Menschen als Industrieprodukt, den menschlichen Körper, zerlegt in seine Bestandteile, das Detail im Bewegungsablauf aufgenommen.

Duchamps berühmter *Akt, eine Treppe herabsteigend* ist ein Ölgemälde, das im Jahr 1912 entstanden ist und eine ganz und gar kubistische Dame zeigt, bestehend mehr aus Rechtecken und Kreisen als aus organischen Formen, die sich über die zwei, drei Stufen einer Treppe nach unten bewegt. Wie einen Schatten trägt sie dabei ihre Vergangenheit hinter sich her, der erste Schritt ist noch farblich gespeichert und für uns so sichtbar wie der letzte Schritt.

Dieses Bild, neben anderen seiner Werke, reproduzierte Marcel Duchamp in Miniaturform, um sie in einer kleinen Schachtel im Koffer transportieren und weiterreichen zu können. Auch sein berühmt gewordenes Pissoir hat er als winzige Skulptur nachgebaut. Wenn man die Schachtel öffnet, hängt das Mini-Pissoir darin wie in einem Kleiderschrank für Puppen. Die Gemälde und Grafiken lassen sich entnehmen und daneben aufstellen. Es ist vielleicht eine fast demokratische Idee, so einen Kunstkoffer für den Hausgebrauch zu fabrizieren, jedenfalls aber richtet sich diese kleine Art-to-go-Box gegen die Vorstellung vom Kunstwerk als Einzelstück.

Die Liebe zum Detail und die Komik, die sich daraus, freiwillig oder unfreiwillig, ergibt, berührt mich. Wie überhaupt Kunst, auch wenn man so vieles sieht, was einen anödet, mich dann auch wieder so trifft oder erheitert, dass ich auch gerne einen derartigen kleinen Koffer zu Hause hätte mit den Lieblingsbildern meiner Lieblingsmaler und -malerinnen. Wenn vieles hoffnungslos scheint, macht es doch zuversichtlich, dass Menschen sich immer und immer wieder die Mühe machen, etwas zu schaffen, wovon andere meinen, es ganz und gar nicht zu benötigen.

Im Weltmuseum

Wer durchs Weltmuseum Wien spaziert, kommt an einer riesigen Vitrine vorbei, in der etwa hundert Köpfe fein säuberlich angeordnet sind. Bis zum Hals scheinen die dazugehörigen Leiber im Boden festzustecken, doch hundert Augenpaare lugen heraus – und beachten uns nicht, die wir doch so aufmerksam zu ihnen hineinschauen. Hundert sandfarbene bis dunkelbraune Gesichter entdecken wir da, geschmückt mit kleinen Stirnbemalungen und großen Bärten in allen erdenklichen Formen, bedeckt von Turbanen, unterschiedlich gefärbt und gebunden.

Man muss sich weit nach unten beugen, um ihnen wirklich in die Augen zu sehen: die grünen Pupillen auf knallweißen Augäpfeln, darüber elegant geschwungene oder buschige Brauen, auch eine heftige Monobraue findet sich darunter, und manchmal – man kann sie einzeln zählen! – je sechs Stück Wimpern pro Auge. Lidfalte, Lachfältchen, Stirnfalten. Die Turbane, die sie tragen, sind rot, beigefarben, gestreift und kariert, orangegelb, türkis bis dunkelgrau; allesamt schon ein wenig ausgebleicht von den letzten hundertdreißig Jahren, in denen sie, fern von ihrem Herkunftsland Indien, sich in Wien der Vergänglichkeit entgegengestellt haben.

Was wollen diese Herren, scheinbar eingemauert bis zum Hals? Und wer hat sie in die Vitrine gesperrt? Im Dezember 1892 hat Franz Ferdinand von Österreich-Este im Torpedo-Rammkreuzer »Kaiserin Elisabeth« eine Weltreise angetreten, die ihn von Triest bis Bombay, Singapur oder Hongkong bringen sollte. Das Ziel des damals neunundzwanzigjährigen österreichischen Thronfolgers war es gewesen, mit seiner Sammlung das größte Wiener Privatmuseum aufzubauen. Franz Ferdinand muss ein ziemlich aggressives Kaufverhalten an den Tag gelegt haben, denn er hat es vollbracht, in den zehn Monaten seiner Reise nicht weniger als vierzehntausend Objekte zu erwerben. Die Räumlichkeiten, die er dafür vorgesehen hatte, beherbergen heute das Weltmuseum.

Und einen kleinen Teil dieser vierzehntausend Objekte bilden die sogenannten *Indischen Charakterköpfe*, geformt aus Papiermaché, mit Pigment bemalt, versehen mit Turbanen aus buntem Stoff. In ihrer Mitte haben sie noch ausreichend Platz für *Javanische Puppentheaterfiguren* aus Holz, die zu einer lustigen Gruppe aufgetürmt sind: ein bisschen so, als würden sie einem regungslosen Turnverein angehören, der sich für ein Gruppenfoto zusammengefunden hat.

Wer in Wien durch den ersten Bezirk flaniert und am Lugeck Halt macht, kennt vielleicht eine Vitrine ähnlichen Ausmaßes. Sie ist Teil eines Ladens, der mit antiken Möbeln und Designklassikern handelt, aber die wahre Attraktion sind doch die hundert Teddybären, die dort hinter der Glasscheibe ihr Unwesen treiben. Ein sehr humorvoller Geist muss sie so arrangiert haben, denn sie trinken Schnaps und veranstalten Demos und fahren Bärenkollegen mit Spielzeugautos über den Haufen, und sie feiern Weihnachten und alle anderen Feste, die Bären eben feiern.

Alles das wirft nun folgende weiterführende Fragen auf: Kennen sich die indischen Charakterköpfe aus dem Weltmuseum und die anarchischen Bären vom Lugeck? Würden sie gerne die Vitrine tauschen? Werden sie um Mitternacht lebendig, drehen ihre Köpfe, rollen mit den Augen? Rufen sie laut den Namen Franz Ferdinands? Stopfen sie sich Bonbons in die Mäuler, kämpfen sie und randalieren und tanzen dort eine lässige Polonaise? Oder eine klapprige Quadrille?

Frohsinn

Ich habe ein Wasserglas vom Flohmarkt, das liegt schwer in der Hand, es ist dickwandig und seine Form zylindrisch, und der obere Rand, den man zum Mund führt, ist an beiden Seiten geschliffen, sodass sich in der Mitte ein Steg ergibt, der sich beim Trinken zart in die Unterlippe einkerbt. Wenn man es auch vollmundig beschreiben kann, ist es dennoch kein besonderes Glas. Solche Trinkgefäße gab und gibt es zahlreich, geschmückt sind sie mit Bauernmalerei, Blumenmotiven in Rot, Ockergelb und Blau, dazwischen grüne Blätter, zarte schwarze Verästelungen. Man muss nicht malen können, um diese Motive herzustellen, und man könnte sich, hätte man zu viel davon im Schrank, an seiner naiven Rustikalität bald stören. Aber als einzelnes Stück, in das ich gern auch Coca-Cola fülle, ist es mir lieb und teuer. Die handgemalten Blumen vor schwarzem Cola-Hintergrund sehen dann sehr poppig aus. Zwei Initialen sind zusätzlich noch eingraviert: »A« und »H«. Zwischen den vielen Blumen befindet sich ein weißes Feld, dessen Fläche leer ist. Nur wenn man das Glas gegen das Licht hält, sieht man noch die Spuren eines Schriftzugs, er könnte golden gewesen sein, das wäscht sich leicht ab. Das Wort »Frohsinn« stand hier einmal geschrieben für A.H. (oder für den A. und seine H.) – jetzt ist all das verblasst.

Der Frohsinn selbst ist als Begriff eine Modeerscheinung gewesen. Er ist, wie die Heiterkeit, von einer gepfiffenen Melodie begleitet, und milde gesellt sich noch die Gelassenheit zu diesem Wortgrüppchen, das insgesamt etwas aus der Zeit gefallen scheint. Wenn man die Häufigkeit der Nennung in Buchtiteln und Schriftstücken vergleicht, lässt sich eine Beliebtheit seiner

Verwendung etwa ab dem späten neunzehnten Jahrhundert finden. Aber schon Klopstock, der sprachlich kühne Dichter der Empfindsamkeit und Innerlichkeit, widmete im Jahr 1784 dieser Gemütsverfasstheit ein paar Verse, sie enden mit den Worten: »… denn glücklich / War ich durch Frohsinn!« Was wie eine Doppelung des Ausdrucks klingt, verweist vielmehr auf eine feine Unterscheidung zwischen Glück und Frohsinn. Frohsinn ist vielleicht die bescheidenere Form des Glücks, aber auch die leichtfüßigere, naiv-fröhliche, wohlwollend und gutmeinend. Kein Wässerchen kann er trüben, dieser Frohsinn! Wir finden ihn als Namensgeber von Liedertafeln, Gesangs- und Kleingartenvereinen, wir stöbern ihn auf in Texten zur Lebensführung und Erbauung, wo er mittlerweile doch eine Schicht Staub angesetzt hat.

Ein Geschirrstück habe ich einmal geschenkt bekommen, das wirklich wertvoll ist. Es stammt aus der böhmischen Porzellanmanufaktur Schlaggenwald und ist ein kleines Biedermeiertässchen, aus dem ich manchmal Kaffee trinke. Es hat einen überhöhten Henkel und ist innen vergoldet. Sein Fond ist cremefarben, ein gelbstichiger, sehr heller lachsfarbener Farbton. Darauf gemalt sind als Dekor blaue und weiße Vergissmeinnicht, verbunden durch eine Girlande, die sich um die ganze Tasse windet und ebenso, wie das Wasserglas von A.H., einen Schriftzug trägt: »Gesundheit, Frohsinn, und Zufriedenheit«, fortsetzend auf der Untertasse: »Bekränzen Ihre ganze Lebenszeit.« Vom ganz feinen Geschirr wird man immerhin noch jeden Morgen gesiezt. Du darfst es aber nicht in den Geschirrspüler geben, sonst wäscht sich der Frohsinn nämlich gleich wieder ab.

Die Phantasmen der Vormieter

Die Wohnung, in der ich wohne, hat eine wechselhafte Geschichte über viele Mieter zu erzählen. Ihre Mauern sind alt und wispern, wenn der Wind durch den Kaminschacht bläst. Und die Briefumschläge, die noch an meine Vormieter adressiert sind, stellen vorwurfsvolle Fragen: Anatol, wo bist du? Selma, wieso bist du fortgezogen?

Anatol Szymanowski beispielsweise bekommt vierteljährlich eine Kunstzeitschrift im Zeitungsformat aus Spanien zugeschickt. Am Anfang wollte ich sie ihm, ohne ihn persönlich zu kennen, gesammelt vorbeibringen. Angeblich, so hieß es, besitze er mittlerweile eine Galerie in Wien. Ich forschte die Adresse aus und sah mir an, was, laut Website, dort alles los war: *Fantasma tropical* hieß die aktuelle Ausstellung. Mein Vermieter, ein Psychotherapeut, hat mir über Anatols Auszug nicht die freundlichsten Geschichten erzählt. Der sei einfach verschwunden, ohne sich um den Abtransport seiner kaputten Möbel und eine korrekte Übergabe zu kümmern. Als ich dann mit den spanischen Kunstzeitschriften unterm Arm die Galerie Anatol Szymanowski im ersten Wiener Gemeindebezirk aufsuchte, musste ich feststellen, dass die Galerie gar nicht mehr existierte. Einmal waren in der spanischen Kunstzeitschrift, deren neue Ausgabe ich jedes Mal gerne durchblätterte, nachdem sie wieder in meinem Briefkasten gelandet war, viele bunte Abbildungen zu sehen von kleine Ästen, die mit Wollfäden verbunden waren zu bunten Talismanen, Glücksbringern und Traumfängern.

Für Selma Üzgür, die unmittelbar vor mir in dieser Wohnung gewohnt hat, kam selten noch Post. Es waren dann Briefe, die für Yogakurse warben oder für orthopädische Schuheinlagen.

Selma hatte auf mich, als sie mir den Schlüssel übergab, einen sportlichen Eindruck gemacht. Bei meiner ersten Besichtigung war mir besonders die Küche aufgefallen, denn sie war bloß mit einem einzelnen Ikea-Regal ausgestattet. In diesem Regal standen genau zwei Konservendosen: einmal Jagdwurst und einmal Bohnen.

Micky Malovcic kannte ich flüchtig, und er hat mich, als gerade mein Umzug anstand, einmal zum Essen eingeladen. Ich erzählte ihm bei Spaghetti und Wein, ich würde bald in den soundsovielten Wiener Gemeindebezirk ziehen, und er erwiderte, er kenne den soundsovielten gut. Also bin ich spezifischer geworden und habe ihm den Namen der Gasse genannt, die zu kennen er sich ebenso rühmte, woraufhin ich ihm noch die Hausnummer nannte. Und die Türnummer. Ich bin am Ende des Abends, verstört von der Gewissheit, dass Micky Malovcic meine neue Wohnung bereits von innen kennt, nach Hause gegangen und habe die Fenster geöffnet.

In vielen Wiener Altbauwohnungen ist das Badezimmer nicht mehr als ein Teil der Küche. Das ist praktisch, wenn man morgens aus der Dusche steigt und direkt nach der Kaffeetasse greifen möchte. Es ist unpraktisch, wenn man vorhaben sollte, etwas mehr zu unternehmen, als bloß zu duschen und Kaffee zu kochen. Als ich eingezogen bin, habe ich drei neue Regale oder kleine Schränke gekauft, um meinen Hausrat, der aus etwas mehr als zwei Dosen Jagdwurst und Bohnen besteht, unterzubringen. Mein Vater hat mir damals beim Montieren geholfen. Als uns eine Mutter fehlte, genauer gesagt eine Unterlegscheibe für die Schraube, klopfte er als Ersatz einen Kronkorken mit dem Hammer flach und bohrte ein Loch hinein. Als wir den Badezimmerschrank somit aufhängen konnten, verschwand das schöne Provisorium dahinter. Mein erster Gedanke war damals, dass ich meinen Badezimmerschrank später einmal würde abmontieren müssen und mitnehmen in eine neue Wohnung, und dass dann meines Vaters Unterlegscheibe wieder zum Vorschein käme: als farbige Erinnerung an seine Geschicklichkeit und seinen Einfallsreichtum.

Nachdem ich ein paar Jahre in dieser neuen Wohnung gewohnt hatte, lernte ich Klara kennen. Sie wohnte auch im Soundsovielten, in einer charmanten Bruchbude für Singles ohne Kaufoption, die mittlerweile, wie die meisten dieser Wohnungen, revitalisiert worden ist. Wo Prekariat noch nicht schick ist, hat Klara das früher genannt, vor dem Umbau. In ihrem Haus wohnten noch kauzigere Leute als in meinem. Ein Althippie mit seiner Frau, der für Klara manchmal Reparaturen übernahm. Dabei konnte Klara das meiste selber: Reifen flicken, Räder anschrauben, Bierflaschen mit den Zähnen öffnen. Eine uralte Frau, die immer knapp bei Kasse war, hat damals in Klaras Haus gewohnt. Sie hat sich öfter kleine Summen geliehen von ihren Nachbarn, die sich liebevoll um die alleinstehende Dame kümmerten. Als sie dann gestorben war, hat man eine Million auf ihrem Konto gefunden, die sie laut Testament den kleinen Katzen aus dem Tierheim vermacht hat. Eine Million!, rief Klara immer wieder und wollte sich mit dem Prekariat nicht mehr abfinden.

In Klaras eigener Wohnung wiederum hat vorher Hermi gewohnt, die ausgerechnet die beste Freundin von Selma Üzgür war. Selma wohnte jetzt neben ihrer alten Wohnung, also direkt neben meiner neuen Wohnung, sie war nur eine Tür weiter gezogen. Den Grund dafür kennt nur der Psychotherapeut. Wenn Hermi Selma besuchen wollte, läutete sie aus Gewohnheit immer noch bei ihrer alten Wohnung, also bei mir. Wenn Selma Hermi besuchen wollte, läutete sie immer noch bei Klara.

Später ist auch Klara fortgezogen. Ihr altes Haus ist an einen neuen Besitzer verkauft worden, der auch die letzten Altmieter und Hippies losgeworden ist. Über seine Methoden, die zum Erfolg geführt haben, lassen sich im Nachhinein nicht die freundlichsten Geschichten erzählen. Hermi und Selma haben mittlerweile im Stadtentwicklungsgebiet im selben Haus je eine sogenannte Genossenschaftswohnung angemietet: Für Singles, mit Kaufoption. Klara, Micky und Hermi habe ich schon lange nicht mehr gesehen. In einem Video-Interview im Internet spricht Selma unter dem Titel *Wien geht* über ihre Passion des Zu-Fuß-Gehens. Vielleicht hat sie in ihrem Rucksack die Jagdwurst dabei? Anatol Szymanowski bleibt ein *Fantasma tropical*, und ich lese weiterhin Kunstzeitschriften aus Spanien. Bald werde ich in eine neue Wohnung ziehen. Wenn es soweit ist, nehme ich den Kronkorken vielleicht mit.

Fünf ineinander verknotete Eichhörnchen in Wisconsin gerettet

Ein Vorher-Nachher-Bildpaar vom rettenden Lösen eines komplex verwobenen Knotens machte im Internet die Runde und wurde bald darauf auch von den Zeitungen für ihre Print-Ausgaben übernommen: Das erste Bild zeigt fünf junge Eichhörnchen, genauer gesagt Grauhörnchen, deren Schwänze heillos ineinander verknotet sind. Zu fünft liegen sie wie schlafend, betäubt, auf einem grünen Frotteehandtuch, die Augen halb geöffnet, halb geschlossen. Die Vorderpfoten haben sie jeweils neben dem Kopf abgelegt, nah an der Schnauze oder an einem Ohr, sodass man durchaus sagen möchte, die fünf sehen, wie sie da liegen, selig aus, zusammengebunden an den Enden. Ein regloses Rad aus Eichhörnchen bilden sie gemeinsam, einen fünfzackigen Eichhörnchen-Stern aus rötlich-braunem und weißem Fell, ein Geschwisterknäuel. Unentwirrbar ihre Schwänze, nachdem das Fell sich verknotet hatte mit Heu und Stroh und Plastikstreifen, aus denen die Mutter ihren Jungen ein Nest in den Bäumen gebaut gehabt hatte. Jemand hat sie so gefunden, als ein zwanzigpfotiges Wesen, unfähig, sich vorwärts zu bewegen. In alle fünf Himmelsrichtungen wollten sie loslaufen und waren doch immer nur an den Schwänzen verknotet, an dem schicksalhaften Eichhörnchen-Ende, das den Mittelpunkt ihrer nistplatzbegrenzten Welt markierte.

Hätte sie nicht zufällig jemand gefunden, wären sie bald gestorben, heißt es, eins nach dem anderen, weil nichts sie auseinandergebracht hätte. »Laut den Rettern war es unmöglich zu sagen, wessen Schwanz zu wem gehörte.« In einer zwanzigminütigen Prozedur, so informiert die Facebook-Seite des Wildlife Rehabilitation Center at Wisconsin Humane Society, wurden die fünf geplagten und geschwächten Eichhörnchen schließlich von Heu, Stroh und Plastik befreit und Schnitt für Schnitt, sehr vorsichtig und ohne die für die Fortbewegung unverzichtbaren Schwänze zu verletzen, mit einer Schere voneinander getrennt. Das zweite Bild zeigt das Ergebnis dieser lebensrettenden Maßnahme: Die fünf Eichhörnchen liegen, offensichtlich noch betäubt, nach dem nicht mehr als minimalinvasiven Eingriff vereinzelt und wie verstreut auf dem grünen Frotteehandtuch, das den Operationstisch bedeckt. Ihre Schwänze, nun gehört wieder je einer zu je einem Tier, sind teilweise kahl, und hellrot liegt die nackte Haut bloß zwischen dunkelbraun-weiß-gestreiftem Fell. Was zum Vorschein gekommen ist, ist nur ein rosafarbener Wurm, der noch ungelenk ist und ungeübt. Wie wird er einmal beim Springen steuern und stützen! Wie wird er, in Zukunft wieder befellt, einen Fallschirm formen, wie den Nachwuchs vor Kälte und Hitze schützen, wie der Verständigung unter den Eichhörnchen nützlich sein? Die Eichhörnchen würden, schreibt das Wildlife Rehabilitation Center at Wisconsin Humane Society, im Verlauf der nächsten Tage noch beobachtet, um sie im Fall einer auftretenden Nekrose, dem Absterben von Gewebsteilen, behandeln zu können – aber schon jetzt, »Squirrel update!«, wenige Stunden nach dem Aufwachen, würden sie springen und stützen, formen und schützen. Der abgenagte, zerrupfte, zerfledderte Eindruck, den die fünf Eichhörnchen auf dem zweiten Bild nach dem Entknoten noch abgegeben haben, ist, folgt man dem jüngsten Squirrel-Update auf der Facebook-Seite des Tierschutzzentrums, schon wenige Stunden nach dem Eingriff wieder Geschichte. Optimistische Berichte von wachsender Buschigkeit und der Wiederkehr oder dem ersten Erleben einer kleinwüchsigen, nagetiertypischen Lebendigkeit treten in den Vordergrund. Der sachliche Titel dieser kleinen Meldung samt Bildgeschichte in den Zeitungen konnte Entwarnung geben: *Fünf ineinander verknotete Eichhörnchen in Wisconsin gerettet.* Die ikonische Kraft der Tatsachenberichterstattung hat den Leserinnen und Lesern diesen Satz vermacht, er taugt zum Zungenbrecher und Auszählreim. Wer wurde gerettet? »Fünf ineinander verknotete Eichhörnchen.« Wo wurden sie gerettet? »In Wisconsin.«

Wer hat sie gerettet? Die Antwort lautet: Ein sorgfältiger Mensch mit einer Schere. Dass diese lebensgefährliche Verknotung mit dem alltagsgebräuchlichen Werkzeug Schere gelöst werden konnte! Der einfache Satz »Fünf ineinander verknotete Eichhörnchen in Wisconsin gerettet« macht zuversichtlich. Dass Rettung möglich und nah ist, sogar banal und irgendwie lachhaft nah wie der Griff in eine Schublade, aus der heraus man eine Schere holt. Doch Wisconsin ist sehr weit weg – und die Campuswiesen und Parks im Mittleren Westen der USA sind gerammelt voll von springenden, tollenden Eichhörnchen, in ständiger Gefahr, sich ineinander zu verknoten.

Vor ein paar Jahren haben sich der amerikanische Rapper Kanye West und sein Blutsbruder Jay-Z ins Pariser Hotel Le Meurice eingemietet, um den Song *Niggas in Paris*, wahlweise auch verschriftlicht als *Ni**as in Paris*, gemeinsam aufzunehmen. Ins Le Meurice deshalb, weil es das teuerste Hotel war, das sie auf Anhieb im Lonely-Planet-Reiseführer finden konnten.

Wieder ein paar Jahre zuvor war das Le Meurice vom französischen Designer Philippe Starck umdekoriert worden, als Hommage an Dalí, der dort zu Lebzeiten regelmäßig Gast gewesen sein soll und sich, so heißt es, »surrealistisch verhalten« habe, indem er eine Herde Schafe ans Bett geordert habe. Wer Philippe Starcks berühmte Zitronenpresse kennt, eine silberfarbene Dysfunktionalität auf drei Beinen, kann sich ausmalen, was der Stardesigner gestalterisch mit dem Surrealisten gemeinsam hat.

»Ball so hard«, singen nun Kanye West und Jay-Z in Paris, denn die beiden wissen, wie man eine Zitrone presst. Im ungefähr teuersten Hotel von Paris haben die beiden Rapper dann sechs Tage residiert, sie haben, so will es die gesungene Mär, in Gesellschaft von zänkischen Models aus goldenen Flaschen getrunken und ihren Zitronensaft und dazu Champagner der Marke Armand de Brignac auf den Sneakers verschüttet. All das ist ziemlich hart und ziemlich golden, wäre da nicht ein Rest an Selbstironie, der den zwei Freunden auf ihrem kerligen Trip nach Paris noch geblieben ist: »Doctors say I'm the illest / Cause I'm suffering from realness«, heißt es da. Welch hübsch-unreiner Reim, ich bin der Kränkste, denn ich leide unter Realness, unter Echtheit, Authentizität. »Got my niggas in Paris / And they going gorillas, huh!« *Going ape* meint so etwas wie »ausflippen«, *going gorillas* könnte dem folgend heißen, jemand machte sich bewusst zum Affen, huh! Und dann folgt das Sample eines filmischen Dialogs: »I don't even know what that means. – No one knows what it means, but it's provocative.« Ich weiß nicht mal, was das bedeutet, aber es ist provokativ.

Der Song wurde ein Welterfolg, Kanye hat sich davon wieder saubere Schuhe kaufen können, und die Schriftstellerin und Filmemacherin Annabelle Quezada aus Brooklyn, New York, hat begonnen, *Niggas in Paris* umzutexten, mit ihrer Kollegin La Shea Delaney einzusingen und, angeblich an einem einzigen Tag, ein Video zu drehen und es online zu stellen. Das wurde dann im März 2012 in der Huffington Post publiziert, fand seine Verbreitung auf diversen Onlineplattformen und wurde sehr oft angeklickt, auch von meiner Freundin Margaux, die mir den Link weiterschickte, woraufhin ich nicht mehr loskomme von: *B*tches in Bookshops*.

Ein Meisterwerk! Nie war ein Lied über Büchernarren, *book nerds and geeks*, lustiger, intelligenter, trickreicher – und fieser in seiner Parodie auf den Originalsongtext, würde ich urteilen, würde man mich zum Schreiben von Blurbs verdonnern und würde ich meinen prinzipiellen Vorbehalt gegen die Verbreitung der Zuschreibung Meisterwerk ablegen können. Dafür müssten vorher noch einige Schafherden an meiner Bettstatt vorüberziehen!

»Read so hard librarians tryin' ta fine me / They can't identify me / Checked in with a pseudonym, so I guess you can say I'm Mark Twaining« heißen die ersten Reime darin: Ich lese so hart und heftig, dass Bibliothekare versuchen, mich dafür abzustrafen, sie können mich aber nicht identifizieren, denn ich habe mit einem Pseudonym eingecheckt, ich glaube, du kannst sagen, ich tue marktwainen. Dann folgt eine Aufzählung von Autorinnen und Autoren, Buchtiteln, Rezensionsplattformen im Internet, Buchhandlungen. Die Rap-Formeln, die sich sprachlich aufplustern, um zu zeigen, wer hier Eier oder *balls* hat, gehen bei den B*tches in Bookshops so: Kein TV, ich lese stattdessen, ich hab viele Rechnungen zu bezahlen, aber kein Brot. »No TV, I read instead, got lotsa Bills, but not bread: / Burroughs, Golding, Shakespeare – all dead«; und bei *all dead*, alle tot, zeigen die beiden Performerinnen dann die Macker-Geste für »Kopf ab«, als wäre Bill Shakespeare so etwas wie der ältere Bruder vom Rapper Tupac Shakur. Annabelle Quezada rappt dann, ganz auf bling-bling, weiter: »This print's rare.« Diese Ausgabe ist selten! Und im Stakkato: »Watch me spit, classic lit, epic poems that don't rhyme / War and Peace? Piece of cake, read Tolstoi in three days.« Schau, wie ich spucke und fauche, klassische Literatur, epische Gedichte, die sich nicht reimen. Krieg und Frieden? Eierkuchen, ich hab Tolstoi in drei Tagen gelesen.

La Shea Delaney kontert mit der Beschreibung eines nicht sehr potenten Liebhabers: »He said ›Shea, can we get married at the Strand?‹ / His Friday Reads are bad so he can't have my hand / You ball so hard, OK you're bowling / But I read so hard, I'm JK Rowling.« Er sagte: Shea, wollen wir im Buchladen Strand heiraten? Die Bücher, die er liest und auf Friday Reads postet, sind schlecht, also darf er nicht um meine Hand anhalten. Du bumst so hart, okay, du spielst Bowling, aber ich lese so hart, ich bin J.K. Rowling. Und in diesem Ton fort: »Nerdy boy, he's so slow, Tuesday we started Foucault / He's still stuck on the intro? He's a no go«. Der nerdige Junge, er ist so langsam, am Dienstag haben wir mit Foucault begonnen. Er steckt noch immer bei der Einleitung fest? Der geht ja gar nicht, der ist ein No-go. Und dann, Blamage!, ereignet sich der Worst Case: Es ist allerdings traurig, dass ich ihn aus dem Haus werfen musste. Er hat einen Autorennamen falsch ausgesprochen. »It's sad I had to kick him out my house though / He mispronounced an author: Marcel Proust« – wie schon bei »-noun-« klanglich vorweggenommen wird, parliert der junge Mann nicht wie ein

Student der Sorbonne, sondern eben so, wie ein unbelesener Amerikaner es tut: »Praust«.

Und so geht es weiter in diesem Song, bis sich am Ende der territoriale Anspruch, den jeder Rapper zu markieren hat, als Beschwörungsformel auf das in Büchern als Lesezeichen gern verwendete Post-it bezieht: »I am now marking my place, don't wanna crease on my page / Don't let me forget this page, don't let me forget this page / I may forget where I left off so I'll use this little Post-It / I hope that it stays sticky, I hope it doesn't fall out.« Ich markiere jetzt meinen Platz, ich will mein Blatt nicht knicken. Lass mich diese Seitenzahl nicht vergessen. Es könnte sein, dass ich vergesse, wo ich stehengeblieben bin, deshalb werde ich dieses kleine Post-it benutzen. Ich hoffe, es bleibt kleben, ich hoffe, es fällt nicht heraus.

Soweit vorerst zum Balzgehabe der lesenden Minderheit. Das Musikvideo findet sich auf dem Portal von Vimeo im Internet. Und versuche einmal einer, mit dieser Zitronenpresse von Philippe Starck Zitronensaft in ein Glas zu befördern: »I hope it stays sticky.« Das Zeug klebt danach überall.

Bei einer Literaturveranstaltung mit einer amerikanischen Autorin in Wien habe ich jüngst eine Dolmetscherin erlebt, deren Arbeit mich beeindruckt hat. Nicht nur, dass sie, mit auf der Bühne sitzend, das laufende Gespräch, das der Moderator mit der Autorin geführt hat, rasch und genau übersetzt hat, nein, ihre Sätze waren, so frei gesprochen, von großer Eleganz, und sie brachte es auch noch zuwege, dabei bereits Erwähntes abzukürzen und neue Informationen so unterzubringen, dass das Gespräch im Fluss blieb. Das ist die Aufgabe und der Job der Dolmetscherinnen und Dolmetscher, aber hier schien mir der Vorgang der Übertragung doch besonders gelungen.

Als wir hernach alle beim Abendessen beisammensaßen, haben wir sie mit Fragen beworfen. Gerade wenn es, wie an diesem Abend, um Fragen von Herkunft und Hautfarbe geht, ist es besonders *tricky*, das amerikanische Wording den deutschsprachigen Sprachgepflogenheiten anzupassen. *Race and Gender* lässt sich ins Deutsche nicht übersetzen mit: »Rasse und Geschlecht«, das Wort »Rasse« ist bekanntermaßen spätestens seit der Nazizeit übel konnotiert und, abgesehen davon, angewandt auf die Spezies Mensch wissenschaftlich nicht aufrechtzuerhalten. Womit behilft sich die Übersetzerin? Mit dem Begriff der Ethnie? Und ist da Übersetzen nicht immer schon mehr als das Transportieren eines Worts von der einen Seite des Flusses auf die andere, also eine Aufgabe, die auch von den Übersetzern immer wieder eine Art gesellschaftspolitischer Informiertheit verlangt? Sind sie *woke* im Hinblick auf die Veränderungen, denen die Sprache im alltäglichen Gebrauch unterliegt oder die von ihr gefordert werden? »Woke« heißt, und das wird auch im

Deutschen so, unübersetzt, übernommen: aufmerksam für die Rassismen, die uns im Sprechen unterlaufen, ob mit böser oder vermeintlich bester Absicht.

Die Übersetzerin beantwortete all diese Fragen so genau, elegant und verantwortungsbewusst, wie man sie zuvor auch schon auf der Bühne erlebt hatte. Und wie sie sich alles, was da in einem Gespräch improvisiert werde, merken und so fehlerfrei wiedergeben könne, wurde sie noch gefragt. Und da kramte sie etwas aus ihrer Handtasche hervor: Es war eine kleine Mappe, die man üblicherweise für das Einordnen von Kontoauszügen verwendet. Dort hatte sie hunderte Blätter Papier eingespannt, auf der Rückseite jeweils bedruckt, auf der Vorderseite mit der Hand beschrieben. Sie hat also bereits benutztes Druckerpapier, das sonst im Müll gelandet wäre, zur Wiederverwendung gelocht und einsortiert und hat auf der noch freien weißen Seite während des Gesprächs auf der Bühne mit Kuli ihre Notizen gemacht. Wie Hieroglyphen sahen sie für uns aus, die Linien, Kreuze und einzelnen unleserlichen Begriffe, rundherum viel Weißraum. Das also ist ihr Notationssystem!

Kaum etwas davon könne sie später noch einmal wiedergeben, die kleinen Markierungen entlang der Linie und die einzelnen Wörter dienten nur als Gedächtnisstütze für die Dauer des zu übersetzenden Interviews. Es bräuchte wohl eine weitere Übersetzerin, um jetzt irgendetwas davon für uns noch einmal entschlüsselbar zu machen. Welch herrliche Geheimwissenschaft wird hier getrieben, von der man selbst als Autorin nur am Rande eines solchen Abends Genaueres erfährt. So woke!, dafür muss man wirklich früh aufstehen, habe ich mir gedacht und war um nichts weniger verblüfft.

Die Sonne von Edvard Munch

Mag an manchen Sommertagen die Sonne noch so heiß herunterknallen, es gibt immer einen Ort, an dem sie noch gnadenloser glüht: In der Universität von Oslo, nahe der berühmten Karl Johans gate im Zentrum der norwegischen Hauptstadt. Dort sind elf Gemälde von Edvard Munch zu sehen. Eines, das zentrale, trägt den Titel *Die Sonne*. Sie geht auf über dem violettblauen, gelbgrünen Fjord, und ihre Strahlen reichen bis zu den nächsten Bildern, die an den Seitenwänden der Aula hängen. Die Sonne von Munch ist eine Sonne des *enlightenment*, der Erleuchtung, der Erhellung – und, in den Worten des Malers, der Aufklärung verpflichtet.

Edvard Munch hat diese Bilder in seinem Freiluftatelier gemalt, im Verlauf von etwa sieben Jahren. Neben der Sonne hängt dort auch eine Darstellung der Universität als Erdenmutter, sie säugt ihre Kinder mit der Milch des Studierens und der Gelehrsamkeit. *Die Allegorie der Geschichte*, ein weiteres Bild, zeigt einen alten Mann, der einem Kind vom Leben erzählt. Die Berge, Wiesen und Buchten Norwegens bilden hierfür den Hintergrund, gemalt in Türkisblau und Grasgrün. Ein paar rosafarbene Blumen sind wie Punkte dazwischengestreut. Auf weiteren Gemälden baden nackte Menschen im Licht der Sonne, pflücken Frauen ein paar Äpfel vom Baum, trinken Männer Wasser aus einer Quelle. Ihre Umrisse sind stark konturiert, ihre Augen oft gar nicht auszumachen. Grobe, pastose Pinselstriche bestimmen das Geschehen. Ein Bad aus Licht und Farben.

Als junger Mann hat Munch einige Jahre in Deutschland gelebt. Um die tausendfünfhundert Briefe hat er in deutscher Sprache verfasst: »Erzahlen Sie mir ein Bischen aus der Stadt mit die tausende Menschenstrahlen«, forderte er einen Freund auf, ihm von Berlin zu berichten. Zurück in Norwegen, bezog Munch weiterhin deutschsprachige Tageszeitungen und Zeitschriften. Ab dem Jahr 1940, der Maler war mittlerweile ein alter Mann geworden, stand Norwegen unter deutscher Besatzung und Munchs Bilder galten als »entartete Kunst«. Die Sonne in der Universitätsaula wurde abmontiert, im Saal wurden fortan Kriegsgefangene untergebracht. Nachdem 1943 Studenten dort Feuer gelegt hatten, wurde die Universität ganz geschlossen.

Heute hängt Munchs Sonne wieder am Himmel, in der Aula, wo sie hingehört. Ein Restaurator erklärt, wie die Bilder, gereinigt und instandgesetzt, wieder in die Wandvertäfelung eingepasst worden sind. Er klappt die Paneele unterhalb der Bilder auf und zeigt mit stolzem Grinsen ein Geheimnis: Es sind schmale Öffnungen, die trickreich zwischen Bild und Wand eingebaut worden sind, um die Bilder jederzeit abmontieren und auch ein weiteres Mal retten zu können. Der Fortbestand der Sonne ist gesichert.

Für die existenziellen Momente im Leben gibt es ein fixfertig gepacktes Nähkästchen, auf dessen Inhalt man getrost zurückgreifen kann, wenn man den Faden zu verlieren droht, wenn der Stoff knapp wird, wenn durchs Nadelöhr kein Kamel geht, wenn das Schneiderlein nicht mehr tapfer ist, wenn einem mal jemand am Zeug flicken will und so weiter. Es sind die Satz- und Verhaltensbausteine, die mit Sicherheit gewährleisten, dass das Verallgemeinerbare an individuellen Gefühlsregungen diese auch vermittelbar hält, dass Spontaneität planbar wird, dass die angehende Braut sich so verhält, wie es von ihren Freundinnen und Verwandten erwartet wird.

Zu diesem Zwecke haben sich die Brautausstatter vorbereitet. In der Dokusoap *Zwischen Tüll und Tränen*, die seit dem Jahr 2016 auf dem Fernsehsender Vox ausgestrahlt wird, performen sie ihr Vermarktungsmodell, und die Käuferinnen spielen willig mit. Ja, sie wollen: Tränen zum rechten Zeitpunkt, gefolgt von aufgeregtem Sich-Luft-Zufächeln mit beiden Händen. Als würde die Luftzufuhr etwas lindern, dabei soll diese Geste, die man sich von Hollywood abgeguckt hat, das Weinen vielmehr gestatten, soll es ausstellen und konsumierbar machen für die First-Row-Besucher dieser Brautkleiderschau. Die Taschentücher sind platziert, eine Glocke, um zu läuten, hängt über dem Spiegel, die Frage wird in den Raum geworfen: Ist es dein Kleid?! Die Antwort kommt schluchzend gerufen: Es ist mein Kleid, es ist mein Kleid!

Zur Auswahl stehen im Wesentlichen drei Schnittformen: Meerjungfrau, Prinzessin oder A-Linie, Unterkategorie *Fit and Flare*. Sexy soll es sein, mit Tattoospitze auf dem Rücken, herzförmigem Ausschnitt am Dekolleté, an der Hüfte unterstützt von einem Reifrock, geformt von einem Unterrock aus Tüll. Die zukünftigen Bräute kommen mit Fotos aus dem Internet, ihre Träume sind Mädchenträume. Es gibt Prosecco mit Orangensaft, bevor sie zum Altar schreiten und zur Frau werden. Mit dabei von Anfang an: die Mutter, die Schwester, die besten Freundinnen, manchmal die zukünftige Schwiegermutter, selten der Vater der Braut.

Die nächsten Entscheidungen, vor der letzten, stehen an: Weiß, cremefarben oder rosé? Stickereien, Spitze und Glitzersteine? Ein Seidenband um die Taille? Ein Schleier? Ein Schleier?! Ein Schleier muss sein! Wieder Tränen, wieder hektische Luftzufuhr. Unter der Tattoospitze viele Tattoos auf der Haut. Was bedeuten sie? Es ist der Name meines Verlobten. Ich habe mir seinen Namen eintätowiert, daneben das Datum unserer Verlobung. Seit wann seid ihr ein Paar? Wir sind seit ein, zwei, drei, vier, fünf, sechs, sieben Jahren glücklich vereint. Jetzt hat er mich endlich gefragt. Da bin ich altmodisch. Ich habe darauf gewartet. Wie war der Antrag? Er musste dabei schon auf die Knie gehen.

Der Antrag war immer ein besonderer Einfall, sehr romantisch mit Kerzen und Rosenblättern. Es kam dann doch völlig überraschend. Wir standen in Paris vor dem Eiffelturm, in New York im Central Park vor diesem Eislaufplatz, wo im Winter immer die Paare mit ihren Burberry-Schals sich ineinander verheddern, beim Feuerwehrfest in unserer Heimatgemeinde, es war Weihnachten und eigentlich hatten wir etwas ganz anderes geplant. Er fragte mich, der Ring war wunderschön, wir haben ein Selfie geschossen und es gleich ins Internet gestellt, unsere Freunde haben uns Herzen in die Kommentarspalten geklotzt.

Etwas Altes, etwas Neues, etwas Geborgtes und etwas Blaues. Hochzeitskleider für dicke Frauen, Hochzeitskleider für Frauen mit gebrochenem Bein, Hochzeitskleider für Frauen mit einem Injektions-Port aufgrund einer Diabeteserkrankung. Da finden wir etwas, da können wir etwas kaschieren, da werden wir etwas drapieren, da kürzen wir etwas, da legen wir eine Lage Stoff darunter. Frisch aus dem Plastik gezogen, auf den Bügel gehängt, von Händen angefasst, von Händen über einen Körper gezogen, die Bänder geschnürt und festgezurrt: Die Geschichte vom Anfang und vom Ende der Liebe ist so alt, wie die Kleider in jeder Folge neu sind.

Ein Foto aus dem Jahr 2014, es ist exakt Mitte April, zeigt meinen Blick in den Garten im Salzburger Land: Die grüne Wiese ist noch einmal von Schnee bedeckt, aber nur so viel, dass es aussieht, als lägen weiße Blüten darüber verstreut. Und dort, weiter oben, blühen sie ja auch wirklich, die Blüten auf den Bäumen, weiß wie Schneeflocken! »Eine Schneeflocken-Obstbaumblüten-Unentschiedenheit« betitelte ich dieses Foto damals für mich.

Und hier ein ganz anderes Foto, nicht aus meinem privaten Album, sondern aus dem Internet: Unter einem blühenden Kirschbaum stehen David und Aiko. Es ist das Jahr 2019, und die beiden haben gerade geheiratet. Aiko trägt ein traditionelles japanisches Kostüm in leuchtenden Farben, Rot, Gelb, Orange, Violett, Grün und Weiß, sogar ein wenig Blau findet sich im Muster des Stoffes, Blüten auch hier. David trägt einen dunkelblauen Kimono und sieht darin nicht mehr ganz so wie ein Europäer aus dem Salzburger Land aus. Die Wiese ist grün, der Himmel ist blau, kein Schnee ist in Sicht. Der Frühling in Japan, der mit der Kirschblüte dort alljährlich seinen feierlichen Höhepunkt findet, zeige im raschen Verblühen eben auch seine Vergänglichkeit, sagt David. Und daraus schließe er, dass man sein Glück beim Schopfe packen müsse, wenn es leibhaftig vor einem stehe. Ihren schwarzen Haarschopf hat Aiko auf dem Hochzeitsfoto zu einem Knoten hochgesteckt, im Nacken gehalten wird er von lilafarbenen und weißen Blüten. Einen kleinen roten Sonnenschirm hält sie in der Hand, und sie lacht, als hätte ihr David soeben etwas Lustiges über Blüten und Bienen ins Ohr geflüstert.

David sagt, er habe sich in Aiko verliebt, als er gesehen habe, wie sie Reisbälle formte. Als David davon erzählt, leuchten seine Augen, und er macht mit erhobenen Händen Bewegungen, die aussehen, als würde er gerade selbst aus der Luft Reisbälle formen und diese jonglieren. Vielleicht habe ich das luftige Jonglieren der Reisbälle aber auch dazuphantasiert, als ich David beim lebhaften Nacherzählen seiner Liebesgeschichte zuhörte, deren Fortgang ich über längere Zeit zuerst einmal nur in Form von Fotos und kleinen Statusmeldungen im Internet mitverfolgt habe.

David kann vermutlich auch echte Reisbälle formen, denn er beschäftigt sich seit vielen Jahren mit dem Thema *Waste Cooking*: Er sammelt die Zutaten für die Zubereitung seiner Speisen dort, wo andere sie wegwerfen. Nicht weil sie ungenießbar geworden wären, sondern weil die Waren das ausgewiesene Mindestablaufdatum bereits überschritten haben, weil zu viel eingekauft worden ist oder weil das Wissen über die Lagerung und Verwertung von Lebensmitteln nicht oder nicht mehr vorhanden ist. Als David im Herbst 2017 für zwei, drei Wochen durch Japan reist, um seinen Film über *Waste Cooking*, das Kochen von vermeintlichen Abfallprodukten, und über *Zero Waste*, das Vermeiden von Müll, zu bewerben, lädt Aiko ihn ein, auch in ihrem Dorf seine Arbeit zu präsentieren. Aiko ist studierte Psychologin und Ethnologin, sie betreibt Feldforschung in einem ländlichen Gebiet mit bäuerlichen Strukturen im Süden Japans, und sie entscheidet sich, Davids Film in ihrem Film-Club zu zeigen. Unter anderem, sagt David, weil es gerade ein Half-Prize-Angebot für die Filmvorführung gegeben habe. Aiko plant eben nachhaltig, und David reist an.

Der Dichter H.C. Artmann hat einmal eine Sammlung von »österreichischen Haiku« zusammengestellt. Auch er macht sich darin Gedanken über die mögliche Verwandtschaft von sehr unterschiedlichen Blüten: »kartoffelblüten / und verregneter jasmin / sind sie geschwister?« Das Aufgreifen der strengen Gedichtform des Haiku und ein Interpretieren derselben in der westlichen Literatur bringt wohl beides mit sich, Kartoffelblüten und Jasmin, Missverständnis und Verstehen-Wollen. Die humorvolle Lust am Produzieren, am Lesen und Schreiben – bei gleichzeitiger Anerkennung der Tatsache, dass sich nicht einmal die Versform selbst vom Japanischen ins Deutsche übertragen lässt, da man schon am kaum vergleichbaren System des Silbenzählens scheitern muss – treibt herrlich-farbenfrohe Blüten. Mit Blick auf den Untersberg in Salzburg hat H.C. Artmann seine pseudo-japanischen und sehr witzigen kleinen Betrachtungen geschrieben, die uns beim Wiederlesen durch seinen Garten führen im Lauf der Jahreszeiten: »hier dringt der flieder / schon welk aus einer knospe / kein wort von lila.« Es wird langsam Sommer, da wie dort.

Drei Monate nach ihrem Kennenlernen beschließen David und Aiko zu heiraten. Er sei wohl ein »half prize husband«, scherzt David, so als sei er mit seinem Film gleichsam als günstiges Angebot mitgeliefert worden. Zuerst, im Jahr 2018, wurde dann in Salzburg Hochzeit gefeiert, danach, Ende März 2019, in Koge. Das musst du dir, sagt David, als Dorf so groß wie Hüttschlag vorstellen. Und dazu zweihundert Leute auf einer Art Bauernhochzeit mit Shinto-Schrein und Feuerwerk! Tagelang habe er vorher das Eheversprechen auf Japanisch einstudiert, bis er vor lauter Sprachklang beinah vergessen habe, was es inhaltlich im Einzelnen bedeute. Als ich mit David Anfang April dieses Jahres über Skype videotelefoniere, befindet er sich bereits in Salzburg in zweiwöchiger häuslicher Quarantäne. Es ist der Tag, an dem sich sein Eheversprechen auf Japanisch zum ersten Mal jährte. Und David sagt, er wisse nun, was das bedeute, so etwas wie: »in guten wie in schlechten Zeiten«. Er verstehe, was er damals auf Japanisch gesagt und versprochen habe. Er spüre, was die unfreiwillige Trennung zweier Liebender bedeutet in Zeiten der Pandemie.

Mitte März haben sich David und Aiko, gemeinsam aufgebrochen aus Japan, noch in Vietnam aufgehalten, um an einem

Workshop teilzunehmen. Weltverbesserung, sagt David, und er lacht dabei wieder einmal, aber er meint es auch ganz ernst. In Europa ist es mittlerweile schwieriger geworden, sich angesichts von Maßnahmen gegen die Ausbreitung des Corona-Virus grenzüberschreitend fortzubewegen, aber in Vietnam war die sogenannte Krise zu diesem Zeitpunkt noch nicht angekommen. David und Aiko gingen davon aus, dass sie zusammen, wie sie gekommen waren, einen der letzten Flüge nehmen und das Land auch wieder verlassen würden.

Beim Check-in in Ho-Chi-Minh-Stadt, dem ehemaligen Saigon, werden David und Aiko davon in Kenntnis gesetzt, dass Japan am Vorabend die Gültigkeit aller bestehenden Visa ausgesetzt hat und ein neu zu beantragendes Einreise- und Aufenthaltsvisum nicht anerkannt werde. Für David, den österreichischen Ehemann, bedeutet das, dass er nicht mit Aiko nach Japan zurückreisen darf. Für Aiko, die japanische Ehefrau, bedeutet es nach allem, was die beiden daraufhin in Erfahrung bringen können, dass auch sie nicht mit David nach Österreich reisen darf. David und Aiko werden an den Gates getrennt, David fliegt an diesem Abend des 22. März 2020 als einer der mehr oder weniger letzten Auslandsösterreicher auf dieser Strecke, mit Zwischenstopp in Doha, der Hauptstadt von Katar, zurück nach Wien. Nach seiner Ankunft unterschreibt er eine Selbstverpflichtung, laut der er sich nun selbstständig für zwei Wochen in häusliche Quarantäne begeben muss. Aiko fliegt zurück nach Japan, auch sie begibt sich in häusliche Quarantäne in Koge, dem japanischen Hüttschlag.

Ostern im Jahr 2020. Wie sieht es im Garten jetzt aus? Wenn es nach Artmann geht, dann in etwa so: »ein hauch versilbert / das grüne kleid der felder / schatten und sonnen.« Länger als drei Wochen Aiko nicht zu sehen, das schaffe er eigentlich nicht, sagt David. Und er hält dabei ein Plakat in die Höhe, auf dem geschrieben steht, was die beiden sich für die Zeit der Pandemie und bis zur Wiedereröffnung der internationalen Flughäfen vorgenommen haben. Der Plan, den die beiden formuliert haben, geht über eine Dauer von drei Wochen weit hinaus. Aber im gemeinsamen virtuellen Haushalt Groß-Kakehashi regiert schon wieder die Zuversicht! Mit Fineliner und pinkfarbenem Edding steht hier Stichwort für Stichwort formuliert, was David und Aiko mitsammen machen können, bis sie einander wiedersehen. »Mit den Augen Liebe machen«, hätte vielleicht Aikos Großmutter vorgeschlagen, die ihrerseits noch befürchtete, von derlei visueller Praxis schwanger werden zu können. Aiko aber hält sich eine Erdbeere an die Nase, sieht damit aus wie ein fröhlicher Clown und lacht.

Wenn David über das Kochen spricht, hat das oft eine größere Dimension als die der eigenen Herdplatte und des eigenen Bedarfs. Wir benötigten vielleicht gerade jetzt wieder das Wissen über das Konservieren von Speisen, über das Nähen von Kleidung, das Ausharren unter Bedingungen, die im Vergleich als Einschränkung wahrgenommen werden. Vermittelt werde dieses Wissen über das Erzählen von Geschichten. Die Welt nicht nur verstandes-, sondern auch gefühlsmäßig zu begreifen, etwas zu erfahren, was mehr ist als das je Eigene, das sei die heilsame Wirkung von Geschichten, sagt David. Auch dass Aiko und er eben nicht dieselbe Sprache sprächen, sei mitunter von Vorteil. Von Anfang an habe man sich kurzfassen und Entscheidungen rascher fällen müssen. Auch die Zeit, die die beiden nun online teilen können, von Davids Aufstehen am Morgen mitteleuropäischer Zeit bis zu Aikos Schlafengehen am Abend laut Japan Standard Time, müsse genutzt und genossen werden. Nähe und Distanz werden in Zeiten von Corona, aber auch in Zeiten der digitalen Kommunikation wie bisher schon, neu definiert.

Ich habe David nicht gefragt, wie sich Zuversicht und Zweifel bei ihm und bei Aiko die Waage halten. Aber ich könnte mir vorstellen, die beiden hegen und pflegen, wie ich in diesen Wochen in diesem Frühjahr, auch diesbezüglich eine »Schneeflocken-Obstbaumblüten-Unentschiedenheit«.

Als ich achtzehn Jahre alt war, habe ich *Bettlektüre* zum ersten und einzigen Mal gesehen, und die Bilder seither nicht vergessen können. In diesem Film von Peter Greenaway aus dem Jahr 1996 bemalt eine Frau die Haut ihres Liebhabers mit Schriftzeichen, um nach seinem Tod die so beschriebene Haut vom Körper zu lösen, sie zu falten und aufzubewahren. Wie das Tätowieren findet sich auch die als »Schinden« bezeichnete Technik des Häutens in unterschiedlichen Zeiten und Kulturen wieder. Was ich schreibe, dient zur Bettlektüre: Papier ist die Haut, auf der wir schreibend und zeichnend, riskant, unsere Liebesgaben hinterlassen.

Wie ich mit meiner Zunge begann und auf die Unterseite der Zunge in schwarzen Lettern schrieb: »Als der Dämon den Stummen verlassen hatte, konnte der Mann reden. Alle Leute staunten.« Und als alle staunten und ich also sprechen konnte, konnte ich genau sagen, was ich wollte.

Ich wollte als nächstes meinen Namen geschrieben sehen, auf der Innenseite meines linken Unterarmes. »Mein Name ist Legion, denn wir sind viele«, sagte ich in etwa und dass daher mit Platz gespart werden müsse, um meine Namenslegion unterzubringen. Es stand mir der Sinn nach den sogenannten Exorzismen der Bibel, mithilfe derer ein Übel durch ein womöglich noch größeres ausgetrieben wird, und ich lieh mir die Sätze aus dem alten Text. Da ihr viele seid, habt ihr auch viele Unterarme, sagte der Tätowierer und stach los.

Milliarden neuer Stiche bildeten meine Namen, und wer sie jetzt las auf meinem Unterarm, dachte, ich stamme von einer Familie ab mit Geschichte, dort gäbe es Stammbäume mit den Namen meiner Väter und Mütter, meiner Väterväter und Müttermütter.

Und weil der linke Unterarm nun schwarz war von meinen Namen, wollte ich auch meinen rechten Unterarm schwarz haben, ich wollte einen Satz als Erwiderung, ich sagte, schreib hier: Sogar die Dämonen gehorchen uns, wenn wir deinen Namen aussprechen. Der Tätowierer tat, was ich wollte, und ich bezahlte ihn gut. Und vom Gehorchen war der Weg nicht weit zum Ohr, dort hörte ich unsichtbar schon etwas flüstern, Böses war darunter, aber auch Gutes, und es gab so viel Lärm.

Hm. Der Tätowierer stach mir unter jedes Ohr, wie zwei Schmuckstücke, zwei Dämönchen, es waren Teufels- und Drachenfiguren, manche hatten Flügel an den Schultern, alle vier leuchteten rot, schreiend gelb, türkis und neongrün und waren von kleinen Feuern oder Wolken begleitet. Manche hatten riesige fletschende Zähne, andere lächelten schelmisch. Ein rosaroter Drache war unter ihnen und ein dicker Krampus mit einem glatten Babykörper wie ein kleiner Bub, der hockend auf etwas wartet.

Bald wurden meine Haare länger. Sie verdeckten meine Kleinstdämonen, und ich beschloss, den Kopf nun kahl zu scheren. Leuchtend weiß war er da, und schon nach einer Stunde sah man wieder die Stoppeln darauf wie tausend kleine Punkte. Ich ließ mir dagegen auf den Schädel eine Fratze tätowieren, sie sollte so groß sein wie mein Gesicht. Ich wollte so auf meinem Hinterkopf einen aufgerissenen Mund tragen mit blutroter Zunge und Vampirzähnen, ich stellte mir vor, wie ich zu den Menschen freundlich war und mich nur selten drehte, um ihnen meine Fratze zu zeigen. Ja, die Hinterkopffratze sollte in vielen Schattierungen gearbeitet sein, ich wollte Übergänge wie aus der Airbrushpistole, ich wollte Primärkontraste aus Rot und Grün, ich wollte das Zusammenspiel von Licht und Schatten, ich wollte Mittelalter und Praterstimmung und Science-Fiction mit Kabeln und Drähten.

Wir gaben der Fratze Hände an den Hals; ihr Hals war mein Hals, dieser jetzt umrahmt von spitzen Fingern mit langen Krallen. Ich wollte, dass die Sehnen dieser Finger, ich sagte: »anatomisch genau«, auf meinen Hals gestochen würden. Der Tätowierer sah zu diesem Zweck sich meine Hände an, das sind doch schöne Hände, sagte er, auf denen man die Arbeit auch sehen kann, und er nahm sie sich zum Vorbild und ratterte mit seiner Tätowiermaschine drauflos.

Milliarden neuer Sterne!, rief ich, in den Worten der Schriftstellerin Angela Krauß, dem Tätowierer begeistert entgegen, als ich seine Arbeit im Spiegel betrachtete, er nickte und sagte dann: »Freut euch nicht, dass euch die Geister gehorchen, freut euch darüber, dass eure Namen im Himmel verzeichnet sind.« Da hatte ich schon einen neuen Auftrag an ihn vergeben, meine Finger, so, wie ich es oft gesehen hatte, einzeln mit je einem Buchstaben zu tätowieren. Der Tätowierer stach weiter und mir das Wort D-E-V-I-L auf die fünf Finger meiner rechten Schreibhand und A-N-G-E-L auf die linke Hand, ich dachte mir gleich: Das ergibt ein schönes Gleichgewicht.

Und wer vom Gewicht spricht, muss auch von Füßen sprechen, und so stand ich hier und lag bald wieder dort, und hernach waren meine Beine wie bunte Strumpfhosen von den Fesseln bis zur Taille: Ich wollte japanische Monster und Drachen, ich wollte kämpfende Gottheiten und kopulierende Tierwesen, ich wollte alle Farben der Nadel, viel Blau und Rot und dazwischen Sprüche und Blumen, Sprechblasen in Weiß und Schwarz, ich wollte Märchen von gefallenen Mädchen, und ich wollte Sagen von verlorenen Söhnen. Ich wollte einsame Drachentöter, und ich wollte Zwerge, die es mit Riesen aufnehmen. Ich wollte Fische, Vögel und Pferde. Ich wollte zarte schwarze Muster, wie mit dem einhaarigen Pinsel gemalt, und ich wollte Einhörner mit einem Spiegelglanz in den überdimensionierten Augen, und ich wollte einen Schweif, gestreift wie ein Regenbogen. Ich wollte Sprüche, Symbole und Formeln, ich hatte noch meinen Rücken frei und meinen Bauch. Ich ließ den Meister klare Linien schneiden, die dort standen wie Paul-Klee-Figuren, Strichmännchen der Beschwörungskunst, bis mein Rumpf eine Tapete war. Kleine Totenköpfe wollte ich noch an den Oberarmen tragen. Ein Bandzugornament aus Köpfchen, bitte, sagte ich zum Tätowierer, und dazwischen Höllenhunde, solche, wie sie an den Toren alter Kirchen Wache halten.

Und wo noch weiße Stellen waren, wollte ich die Götter und Teufel der Welt versammelt, einen Azteken und einen Afrikaner und so fort, und ich wollte sie alle gerecht verteilen auf mir, damit sie gerade richtig streiten könnten. Und zum Schluss wollte ich noch geheime Zeichen, die nur in seltenen Momenten einer finden würde, der sie, noch viel, viel seltener, lesen können würde. Der dann seine Schulter an meine hielte, wir beide da im Muskelshirt, und sein Oberarm-Tribal würde mein Oberarm-Tribal ergänzen und wir würden gemeinsam das großartige Ergebnis eines Rorschachtests sein. Inmitten unserer farbenprächtigen Körper würde das Weiß unserer vier Augäpfel herausleuchten, und wir würden noch sagen: »Wenn jemand weiße Flecken in den Augen hat, soll man die Augen mit Galle bestreichen.«

Einen Strauß wollte ich binden und habe gelernt, dass zum Binden auch das Bindenlassen gehört, wie zum Tun das Sein-Lassen gehört. Als Kind habe ich aus sehr vielen, sehr kleinen Blumen, nämlich aus Vergissmeinnicht, dicke Sträuße gebunden. Oft war ich dabei allein, ich musste heimlich morgens aus dem Haus schleichen dafür. Später, als sie dann schon laufen konnte, war meine Schwester als Assistentin dabei. Sie erzählt es heute umgekehrt, ich sei als Assistentin dabei gewesen, und vor allem sie habe das Pflücken übernommen, das Binden, das Halten, das Transportieren, das Überreichen. Wenn wir uns treffen, sind wir manchmal großzügig miteinander, wir sagen: Ohne dich hätte ich das nicht geschafft. Manchmal sind wir aber auch kleinmütig gegeneinander oder aufeinander neidisch, und dann sagt die eine zur anderen: Ohne mich hättest du das nicht geschafft.

Als Kind habe ich die Blüten, die ich nicht in der Natur gefunden habe, mir mit dem Pinsel gemalt auf Papier. Es hat einmal die Aufgabe gegeben, ein Schneeglöckchen zu malen auf bunten Karton. Ich überlegte mir genau, wie Schneeglöckchen denn eigentlich aussehen, und ich begann mit dem dünnsten Pinsel, der mir zur Verfügung stand, das dünnste und zarteste Schneeglöckchen zu malen, das man mit freiem Auge je gesehen. Als ich fertig war, war ich zufrieden und glücklich. Die Lehrerin kam an meinen Tisch und war enttäuscht. So wenig kräftig sei es, so wenig freudig, so kaum sichtbar aus der Entfernung, und sie trat dabei ein paar Schritte zurück und schüttelte den Kopf.

Manchmal gehe ich spazieren und denke über die Blumen am Waldesrand nach. Auch über die Farne und die Pilze. Ich liebe es, auf die Pilze zu springen mit all meinem Gewicht, um sie damit zerstäuben zu lassen. Sie zerspringen und werden so zu einer Wolke aus Staub. Alles verpufft. Die Idee, im Wald aus irgendeiner Not heraus von nichts als Beeren leben zu müssen, stimmt mich in paradoxer Weise euphorisch. Dabei reicht allein der Gedanke. Ich gehe dann nach Hause und freue mich über einen vollen Kühlschrank mit Fleisch und Kapern, Milch und Käse, Wein und Wasser mit Sprudel. Denn manchmal sind die Gedanken und Ideen lustiger als deren Ausführung.

Manchmal aber bedarf es just der Ausführung, des Ausflugs, um auf die tollsten Beeren zu stoßen und auf der Waldlichtung, inmitten des Dickichts, einem Bären zu begegnen, der seine Pranke mächtig gegen einen erhebt. Um dann ganz zart, zart wie ein Schneeglöckchen gemalt sein kann, einem über die Wange zu streichen und zu sagen: Du bist nicht allein. Man glaubt dem Bären ganz kurz, für den Bruchteil einer Sekunde, in diesem Moment auf der Lichtung. Und man beginnt sofort darauf hysterisch zu lachen über diese Zuversicht, die wohl nicht auf festem Grunde steht.

Ich würde übrigens gerne die Namen aller Blumen kennen. Dafür müsste ich eine Lernanstrengung unternehmen. Ich bin mir sicher, nach einigen Tagen und Wochen des Studierens der Namen der Blumen und Blüten könnte ich mit meinem Wissen bereits auftrumpfen. Die große Flora! Aber ich habe noch nicht damit begonnen. Diese Aufgabe wartet noch auf mich, das weiß ich, das hoffe ich, das befürchte ich, und manchmal zweifle ich daran und verzweifle, so gut ich kann. (Texte entstehen daraus.)

Ich rufe an bei der Floristin, denn ich möchte einen Strauß binden lassen. Endlich bin ich routiniert: Ich nenne Lieferadresse und Preisvorstellung, ich sage, es sollen nicht die Blumen sein, die es ohnehin im Garten gibt, sondern andere, auch etwas südlichere. Ich sage, der Strauß solle elegant sein, dabei aber doch auch ungewöhnlich. Dann flechte ich noch ein paar Wörter ein, die ich selbst in diesem Zusammenhang nicht verwenden würde, niemals, die aber einer Floristin doch verdeutlichen sollen, worum es mir bei diesem Auftrag geht. Künstlerisch, sage ich, durchaus ausgefallen, aber geschmackvoll. So locker gebunden, wie jetzt die Sträuße sind?, fragt die Floristin, ja, sage ich, und vielleicht mit einem längeren Zweig darin, der lang heraussteht. Cymbidien, sagt die Floristin, und Eukalyptus. Cymbidien und Eukalyptus, wiederhole ich. Und ein Kärtchen dazu, darauf schreiben Sie bitte, von wem der Strauß kommt, und bitte nichts allzu Kitschiges. Die Floristin lacht, denn sie hat Humor, und sie sagt: In einem Blumengeschäft ein Kärtchen zu finden, das nicht kitschig ist, das ist keine einfache Aufgabe. Und dann sagt sie noch: Wir haben nur welche mit Herzen. Ein Herz ist okay, sage ich, und das meine ich auch so.

In eine bauchige Vase aus Glas, geschmückt mit einem silbernen Band mit goldenen Löwenköpfen, hat jemand Blumen gesteckt. Sorgsam angeordnet und zu einem Strauß gebunden, ist jede Blüte einfach zu bestimmen: Eine blaue und eine gelbe Schwertlilie, eine lila-blassblaue Tulpe und eine rot-weiß-gestreifte. Hellrosafarbene und weiße Rosen, eine Akelei, ein Vergissmeinnicht, eine Glockenblume. Zwei rot-gelbe Nelken, dazwischen etwas Heidekraut und Rosmarin.

Vor vierhundert Jahren ist das Bild mit dem Titel *Blumenbouquet in einer Nische* entstanden, heute hängt es in der Wiener Albertina in einem der oberen Stockwerke. Man bleibt davor stehen, vielleicht zum ersten Mal in seinem Leben. Verschränkt die Arme hinterm Rücken, schiebt den Kopf vor und will die Nase in diese bunte Attraktion stecken. So naturgetreu sind die Zweige, Stiele, Stängel und Blätter dargestellt, dass der Maler Ambrosius Bosschaert sich damit auch als Botaniker empfehlen hätte können.

Blumen-Stillleben! Wie haben den jungen Menschen diese harmlosen Bilder einmal angeödet! Und wie sehr erwacht sein Interesse daran beim langsamen Älterwerden. Eigentlich ist er da bereits verloren: Nie wieder wird er an diesen Sträußen achtlos vorüberlaufen können.

Doch Rosen und Tulpen, gemeinsam in einem Strauß? Das war im siebzehnten Jahrhundert noch den Visionen vom Paradies vorbehalten. Denn Tulpen mussten aufwändig gezüchtet werden, ihre Blühdauer war kurz, und die Blütezeit stimmte nicht mit jener der Rosen überein. Bosschaert musste seinen Strauß also aus verschiedenen Vorlagen zusammengestellt haben, die er zuvor einem Blumenbuch, einem Florilegium, entnommen haben mag.

Der natürliche Strauß ist damit in Wirklichkeit ein unmöglicher Strauß. In dieser Komposition war er ein Akt der künstlerischen Erfindung. Und nahm bald politische Dimension an, als sich die Tulpenliebhaberei in den Niederlanden nämlich zu einer wahren Tulpenmanie entwickelte. Nach dem rasanten Preisanstieg und den Finanzspekulationen mit Tulpenzwiebeln folgte in den 1630er Jahren der rasche Preisverfall und damit der wirtschaftliche Ruin von Züchtern und Händlern. Auf die Tulpenmanie folgte eine handfeste Tulpendepression.

In Bosschaerts Blumen-Stillleben indes haben auch eine Heuschrecke, eine Fliege, eine Spinne und ein Käfer Platz gefunden. Als könnte man sie verscheuchen! Zwei oder drei Wassertropfen kullern auf dem Gesims wie weiße Perlen. Der Teufel steckt auch bei der Blumenmalerei im Detail: Bald wird man auf einem Tulpenstängel auch die kleine Raupe entdeckt haben, die ihren schwarzen Kopf nach oben reckt. So als habe sie nichts mit dem Loch zu tun, das sie, weiter unten, in ein Rosenblatt gefressen hat. Die Nachricht, die die Raupe uns dort hinterlassen hat, lautet: Alles ist vergänglich.

Wir versenden Herzen und Herzchen, und wenn wir Glück haben, bekommen wir eine Antwort darauf. Es sind flüchtige digitale Geschenke, kleiner als ein Daumennagel. Sie verlangen nach Wiederholung, und sie fordern die Erwiderung. Die meisten Herzen, die so hin- und herfliegen, sind rot wie frische Erdbeeren, manche dunkelrot wie dunkelrote Rosen. Es gibt sie als Emojis, Piktogramme für den digitalen Schriftverkehr, in allen Farben des Regenbogens, mit einer gelben Schleife versehen, von einem blauen Pfeil durchstoßen, es gibt sie als ein Paar aus zwei verschieden großen Herzen und so weiter. Sie sind kindische Versprechen auf kleine Küsse, sie sind wie die Glanzbilder, die man früher auf Briefumschläge und in Poesiealben geklebt hat, sie kommen als ein Schauer bunter Konfetti, die über den Bildschirm rieseln und sich unter die schwarzen Buchstaben der Textnachrichten mischen.

Ein Herz zu zeichnen ist nicht schwer. Ein Dreieck, auf die Spitze gestellt, mit zwei Halbkreisen an der oberen Seite. Als Symbol lässt sich das Herz auf antike und mittelalterliche Darstellungen von Wein, von Feigen oder Efeu zurückführen, die herzförmigen Trauben oder Blätter ranken sich um Vasen und Bilder, in denen oft auch zwei Menschen zu finden sind. Ewig soll ihre Verbindung andauern, immergrün wie der Efeu im Garten, der sich innig an die Hausmauer schmiegt. – Im Dialekt gibt es noch dieses alte Wort vom Heimgarten als Bezeichnung für ein zwangloses Gespräch, das eben im Garten vor dem Hause geführt wird. Das Gespräch und die Ruhe im Garten, sie stehen am Anfang einer großen Liebe.

Wie das rote Herz in seiner Form sich ableitet vom grünen Blatt, so gibt es auch zahlreiche Bilder und Schilderungen von heimlichen Treffen von zwei oder drei Menschen in einem Garten, auf einer Lichtung, im Gras. Das Frühstück im Grünen und die Liebe am Nachmittag. Der Garten ist ein eingehegter Platz in der Natur, der friedlich ist, so lautet die Annahme des sogenannten *Locus amoenus* in der Literatur, des lieblichen Orts, der Idylle. Blumen wachsen dort, und die Vögel singen – oder rufen, je nachdem. Bei Walther von der Vogelweide, dem Dichter des Mittelalters, gibt es diese Beschreibung einer Zusammenkunft zweier Liebender, die aber, wenn wir davon erfahren, bereits längst stattgefunden hat: Nur abgebrochene Blumen markieren noch die Stelle, wo zwei beisammengelegen sind, im Gras, das jetzt flachgetreten ist. Ja, wo der Kopf der Frau gelegen ist, nämlich, so heißt es da wörtlich, in den Rosen. Die Beschreibung der Abdrücke im Boden deutet, eben vom Ende her erzählt, die Geschichte einer Liebe an.

Winzige zartrosa Rosen habe ich im Sommer im Garten gesehen, daneben Malven, die Blätter pink wie Lippenstift, die Ausläufer der Blüten hellrosa, fast weiß. Rosarote Hortensien mit dicken, vollen Blüten, die sich zusammenbauschen, noch ein Rosenstrauch, noch einer. Salbeigrünes, blasses Gras, das aus einer schmalen Spalte eines Steines wächst. Abgeblühte Blumen wie sandbraune Sterne oder Kugeln, noch schwarze Samen tragend, die der Wind ihnen bald stehlen wird. Dann wieder magentarote Rosen, die weiße oder braune Flecken haben, als hätte sie die Sonne gebleicht oder verbrannt. Palmlilien, die aussehen wie ganze Stauden voll von riesigen weißen Glockenblumen. Nebenan liegt ein Friedhof, angelegt auf einem flachen Hügel, Kunstblumen stecken dort, neben Trockenblumen und frischen Zweigen, zwischen schmiedeeisernen Kreuzen und weiß beschrifteten Namensschildern. In der Kirche steht auf dem Boden, auf hellgrau-weißen, im Karomuster gelegten Steinfliesen, ein Strauß kaum mehr blühender Kamillen und Sonnenblumen.

Der Klostergarten als Gartentypus diente lange der Selbstversorgung, er umfasste Gemüse- und Kräuterbeete und verschiedene Sorten von Obstbäumen. Später erst, belegt ab dem Hochmittelalter, wurde daraus ein Lustgarten, bestehend aus einem Grasgarten, bewachsen von Zierpflanzen, gesäumt von Baumreihen, ausgestattet mit Wasserstellen und Springbrunnen. Dazu kamen Pavillons und Lauben, Sitzbänke und erhöhte Beete. Angepflanzt wurden im Lustgarten Lilien und Rosen, Veilchen und Akelei, Salbei und Basilikum, duftende Rauten und blaublühender Ysop.

Die Beschreibungen von Gärten und Gartenmauern dienen dem Erzählen von der Liebe, die sich immer wieder einfinden muss zwischen Intimität und Öffentlichkeit, zwischen Verbindlichkeit und Freiheit, zwischen der Ordnung des parkähnlichen Gartens und dem Zufall der Natur. Was im Verborgenen des Gartens zwischen zwei Menschen passiert, wird in Metaphern, Symbolen und Bildern von Blumen und Bienen publik gemacht.

Der Blumenstrauß, den man im Lustgarten pflücken kann, ist ein Liebesgruß, und wenn er, wie in den Ölgemälden des Barock, auch noch Blumen vereint, die gar nicht zur selben Zeit blühen konnten, Rosen und Tulpen vielleicht, dann ist das, im Bild, ein Hinweis darauf, dass dieser Strauß direkt aus dem Paradies her kommt, wo alles, was gedeiht, immerzu blüht. Der Garten in der bildenden Kunst ist oft solch ein Paradiesgarten, ein *Hortus conclusus*, ein heiler Ort, abgeschirmt von der Außenwelt durch eine Mauer. In diesem Garten sitzt Maria, auf ihrem Schoß ein weißes Einhorn. Stachelige Disteln und giftiger Beifuß wehren das Böse ab, sodass hier Erdbeeren, weiße Lilien und Rosen ohne Dornen ungestört wachsen können. Als Symbolträger erzählen diese Pflanzen der Reihe nach eine Bildgeschichte vom Leben im Paradies, von der Jungfräulichkeit Marias, die, so will es die christliche Erzählung, ohne Dornen, also ohne Sünde sei.

Und auch in dieser Stiftskirche, in der ich den Kamillenstrauß mit den Sonnenblumen stehen sehen habe, ist einer der Nebenräume von einem Tor verschlossen, auf dem nämlich in regelmäßigen Abständen Blumen aus Eisenblech angebracht sind.

Diese eigentümlich grob gestanzten Blumen sind dreidimensional und handtellergroß, bemalt in Hellgrün, Schwarz und Gelb. Ineinander verschlungen bilden ihre Stängel und Blätter zusammen das ornamentale Gitter des Tores. Man krallt sich an diesem Blattwerk mit den Fingern fest, stellt sich auf die Zehenspitzen und schaut, was sich hinter dem Gitter verbirgt.

Schauplatzwechsel, eine Bühne auf den Stufen des Salzburger Doms: Ein Fest wird gefeiert, ein Mann wird geküsst, eine Frau setzt ihm einen bunten Blumenkranz auf, dargereicht von einem Buben. Die anderen Buben streuen Blumen, während sie laufen, und wohlriechende Kräuter. So lautet eine Szenenanweisung im *Jedermann*, dem »Spiel vom Sterben des reichen Mannes«, von Hugo von Hofmannsthal.

Anstelle von ausführlich vorgebrachten Liebeserklärungen, anstelle von expliziten Schilderungen des Liebesspiels, anstelle von üppigen Beschreibungen von Liebe gibt es hier die vom Jedermann geäußerte Absicht, einen Lustgarten zu errichten für seine Freundin, genannt Buhlschaft. Wie dieser allerdings gebaut und bestückt sein soll, ist nun doch Anlass für eine detaillierte Aufzählung. Denn je präziser und kleinteiliger ein solcher Gartenplan formuliert und in Reimen ausgeschmückt wird, desto tauglicher erweist er sich für die Illustration der Bedeutung einer Liebe, und desto mehr ist eine Erläuterung dieser Pläne ein Buhlen um Liebe.

Mit Fleiß, sagt der Jedermann, soll der Garten errichtet werden, ein Lusthaus inmitten desselben, gebaut wie ein Altan, eine Art von erhöhter Terrasse auf Säulen aus Stein, dazu Springbrunnen und Marmorbilder und Skulpturen. Die Anlage soll so geführt werden, dass der Morgen- und der Abendwind den Geruch von Blumen mit sich bringe, Lilien, Rosen und Nelken. Wege und Gänge aus Büschen sollen gepflanzt werden, so dicht, einem Irrgarten gleich, dass man dort, vor der Sonne geschützt, Kühle und Frieden finden möge. An einem verborgenen Platz lasse man eine Badestube aus Stein errichten, die auch einer Nymphe, diesem mädchenhaften Naturgeist, ein Bett sein könnte.

Es ist ein Geschenk an seine Freundin zum ersten Jahrestag, und es ist der literarische Versuch einer Verführung durch Worte, mit einem Ausblick auf das, was im Verborgenen stattfinden könnte: Es sind erotische Wunschvorstellungen, projiziert auf die Errichtung eines Gartens. Jedermann nennt dieses Geschenk mit einem aus der Mode gekommenen Begriff ein »Angebind«, etwas, das er seiner Liebsten »einbinden« will. Das Angebind ist etwas, was um den Hals oder um das Handgelenk gebunden wird, im konkreten Sinn wäre das ein Schmuckstück, im übertragenen Sinn ist es eben das Geschenk eines Lustgartens. Das Angebind bindet sie an ihn, wenn nicht in Form der Ehe, so jedenfalls in Form von Dankbarkeit bei gleichzeitiger Versicherung der Verbundenheit. Der Garten ist ein Ort, an dem man sein kann, gemeinsam, ohne aber gleich das Haus teilen zu müssen.

Im Garten, so heißt es weiter, möge die Liebste ihr eigenes Bild gespiegelt sehen, ja »einem verschlossenen Gärtlein gleich« möge die Buhlschaft ihn erfreuen mit ihrer Hitze und ihrer Schattenkühle.

Beim Anblick des Gartens, und sich darin im Wasser spiegelnd, erkennt nun, so will es der Text, die Geliebte sich selbst, sie lässt sich sehen und sie zeigt sich. Umgekehrt fordert sie auch dazu auf, sie anzusehen und auf sie zu schauen: »Ich bin bei dir, sieh doch auf mich, / Dein bin ich heut und ewiglich.« Das Blicken, sieh doch auf mich, wird hier zu einem psalmgleichen Bitten um Begleitung und Schutz. Denn das ist es, was sie ihm offeriert: Ich bin bei dir, *hic et nunc*, hier und jetzt, du siehst mich, ich berühre dich, bleib bei mir. Ich gehöre dir nun – und auf alle Ewigkeit, der Blick schweift mit diesem Versprechen auf Dauer ins Endlose. Ein Satz, der auch gut einen duftenden Briefumschlag zieren könnte oder eine Seite in einem Poesiealbum. Man könnte ihn sich unter die Haut tätowieren lassen oder ins Holz einer Bank schnitzen, auf der wir gern im Garten sitzen. »Ich bin bei dir, sieh doch auf mich, / Dein bin ich heut und ewiglich.« Aus diesem Treueschwur nun leitet der Jedermann die Forderung an seine Geliebte ab, ihn in den Tod zu begleiten. Es ist ein Akt von maßloser Missbräuchlichkeit. »Bleibst du bei mir?«, fragt er sie und hat mit seiner Bedingung – sie lautet: nur wenn du mit mir stirbst, heißt es wirklich, dass du bei mir bleibst – doch selbst schon diese Liebe verraten.

Das ist auch schon wieder das Ende des kurzen Auftritts der Buhlschaft. Verwirrt und ratlos wendet sie sich an die anderen, die dieser Szene beiwohnen, sie sieht ihn, aber erkennt ihren Liebsten darin nicht wieder: »Hab nie zuvor ihn so gesehn ...«

Im Einander-Ansehen erkennen die Geliebten einander und aneinander Ähnlichkeit und Unterschied. Ein Blick kann der Anfang einer Liebesgeschichte sein, ein Augenblick kann eine Wendung im Leben eines Menschen bedeuten. Ich erkenne dich, wenn ich dich sehe. Ich erkenne dich nicht mehr, wenn ich dich sehe wie nie zuvor. Ein Blick benötigt Vertrauen in den anderen, ein Abwenden des Blicks bedeutet einen Entzug desselben. Und schließlich gibt es in den großen Liebesgeschichten der Literatur das ganze Wechselspiel von Blicken und Blickverboten. Dreh dich nicht um, um deine Geliebte anzusehen, wenn du sie aus dem Totenreich zurückbegleitest zu den Lebenden. Wenn du sie ansiehst, ist alles verloren.

Bei diesem Klostergarten mit seinen vielen Rosen in unterschiedlichen Rottönen, bei diesem alten Friedhof, der auf einem flachen Hügel liegt, bei dieser Stiftskirche mit dem Kamillenstrauß auf dem Steinboden und dem Tor mit den Blüten aus Eisenblech ist auch ein alter Kerker noch zu besichtigen. Anfang bis Mitte des sechzehnten Jahrhunderts wurden dort Menschen gefangen gehalten, die, so wird vermutet, Anhänger der (radikal-reformatorischen) Täuferbewegung waren. Die Wände dieses Kerkers haben eine gelblich-weiße Färbung, sie haben eine schöne poröse, kalkig-matte Oberfläche. Darin sind Kritzeleien zu erkennen, vielmehr Kratzungen und Ritzungen, mit einem spitzen Gegenstand in die Wand geschnitten und geschabt. Es sind viele Linien, die meisten sind kurz und vertikal ausgeführt, wie Gras, wie Haare, wie das manische Kratzen mit einem Nagel, immer und immer wieder, das unaufhörliche Scharren dessen, der nicht freikommt, aber auch wie die Striche an der Wand, mit denen man die Tage zählt, die bereits vergangen sind.

Vom Ende her erzählen diese Striche, diese Linien und Zeichnungen die Geschichte einer Gefangenschaft. Ein vier Zeilen langer Spruch ist außerdem zu lesen, heute noch, als wäre es ein Spruch für dich und mich, der immer noch gilt: »Sag nicht alles das du waist / Glaub nicht alles das du hörst / Richt nicht alles das du sichst / Thue nicht alles das du magst.« Durch das Bekritzeln der Wände macht man sich den Raum zu eigen und zeigt seine Überzeugungen in Form von Zeichen, Symbolen, Sinnsprüchen. Vereinzelt finden sich auch Namen darunter, die Umrisse von Wappen und, als wären es zeitgenössische Graffiti, Herzen. Herzen und wieder Herzen.

Die Herzen, sie sind dort an die Wand gezeichnet, und sie werden hier mit dem Smartphone als Nachricht verschickt. Und diese Herzen finden sich auch großzügig ausgestreut über den Dramentext des *Jedermann*. Jemandes Herz ist böslich, jemand hat sein Herz auf irdisch Gut geworfen, im Herzen tut es weh. Jemandes Herz begehrt jemanden hart, sein Herz schwillt übervoll. Jemandes Herz begehrt nicht mehr als Liebe und Freundschaft, Hand und Aug und Herz und Mund. Jemand greift nach seinem Herzen, jemand schlägt aufs Herz mit Macht. Jemandes Herz schlägt, etwas drückt aufs Herz. Ein Herz wird jemandem aufgeschlossen, Hand aufs Herz, das Herz ist schwer, ein Herz wäre aufgegangen, ein Herz könnte etwas neu schaffen.

Ein Stück, das etwas über die Liebe erzählt, das geht so: Herzen, Blumen, Blicke. Und wäre es mein Stück, Margeriten und Klee blühten darin im hohen Gras, bevor es bald gemäht werden würde. Es ist Sommer. Zwei Menschen spazieren einen Weg entlang. Schau, dort im Garten, ein Zitronenfalter und ein Kaisermantel flattern um die Wette.

Worum haben sie gewettet, diese Schmetterlinge? Dass die Liebe ewig hält? Dass die Sorgen, wenn sie welche haben, unter Blumen verborgen blieben, wie es auch einmal im *Jedermann* heißt? Oder dass wir, wie an anderer Stelle im Text vorgeschlagen wird, alle kuriert würden von Nieswurz, Hanf und Veilchen? Zumindest für ein Weilchen?

Herzen, Blumen, Blicke: diese drei – brauchen wir für ein Stück von der Liebe.

In Weimar in der Herderkirche gibt es ein Altarbild, das Lucas Cranach der Jüngere vor fast fünfhundert Jahren gemalt hat. Samt geschnitztem Gesprenge, einem am oberen Rand aufgesteckten Zieraufsatz, ist dieses Altarbild sechs Meter hoch. Und wenn die beiden Seitenflügel des Altars geöffnet sind, ergibt sich auch eine Länge von sechs Metern. Wenn man die Herderkirche vorher noch eher lustlos betreten hat – sie lag halt so auf dem Weg – und nichts gewusst hat von dem Schatz, den sie in ihrem Inneren birgt, dann gehen einem bei diesem Anblick wirklich die Augen auf. Das Unvermutete und Ungeplante ist dann Teil des Glücks der Betrachterin. Und auch wenn man das schwerwiegende Wort Glück nur spärlich in den Mund nehmen wollte, so hat es nun einmal seinen Platz.

Um Plätze geht es hier nämlich: einmal um den Platz, an dem man selber steht. Plötzlich ist man Teil des Geschehens innerhalb einer ganzen Parade von Figuren. Da sind die Auftraggeber des Gemäldes, die sächsischen Herzöge. Sie knien, zu fünft, auf den Seitenaltären, die Hände gefaltet. Manche schauen auf das Altarbild in der Mitte, manche blicken zu uns heraus, gerade jetzt, und sehen uns an. So kniende, betende Herzöge – auch eine Herzogin ist unter ihnen – sehen oft allzu streng aus. Nicht so bei Cranach, und da kann man den jüngeren und den älteren Cranach und die ganze Malerwerkstatt, die ihre Bilder in Massen produziert hat, durchaus in einen Topf werfen. Die Cranachs sind nämlich die lustigsten Maler, die die Geschichte des europäischen Tafelbildes je hervorgebracht hat. Oft sind die Herzöge in ihren Bildern ziemlich stiernackig, ziemlich rundgesichtig, mit schmalen Lippen, roten Backen und mandelförmigen Augen. Die Herzoginnen wiederum sind oft sehr blass und ausgemergelt, mit schmalen Nasen und kaum wahrnehmbaren Augenbrauen. In jedem Bild wird großer Wert gelegt auf die Garderobe der Porträtierten, sie tragen Fellmützen und zu viel Schmuck, und ihre Körper verschwinden in schwarzen Gewändern ohne Volumen. Fast wäre man geneigt, halb im Scherz, halb aus Neugier, sich zu ihnen zu setzen, und ein wenig scheint es auch, als könnte das möglich sein: Sind sie doch in Lebensgröße gemalt, und kann man doch ihre Dimensionen mit den eigenen vergleichen und so gleich die Hände falten, wäre man nicht bloß bildgläubig, sondern auch richtig religiös.

Überhaupt, diese Hände. Auch das mittlere Bild dieses Altars ist voll mit Händen: mit zeigenden, deutenden, grüßenden, mit solchen, die unsichtbare Fahnen tragen, und solchen, die hysterisch in die Höhe gerissen werden.

Neben lustig hat Lucas Cranach der Jüngere es ja wohl vor allem ernst gemeint. Im engen Kontakt mit den Kirchenreformatoren Martin Luther und Philipp Melanchthon entwickelte die Cranach-Werkstatt ein ganzes Bildprogramm der neuen Glaubenslehre, gestützt durch die weltlichen Auftraggeber, die Herzöge. Und diese Bildidee war neu, ganz klein im Hintergrund des mittleren Altarbildes: ein bärtiger Adam, bekleidet nur mit einem weißen Lendenschurz, die Hände wirklich hysterisch in die Höhe gerissen, der in großen Schritten vor Tod und Teufel davonläuft, ein von den Mächten des Bösen gehetzter Mensch. Der Tod ist als Skelett dargestellt, das kennt man, und der Teufel als irres Mischwesen, nicht Hühnchen, nicht Drache, nicht Wolfshund, ein Vieh aber mit roter Kralle statt dem rechten Fuß und mit hängenden, weißschuppigen Brüsten, die aus einem Fellkörper wachsen. Huch, denkt sich wohl dieser bald laufende, bald tänzelnde Adam, jetzt wird es knapp für ihn, denn vor ihm tut sich schon eine feuerspeiende Felsspalte auf, und hinter ihm droht der Tod mit einem spitzen Spieß in der Hand.

Und dann das: Im Vordergrund ist der gekreuzigte Jesus zu sehen, dieser wieder in Lebensgröße, und aus seiner Wunde an der Brust spritzt ein heller Strahl roten Blutes in hohem Bogen und direkt auf den Kopf des alten Cranach, der betend vor dem Kreuze steht. Dieser gemalte Blutstrahl ist grotesk und erheiternd, so zielgenau trifft er den Greis. Es ist ein erlösender Gnadenstrahl, und gnädig müssen wir lächeln bei seinem Anblick. Links neben Cranach steht niemand Geringerer als Johannes der Täufer, der auf ein Lamm zeigt und mit der anderen Hand auf Jesus. Und rechts von Cranach steht Luther, Martin Luther höchstselbst, der ein Buch – es ist die von ihm ins Deutsche übertragene Luther-Bibel – in der Hand hält und mit der anderen Hand auf drei Bibelzitate deutet. Luthers Zeigefinger will uns sagen: Lest, wenn ihr lesen könnt.

Alle diese Fingerzeige auf diesem Bild verweisen auf etwas, verweisen auf das Geschehen, verweisen auf das Erwartbare, verweisen auf das, was befürchtet wird, und auf das, was zu hoffen bleibt. Und freilich zeigt auch das weiße, wollene Lamm im Vordergrund mit seinen Hufen auf etwas, und freilich fliegt im Hintergrund ein Engel mit einem Spruchband in Händen. Und die Herzöge an den Seiten rechts und links, sie richten ebenso ihre gefalteten Hände zum Geschehen hin. Eine Choreografie der Hände entsteht.

Und man selbst steht davor, halb amüsiert, halb gebannt von der Kunst der Darstellung, wie hier Motive und Geschichten gezeigt und versteckt sind, bis ins kleinste Detail, bis zu einem Himmel, der aufreißt, wenn der rechte Seitenflügel geschlossen ist, und zu dem wieder Dutzende flache, breite und perspektivisch verkürzte Gesichter hinaufsehen – so wie auch wir unseren Kopf jetzt komisch verdrehen und verrenken, um noch die kleinsten der fliegenden Engelsköpfe zu erkennen, die in einem wilden Wirbel um diese Himmelfahrt kreisen. Und an der Stelle, an diesem Platz im Gras, von wo aus Jesus losgestartet ist – nachdem er freilich wiederauferstanden ist von den Toten –, dort sind jetzt noch die dunklen Abdrücke seiner Füße in der schwarzen Erde zu sehen.

Bei allem Ernst, der angesichts solch heiliger Darstellung angebracht ist, kann man sich den irdischen Cranach eigentlich nur als ausgefuchsten und humorbegabten Menschen vorstellen, der sein Glück vielleicht in der Beobachtung und Wiedergabe seiner komischen Zeitgenossen gefunden hat.

Das Glück ist eine Bohne

Von einem langjährigen Freund habe ich vor kurzem eine dunkelbraun-schwarze Bohne geschenkt bekommen, die er aus seiner Hosentasche gekramt hat und mir mit den Worten überreichte: Das ist eine Glücksbohne. Dabei lächelte er verschmitzt und ein bisschen so, wie man es von Menschen kennt, denen der Schalk im Nacken sitzt. Mehr noch aber war das Geschenk wirklich liebevoll und aufmunternd gemeint, der Freund hatte von einem Kummer erfahren, der mich plagte, und die Glücksbohne sollte ich also nun an seiner statt in die Hosentasche stecken und bei mir führen, bis mir das Glück wieder hold sein würde. Ich steckte die Bohne ins Münzfach meiner Geldtasche, die ich seltener wechsle als meine Hosen, und trug die Bohne, wie mir geheißen, ab diesem Tag nun bei mir.

Erst nach ein paar Tagen ist mir aufgefallen, wieso mein Freund so gegrinst hatte beim Überreichen der Bohne, die er am Strand gefunden hatte: Sie war nämlich aus Stein. Ein dunkles, mattes, abgerundetes Steinchen in der Form einer Bohne. Wie witzig die Natur oft sein kann mit ihren nebensächlichen Scherzen über die Ähnlichkeit der Dinge, dachte ich. Und ich musste nun grinsen, dass mir das nicht sofort beim Entgegennehmen, auch am Gewicht, aufgefallen war. Die Bohne war ein Stein.

In den folgenden Tagen setzte ich die steinerne Bohne scherzhaft da wie dort ein. Am Postschalter hatte ich Porto zu bezahlen und öffnete das Münzfach, um dem Postangestellten die Bohne anzubieten statt der Münzen. Natürlich wollte ich die Bohne nicht loswerden, eher war sie ein Anlass zur Plauderei, also auch eine Art von Währung. Ich bekam bei jedem neuen Versuch, die Bohne für etwas einzusetzen, ein Lächeln, eine Frage, ein Gespräch über Steine, Bohnen und Münzen als Gegenwert geboten. Ich habe sie nicht eingetauscht, niemals. Aber hat die Glücksbohne mir denn auch Glück gebracht?

Überraschend brachte sie bald tatsächlich, was man sich wünscht für ein gutes Jahr: Konzertbesuche, Abendessen mit Freunden, Kaffee, Gespräche, Arbeitspausen. Nachmittage in der Bibliothek, lange Spaziergänge. Angebote, Begegnungen, Liebe gar. Sobald sich das Glück bei mir sattsam eingerichtet haben wird, schrieb ich noch Mitte Februar, werde ich die Bohne auch weiterreichen müssen. Schon wurde ich übermütig und großzügig mit meiner Glücksbohne!

Dann aber kam diese ganze leidige Sache mit dem Virus, plötzlich war alles, was gerade noch so schön gewesen war, verboten, und ich sagte mir, ich behalte die Bohne besser doch noch ein wenig bei mir in der Tasche. Sicher ist sicher. Was noch übrig geblieben war auf meiner Liste vom möglichen Glück, waren die langen Spaziergänge. Ich habe dabei, aus Mangel an Attraktionen, regelmäßig die Anzahl meiner Schritte gemessen. Pro Tag waren das oft zehntausend. Das sind in etwa acht Kilometer durch die Stadt, von einem ruhigen Bezirk zum nächsten, von einem stillen Platz zum nächsten, von einer leeren Straße zur nächsten. Wenn man weit genug geht, dachte ich dann, kommt man irgendwann an den Strand. Und dort einmal angekommen, muss man gar nicht mehr knausrig sein. Denn die Glücksbohnen liegen ja wie Steine am Ufer, man muss sie nur finden und sie in die eigene Hosentasche stecken.

Nachweis

Als Britney uns besuchen kam. Erschienen unter dem Titel: Oh, Baby, Baby, in: Freue dich!, Zürich 2017.

Am Fluss. Geschrieben für ein privates Fotobuch von Anton Kiefer, 2017.

Amerika als T-Shirt. Auf: Zeit Online, 17.5.2017.

An die Mondgesichter! Auf: Radio Ö1, 9.12.2013.

Auf Besuch bei einem Ehepaar. Erschienen unter dem Titel: Sitzmöglichkeiten, in: Literatur und Kritik. Heft 467/468, 47. Jg., September 2012.

Aufbewahren & Wegwerfen. In: Salzburger Nachrichten, 19.10.2019.

Auf der Matte mit Mady. Erschienen unter dem Titel: Yoga, Fitness, Lifestyle, in: Volltext 2/2020.

Aufgewachsen in Bibliotheken. Geschrieben für eine (nicht mehr abrufbare) Online-Dokumentation des Stipendium Esslinger Bahnwärter, August 2015.

Auf großer Fahrt. In: Süddeutsche Zeitung, 25.7.2017.

Bettlektüre. In: Sprache im technischen Zeitalter. Heft 208, 51. Jg., Dezember 2013.

Biester im Buchladen. In: Volltext 4/2015.

Böse Mädchen. Erschienen unter dem Titel: Bad Girls, in: Volltext 1/2016.

Carmen Miranda mit dem Tutti-Frutti-Hut. Erschienen unter dem Titel: The Lady In The Tutti Frutti Hat, in: Volltext 1/2018.

Das Glück ist eine Bohne. In: Salzburger Nachrichten, 3.5.2020.

Das O, das der Schönheit ein Loch reißt. In: Neue Rundschau. Hg. von Hans Jürgen Balmes u.a. Heft 1, 126. Jg., 2015.

Der Club der toten Dichter. In: Volltext 4/2018.

Der Lauf der Dinge. In: Acht Betrachtungen II. Hg. von Peter Gorschlüter und Hauke Hückstädt, Frankfurt 2016.

Der Sonntag, an dem Black Beauty ausgebüchst ist. Ausstellungsbeitrag im austrian cultural forum. Erschienen in: Writing Fashion. Hg. von Another Austria zur London Fashion Week 2015.

Die erste Ausfahrt. Zu Jose Simonts Bild *Elegante Damen auf der Rollschuhbahn*. In: Dorotheum myArt Magazine, Nr. 15, Mai 2020.

Die ewige Liebe zum Vergänglichen. In: Ephemera. Die Gebrauchsgrafik der MAK-Bibliothek und Kunstblättersammlung. Hg. von Christoph Thun-Hohenstein und Kathrin Pokorny-Nagel, Wien 2017.

Die ganze Welt. In: Theatermagazin des Linzer Landestheaters 10/2015.

Die Jahreszeit der T-Shirts. Erschienen unter dem Titel: Backstage, in: Salzburger Nachrichten, 24.8.2019.

Die Phantasmen der Vormieter. In: Akzente. Hg. von Peter Stamm, 2/2019.

Die Sonne von Edvard Munch. Auf: Radio Ö1, 6.7.2019.

Eine Frage des Stils. Erschienen unter dem Titel: Wien feiert und vergisst, auf: Zeit Online, 15.5.2015.

Eine Geschichte von David und Aiko. In: Die Presse, 11.4.2020.

Einen Strauß binden. In: »Ein Wort, ein Satz …« Literarische Werkstattgedanken. Hg. von Thedel v. Wallmoden, Göttingen 2020.

Ein Gesicht ist eine Landschaft, eine Wange ist ein Feld. Unveröffentlicht, August 2017.

Ein kleines Filmchen über die Liebe. Erschienen unter dem Titel: Lilies of the Valley, in: Volltext 2/2017.

Ein Koffer von Marcel Duchamp. Auf: Radio Ö1, 30.11.2019.

Ein paar Küsse. Erschienen unter dem Titel: Kiss Bang Love, in: Volltext 1/2017.

Ein Schneemann aus Zitroneneis. In: Salzburger Nachrichten, 17.10.2020.

Ein Wandteppich von Kiki Smith. Auf: Radio Ö1, 7.9.2019.

Euros und Kenia-Schillinge. In: Salz. Heft 169, Jg. 43/I, September 2017.

Finden ohne Suchen. Eröffnungsrede des Festivals Österreich liest. Erschienen in: Poesie als Optik, die die Welt formt, Wien 2019.

Fisimatenten mit Posamenten. In: Salzburger Nachrichten, 9.3.2019.

French Nails aus Amerika. Erschienen unter dem Titel: Es riecht ziemlich toxisch hier, auf: Zeit Online, 2.5.2017.

Frohsinn. In: Salzburger Nachrichten, 8.8.2020.

Früh aufstehen. In: Salzburger Nachrichten, 14.12.2019.

Fünf ineinander verknotete Eichhörnchen in Wisconsin gerettet. In: Volltext 3/2018.

Fünf Mädchen. In: Frankfurter Rundschau, 17.8.2017.

Für immer jung. Zu Line Hovens Bild *Eddie*. Spring Magazin, Nr. 11, Hamburg 2014.

Gib nicht auf. Erschienen unter dem Titel: Don't Give Up, in: Volltext 1/2020.

Gibraltar. In: Volltext 3/2016.

Glitzer. Auf: nachtkritik.de, 10.2.2015.

Grabreliefs aus Palmyra. Auf: Radio Ö1, 1.6.2019.

Hang loose. Auf: Radio Ö1, 11.1.2015.

Herzen, Blumen, Blicke: Über die Liebe. Rede im Rahmen des Symposions der Salzburger Festspiele, August 2020.

Hosenrolle. Auf: nachtkritik.de, 17.11.2015.

Ich sehne mich nach Après-Ski. Unveröffentlicht, Sommer 2020.

Im Hause Chanel. In: Volltext 1/2019.

Immer wieder Cranach. Auf: Radio Ö1, 2.2.2019.

Im Weltmuseum. Auf: Radio Ö1, 2.3.2019.

Im Zug. Unveröffentlicht, Januar 2019.

Im Zwiebelfisch. Auf: nachtkritik.de, 7.6.2016.

Jahreszeiten. In: Volltext 3/2017.

Jimi. In: die horen. Bd. 280, 65. Jg., Göttingen 2020.

Jugend und Pose. Rede anlässlich der Verleihung des Erich-Fried-Preises. Erschienen unter dem Titel: Im Herzen jung, in: Süddeutsche Zeitung, 8.12.2017.

Keine Party. In: Volltext 3/2019.

Kinder und Krönchen. Erschienen unter dem Titel: Toddlers & Tiaras, in: Volltext 2/2016.

Könige im Schnee. In: Salzburger Nachrichten, 11.1.2020.

Mützen im Rijksmuseum in Amsterdam. Auf: Radio Ö1, 5.10.2019.

Norden, Süden, Pole. Erschienen unter dem Titel: Über Poledance, in: Rolling Stone Magazin. Ausgabe 252, Oktober 2015.

Notausgänge. In: Salzburger Nachrichten, 28.3.2020.

Raumschiff Poetry. In: Theatermagazin des Linzer Landestheaters 12/2015.

Red Heat, das Zirkuspony. In: die horen. Bd. 256, 59. Jg., Göttingen 2014.

Schwarzbrot mit Butter. Erschienen unter dem Titel: Not so lost in translation, in: Theatermagazin des Linzer Landestheaters 01/2016.

Superhits aus Italien. Erschienen unter dem Titel: Die Italo-Hits der 80er, in: Der Standard, 8.6.2017.

Tanzen mit Stromae. Erschienen unter dem Titel: Von Stromae lernen, auf: Zeit Online, 11.10.2014.

Tornado Shelter. In: Theatermagazin des Linzer Landestheaters 11/2015.

Tulpenmanie. Auf: Radio Ö1, 6.4.2019.

Über den richtigen Moment. Auf: Radio Ö1, 2.11.2019.

Über ein Foto von Kim Kardashian. Erschienen unter dem Titel: Der Hintern von Kim Kardashian, auf: Zeit Online, 17.11.2014.
Über ein Foto von Otto Lilienthal. Erschienen unter dem Titel: Kopflos, mit Flügeln, in: Grisebach. Das Journal, 8/2018.
Über Phil. In: phil – ausgesprochen viel. Hg. von Christian Schädel, Wien 2014.
Vom Kauf eines Hochzeitskleids. Erschienen unter dem Titel: Zwischen Tüll und Tränen, in: Volltext 4/2019.
Warum? In: Akzente. Hg. von Tilman Rammstedt und Jo Lendle, 1/2017.
Wer sich mit Texten ins Bett legt. In: Subtext: Typedesign. Hg. von Martin Tiefenthaler, Salenstein 2017.
Wir sind Kinder gewesen. In: Babel (Arvo Pärt). Wiltener Sängerknaben und Johannes Stecher. Erschienen im Booklet der Audio-CD unter dem Titel: Meine Töne in meinem Mund, Wien 2015.
Wow! In: Salzburger Nachrichten, 25.8.2018.
Zeitrechnung. In: Theatermagazin des Linzer Landestheaters 02/2016.
Zu einer Schachtel voll Andachtsbildchen. Ausstellungsbeitrag zu: Keine | Angst. Literarische Schreckensbilder und Strategien der Angstüberwindung. Literaturhaus Wien. Veröffentlicht in: kolik 80/81, 2019.

Alle Texte, soweit bereits veröffentlicht, erscheinen für die vorliegende Sammlung in überarbeiteter Form.

Register

Museen

Inhalt

Juli Zeh

Leere Herzen

Roman

348 Seiten, btb 71838

Verlust von Moral bedeutet nicht, Schlimmes zu tun, sondern das Schreckliche nicht mehr schlimm zu finden.

Zusammen mit dem Informatikgenie Babak Hamwi hat Britta Söldner eine Firma aufgezogen, die beide reich gemacht hat. Was genau hinter der Firma steckt, weiß glücklicherweise niemand so genau. Denn hinter der Fassade ihrer unscheinbaren Büroräume betreiben sie ein lukratives Geschäft mit dem Tod.

Eine brisante Zukunftsvision, die ein erhellendes Licht auf unsere Gegenwart wirft.

»Sie ist eine der international erfolgreichsten deutschen Autorinnen der Gegenwart. (…) Im Grunde ist Juli Zeh genau jene Schriftstellerin, nach der sich alle sehnen.«

Volker Weidermann, Frankfurter Allgemeine Sonntagszeitung

»Juli Zeh ist mit ›Corpus Delicti‹ der weibliche George Orwell der Gegenwart geworden.«

Deutschlandradio

btb

Terézia Mora

Das Ungeheuer

Roman

688 Seiten, btb 74959

Ausgezeichnet mit dem Deutschen Buchpreis

»Solche Geschichten gibt‘s, zu Hauf. Ingenieur gewesen, Job verloren, Frau verloren, auf der Straße gelandet«: Ein ganz alltägliches Schicksal vielleicht, doch wen es trifft, der kann daran zerbrechen. So geht es Darius Kopp, dem IT-Experten, der erst seine Stelle verliert, dann die große Liebe seines Lebens. Darius entschließt sich, auf den Spuren seiner Frau quer durch Europa zu reisen. Unterwegs liest er in dem geheimen Tagebuch, das er nach dem Tod seiner Frau gefunden hat. Und erfährt, wie ungeheuer gefährdet deren Leben immer war.

»Ein großes, ein zutiefst humanes Buch.«
Frankfurter Allgemeine Zeitung